Le brouillard de l'aube

Christian Laborie

Le brouillard de l'aube

ÉDITIONS FRANCE LOISIRS

Édition du Club France Loisirs,
avec l'autorisation des Éditions De Borée

Éditions France Loisirs,
123, boulevard de Grenelle, Paris.
www.franceloisirs.com

ISBN : 978-2-298-11221-4

L'aube se lève à peine,
c'est peut-être celle de l'espérance.

Geneviève de GAULLE-ANTHONIOZ

Préface de l'auteur

L'histoire que vous allez lire à travers ce roman est une fiction que j'ai écrite voilà quelques années.

À l'époque, j'enseignais l'histoire et la géographie dans un collège du Gard, puisque telle était ma profession avant que je ne devienne écrivain à part entière, si l'on peut dire que l'on est écrivain à part entière à partir du moment où l'écriture est votre seule et unique occupation et préoccupation.

De formation plus géographique qu'historienne par les diplômes que j'ai obtenus au cours de mes études, j'ai toujours eu, cependant, plus d'attirance pour le passé que pour le présent, pour l'histoire que pour la géographie qui étudie les hommes dans leur milieu actuel, tandis que l'histoire renoue les fils de leur passé pour mieux nous faire appréhender l'avenir.

Mes lecteurs, que je rencontre fréquemment en dédicace dans les salons ou simplement dans les librairies qui me reçoivent, ne se trompent pas en m'avouant que mes romans sont l'œuvre d'un historien, ce dont je leur sais gré, car cette remarque prouve combien j'ai atteint mon but.

Pour autant, je n'ai pas la prétention d'écrire des romans historiques. Ce genre littéraire présente beaucoup plus de contraintes et d'exigences que celui dans lequel je m'inscris et que je qualifierai de populaire, au bon sens du mot. Romans régionaux, diront certains, pour ne pas utiliser un autre terme que je réprouve et que je vous laisse le soin d'employer si vous le jugez plus proche de la réalité : romans du terroir.

Le Brouillard de l'aube, que j'ai le plaisir de vous présenter dans cette préface pour les éditions France Loisirs, est le troisième roman que j'ai écrit et le second à avoir été édité dans l'ordre chronologique de parution après *L'Arbre à palabres*.

Lorsque je l'ai conçu, à vrai dire, je ne pensais pas qu'il soit édité un jour. Je l'avais intitulé « Dieu est toujours quelque part », comme un message d'espérance que je désirais laisser à ceux qui le liraient. Petit cercle d'amis et de parents qui auraient le privilège d'avoir en main la version auto-imprimée que j'avais réalisée à l'époque. C'est sous ce titre qu'il a reçu la médaille d'or au vingt-neuvième concours de l'Académie internationale de Lutèce.

Pourquoi un message d'espérance ?

J'ai toujours été marqué par les drames que l'humanité a traversés. En étudiant l'Histoire à travers les siècles, et en l'enseignant, j'ai souvent été horrifié par la violence de l'être humain à l'égard des siens. L'Histoire n'est qu'une succession de massacres, de génocides, d'atrocités, pratiqués au nom de la raison d'État, d'une croyance, d'une philosophie, voire au nom de Dieu, ou simplement, et cela est pire que tout le reste, par intolérance. Depuis l'Antiquité, l'homme n'a cessé de vouloir dominer le monde à coups d'extermination de son prochain.

Enseignant l'Histoire dans des classes où j'avais devant moi un public d'adolescents, je ne pouvais faire l'impasse sur ces fléaux qui ont sali l'homme, l'ont avili, l'ont rendu indigne d'être au centre de la création. Et pourtant je ne pouvais pas laisser dans l'esprit de mes élèves l'idée que tout ce que je leur expliquais était au fond inéluctable, que l'homme est ainsi fait, que le monde se construit à travers des soubresauts, des crises, des guerres, des périodes de malheur plus fréquentes que les périodes de paix et de bonheur. Je ne pouvais leur laisser croire que seuls les rapports de force forgeaient l'individu, que seuls les hommes forts étaient dignes d'être cités dans les manuels d'Histoire.

À mes yeux, il y avait quelque chose d'injuste, d'incompréhensible dans cette façon d'enseigner l'Histoire.

C'est sans doute la raison pour laquelle, lorsque je me suis tourné vers l'écriture, sans jamais oublier que j'étais surtout un passeur d'Histoire avant d'être un raconteur d'histoires, je me suis naturellement penché sur le sort des petites gens, de ceux qui tissent, qui forgent le véritable destin de nos nations, de nos peuples. Car là est la vérité. Le paysan, le maréchal-ferrant, le tisserand, la fileuse, le mineur ou l'ouvrier d'usine, mais aussi le patron d'une entreprise, le grand propriétaire foncier, le pasteur ou le prêtre, l'homme de lettres, l'artiste, sont les vrais héros de notre société. Pas ces guerriers, ces va-t-en-guerre qui peuplent nos livres d'histoire, fussent-ils de valeureux chevaliers ou de grands stratèges. Combien parmi ces derniers ont été également des massacreurs qui n'hésitaient pas à décimer des populations entières au nom d'une certaine idée de la puissance et de la gloire ?

Pour en revenir au *Brouillard de l'aube*, ma première préoccupation avait été de traiter pour mes élèves de troisième un sujet grave qui ne les laissait jamais, qui ne pouvait pas les laisser indifférents. À savoir celui de la Shoah.

Tous les ans, j'abordais avec eux, dans le cadre de l'histoire de la Seconde Guerre mondiale, le thème de la Déportation. Une heure dans un programme, dans une année d'enseignement, cela était peu mais très marquant pour les âmes sensibles. D'autant que je ne manquais jamais de leur passer, en classe, l'excellent film documentaire d'Alain Resnais *Nuit et Brouillard*. Personnellement, je n'ai jamais pu regarder ces images d'un autre monde sans ressortir de la classe complètement bouleversé. Et pourtant, dans ma vie d'enseignant, j'ai sans doute visionné ce documentaire sur les camps une bonne cinquantaine de fois en trente ans de carrière.

Je n'ignorais pas qu'il en était de même pour mes jeunes élèves. Mais je me devais de leur montrer cette horrible réalité, en prenant bien entendu toutes les précautions, étant donné leur âge.

C'est dans ce contexte que j'ai conçu d'écrire *Le Brouillard de l'aube*, dont le titre – choisi après coup dans le cadre de son édition – est un clin d'œil au film d'Alain Resnais.

Mais, si le documentaire peut paraître très sombre, au regard de certaines images très réalistes, surtout en noir et blanc, suscitant horreur, dégoût, révolte ou simplement incompréhension et désespoir, je me suis toujours posé auprès de mon jeune public en tant qu'homme, pour lui expliquer qu'il ne fallait jamais baisser les bras, renoncer, accepter l'inadmissible, même quand l'indicible s'impose à nous et nous fait douter de l'homme.

J'ai foi en la nature humaine, et ce que nous découvrions ensemble, ce n'était pas le produit de ce qui est en nous, de ce qui fait l'homme.

Alors, je me suis mis à penser que si je devais conter, à ma manière, cette tragédie inacceptable de l'histoire de l'humanité, j'aurais aimé laisser percevoir après la nuit de l'enfer et à travers ce brouillard dépeint par Alain Resnais une lueur d'espoir. Car, pour tous ceux qui se réveillent après la nuit, il y a toujours une lueur d'espoir quand, à l'aube, pointe le jour, même quand le brouillard s'étend encore sur l'horizon en nappe alanguie. La vie reprend toujours le dessus, la nature renaît toujours des cendres de l'incendie, l'Homme triomphe toujours de ses démons, le bien chasse toujours le mal.

Il me fallait donc écrire une belle histoire. Une histoire dans laquelle mes élèves puissent se retrouver, s'incarner, une histoire qui ne serait pas une sombre plongée dans l'univers des camps de la mort. Je souhaitais les faire rêver à travers une jeune héroïne de roman. Une jeune fille qui prendrait vie sous leurs yeux après avoir vécu dans l'ignorance de ses origines.

Et, en définissant le portrait de Célia, j'ai immédiatement pensé qu'il me faudrait aborder trois autres thèmes, en plus de celui de la Déportation dont je ne voulais pas faire la clé de voûte du roman.

À travers l'indicible de l'Histoire, le lecteur pourra donc suivre les autres pistes de lecture que j'ai tenté de tracer en narrant le destin de Célia Muller : le regard de l'autre, le droit à la différence et la recherche de soi et de ses origines.

L'histoire commence en été 1942. Alors que les lois antijuives marquent de leur sceau l'État français, les rafles se multiplient en zone occupée. François Blumstein et sa famille, des Allemands juifs réfugiés en France depuis plusieurs années, se croient protégés par leur naturalisation française. Mais, en ce matin de juillet 1942, avec bon nombre de leurs semblables, les voilà arrêtés et emmenés au Vélodrome d'hiver.

Avant leur arrestation, ils confient leurs enfants à la concierge de leur immeuble qui ne parviendra qu'à sauver le bébé de la famille, Célia, en le remettant à l'une de ses connaissances.

Quinze ans plus tard, nous sommes en 1957, dans la petite vallée du Lot en Lozère. Le monde s'emploie à oublier les événements du passé pour se reconstruire. Célia a grandi et a été adoptée par une famille protestante dont le père est pasteur. Tous arrivent dans un village catholique où la religion protestante est peu représentée.

Célia a toujours su qu'elle n'était que la fille adoptive du pasteur Henri Muller et de sa femme Marie. Enfant adorable, elle les considère comme ses vrais parents et leurs deux fils comme ses propres frères. À quinze ans, Célia est une jeune fille déterminée, volontaire, mais aussi en proie à une certaine forme de fragilité qui se révèle quand elle apprend incidemment qu'elle est juive, rescapée de la rafle du Vélodrome d'hiver à Paris, ce qu'elle ignorait.

Dès lors, la jeune fille, élevée dans la foi protestante, est profondément troublée, ne perçoit plus les autres avec le même regard, et va jusqu'à croire qu'on la regarde différemment. Elle ne cesse plus de s'interroger sur sa propre identité, sur sa véritable famille et surtout sur ce qu'elle est devenue, alarmant son père adoptif qui a beaucoup de mal à comprendre le nouveau comportement de sa fille.

À travers Célia, j'ai voulu que mes élèves se retrouvent dans leurs questionnements, dans leurs rapports à la société qui les entourait, face aux problèmes auxquels ils pouvaient être confrontés dans un monde en ébullition, où la contestation, l'iniquité, l'inégalité, l'intolérance devenaient de plus en plus une triste réalité. Je voulais aussi leur apporter une réflexion sur la question des religions et sur ceux qui croient détenir la vérité. Célia se trouve soudain partagée entre deux cultures, celle qu'on lui a inculquée et celle de ses origines. Elle croit, elle doute, elle s'interroge, elle cherche le chemin de vérité. Elle se sent maintenant tellement différente de la jeune fille qu'elle a été.

Quoi de plus naturel à l'adolescence que de percevoir sur soi le regard de l'autre quand on se sent soi-même différent ? Assumer sa judaïté, alors qu'elle a été élevée dans la foi protestante et qu'elle vit dans un monde catholique, est une épreuve pour la jeune Célia, à laquelle elle n'était pas préparée. Son impression que les autres l'observent différemment lui devient soudain insupportable. Il lui faudra puiser en elle toute la force, mais aussi toute la raison pour faire face à ce qu'elle prend pour de la discrimination.

Aussi met-elle courageusement un point d'honneur à clamer son droit à la différence. « La parole est souvent la meilleure arme contre la violence, pourra-t-on lire. Si tout le monde se tait, si personne n'ose crier la vérité pour défendre les vraies valeurs, les plus forts s'imposeront toujours. Face à la domination des puissants, il faut aider les plus faibles à faire triompher leurs droits ; il faut faire face. Et surtout, il faut cesser de montrer du doigt ceux qui sont différents par leurs origines, la couleur de leur peau, leur religion… Parfois Célia étouffait de ne pouvoir parler. Ces soudaines vérités étaient si lourdes à supporter sans mot dire ! Elle craignait qu'un jour, à force de se taire, de taire sa différence, elles ne tombent dans le silence de l'oubli. Combien de temps pourrait-elle ainsi se cacher aux yeux des autres ? Dissimuler sa vraie identité, n'était-ce pas tromper ses propres amis et se tromper elle-même ? »

Le combat de Célia ne trouvera d'issue que dans l'aboutissement de sa démarche. Assumer sa différence dans un monde de réprobation voire d'intolérance ne lui suffit pas. Elle n'obtiendra la sérénité et la plénitude de son être que dans le chemin de mémoire qu'elle déclare vouloir entreprendre afin de savoir. Savoir qui elle est. Savoir d'où elle vient. Pour mieux savoir où elle va. N'est-ce pas ce qui fait l'essence même de tout être humain qui ne veut pas avoir vécu dans l'indifférence et l'anonymat ?

Ainsi commence-t-elle une longue quête de ses origines, quête qui lui prendra vingt ans de sa vie, et au bout de laquelle elle espère toujours que la lumière sortira des ténèbres, que le soleil pointera dans le brouillard de l'aube. En chemin, elle rencontre l'amour d'un jeune pasteur, l'homme de sa vie, celui qui saura la guider et la soutenir dans ses moments de doute et de découragement. Là encore, j'ai voulu apporter, dans un contexte parfois lourd, une note d'optimisme et d'espérance. L'amour n'est-il pas encore ce qui sauve le mieux l'humanité de ses travers ? « C'était la preuve, à ses yeux *(ceux de Célia)*, que le monde à venir serait un monde meilleur et que le pardon devait être la première arme des hommes contre toutes leurs dangereuses rancunes. »

Autant de messages d'espoir que je voulais, quand j'ai terminé la rédaction de ce roman, transmettre à mes jeunes élèves, avant de les transmettre aux lecteurs qui – mais je l'ignorais encore à ce moment-là – auraient le loisir de découvrir bientôt cette histoire de la jeune Célia.

Une invitation à l'émotion et aussi à la réflexion.

Amis fidèles adhérents de France Loisirs, c'est avec un énorme plaisir et avec une très grande reconnaissance envers France Loisirs que je vous convie à suivre le magnifique destin de Célia Muller, en qui certains et certaines d'entre vous ne manqueront pas de s'identifier pour une raison ou une autre, proche de l'histoire que j'ai racontée et qui est sortie de mon imagination, ou proche du caractère de l'héroïne de ce roman.

Avec la parution de ce dernier à France Loisirs, après celle des éditions De Borée voilà quelques années, ce roman aura trouvé son plein accomplissement. J'espère que vous serez touchés par cette histoire qui nous ramène à une période de notre passé que nous ne pouvons pas, que nous ne devons pas oublier.

Ce fut pour moi comme un chemin de mémoire que je voulais entreprendre, en hommage à tous ceux qui ne sont plus et qui nous ont montré la route du devoir et du pardon, ma modeste contribution pour qu'on puisse dire ensemble : « plus jamais ça ».

Première partie

Le drame

I

La grande rafle

Paris, 15 juillet 1942.

Dans la rue du Faubourg-Saint-Antoine, l'effervescence était à son comble. Les événements de la guerre, les affres de l'Occupation ne semblaient pas troubler ses habitants qui, en dépit des privations communes à tous les Français, vaquaient à leurs activités comme si de rien n'était.

Les bouches de métro vomissaient, sans discontinuer, leurs lots de Parisiens toujours affairés. Les gazogènes se disputaient la chaussée avec les triporteurs et laissaient derrière eux des volutes de fumée bleutée qui empestaient l'atmosphère. Indifférents, les passants croisaient les soldats du Reich, dont certains se comportaient en véritables touristes.

Chacun avait fini par s'habituer à ces uniformes étrangers qui rappelaient, s'il en était besoin, que la France avait perdu son âme en perdant la guerre et sali son honneur en signant, par un 22 juin 1940, l'armistice de la défaite et de la honte.

Sous une douce chaleur estivale, en cette troisième année de cohabitation forcée, les habitants de la capitale prenaient des airs de vacanciers. Le bois de Boulogne était plein de promeneurs, les berges de la Seine grouillaient de badauds, les jeunes filles portaient court des robes légères et l'on canotait sur les bords de la Marne. Certes, les troupes d'occupation, mêlées à la population, créaient une atmosphère de crainte et de suspicion parmi les braves gens qui feignaient de les ignorer. Mais chacun s'efforçait de composer et tâchait de ne voir que ce qui lui permettait d'envisager les jours à venir avec sérénité.

D'aucuns affirmaient que les Français avaient la mémoire courte. D'autres pensaient qu'ils faisaient preuve d'une grande faculté d'adaptation. Quand souffle la tempête, expliquaient ces derniers, il faut savoir courber l'échine pour ne pas se briser à vouloir résister ; savoir aussi attendre que le calme revienne pour redresser la tête.

C'était le cas du plus grand nombre.

Depuis plusieurs jours, les rues de Paris étaient troublées par un mouvement inhabituel d'agents de police en tenue. La police parisienne – chacun le savait – obéissait aux ordres du gouvernement de Vichy et faisait régner l'*Ordre nouveau* imposé par les Allemands. Certains inspecteurs montraient beaucoup de zèle et s'acharnaient avec arrogance à débusquer les fraudeurs du marché noir, les résistants, les Juifs qui ne respectaient pas la législation en vigueur. Les arrestations en pleine rue et en plein jour, les disparitions à l'insu des familles étaient devenues monnaie courante dans ce pays résigné et vaincu.

Les Parisiens avaient été très choqués, cependant, par la décision du gouvernement Laval de faire porter aux Juifs l'étoile jaune de David, comme en Allemagne. L'antisémitisme, en réalité, ne gangrenait qu'une minorité de la population. Aussi comprenait-on mal l'opiniâtreté de la police à vouloir démasquer les récalcitrants.

La population juive, fichée, répertoriée, cataloguée en fonction de ses origines, subissait l'humiliation dans le secret espoir que les autorités françaises n'iraient pas aussi loin que les nazis en France. Le statut des Juifs de France, décrété par le maréchal Pétain dès octobre 1940, leur rendait bien la vie de plus en plus difficile ; mais eux aussi finissaient par vivre dans l'attente que s'apaise la tempête.

* *
*

« Vous me paraissez bien soucieux aujourd'hui, François ! »

Comme chaque matin, Charles Duquesne, le libraire de la rue du Faubourg-Saint-Antoine, comptait sa caisse avant d'ouvrir son magasin. Peu avant 9 heures, François Blumstein arrivait à la librairie pour prendre ses fonctions et faisait un peu de rangement en attendant les premiers clients. Sur sa veste, Lisa, sa femme, avait cousu, avec une application de couturière, l'étoile jaune qui le distinguait des autres habitants. Toutefois, Charles Duquesne, en humaniste épris de liberté qu'il était, avait demandé à son jeune employé de revêtir une blouse, de façon à masquer l'infâme insigne discriminatoire. Dans la librairie, rien ne distinguait donc François d'un autre citoyen, d'autant plus qu'il parlait le français sans accent.

« En venant de chez moi, j'ai remarqué que la rue était bien calme ce matin. Et à chaque intersection, il y avait un peloton de trois ou quatre agents de police.

— Ne vous inquiétez pas. Un officiel doit sans doute passer dans le quartier. Un de ces salauds de collabos ou une huile de la kommandantur. Depuis que Laval a déclaré ouvertement souhaiter la victoire de l'Allemagne le mois dernier, tout ce petit monde est en ébullition.

— Vu la situation, si je n'avais pas la charge de mes trois enfants et de ma femme, je quitterais Paris et je rejoindrais la Résistance.

— Je vous comprends, François. Votre existence, comme celle de vos semblables, est vraiment inconfortable. Le mot est faible !

— Je ne supporte plus toutes ces tracasseries ni cette persécution sournoise. Ce n'est pas l'étoile qui me gêne, mais ces brimades dont nous faisons l'objet. Mon logement est devenu trop petit pour nous cinq, et il m'est interdit d'en changer. Après 20 heures, nous devons rester cloîtrés, nous ne pouvons aller nulle part ni recevoir chez nous. Cela devient intolérable. Je finis par perdre patience.

— Gardez courage. Le vent est en train de tourner.

— Les Allemands sont partout. Ils font régner

l'*Ordre nouveau* sur l'ensemble du continent. L'Europe entière est à leur botte. Et le gouvernement français déclare vouloir leur victoire. Comment pouvez-vous dire que le vent a tourné ?

— J'ai de bonnes informations. Dernièrement les Anglais ont saccagé Cologne avec plus de mille bombardiers ; les Américains ont coulé des porte-avions japonais à Midway dans le Pacifique ; et les Russes eux-mêmes ont repoussé les nazis loin de Moscou. Les Allemands ne seront pas toujours vainqueurs !

— En attendant, ce sont des Français qui font leur sale boulot. J'aime trop la France, qui m'a accueilli, pour admettre que son gouvernement ait pu se ranger du mauvais côté.

— Le gouvernement français n'est pas à Vichy, vous le savez bien.

— Oh ! De Gaulle ! Il est bien loin. Et les autres gouvernements alliés n'ont pas l'air de le soutenir beaucoup.

— Il est l'âme de la Résistance. Sans lui, nous serions vraiment orphelins et complètement seuls dans la tanière du loup. »

La porte d'entrée s'ouvrit brutalement. Charles Duquesne, sans se départir de son calme, détourna la conversation.

« Vous me ferez donc la liste de tous les ouvrages qui traitent des loups, François. Je veux les exposer en vitrine. Ce sera le thème de la semaine. »

Puis, se tournant vers le visiteur matinal, il ajouta :

« Monsieur l'agent, c'est pour quoi ?

— Vous employez bien ici un certain Franz-Jacob Blumstein ?

— C'est moi, répondit François sans attendre. Que me voulez-vous ?

— Rien de spécial. Je venais constater que vous étiez bien à votre travail. Je suis passé chez vous il y a dix minutes. Votre femme m'a dit que je vous trouverais ici.

— J'y suis tous les jours de 9 heures à 19 heures, du lundi au samedi, précisa François.

— Je vois, je vois, répéta l'agent de police. C'était un simple constat. Au fait, où est votre étoile jaune ? Je ne la vois pas ! »

François déboutonna sa blouse.

« C'est moi qui lui ai demandé de porter une blouse, coupa le libraire. Pour le métier, c'est plus convenable.

— Dans ce cas, cousez l'étoile sur la blouse, reprit le policier à l'adresse de François.

— Je pensais qu'à l'intérieur de la librairie, ce signe était un peu voyant, expliqua Charles Duquesne.

— C'est la loi ! Vous la connaissez aussi bien que moi.

— Ne vous inquiétez pas, ajouta François, ma femme en coudra une autre sur la blouse.

— C'est bon, dit l'agent d'un ton plus avenant, je n'ai rien dit. Laissez votre femme tranquille. Mais faites attention ! »

François regarda son patron d'un air surpris. Celui-ci cligna des yeux pour lui faire comprendre de ne rien ajouter. Le policier se dirigea vers la porte de sortie et, au moment de saisir la poignée, se retourna en regardant François d'un air complice.

« Un conseil, ne restez pas chez vous demain. Emmenez votre femme et vos enfants loin de Paris. Faites ce que je vous dis. »

Interloqué, François ne dit mot et laissa partir son mystérieux visiteur sans tenter de le retenir.

« Qu'est-ce qu'il a voulu dire ? demanda-t-il aussitôt à son employeur. Pourquoi devrais-je m'en aller ce soir ? Était-ce une menace ? Pour un agent de police, c'est bizarre !

— Je crois plutôt qu'il a voulu vous mettre en garde.

— Me mettre en garde ! Contre quoi ? Qu'ai-je fait de répréhensible ? Je n'ai rien à me reprocher. Qu'ai-je à craindre ? Ces agents de police ne me paraissent pas tous très honnêtes. Je me méfie d'eux comme de la peste. Que feriez-vous à ma place ?

— Je n'en sais rien, François. Je ne suis pas dans le secret des dieux.

— C'était peut-être une menace pour me faire déguerpir !

— Si les autorités en avaient décidé ainsi, elles s'y prendraient autrement. Les menaces déguisées en conseils, ça ne leur ressemble pas.

— Une menace personnelle alors ? Cet agent est peut-être une crapule qui agit pour son compte. Qui sait ?

— Tout peut arriver. Mais il est inutile de vous alarmer outre mesure. Si vous voulez, demain, prenez votre journée. Je me débrouillerai sans vous.

— Je n'ai que faire de leurs menaces. Je ne vais pas commencer à jouer au chat et à la souris. J'ai déjà fui mon pays une première fois, je ne vais pas recommencer ici. Et pour aller où ? Je ne connais personne en dehors de Paris.

— Je peux vous envoyer chez ma sœur à Neuilly. Vous pourriez vous y rendre dès cet après-midi.

— Vous savez comme moi que les Juifs n'ont pas l'autorisation de se déplacer. Si nous nous faisons prendre, nous risquons gros. Je ne peux faire encourir ce risque à mes enfants. Sans moi, ils sont fichus. Je ne partirai pas.

— Faites comme vous voulez. Vous avez sans doute raison. Soyez quand même vigilant. Ce n'était peut-être pas une simple menace. »

De toute la matinée François ne parla plus de cette visite inattendue. Il se plongea dans le travail et prépara la vitrine de la librairie avec Charles Duquesne. Le thème des loups lui plaisait bien. Il y trouvait une certaine analogie avec les Allemands. En recherchant dans les rayons les ouvrages qui traitaient de la question, il ne pouvait s'empêcher d'assimiler les nazis à une meute de loups féroces qui se serait ruée sur une bergerie appelée Europe, après que les bergers – les dirigeants de l'Allemagne et des États collaborateurs – eurent ouvert eux-mêmes les portes aux fauves. Les loups régnaient maintenant en maîtres absolus et avaient inféodé ces hordes infamantes de hyènes qu'étaient les vaincus collaborateurs. Pour l'instant, le peuple des moutons baissait l'échine. Certains se laissaient égorger sans livrer bataille. Mais cela ne durerait pas. Lui qui, de surcroît, faisait partie des moutons noirs, de ces parias exclus de tous les troupeaux, il sentait monter le vent de la révolte dans son esprit troublé et dans son cœur meurtri.

Fuir serait encore un aveu de défaite, d'abdication, une forme d'abandon, pire ! de lâcheté, pensa-t-il en se souvenant du jour tragique où il avait dû quitter son pays natal.

* *
*

La famille Blumstein faisait partie de ces gens qui ne faisaient jamais parler d'eux. Installée en France depuis 1933, elle avait fui l'Allemagne dès l'accession des nazis au pouvoir et s'était immédiatement adaptée à la société française, sans chercher à s'intégrer à la communauté juive de Paris.

Le mari, Franz-Jacob, qui se faisait appeler François, était professeur de français à l'université de Heidelberg. Il avait quitté son Allemagne natale la mort dans l'âme, quand les nazis avaient commencé à appliquer leur politique antisémite.

Arrivé en France à un moment où les séquelles de la grande crise économique se faisaient encore durement ressentir, il n'avait trouvé qu'un petit travail de vendeur chez un libraire du faubourg Saint-Antoine. Il s'y était installé, avec sa femme, dans un petit appartement situé au troisième étage d'un vieil immeuble.

Lisa, son épouse, faisait quelques travaux de

couture à domicile. Le jeune couple avait été rapidement adopté par les voisins du quartier. Et, quand la petite Sarah naquit un an après leur arrivée, la concierge de l'immeuble s'était tout de suite proposée de la garder afin de laisser la jeune maman à ses travaux.

François et Lisa n'avaient pas caché leurs origines juives, et personne ne leur avait jamais fait de remarques désobligeantes à ce sujet. Être exilés d'un pays totalitaire, où l'on malmenait violemment toute une partie de la population, n'avait fait qu'augmenter le capital de sympathie dont ils bénéficiaient. Pour leurs voisins, ils n'étaient pas des Allemands comme les autres, puisqu'ils avaient eux-mêmes souffert des Allemands et qu'ils étaient naturalisés depuis plusieurs années.

Deux ans après la naissance de Sarah, Jacob vint au monde. Lisa abandonna alors ses travaux de couture pour se consacrer à ses deux enfants. La maigre paie de François suffisait à peine pour subvenir aux besoins des siens. Aussi, le soir venu, donnait-il des leçons particulières d'allemand à de jeunes lycéens du quartier.

Petit à petit, les Blumstein étaient devenus une famille très respectée et chacun voyait en eux l'image de l'intégration parfaitement réussie.

Quand en octobre 1940, le gouvernement décréta le fameux statut des Juifs, François ne fit rien pour dissimuler ses origines aux autorités. La mention *Juif*, sur ses papiers d'identité, ne le dérangeait pas outre mesure. Il savait que la police ne faisait qu'obéir à des ordres venus de Vichy et non des Allemands. Ce qui l'inquiétait davantage était la crainte de devoir abandonner son emploi. Car, en Allemagne, les librairies juives avaient été l'objet d'autodafés parfois sanglants dès 1933, puis la fonction de libraire avait été interdite aux Juifs. Il craignait donc que les autorités françaises de collaboration n'en fassent autant.

Son employeur lui avait bien assuré que, de lui-même, il ne lui demanderait pas de partir, néanmoins François s'attendait au pire.

Que ferait-il dans ce cas, sans travail, alors que Lisa était à nouveau enceinte ?

La guerre, en effet, n'avait pas empêché le jeune couple de désirer une troisième naissance. Sarah et Jacob étaient alors âgés de sept et cinq ans quand ils décidèrent, malgré les restrictions et les incessantes tracasseries administratives, d'agrandir leur famille. C'était pour eux une façon de défier l'avenir, de faire preuve d'espoir et de refuser la fatalité.

Ainsi naquit Célia en janvier 1942.

* *
*

Lorsque François rentra chez lui aux environs de midi, il trouva Lisa bouleversée.

« Tu as eu la visite d'un agent de police, ce matin ? demanda-t-il, sitôt passé le pas de la porte.

— C'est exact. Il voulait te voir. Il m'a demandé où tu étais. Je n'aurais pas dû le lui dire !

— Ils savent très bien où je travaille.

— Que te voulait-il ?

— Oh ! rien de spécial ! Savoir si j'étais à la librairie.

— Rien de plus ?

— Non, rien. »

François ne voulait pas inquiéter son épouse sans raison. Celle-ci paraissait déjà assez perturbée.

« Tu ne l'as pas reconnu ? ajouta Lisa.

— Non, je ne le connais pas. Je ne l'avais jamais vu auparavant.

— Moi, je l'ai reconnu. »

François parut intrigué.

« Tu le connais ?

— Pas précisément. Je l'ai déjà vu une fois ou deux, à l'occasion de travaux de couture que j'ai faits pour son épouse. Il n'habite pas très loin, dans une rue du quartier. J'ai dû le rencontrer chez lui, quand je suis allée rendre mon ouvrage à sa femme.

— Il t'a reconnue ?

— Je ne crois pas. Il n'a fait aucune allusion à mon travail ; il a fait comme s'il ne m'avait jamais vue.

— Que t'a-t-il dit exactement ? »

François était avide de savoir si le policier avait donné à Lisa le même conseil qu'à lui-même.

« Il m'a demandé où tu étais. Je viens de te le dire.

— Alors, pourquoi es-tu si troublée ?

— Je craignais qu'on te fasse des ennuis.

— Je pense qu'il s'agissait d'une simple vérification. »

D'un commun accord, ils cessèrent aussitôt de discuter de ce sujet, afin de ne pas éveiller l'attention des enfants qui jouaient dans la chambre voisine sans se soucier de rien. La petite Célia se mit alors à pleurer.

« Ça y est, dit François, nous l'avons réveillée avec tous nos bavardages.

— C'est l'heure du biberon. Je vais le lui préparer. Occupe-toi du repas si tu ne veux pas être en retard à la librairie tout à l'heure. »

François s'exécuta, l'esprit chagriné. Les réponses de Lisa ne l'avaient pas satisfait. Il ne savait pas grand-chose de plus sur son mystérieux visiteur. Quant à Lisa elle-même, sans le montrer, elle avait le sentiment que François ne lui disait pas toute la vérité. Elle aussi avait remarqué que la rue avait été anormalement calme pendant toute la matinée. N'étant pas sortie, elle n'avait pas vu la ronde des agents municipaux, plus nombreux que de coutume. Mais, de sa fenêtre, elle avait aperçu plusieurs fois les fourgons de police passer lentement sans s'arrêter. Elle était restée sur le qui-vive, surtout après la visite de l'agent, pensant que François la renseignerait dès son retour.

Une fois le repas terminé, Sarah et Jacob étant retournés jouer dans leur chambre, Lisa rompit la première le silence.

« Tu n'as rien remarqué d'insolite, dans la rue, ce matin ? J'ai l'impression que les gens du quartier sont restés cloîtrés chez eux, c'est bizarre. De plus, à maintes reprises, j'ai vu des voitures de police aller et venir.

— Je m'en suis aperçu. Mais il n'y avait rien de spécial.

— François, tu me caches quelque chose. Tu sais bien que tu ne parviens pas à me mentir sans que je m'en rende compte.

— Je ne te mens pas.

— Que t'a-t-il dit, cet agent de police ? »

François se sentait mal à l'aise. Parler eût été plus honnête. Mais fallait-il inquiéter Lisa inutilement ? Quant à ne pas la tenir au courant… s'il y avait un réel danger… !

« Le policier nous conseille de partir dès ce soir, finit-il par avouer.

— Partir ! Pour aller où ?

— Je l'ignore. J'ai pris son conseil pour une menace. Il a ajouté de ne pas rester ici demain et de nous éloigner tous les cinq.

— Tous les cinq ! Il t'a expliqué pourquoi ?

— Non, rien de plus.

— Tu ne le prends pas au sérieux au moins !

— Qu'en penses-tu ?

— Pas plus que toi. Va savoir ce qu'il y a dans la tête de ces fonctionnaires zélés qui obéissent aux ordres des Allemands !

— J'ai d'abord cru que c'était de l'intimidation, pour que nous quittions notre logement et pour que je perde mon emploi. Mais Charles n'est pas de cet avis. Pour lui, ils agiraient plus directement. Moi, j'ai pensé que ce flic était sans doute un voyou ou un de ces antisémites qui a voulu nous faire peur.

— Si nous partons, il est vrai que nous risquons de trouver porte close à notre retour. Peut-être que le propriétaire veut se débarrasser de nous, et qu'il a envoyé cet agent pour exécuter sa sale besogne ! Ils doivent être de connivence. »

François jugeait l'hypothèse de Lisa la plus plausible. Satisfait de cette solution, il finit par couper court à la discussion.

« Nous n'allons pas nous laisser dépouiller par des brigands. »

Sur ces mots, il partit travailler.

* *
*

Restée seule avec ses enfants, Lisa réfléchit longuement à l'incident du matin. Son hypothèse ne la satisfaisait qu'à moitié. L'atmosphère de la rue, en effet, la rendait perplexe. La coïncidence lui paraissait étrange. Toutes ces allées et venues de policiers et la visite de l'un d'entre eux, uniquement pour vérifier si François était bien à son travail, tout cela lui semblait anormal.

Une fois les enfants partis à la garderie de vacances, elle ne put rester seule très longtemps. Elle alla tenir compagnie à Yvette Legendre, la gardienne de l'immeuble avec laquelle elle s'était liée d'amitié depuis qu'elle lui avait confié la surveillance de Sarah quand celle-ci était toute petite.

« Si vous craignez quelque chose, confiez-moi vos enfants pour un soir, lui proposa la concierge.

Je les garderai à la maison. Ils adorent venir ici. Je suis un peu comme leur grand-mère.

— Vous êtes bien gentille, Yvette, mais je ne peux vous demander de vous occuper aussi de Célia. Elle exige encore trop de soins. Elle vous fatiguerait.

— Alors, allez de ma part la confier pour un jour à l'une de mes amies. Elle a l'habitude des enfants, c'est une ancienne nourrice. Elle ne vous refusera rien. Son mari est mort à Verdun pendant la Grande Guerre. Elle n'aime guère les Allemands ! Elle vous aidera. »

Lisa hésitait. Elle n'avait pas parlé de cette éventualité à François. Or, elle devait se décider sur-le-champ. Pour Célia en effet, elle n'avait que l'après-midi pour se rendre chez cette nourrice à l'autre bout de Paris, l'interdiction de circuler après 20 heures pour tous les Juifs étant impérative.

« Vous la reprendrez dès que vous estimerez le danger écarté. Ne craignez rien, elle sera entre de bonnes mains. Quant aux deux grands, je m'en charge. Ne vous inquiétez pas, il ne se passera rien.

— Nous en avons vu d'autres en Allemagne avant de nous réfugier en France !

— Je vous crois sur parole !

— Mais s'il fallait de nouveau vivre comme des rats, cachés dans les caves, sans relations, et en se méfiant en permanence du moindre bruit et de la première personne rencontrée, je ne le supporterais plus.

— Vous ne vous méfiez pas de moi au moins ?

— Yvette, vous savez bien que vous êtes la première personne à qui je fais confiance.

— Alors, faites ce que je vous dis. Et, après-demain, on n'en reparlera plus.

— Dès que Jacob et Sarah reviendront du centre, ils descendront chez vous. Je vais leur laisser un petit mot sur la table de la cuisine. Pendant ce temps, je me rendrai avec Célia chez cette dame.

— C'est une Alsacienne, une réfugiée, comme vous. Elle a fui l'Alsace il y a trente ans avec son mari ; il ne supportait plus l'occupation allemande. Je vais lui écrire une lettre que vous lui remettrez. En attendant, allez préparer votre petite fille. Ne traînez pas trop, vous avez juste assez de temps pour faire l'aller-retour d'ici 20 heures.

— Et François ! Il n'est pas au courant. Que pensera-t-il en rentrant, s'il ne voit personne à la maison ?

— Je le guetterai par la fenêtre de la loge et je lui expliquerai. »

Lisa monta préparer Célia, écrivit à ses deux aînés un mot d'explication très laconique qu'elle plaça sur la table de la cuisine. Puis elle redescendit prendre la lettre de son amie.

Au milieu de l'après-midi, poussant son landau devant elle en rasant les murs, elle quitta le faubourg Saint-Antoine pour les quartiers nord de Paris.

Elle n'eut aucun mal à trouver la rue Lepic, près du cimetière de Montmartre. Elle se dirigea sans hésiter à l'adresse que lui avait indiquée son amie et se présenta sans autre forme de préséance.

Valentine Berger était une petite femme d'une cinquantaine d'années, vive et joviale. Elle fit de suite bonne impression à Lisa qui lui tendit sa lettre dès son entrée dans la maison.

« Ainsi, c'est Yvette qui vous envoie ! Il y a bien longtemps que je ne l'ai vue. Elle n'a pas d'ennuis au moins ?

— Du tout. En fait, elle m'envoie pour vous demander un petit service. Elle vous explique cela dans la lettre. »

Valentine Berger ouvrit l'enveloppe et lut attentivement. Puis, se retournant vers le landau, elle s'extasia devant l'enfant qui dormait sans broncher.

« Vous avez une petite fille adorable ! Et je m'y connais. Je ne vous demande pas d'où vous venez, cela ne me regarde pas. Mais si vous avez besoin que j'assure la garde de la petite pendant quelque temps, je le ferai volontiers. Je ne peux rien refuser à mon amie Yvette. Elle m'a rendu trop de services quand nous étions plus jeunes.

— Vous devez savoir une chose, coupa Lisa, un peu gênée. Mon mari et moi, nous sommes juifs.

— Je l'avais compris. Ne vous en faites pas, je n'ai rien contre les Juifs. Cela ne change rien. Avez-vous amené le nécessaire de rechange et les biberons ?

— J'ai tout préparé dans la mallette que voilà.

— Parfait. Au fond, je suis heureuse de reprendre du service. J'ai été longtemps nourrice dans ma jeunesse. Non seulement j'ai élevé mes trois enfants, mais j'en avais toujours un ou deux de plus par roulement. Des enfants de riches des quartiers chic qui n'avaient pas le temps de s'occuper de leur progéniture.

— Yvette m'a expliqué. Je suis au courant. Pour Célia, ce ne sera que pour deux nuits. Je reviendrai la chercher après-demain.

— De toute façon, elle ne manquera de rien ici. Revenez quand vous voudrez. »

Mise en confiance, Lisa commença à raconter les événements tumultueux de son exode et les moments de grande frayeur qu'elle avait traversés avec François, jusqu'à son arrivée en France. Yvette l'écoutait sans rien dire, captivée par son récit épique.

Au bout d'un moment, Lisa, qui ne s'était pas rendu compte que le temps s'était trop vite écoulé, se leva, alla prendre son enfant dans ses bras et la serra très fort contre sa poitrine. Ses yeux étaient noyés de larmes. Elle lui susurra quelques mots dans le creux de l'oreille. Célia poussa quelques gazouillements de joie, croyant sans doute que l'heure du biberon était arrivée. Puis, Lisa la tendit à Valentine et lui dit, la mort dans l'âme :

« Prenez soin d'elle ! S'il nous arrivait quelque chose, ne l'abandonnez pas. Elle est si petite et si fragile.

— Que peut-il vous arriver ? Ne vous faites pas de souci. Partez tranquille et revenez vite. »

Sur ces paroles de réconfort, Lisa prit congé. Sur le pas de la porte, elle jeta un dernier coup d'œil en direction du landau, puis, d'un pas alerte, elle s'éclipsa. Elle reprit le même chemin qu'à l'aller, préférant marcher qu'emprunter le métro, afin d'éviter tout risque de contrôle policier.

Elle parvint chez elle peu avant 20 heures. François l'attendait dans la loge de la concierge. Mort d'inquiétude, il enserrait Sarah et Jacob dans ses bras.

« Qu'as-tu fait Lisa ? lui dit-il sans lui laisser le temps d'arriver.

— Yvette a dû te l'expliquer.

— Certes, mais tu aurais pu m'en parler ce midi !

— Je n'avais pas encore pris ma décision. »

François mit un moment pour se rendre à l'avis de son épouse. Il finit par admettre qu'elle avait eu raison d'éloigner Célia.

« Pour les deux autres enfants, est-il vraiment utile de les confier à Yvette ?

— C'est plus sûr, on ne sait jamais. De toute façon, les enfants sont ravis de dormir chez elle ce soir. »

* *
*

Jeudi, 16 juillet 1942.

L'immeuble où logeaient les Blumstein était plongé dans un profond silence, comme toute la rue du Faubourg-Saint-Antoine. En plein milieu de la nuit, la capitale avait perdu toute vie depuis le début de l'Occupation. Aucun quartier ne faisait exception, en apparence du moins. Car dans certains, la vie parisienne semblait ignorer la guerre : cinémas, théâtres, cabarets, grands restaurants s'accommodaient très bien des interdits.

François et Lisa s'étaient endormis tard la veille au soir, l'absence de leurs enfants pesant dans leur conscience beaucoup plus que n'importe quel vacarme de la rue. Ils eurent beau se rassurer l'un l'autre, ils ne parvinrent pas à extirper de leur esprit l'idée d'un éventuel danger.

Cette mise en garde mystérieuse du policier, le matin même, leur revenait sans cesse à la mémoire. Sans avoir besoin d'en reparler, ils savaient que c'était là l'objet de leur inquiétude mutuelle.

Physiquement fatiguée par sa traversée de Paris, Lisa finit par s'endormir la première, peu avant minuit. François, quant à lui, sommeillait à moitié, l'oreille aux aguets, attentif au moindre bruit.

Vers 3 heures du matin, il fut mis en éveil par une sorte de vrombissement qui ressemblait à des bruits lointains de moteur. Dès lors, il ne ferma plus l'œil, épiant le silence apparent de la rue. Lisa dormait à ses côtés. Il prit soin de ne pas la réveiller afin de ne pas l'inquiéter sans raison.

Malgré les doubles rideaux de la fenêtre, l'obscurité n'était pas totale dans la chambre. Soudain, un halo de lumière balaya la pièce, mettant en relief l'armoire qui se dressait face au lit. Un véhicule, moteur au ralenti, s'était arrêté en bas de l'immeuble et attendait. Plus loin, d'autres moteurs ronronnaient de la même manière. Petit à petit, des bruits de pas dans la rue, puis des voix d'hommes devinrent de plus en plus perceptibles. Une agitation inhabituelle troublait la profondeur de la nuit.

François se redressa dans son lit, s'assit et chercha ses lunettes de la main sur la table de chevet. Lisa dormait toujours. Les voix se firent de plus en plus fortes et nombreuses. Toutefois, François ne percevait que des mots, des bribes de phrases tout au plus : « Dépêchez-vous… montez… n'ayez pas peur… contrôle… »

Ce vocabulaire, il le connaissait trop bien. Il n'avait nul besoin d'aller s'enquérir de ce qui se passait. Il avait compris.

Il se leva cependant sans faire de bruit et, tirant légèrement les rideaux, jeta un coup d'œil furtif dans la rue. Le spectacle était saisissant. Deux autobus, tous phares allumés et moteur en marche, attendaient l'un derrière l'autre. De sa fenêtre, François pouvait apercevoir la plate-forme à l'arrière de l'un d'eux, et le chauffeur à l'avant de l'autre qui patientait en fumant une cigarette. Des gendarmes semblaient monter la garde, comme s'ils étaient en train d'arrêter des criminels ou des résistants pris dans leurs filets. Des agents de ville en tenue, le képi bien vissé sur la tête, leur prêtaient main-forte et allaient et venaient d'un immeuble à l'autre.

François pensa d'abord que le quartier devait receler un réseau de résistants important pour que tant de forces de l'ordre y fussent déployées. Il commençait à comprendre la mise en garde de l'agent de police. Il pouvait y avoir du danger à traîner dehors. Ceux qui seraient arrêtés ne se laisseraient sans doute pas faire facilement.

Toutefois, la présence des autobus lui parut étrange. Ce n'était pas la méthode habituelle de la police pour embarquer des suspects. Il fallait donc que les autorités aient prévu beaucoup d'arrestations pour réquisitionner de tels moyens !

Très vite, ses supputations furent confirmées par les premières personnes sommées par les gendarmes de monter dans les véhicules. Il ne s'agissait nullement de résistants. Il y avait là des hommes, mais aussi des femmes, de tous âges, et même des enfants.

Cette présence d'enfants l'ébranla. Il comprit immédiatement ce qui se passait sous ses yeux.

Il n'hésita plus un instant. Il réveilla Lisa. Celle-ci, extirpée brutalement de son sommeil, s'inquiéta aussitôt du remue-ménage qui s'amplifiait.

« Ils embarquent des tas de gens, expliqua François. Je ne distingue pas très bien, mais j'ai cru reconnaître les Bruner et les Klarsfeld.

— Ils vont venir nous chercher ! Ils emmènent les Juifs du quartier ! ajouta Lisa. Qu'est-ce qu'ils nous veulent ? »

Dans la rue, François pouvait apercevoir de pauvres bougres, hagards, à peine habillés, une valise à la main, attendant que gendarmes et policiers leur donnent l'ordre de monter dans les autobus réquisitionnés pour l'occasion. Le spectacle était affligeant. Aucun n'osait protester ni refuser d'obtempérer, tant la menace semblait imparable.

« Où les emmènent-ils ? questionna Lisa, morte de peur. Ils n'ont même pas de bagages pour voyager longtemps !

— Peut-être qu'ils les sortent de Paris pour faire de la place ? Je repense au conseil du policier de ce matin. Ils veulent nous mettre dehors.

— Ou nous livrer aux Allemands !

— Il n'y en a pas dans la rue. Ce sont les autorités françaises qui agissent. J'aime mieux ça. Sans doute veulent-ils vérifier notre identité et nous faire peur. C'est banal de la part d'un gouvernement antisémite.

— Tu oublies ce que les nazis ont fait des nôtres en Allemagne avant même le début de la guerre !

— Tu as raison. Méfions-nous. Ne restons pas à cette fenêtre.

— Que pouvons-nous faire ? »

Lisa avait à peine posé sa question qu'un bruit de pas non dissimulé lui fit comprendre que les loups étaient entrés dans l'immeuble. Elle se blottit dans les bras de François qui avait aussi peur qu'elle, mais qui tâchait de ne pas le montrer afin de la rassurer.

« Ne t'inquiète pas. Ils ne peuvent rien contre nous. Nous n'avons rien fait de répréhensible. »

Plusieurs hommes montaient l'escalier. L'un d'eux frappa sèchement à la porte.

« Franz-Jacob et Lisa Blumstein, ouvrez ! Police. »

Glacés de frayeur par la brutalité de ces ordres qui leur rappelaient trop de mauvais souvenirs, ils ne bronchèrent pas, retenant leur respiration.

« Ouvrez ! répéta la voix, sinon, nous défonçons la porte. »

Le policier martela de nouveau la porte de son poing. Personne ne bougeait dans l'immeuble. François finit par aller ouvrir.

« J'arrive, j'arrive, j'enfile mon pantalon. »

Sitôt la porte ouverte, deux policiers en tenue entrèrent sans autre forme de civilité et, d'un air péremptoire, déclamèrent une sorte de litanie apprise stupidement par cœur.

« Vous êtes bien Franz-Jacob Blumstein et vous son épouse ? Vous êtes juifs. Vous devez nous suivre, ainsi que vos enfants. Il ne vous sera fait aucun mal. Vous pouvez emmener une valise pour vos effets personnels. Nous vous donnons une minute pour vous préparer et pour descendre. »

Les deux policiers ne dirent pas un mot de plus et firent le tour de la pièce. Lisa, qui n'avait pas levé les yeux depuis leur intrusion, fut la première à reconnaître l'un d'entre eux. Son regard trahit l'étonnement. Elle se retourna vers François, puis de nouveau vers le policier. Celui-ci comprit qu'elle l'avait reconnu.

« Dépêchez-vous, madame », lui dit-il sur un ton plus compatissant, le même qu'il avait eu en donnant son conseil à François.

Celui-ci avait reconnu son interlocuteur au premier regard. Il comprit alors la raison de sa démarche du matin. Ainsi, il était venu le prévenir de la rafle, afin que lui et les siens y échappent. Comme il regrettait à présent de s'être méfié !

Sans traîner, François et Lisa ramassèrent quelques vêtements qu'ils enfermèrent dans une valise.

« Prenez aussi un peu d'eau, cela pourra vous être utile », leur conseilla le policier, qui visiblement semblait très ennuyé par la vile besogne qu'il était en train d'exécuter.

Son collègue repartit le premier, le priant de faire descendre le couple et les enfants sans traîner. Resté seul dans l'appartement, l'agent leur demanda alors de l'excuser, et rappela qu'il leur avait conseillé de partir.

« Nous avons pris votre conseil pour une menace, expliqua François.

— Où sont vos enfants ? » demanda l'homme en uniforme.

Lisa se mit à sangloter, et ne put prononcer un seul mot.

« Ils sont en vacances chez des amis, expliqua François. Ils avaient besoin de grand air. Ils ne sont pas ici. »

L'agent ne fit aucune remarque, puis il leur dit de se dépêcher et de le suivre.

« Fermez bien votre porte à clé derrière vous. Et suivez-moi. Pour vos enfants, on verra.

— Mais, que vont-ils devenir ? s'inquiéta Lisa, au comble du désespoir.

— Madame, ne me posez pas de questions. Vous finirez par attirer l'attention sur vous et je ne pourrai plus rien pour vos enfants.

— Viens vite, dit François, qui se demandait quel jeu jouait ce policier. Ne t'inquiète pas, nous reviendrons, puisqu'il nous a dit de bien fermer notre porte à clé. »

Parvenus en bas de l'escalier, ils virent un attroupement de pauvres hères, dans le même état qu'eux, tous aussi terrifiés les uns que les autres, habillés à la hâte. Certains tenaient leurs enfants par la main. De vieux couples s'entraidaient, tandis qu'une femme enceinte, prête à accoucher, tentait péniblement de monter dans l'un des autobus, soutenue par son jeune mari.

« Prenez la queue et ne vous retournez pas, conseilla le policier, qui continuait à prodiguer ses conseils. Mon collègue n'a pas remarqué l'absence des enfants. Montez vite dans l'autobus. »

Effondrés, Lisa et François se placèrent dans la file et grimpèrent sur la plate-forme du véhicule. Celui-ci s'ébranla aussitôt après. Ils eurent à peine le temps de voir s'éloigner leur immeuble où Jacob et Sarah dormaient paisiblement.

La nuit leur semblait plus épaisse que d'habitude. Et, surtout, elle leur paraissait sans fin.

La rafle ne faisait que commencer. Au cours de cette nuit tragique, neuf mille policiers français firent la vile besogne que le gouvernement Laval avait proposée au général S.S. Oberg, en gage d'un odieux marchandage, pour sauver, soi-disant, soixante-quinze mille Juifs français à Paris. La police française se chargea de toute l'opération. Les agents en uniforme investirent la capitale et réveillèrent les Juifs en plein milieu de la nuit. Tous ayant été fichés au préalable, il fut facile de les cueillir au saut du lit. Au cours de cette nuit tragique, treize mille personnes furent prises dans les filets de la police française inféodée à l'autorité allemande.

Ce nouveau « jeudi noir », il soufflait sur Paris un *vent printanier*[1] pestilentiel qui laissait déjà présager de la terrible solution finale imaginée par les dignitaires nazis quelques mois auparavant.

1. *Nom donné à cette opération par un fonctionnaire nazi.*

II

La descente aux enfers

L'autobus dans lequel Lisa et François avaient pris place n'était qu'à moitié plein quand il s'ébranla pour une destination que personne ne connaissait. Sous le regard inébranlable des deux gardes mobiles qui se tenaient à l'arrière, personne n'osait parler. Chacun se pressait contre les siens pour se rassurer et trouver un peu de chaleur humaine dans ce convoi tragique qui semblait tout droit sorti d'un vrai cauchemar. Les enfants se cachaient dans les jupes de leurs mères, les yeux encore tout ensommeillés. Les hommes, inquiets, serraient leurs épouses dans leurs bras.

Plaqué contre une vitre, François tenait Lisa par la main et regardait par la fenêtre défiler les trottoirs vides, curieux de savoir où on les emmenait. Le bus s'arrêta plusieurs fois pour embarquer de nouveaux passagers. À chaque halte, le même scénario se répétait. Toujours les mêmes ordres aboyés par les mêmes chiens de garde ; toujours les mêmes scènes d'hommes, de femmes et d'enfants cueillis au saut du lit et embarqués sans ménagement et sans explications.

En fait d'explications, nul n'en avait besoin. Tous savaient qu'était venu leur tour d'être envoyés en enfer. Personne n'ignorait que, depuis le début de la guerre, des camps d'internement avaient été ouverts pour accueillir, au départ, les ressortissants des « pays ennemis » réfugiés en France. Leur statut de réfugié politique n'avait alors nullement prévalu. Parmi eux se trouvaient de nombreux intellectuels antinazis, des républicains espagnols qui avaient combattu la dictature de Franco, des Juifs aussi qui avaient fui les persécutions. Grâce au fichier du Commissariat aux questions juives, tous les Juifs étrangers, qui restaient encore sur le territoire national, étaient étroitement surveillés. Il ne fut donc pas difficile d'aller les chercher à leur domicile en ce jeudi 16 juillet.

Beaucoup d'entre eux espéraient toujours qu'on les avait oubliés, que les autorités ne s'en prenaient qu'aux activistes. Ils n'avaient pas voulu changer leurs habitudes de vie, alors que les mesures vexatoires s'étaient amplifiées à leur égard, depuis la signature de l'armistice du 22 juin 1940.

Lisa et François se sentaient même protégés par leur naturalisation qu'ils avaient obtenue, non sans peine, pendant le Front populaire. Au cours de cette période, alors que chez eux se multipliaient pogroms, autodafés et déportations, ils avaient ressenti avec soulagement ce vent de liberté et de paix qui soufflait sur la France, pays qu'ils avaient décidé d'adopter sans l'ombre d'une hésitation. Forts et fiers d'être devenus citoyens français, ils ne pensaient pas qu'un jour, la France, en deuil de sa République et devenue dans la honte de la défaite « l'État français », pourrait de nouveau les considérer comme étrangers, par le seul fait qu'ils fussent juifs.

À travers les vitres embuées, François repérait l'itinéraire suivi par le convoi des autobus. Ceux-ci roulaient à la file indienne. De temps en temps, l'un d'eux quittait la file, sans doute pour aller faire le plein de « voyageurs » dans un quartier voisin.

Les arrêts étaient fréquents, les attentes longues, et la résignation gagnait déjà les esprits. Un silence étrange régnait dans l'autobus, percé seulement par quelques cris, quelques pleurs d'enfants vite étouffés par une mère morte de peur de se faire remarquer par la chiourme. Au milieu de la rangée centrale, où plus une place ne restait libre, un vieil homme fut pris de malaise. Tant bien que mal, on l'installa sur un siège qu'une femme non moins âgée libéra. Le vieil homme suffoquait sans émettre un mot. On lui déboutonna le col de sa chemise. Quelqu'un lui versa un peu d'eau sur les lèvres. Rien n'y fit. Le vieil homme, livide, eut un rictus de terrible souffrance. Il porta ses mains à sa poitrine dans un dernier sursaut de vie. Puis son visage s'illumina et se détendit. Il semblait heureux d'avoir échappé à ses geôliers. Ses proches voisins l'allongèrent sur la banquette, lui couvrirent le visage d'une veste et, sans rien ajouter, attendirent stoïquement la fin du trajet.

« On prend la direction du Vélodrome d'hiver », susurra François à l'oreille de Lisa.

Celle-ci ne broncha pas. Ses pensées étaient ailleurs. « Qu'est-il arrivé à Sarah et à Jacob ? se demandait-elle. Ont-ils été pris également dans la rafle ? Et Célia, que va-t-elle devenir ? »

« J'ai peur, murmura-t-elle à François dans le creux de l'oreille.

— Moi aussi, mais il ne faut pas le montrer.

— Et les enfants ?

— Ils sont en sécurité. Ils ne craignent rien. »

Le convoi s'arrêta en enfilade devant les portes du vélodrome. Il était bientôt 6 heures. Les malheureux voyageurs étaient déjà épuisés par les attentes interminables et par le manque de sommeil. On les fit descendre des véhicules, toujours sous la surveillance des gardes mobiles et d'agents municipaux en tenue. Par groupes, tous furent conduits à l'intérieur du stade où se trouvaient déjà de nombreux raflés arrivés plus tôt. À leur entrée, un garde leur dit de s'installer dans un coin, sur les gradins de préférence.

François connaissait bien le Vélodrome d'hiver. Depuis de nombreuses années, il venait assister aux courses cyclistes sur piste. C'était son sport favori, et il appréciait beaucoup l'atmosphère populaire qui régnait dans les gradins à chaque compétition.

Il entraîna Lisa par la main à travers la foule qui s'agglutinait.

« Viens par ici. Il faut s'installer près des toilettes, pour l'eau et pour les commodités. Vu le monde, il risque d'y avoir des problèmes. »

Dans la bousculade, Lisa lâcha la main de son mari. Celui-ci fut happé par la foule et entraîné plus loin.

« Lisa ! Lisa ! » s'écria-t-il désespérément.

Il avait beau l'appeler, le flot humain les séparait de plus en plus. Bientôt Lisa perdit François de vue, entraînée malgré elle vers les gradins inférieurs.

Les familles s'installaient, regroupées sur quelques mètres carrés. Certaines avaient retrouvé des amis de leur quartier. Les discussions commençaient à dégeler le morne silence qui avait régné à leur entrée. Chacun tâchait de trouver une place au mieux des possibilités qu'offraient les gradins. En bas, près de la piste, d'autres groupes avaient pris possession des box et on entendait monter, au fur et à mesure que le temps passait, un sourd bourdonnement de voix apeurées.

François abandonna l'idée d'occuper une place près des toilettes. Il voulait à tout prix retrouver Lisa. Ne pas la laisser seule dans cette foule. Non sans peine, il se fraya un passage dans les couloirs encombrés, s'excusant mille fois, essayant de reconnaître un visage familier. Mais il y avait tant de monde que tous les visages se confondaient, tant de grisaille dans cette marée humaine que tout se diluait devant ses yeux.

Tandis qu'il enjambait une femme enceinte allongée sur une couverture, il entendit quelqu'un l'appeler derrière lui :

« François Blumstein ! »

Il se retourna et aperçut la famille Bruner qu'il avait vue partir peu avant lui, de la fenêtre de sa chambre.

« Que faites-vous là ? Nous avons aperçu Lisa il y a un instant, seule et en larmes.

— Nous nous sommes perdus.

— Elle est plus bas, vers la gauche. »

François poursuivit sa quête et finit par retrouver Lisa prostrée, claquemurée dans le silence, la tête dans les mains, le visage ruisselant de larmes.

« Lisa, ma Lisa ! Ne crains plus rien, je suis là. Viens vite. »

François étreignit sa femme dans ses bras et la réconforta un long moment avant de l'inviter à le suivre.

« Essayons de nous installer près d'un point d'eau, il y a encore de la place. Si nous attendons davantage, avec les nouveaux arrivants, nous ne pourrons bientôt plus circuler. »

Tenant Lisa d'une main et sa valise de l'autre, il se fraya difficilement un passage. Il enjamba des corps assoupis, bouscula des enfants qui recommençaient à jouer en dépit de la situation, renversa des paquetages mal ficelés aux maigres effets.

Il finit par se faire une place à une vingtaine de mètres de l'entrée des toilettes et alla de suite remplir sa bouteille d'eau. Puis, tous deux s'appuyèrent contre leur valise et tâchèrent de trouver un peu de repos.

* *
*

Dans l'après-midi, le stade se remplit de plusieurs milliers de personnes qui s'entassèrent les unes sur les autres. Il en arrivait par convois entiers, sans discontinuer.

Le spectacle dépassait l'imagination. Sous un soleil de plus en plus accablant, les conditions d'internement devinrent très vite épouvantables, car aucune aide n'était apportée aux malheureux prisonniers. Les gardes mobiles de la gendarmerie avaient reçu l'ordre de ne répondre à aucune question. Au reste, savaient-ils eux-mêmes ce que les autorités pensaient faire de ce troupeau humain, parqué dans les conditions les plus honteuses ? Certes, des médecins juifs, internés eux aussi, portaient secours aux malades et aux femmes enceintes – la solidarité se renforçant dans pareille situation –, mais sans médicaments, il leur était impossible de soulager les plus gravement atteints.

Le soir du premier jour, aucune nourriture ne fut distribuée. Il en fut ainsi pendant les sept jours que dura cette sinistre mascarade, le temps de transférer tous les raflés vers les camps de Drancy, Pithiviers et Beaune-la-Rolande.

La situation devint rapidement intenable. L'eau manquait atrocement. Les toilettes étaient donc très convoitées, comme l'avait prévu François. Les enfants en bas âge étaient privés de lait, rien n'ayant été envisagé pour eux, pas plus que pour les adultes. Chacun essayait de se débrouiller comme il le pouvait.

Sur les conseils de l'agent de police bienveillant, Lisa avait emporté un peu de nourriture : une boule de pain, le reste d'un saucisson acquis au marché noir et une plaque de chocolat. Elle avait dû agir dans la hâte et la précipitation. Elle n'avait pas pensé à tout. Aussi, ses provisions étaient insuffisantes. François lui avait demandé d'attendre le soir pour manger un peu, car il pensait que ce voyage vers l'inconnu ne faisait que commencer et qu'il était prudent d'économiser leurs maigres victuailles.

Autour d'eux, les autres internés agissaient de la même manière. Seuls quelques enfants mangeaient. Les adultes semblaient gênés d'entamer leurs provisions personnelles – quand ils en avaient – sous les yeux de ceux qui n'avaient pu rien emporter.

Petit à petit certains commencèrent à s'organiser et proposèrent de partager avec d'autres ce qu'ils détenaient. On fit l'inventaire, on répartit avec parcimonie, on échangea. Le bilan était pauvre. Lisa fut l'une des premières à proposer son chocolat aux enfants en bas âge, afin de remplacer le lait manquant. Délayé dans un peu d'eau, il permit de confectionner quelques misérables biberons.

Le vélodrome se partagea en îlots. Peu à peu chaque interné se sentit appartenir à un groupe solidaire. La survie des uns dépendait étroitement de l'entraide de tous et de la cohésion du groupe. Très vite, quelques « chefs » se détachèrent, prenant les initiatives, allant d'un groupe à l'autre colporter les rares nouvelles parvenues de l'extérieur grâce aux derniers arrivés. François demanda à Lisa de s'occuper des enfants esseulés qui avaient été séparés de leurs parents au moment du transfert dans les autobus. Cela, pensait-il, lui éviterait de trop penser aux siens et de sombrer dans le plus profond désarroi. Lisa ne se fit pas prier et se mit aussitôt au service des autres, tandis que François allait et venait aux nouvelles, soutenant de son mieux les plus démunis.

À la tombée de la nuit, le silence s'abattit sur le stade comme une chape de plomb menaçante, inquiétante, lugubre.

* *
*

Sous les verrières du boulevard de Grenelle, les agents continuaient leur infamante besogne, entassant dans les tribunes les Juifs parisiens de plus en plus nombreux. Au petit matin, tandis que le va-et-vient s'était poursuivi quasiment toute la nuit, le Vél'd'hiv' était plein à craquer.

Non loin de François, une jeune femme ne cessait de s'agiter, prise de tremblements incontrôlés. Elle avait perdu son enfant dans la cohue et hurlait son désespoir. Rien ni personne ne pouvait la calmer. Son mari, parti à sa recherche, était revenu vers elle sans résultat et parlait d'aller hurler sa haine aux gardes qui, stoïquement, empêchaient tout mouvement intempestif.

Des rumeurs de départ commençaient à circuler.

« Ils vont peut-être nous relâcher, dit Lisa en voyant l'agitation qui semblait reprendre du côté des couloirs de sortie.

— De toute façon, ils ne peuvent pas nous

garder ici indéfiniment, tenta de la rassurer François. Sinon, on finira tous par crever de faim et de soif. »

Au bout de vingt-quatre heures, les conditions d'internement étaient devenues insupportables. Car rien n'avait été prévu, et rien ne semblait l'être pour les jours à venir. Les toilettes étaient saturées et il n'était plus question de penser s'y rendre pour prendre de l'eau ou pour ses commodités. Aussi, hommes et femmes, tout en essayant de préserver un peu de pudeur, faisaient-ils leurs besoins sur place, dans des recoins qu'ils réservaient à cela. Très vite une forte puanteur envahit les gradins. Les déjections mêlées parfois à des traces de sang commençaient à s'amonceler aux quatre coins du stade.

Devant cette déchéance humaine imposée par les autorités, les Juifs internés faisaient preuve d'une grande dignité.

« Il faut trouver le moyen de sortir d'ici, lança François à son ami Isaac Bruner, qui était venu le rejoindre avec sa femme et ses deux enfants. Je connais bien le stade. Il doit y avoir des issues par lesquelles on peut se faufiler. Les vestiaires et le dessous des tribunes par exemple.

— Tout doit être gardé. »

Consultant sa montre, François réfléchit.

« Il n'est que 6 heures. Les gens sont encore calmes. Isaac, acceptez-vous de venir avec moi pour inspecter les lieux ? »

Isaac Bruner hésitait.

« Ma femme, mes enfants ! Je ne peux les laisser seuls.

— Lisa s'occupera d'eux. Il faut agir vite avant que l'agitation ne reprenne. Sinon, nous ne pourrons plus circuler.

— Si vous croyez qu'il y a une chance de sortir d'ici, je vous suis.

— Dès que nous aurons fini notre inspection, dit François à Lisa qui acquiesçait, nous reviendrons et nous aviserons.

— Soyez prudents !

— Ne t'inquiète pas. Nous allons commencer par les vestiaires. Venez, Isaac ! »

Sans se presser, tandis que la foule entassée commençait à s'éveiller et à s'agiter, Isaac et François se mêlèrent à ceux qui allaient déjà d'un groupe à l'autre et, discrètement, ils se rapprochèrent des vestiaires, en bas des gradins.

Aux portes du vélodrome régnait une grande fébrilité. Lisa crut que, peut-être, on commençait à relâcher les détenus. Pour s'en assurer, elle descendit quelques gradins, parcourut à grand-peine les couloirs encombrés et parvint à s'approcher de l'entrée du stade. Elle fut aussitôt repérée par un garde mobile en faction, qui la menaça de son arme.

« Halte ! Où allez-vous ? » fit-il à son adresse.

Surprise, Lisa balbutia quelques mots.

« Je cherche mon mari, nous nous sommes perdus.

— Ne restez pas là ! Vous voyez bien qu'il n'y

est pas. Personne ne passe par ici. C'est interdit. Retournez d'où vous venez. »

Apeurée, elle n'insista pas. Il n'y avait aucun moyen de connaître la cause de cette agitation. Cependant, des gens allaient et venaient. « Il se passe quelque chose d'anormal », pensa-t-elle. Elle resta sur place un moment, l'œil rivé sur l'entrée. Tout à coup, elle sursauta. Quelqu'un lui tirait l'épaule en arrière.

« Lisa, viens par ici. »

François l'attira vers lui.

« Ah ! c'est toi ! Tu m'as fait peur.

— Que fais-tu là ? C'est dangereux de s'approcher de la sortie.

— Que se passe-t-il ?

— Nous nous sommes renseignés. Ils commencent à nous évacuer par groupes. Ils nous envoient ailleurs.

— Ils ne nous relâchent pas ?

— J'ai peur que non !

— Où nous envoient-ils ?

— Je ne suis pas parvenu à le savoir avec certitude. Certains affirment qu'on nous transfère dans des camps tout près de Paris. La Croix-Rouge essaie de parlementer au-dehors. Leurs représentants exigent de pouvoir contrôler nos conditions de détention.

— Et alors ?

— Les autorités leur refusent l'autorisation d'entrer. C'est ce que j'ai appris avec Isaac de la bouche du gendarme qui nous a arrêtés à l'entrée des vestiaires.

— Il vous a donc fait des confidences ?

— Il faut croire que certains d'entre eux font ce sale boulot à contrecœur. Mais il nous a quand même refoulés.

— Vos recherches n'ont servi à rien ?

— Toutes les issues sont gardées.

— Tu penses bien qu'ils y ont songé.

— À moins de soudoyer les gardes, je crains fort qu'il n'y ait rien à espérer. »

Tandis qu'ils discutaient, Isaac Bruner les rejoignit.

« Je ne vois qu'une solution, lui dit ce dernier : attendre d'être dehors et aviser en fonction de la situation. Peut-être aurons-nous l'occasion de nous sauver en profitant du transfert.

— Vous ne pensez pas à ce que vous dites, Isaac ! Avec vos enfants et votre femme, vous n'y parviendrez jamais.

— Nous verrons bien. »

La matinée s'écoula sous un soleil de plomb qui rendait encore plus pénible l'attente dans l'incertitude. Les détenus semblaient de plus en plus résignés. Le moral de la plupart d'entre eux était au plus bas. On attendait. On ne savait pas ce qu'on attendait. Mais on commençait à craindre le pire.

Des bruits circulaient dans les travées affirmant que certains s'étaient suicidés de ne pas avoir pu supporter l'ignominie et l'angoisse qu'on leur imposait. L'atmosphère était si étrange, le spectacle si irréel, que tous avaient l'impression de vivre un cauchemar collectif. La promiscuité et les privations n'étaient rien devant la terrible ignorance de ce qu'il adviendrait d'un moment à l'autre, quand tout était possible, même l'incroyable.

Soudain, les vérités connues de longue date, mais sans cesse refoulées – car il était rassurant de penser que tout cela n'arrivait qu'aux autres –, ces vérités surgissaient du fond des mémoires anesthésiées, et l'horreur éclatait au grand jour. Chacun savait, certains l'avaient même vécu, que, par milliers, les nazis déportaient, torturaient, rendaient en esclavage le peuple d'Abraham et de Moïse. Dix ans déjà s'étaient écoulés depuis l'ouverture des premiers camps de déportation et que les « Jude » avaient été déclarés sous-race impure, danger de contamination pour le reste de l'humanité. Heydrich[1] n'avait-il pas ouvertement déclaré : « *La solution finale du problème juif en Europe devra être appliquée à environ onze millions de personnes* » ? Et le gouvernement français n'avait-il pas déjà montré sa propension à intensifier honteusement cette politique raciste ? Dès 1941, des rafles dans Paris avaient été opérées, et les brimades s'étaient multipliées sous couvert de la législation de Vichy.

Chacun savait que rien n'arrêterait la machine infernale.

En cette matinée d'été du 17 juillet, les Français pouvaient mesurer dans leur esprit le poids de leur volontaire ignorance des faits ou le poids de leur crédulité. Car tout un peuple venait d'être sacrifié sur l'autel de la « Révolution nationale »,

1. *Conférence de Wannsee le 20 janvier 1942.*

sans que personne ne bouge, sans que personne ne se mette en travers des rails de ces convois qui, lentement, prenaient la direction des camps de la mort.

* *
*

Peu après midi, des gardes mobiles encadrèrent le secteur de gradins où se trouvaient Lisa et François. Ils ordonnèrent de rassembler les paquets et les valises. Le transfert par les autobus vers la gare allait commencer.

Tous se levèrent sans broncher, dans un calme et un silence dignes et désarmants. Personne ne laissa rien traîner, comme par souci de laisser les lieux aussi propres que possible. Petit à petit et en bon ordre, hommes, femmes, enfants, vieillards, dans la plus grande dignité, suivirent les gardes, encadrés par des agents de police. On les dirigea vers les autobus qui les attendaient de nouveau le long du trottoir, à l'entrée du vélodrome. Il n'y eut aucune bousculade, aucun mot, aucun cri. Sur les gradins restaient quelques invalides, qui n'avaient plus la force de se mouvoir. Les gardes envoyèrent aussitôt des hommes bien portants, munis de civières afin de les évacuer. D'aucuns pensèrent que ceux-là, au moins, échapperaient à leur sort, croyant qu'on les acheminerait vers un hôpital. Il n'en fut rien. Ils furent eux aussi transférés vers la gare.

« Je vous conseille de ne rien tenter maintenant,

murmura François à Isaac qui contenait mal son impatience.

— Les enfants sont grands. Ils sont d'accord. Ma femme aussi. Si nous pouvons profiter d'un moment d'inattention des gardes, nous foncerons tête baissée en nous séparant. Nous nous sommes entendus. Venez avec nous, François. Plus nous serons nombreux à nous disperser, moins ils sauront où donner de la tête.

— C'est trop risqué. Voyez comme ils sont armés !

— Ce ne sont pas des Allemands. Ce ne sont que des gendarmes et des agents de la circulation, des Français. Ils ne vont pas nous tirer dessus comme des lapins !

— Ils ont des ordres. »

Isaac s'entêtait. Il poussait devant lui sa femme et ses deux fils, âgés de douze et quatorze ans. Parvenus sous le porche d'entrée, il examina rapidement la situation. La rue de Grenelle était vide et tranquille. Il n'y avait que les autobus en attente et de nombreux gardes mobiles en faction.

« Vous voyez bien, vous n'avez aucune chance, fit François.

— Nous attendrons. Peut-être, en cours de route ! »

Déjà la file des autobus s'ébranlait.

« Allez ! Montez ! Dépêchez-vous ! s'écriait un policier qui retrouvait là ses gestes d'agent de la circulation. Stop ! Vous monterez dans le prochain », dit-il quand ce fut le tour de François et de Lisa.

Isaac et sa famille avaient embarqué juste

devant eux, dans le dernier autobus. Celui-ci démarra aussitôt et rejoignit la file des autres qui le précédaient. François vit partir son ami, inquiet, car il le savait prêt à tout pour échapper à son destin inconnu et cependant prévisible.

Une bonne heure s'écoula encore. Les pauvres hères étaient rangés le long du mur ou attendaient dans l'entrée du vélodrome. Lorsque les autobus revinrent, ils s'y engouffrèrent toujours avec la même discipline. On laissa les banquettes aux vieillards et aux femmes enceintes. La bienséance est ce qui reste de plus noble aux hommes quand on les réduit à l'état de bêtes dans un troupeau.

François et Lisa se retrouvèrent à l'avant du véhicule, tout près du chauffeur. Celui-ci semblait faire un travail de routine, indifférent au type de transport et de passagers qu'on lui confiait. Il ne disait mot, l'œil rivé sur son tachymètre. François osa discrètement une parole.

« Pourquoi cette longue attente ? »

L'homme resta muet, sans broncher. Il saisit une gauloise dans son paquet bleu qui traînait sur le tableau de bord et la mit à sa bouche. Derrière François, un agent de police vérifiait que l'autobus se remplissait correctement. Le conducteur avait décelé sa présence dans son rétroviseur et s'était abstenu de répondre.

« C'est bon. Vous pouvez y aller, fit le policier. Le bus est plein. Je descends. Fermez bien la porte derrière moi. Mes collègues sont à l'arrière. »

Le chauffeur s'exécuta et mit son moteur en

marche. À l'extérieur, un gendarme attendait de lui donner l'ordre de démarrer. Se sentant moins surveillé, il finit par répondre à François :

« Il y a un imbécile qui a sauté en marche par la plate-forme, dans le convoi précédent. Avec sa femme et ses deux gosses. C'est pour ça que nous sommes en retard.

— Que leur est-il arrivé ? insista François.

— Je n'en sais fichtre rien ! On a dû s'arrêter. Les gardes ont tiré dans tous les sens. On ne les a pas revus. Ils n'ont pas dû aller très loin. »

François n'en sut pas plus. Atterré, il se réfugia dans un profond silence et prit Lisa dans ses bras.

« Ils se sont peut-être enfuis ! dit celle-ci.

— Peut-être. Espérons-le ! »

Le convoi arriva à la gare de marchandises. Les autobus s'arrêtèrent le plus près possible du quai. Un train attendait, composé de wagons à bestiaux dont les portes étaient grandes ouvertes. Les gendarmes firent descendre les malheureux qui s'engouffrèrent aussitôt dans les wagons. Une fois pleins, ceux-ci furent fermés de l'extérieur par des cheminots de la gare.

L'attente fut longue encore. Le soleil bombardait le toit des voitures. Beaucoup souffraient déjà de soif et de chaleur. Quand le train s'ébranla, l'air plus frais fut accueilli comme une manne céleste.

Le train s'acheminait lentement vers une direction inconnue des prisonniers. Il s'arrêtait souvent, ce qui augmentait sans cesse l'impression d'étuve qui régnait à l'intérieur des wagons.

Coincé contre une paroi, François pouvait voir, par l'interstice de deux planches, défiler le paysage de la banlieue parisienne. Il lui était difficile cependant de se repérer. Petit à petit, les ballasts devinrent moins nombreux, les rails plus rares, le paysage plus rural. Le train prit de la vitesse, lâchant derrière lui de grosses volutes de fumée noire et épaisse. Sur les quais des petites gares qu'il traversait sans s'arrêter, des soldats allemands faisaient les cent pas, fusil à la main, prêts à intervenir.

« Ils nous emmènent sans doute dans le camp de Drancy, remarqua François.

— Qu'est-ce qui te fait dire ça ?

— C'est le camp d'internement le plus proche de Paris. De plus, nous filons droit vers le nord.

— Tu ne crois pas qu'ils nous envoient en Allemagne ?

— Espérons-le ! »

François avait vu juste. Après un voyage qui leur parut interminable, alors que Drancy n'était qu'à deux pas de la capitale, le convoi s'arrêta brusquement. Par petits bonds successifs, le train finit par s'immobiliser le long du quai de la gare.

Dehors, une vive agitation contrastait avec le calme qui pesait à l'intérieur des wagons. Cette apparente sérénité, qui avoisinait la résignation, cachait en fait une angoisse indescriptible que tous les déportés dissimulaient au fond d'eux-mêmes. Dans l'ignorance de ce qui les attendait, ils osaient encore espérer que Dieu viendrait à leur secours. Beaucoup priaient en groupe, et il s'échappait de certaines voitures des litanies monocordes qui rappelaient aux gens du dehors que ces wagons maudits transportaient le peuple de l'Exode.

La diaspora, commencée il y a plus de deux mille ans, n'était donc pas achevée, et la volonté divine pas encore accomplie.

Lisa et François ne parvenaient pas à se joindre aux prières collectives. Juifs d'origine, ils n'étaient pas pratiquants. Et, s'ils se sentaient solidaires de tous ces damnés de la terre, c'était plus par le lien d'appartenance à la même communauté qu'ils éprouvaient à leur égard que par affinité de croyance. Mais, dans cette atmosphère de religiosité, de communion, ils retrouvaient leurs attaches et le sens de la fraternité.

Après une ultime attente dans l'angoisse et l'incertitude, les déportés furent massés sur le quai. On pouvait entendre de loin les ordres aboyés par les gardes aux premiers malheureux sommés de sortir des wagons. Le bruit métallique des portes qu'on faisait coulisser résonnait d'un bout à l'autre du convoi.

Éblouis par la lumière qui pénétrait brutalement à l'intérieur et qui rendait plus cruelle la triste réalité du dehors, Lisa et François furent poussés sur le quai par les gardes qui les attendaient. Un peu en retrait et se faisant face, deux rangées de gendarmes, l'arme en bandoulière, surveillaient la descente, formant une haie de déshonneur et d'infamie. Les premiers prisonniers hésitaient à avancer, effrayés par tant de forces déployées. Quand le wagon fut vide de ses occupants, les gendarmes entraînèrent le pitoyable troupeau sur le côté et ordonnèrent d'attendre. Plusieurs d'entre eux se détachèrent pour encadrer les malheureux, tandis que les autres allèrent s'occuper du wagon suivant.

Non loin de là, des enfants sans parents attendaient, tous aussi misérables que les adultes. Des petites filles tenaient leur poupée à la main, serrée contre leur poitrine, seul lien qui les unissait encore avec leur famille éclatée. Des garçons plus âgés courbaient le dos ; la peur se lisait sur leur visage. Certains ne pouvaient contenir les larmes de leur gigantesque désespoir.

« Que vont-ils devenir ? » murmura Lisa, complètement effondrée.

François ne répondit pas. Un garde, ayant entendu Lisa parler, s'approcha d'eux.

« Silence dans les rangs ! éructa-t-il. Qu'est-ce que vous voulez ? »

Lisa, prise de court, répondit sans réfléchir :

« J'ai reconnu ma petite fille, là-bas, dans le groupe des enfants.

— Et alors !

— Nous avons été séparées pendant le transfert. Nous nous sommes perdues. Elle est toute seule ! »

Le garde hésita un instant, jeta un coup d'œil en direction des enfants, puis il prit Lisa par le bras et la sortit des rangs.

« Venez avec moi ! »

François ne comprenait pas l'intention de sa femme. Il avait beau regarder avec attention le groupe d'enfants de l'autre côté du quai, il n'apercevait pas sa fille.

« Allez la chercher, dit le gendarme, dépêchez-vous ! »

Lisa s'approcha d'une petite fille qui sanglotait en hoquetant. Elle la prit par la main et lui dit :

« Viens ma chérie. N'aie plus peur, maman est là. »

Le garde s'approcha d'elles.

« C'est ta maman ? demanda-t-il sévèrement à l'enfant qui avait cessé de hoqueter. Réponds-moi !

— Elle a peur, monsieur... Dis au monsieur que je suis ta maman, ma chérie.

— Comment t'appelles-tu ?

— Sarah, répondit Lisa sans attendre... Sarah, réponds au monsieur ! »

La petite, qui ne comprenait pas très bien ce qu'on lui voulait – d'autant que son vrai nom était Clara –, fit un signe de la tête que le garde prit pour un acquiescement.

« C'est bon, emmenez-la. Et rentrez immédiatement dans les rangs ! »

Lisa s'exécuta, tirant derrière elle la petite fille qui la suivit sans rien dire. François les regardait revenir d'un air curieux. Lisa ne dit mot, mais fit signe des yeux que tout allait bien.

Quand l'ensemble du train fut débarqué, sous la surveillance attentive du commando de gardes mobiles, les déportés furent emmenés par groupes d'une cinquantaine vers l'entrée du camp d'internement.

Le camp de Drancy était situé dans un quartier de la ville. Les autorités avaient réquisitionné un ensemble d'immeubles inachevés qui avaient été clôturés de façon à dégager un espace central en plein air. De nombreuses familles juives étrangères y étaient déjà installées. Au milieu de la cour, des détenus déambulaient dans l'oisiveté. De gros projecteurs étaient perchés sur de hautes estrades de bois, tandis que des haut-parleurs étaient disposés aux quatre coins du camp.

Les gardes assignèrent à chaque groupe un secteur de logements dans les immeubles réquisitionnés, d'où il était impossible de communiquer avec le monde extérieur. Le seul élément du monde libre perceptible de la cour centrale était une tour plus élevée qui se dressait à proximité. Les habitants de Drancy étaient ainsi les témoins vivants de ce qui se passait à l'intérieur du camp ! Une fois les portes de celui-ci refermées, les détenus n'avaient plus qu'un univers clos et aveugle pour tout horizon et leur seule préoccupation était alors de gérer au mieux le quotidien.

À nouveau la promiscuité était redevenue le lot de tous. Les immeubles étaient inachevés. Les appartements étaient dépourvus de cloisons. Chaque famille devait donc s'installer dans un petit périmètre ouvert à tous. Quelques couvertures, quelques sacs posés à la hâte délimitaient l'espace de vie de chacun. On s'assit par terre et on recommença à s'entraider. Il n'y avait aucune commodité prévue. La même puanteur qu'au Vél'd'hiv' rendait l'atmosphère irrespirable.

François et Lisa s'occupèrent de la petite fille comme s'ils avaient été ses parents. Ils lui expliquèrent ce qu'il fallait dire, ce qu'il ne fallait pas faire. Elle comprit qu'il valait mieux rester avec eux que de rester seule. Lisa semblait avoir retrouvé Sarah, mais ne pouvait s'empêcher de penser constamment à ses propres enfants.

III

Les damnés de la terre

Plusieurs jours s'écoulèrent. Lisa et François, toujours aux aguets des moindres nouvelles, tâchaient de se renseigner des intentions de leurs geôliers. Mais, pas plus dans ce camp de Drancy qu'au Vél'd'hiv', les gardes ne leur donnaient d'explications. Les internés, regroupés par familles, commençaient à s'organiser autour des hommes les plus actifs. Ceux-ci colportaient les maigres renseignements et permettaient à la communauté de rester soudée.

Dès le 19 juillet, une grande effervescence s'empara du camp. Des familles entières, raflées le « jeudi noir », quittèrent Drancy qui était en réalité la plaque tournante de la déportation des Juifs vers l'est. L'inquiétude s'empara de ceux qui restaient et qui se demandaient, à juste titre, quand arriverait leur tour de partir.

Partir. De nouveau l'exode ! La dispersion de ce malheureux peuple, soumis à la haine des puissants, ne finirait donc jamais ! Dans leurs prières incessantes adressées à Yahweh, les plus croyants mettaient tant de conviction qu'ils ne parvenaient plus à se détacher de leurs incantations et qu'ils ne semblaient plus conscients de la terrible réalité qui les attendait inexorablement.

Plus pragmatique, François cherchait à nouer des contacts. Laissant Lisa s'occuper de la petite Clara qui ne la quittait pas une seconde, il passait le plus clair de son temps avec ceux qui, comme lui, étaient soucieux de chercher toute possibilité de s'évader de ce camp, antichambre de la mort. Entre eux, ils avaient amassé un peu d'argent et étaient parvenus à contacter un garde mobile peu scrupuleux qui leur vendait quelques rares renseignements.

C'est ainsi qu'ils apprirent que des Juifs raflés avant eux étaient partis en train vers le camp d'Auschwitz en Pologne. Ils savaient donc que leur tour viendrait et que leur attente ne serait pas longue, car, sitôt les premiers partis, d'autres, raflés les jours suivants, les avaient aussitôt remplacés.

Ce que craignait François depuis longtemps se réalisait. Il n'y avait pas que dans la *Grande Allemagne* que Hitler voulait faire place nette de toute la population juive jugée indésirable. Cette fois, toute l'Europe placée sous la botte nazie y passerait. Et le gouvernement du maréchal Pétain avait donné son aval pour en faire autant en France. Pire, la police et la gendarmerie se faisaient les agents d'exécution de cette extermination programmée.

Certes, dès le début de la guerre, la discrimination la plus violente s'était abattue sur tous les Juifs de France et d'ailleurs, étrangers et nationaux à des degrés divers. Mais, cette fois, François réalisait très bien qu'une véritable politique d'épuration avait été mise en place à grande échelle.

Il avait demandé à Lisa de se tenir prête. Car, à la moindre occasion, il voulait en finir. Rester dans ce camp, c'était la mort assurée. Il en était persuadé. Mais, pour l'instant, s'enfuir lui semblait impossible. Le camp était trop bien gardé, trop clos. Il persistait néanmoins à chercher une issue. Il étudiait les lieux avec une telle attention que, le soir venu, il pouvait en dessiner les plans avec précision. Il imaginait tous les scénarios avec quelques camarades prêts, comme lui, à risquer leur vie.

Malgré ses efforts, il dut se rendre à l'évidence. Toute évasion semblait vouée à l'échec, d'autant plus que le temps allait sans doute leur manquer.

En effet les départs se précipitaient.

Lisa et François restèrent cinq jours internés à Drancy. Au petit matin du sixième jour, leur bloc fut vidé de tous ses occupants. Ceux-ci furent rassemblés dans la cour centrale. On les pria de ramasser leurs effets et de ne rien laisser, car ils partaient pour un autre camp. Tout le monde avait compris que le voyage allait commencer, vers l'inconnu. Un aller simple, car on ne voulait plus d'eux en cet endroit ; et pas plus là qu'ailleurs !

« François, ne t'éloigne plus de moi ni de Clara. J'ai trop peur, dit Lisa en se pressant contre son mari.

— Je suis avec vous, je ne les laisserai vous

faire aucun mal. D'ailleurs, ils ne nous feront rien. Ils nous transfèrent simplement dans un autre camp. »

François tâchait de rassurer Lisa comme il pouvait. Celle-ci, déjà très affaiblie par les privations, ne pouvait se libérer l'esprit, tant elle souffrait de la séparation de ses enfants. Et si Clara n'avait pas été là, elle aurait sans doute sombré dans de profondes ténèbres.

De nouveau, sous bonne escorte, le groupe de Juifs dont Lisa et François faisaient partie fut amené à la gare de la ville. En chemin, ils ne rencontrèrent pas âme qui vive. On avait dû, sans doute, avertir les habitants afin d'éviter qu'ils ne se montrent, tandis que passeraient les malheureux damnés de la terre. Le spectacle était toujours aussi affligeant. Et il n'était pas souhaitable de montrer des scènes si dramatiques aux « bons Français », de peur de susciter en eux un sentiment de compassion qui aurait pu très vite se transformer en un sentiment de révolte au profit des Juifs, dont le Gouvernement voulait se débarrasser. On aurait pu invoquer les ordres de l'occupant, le fameux décret *Nacht und Nebel*[1], le souci du Maréchal et de son ministre Laval – imposé par les nazis – de sauver les Juifs français en livrant les Juifs étrangers. On aurait pu expliquer tout cela au bon peuple de France. Mais ne risquait-on pas alors l'incompréhension, le désaveu, la rébellion ? Car il sommeille

1. *Nuit et Brouillard.*

toujours en chaque homme un révolté des causes injustes et inavouables.

Le train de marchandises attend le long du quai, les portes des wagons à bestiaux grandes ouvertes. Sur le côté, des soldats allemands, mitraillette au bras, surveillent le transfert. Les gardes mobiles se chargent de la besogne. La coopération s'opère dans l'ordre le plus parfait. L'entassement a lieu sans confusion, par paquets d'une centaine d'individus par wagon.

En attendant leur tour, Lisa et François regardent, l'air complètement atterré, ce chargement de vies humaines, comme s'il s'agissait de bêtes destinées à la boucherie.

En avant du quai, un groupe d'enfants monte à grand-peine dans un wagon. Les plus grands doivent aider les plus petits à grimper sur le plancher de bois, sous l'œil imperturbable d'un officier S.S. qui tient une cravache à la main. « Osera-t-il s'en servir, si les pauvres enfants ne montent pas assez vite ? » pense Lisa, complètement consternée. La petite Clara reste enfouie dans les jupes de sa nouvelle maman, lui serrant très fort la main pour ne pas être séparée d'elle.

« Ne crains rien, ma chérie, ils ne vont rien nous faire. »

Depuis que Lisa lui a ouvert les bras, Clara n'a quasiment pas desserré les dents. Le traumatisme brutal de la séparation l'a plongée dans un profond mutisme dont elle ne sort que rarement. Mais ses yeux parlent pour elle, et Lisa n'a pas besoin de ses paroles pour comprendre combien sa petite protégée vit au-dedans des souffrances inhumaines. Elle fait tout ce qui est en son pouvoir pour la distraire, pour la tranquilliser, se rassurant elle-même par la même occasion. Cela lui fait du bien d'entendre des mots de consolation, ses propres mots de consolation. Les mots sont ce qui reste à l'homme, quand il n'y a plus rien à voir au-dehors que l'horreur.

Il n'y a bientôt plus personne sur le quai. Déjà les employés de la gare bouclent les premiers wagons. François, qui est au bord de l'ouverture, jette un dernier regard sur le monde libre. Tous ses espoirs de fuite se sont évanouis. Il se rend compte alors qu'il n'a pas l'étoffe d'un héros, qu'il n'est qu'un homme comme les autres. Si l'idée de la fuite lui est venue à l'esprit, il s'est vite rendu à la raison. Vouloir courir trop de risques tue le courage, même quand on sait qu'il n'y a rien d'autre à faire que de risquer sa vie pour la sauver. Et puis, il y a toujours, au fond de chaque homme, ce secret espoir de s'en sortir malgré tout, même en courbant l'échine, même en acceptant de son bourreau les plus cruelles tortures, les plus grandes menaces.

François fait partie du troupeau que l'on ne mène nulle part. Car il y a un nulle part dans cet ailleurs que chacun repousse de son esprit en se refermant sur soi. Mais personne dans le groupe des condamnés ne peut l'admettre tout à fait. Les prières ne sont-elles pas faites aussi pour que Dieu accorde Sa clémence ici-bas, avant de l'accorder dans les cieux ? Jusqu'à ce que l'Homme se soit tu, jusqu'à ce que le dernier cri de terreur jaillisse de sa gorge, il subsiste toujours en lui une petite lueur d'espérance, une once de résistance.

La porte vient de coulisser sur ses rails métalliques. Le gros loquet a été rabattu et le cadenas bouclé. Nul ne s'échappera de ces cellules ambulantes, d'où jaillit un cri silencieux que personne n'entend, car il n'y a personne pour l'écouter, hormis les chiens casqués, armés jusqu'aux dents, qui aboient sur le quai et martèlent de leurs bottes les pavés de l'enfer.

L'obscurité jette soudain un voile de crêpe noir sur ces hommes et ces femmes voués aux gémonies par d'autres hommes et d'autres femmes au nom de leur doctrine. Le rideau se baisse, mais l'acte ne fait que commencer.

* *
*

Avant d'avoir été embarqués, François, Lisa et tous les autres furent dépouillés de leurs chaussures et de leur pardessus. Mesure prise sans doute afin de les empêcher de s'évader. S'évader d'un wagon plombé ! Les coups de cravache étaient tombés comme des hallebardes sur les malheureux qui n'allaient pas assez vite. Il fallut en soutenir plusieurs qui, blessés, ne pouvaient plus se relever et pénétrer dans les wagons. François, s'étant avancé pour porter de l'aide à l'un d'eux sans en avoir reçu l'ordre, essuya plusieurs coups de crosse sur la tête et sur l'épaule, de la part d'un soldat allemand qui pensait peut-être qu'il tentait de faire diversion. Un gendarme français le releva et l'aida à aller porter secours à son camarade d'infortune. Du coup, le soldat allemand l'attrapa par le bras et lui arracha sa montre, qu'il enfouit immédiatement dans sa poche. Puis, d'un geste brusque, il le repoussa dans les rangs.

Dans le wagon, un peu de paille avait été éparpillée pour toute litière. Aussitôt le groupe tâcha de s'organiser. On allongea les blessés et les plus faibles dans le même coin sur un matelas de paille plus épais. D'un commun accord, on délimita un endroit pour se soulager. Rien n'avait été prévu à cet effet, et on réserva le reste de paille pour recouvrir les excréments qui ne manqueraient pas de s'accumuler si le voyage devait durer longtemps. Les fenêtres avaient été clouées et seules des petites ouvertures, de la hauteur de deux planches, bardées de fils de fer barbelés, laissaient passer un peu d'air frais. Il fut décidé qu'un tour de rôle aurait lieu, afin de permettre à chacun de profiter de ce seul bienfait qu'offrait le wagon.

Des vivres avaient été distribués sur le quai juste avant l'embarquement. Preuve effective que le voyage allait durer plusieurs jours. Une boule de pain et un peu de saucisson constituaient la seule nourriture dont disposaient les prisonniers. Mais il n'y avait rien à boire.

Une fois encore, François et Lisa avaient la chance de se trouver contre la paroi du wagon. Ils pouvaient s'y tenir appuyés. Car il n'y avait pas de place pour que les valides puissent s'asseoir et encore moins pour qu'ils puissent s'allonger.

À travers les interstices des planches disjointes, des rais de soleil s'infiltraient à l'intérieur, créant un étrange théâtre d'ombres et de lumières qui rendait le spectacle encore plus surréaliste. Les visages semblaient plus creusés, les regards plus hagards, les cheveux embroussaillés plus hirsutes.

Quel piètre spectacle de pauvres hères se jouait à l'intérieur de ces wagons plombés !

« Ça y est, nous partons ! dit François en tenant Lisa et Clara par la main. L'air frais nous fera du bien. »

S'adressant à Clara, il ajouta :

« Nous ne t'abandonnerons jamais, tu sais ! Et nous retrouverons ta maman. »

La petite fille ne broncha pas. Elle jeta un regard crédule en direction de Lisa et répondit :

« C'est toi, maintenant, ma maman ! »

Le convoi s'acheminait lentement vers sa destination. La chaleur du soleil sur le toit des wagons était accrue par celle des hommes trop nombreux, entassés comme des bêtes. Il n'y avait aucune possibilité de se déplacer à l'intérieur. Chacun devait rester à sa place. On évitait de parler et de bouger. Car tout mouvement puisait de l'énergie. Et de l'énergie, il en faudrait pour aller au bout du voyage !

Profitant de sa place contre la paroi, pas loin de la porte, François sortit de sa poche un morceau de papier et un bout de crayon gris, qu'il était parvenu à dissimuler. Il griffonna quelques mots en s'appuyant contre les planches.

« Qu'est-ce que tu écris ? lui demanda Lisa, intriguée.

— La date et le lieu de notre départ ; et l'adresse de la concierge. Je pense que si quelqu'un avait la bonne idée de trouver ce billet et d'aller le lui porter, elle comprendrait.

— Qu'espères-tu donc ?

— Rien. Seulement laisser une dernière trace de notre passage. Qui sait si nous reviendrons ? Ainsi, elle pourra expliquer aux enfants, plus tard, d'où nous avons disparu.

— Ça ne sert à rien !

— On ne sait jamais. Je ne me résous pas à ne rien faire, à ne rien tenter. Ce bout de papier est tout ce qui me reste de lien avec le monde civilisé, avec les hommes. Puisse l'un d'entre eux se trouver sur le bon chemin !

— C'est pire qu'une bouteille à la mer !

— Je jetterai ce message lors d'un arrêt. On verra bien des gens sur les quais.

— Tu rêves mon pauvre François ! »

Lisa semblait en plein désarroi. Elle ne trouvait de recours à son désespoir qu'en serrant très fort la petite Clara dans ses bras et en la cajolant. Elle parvenait même encore à plaisanter avec elle. Mais jamais la petite fille ne souriait.

Le train s'arrêtait fréquemment sur la voie, restant immobilisé de longues minutes. Ces attentes interminables provoquaient chez beaucoup de prisonniers de profondes crises d'angoisse. Certains, dans l'ignorance de ce qui se passait autour d'eux, croyaient qu'on allait les libérer. D'autres, qu'on allait les relâcher pour mieux les abattre à la mitrailleuse, à l'abri des regards. Quelques-uns affirmaient que les S.S. avaient reçu l'ordre de faire disparaître, par tous les moyens, les Juifs déportés. La panique s'empara des plus faibles, des moins endurcis.

Dans le wagon de Lisa et François, plusieurs femmes furent prises de tremblements incontrôlés et criaient en pleurant qu'elles ne voulaient pas mourir. Un jeune étudiant de la Sorbonne, d'une lividité cadavérique, semblait paralysé d'effroi. Le spectacle hallucinant qui se déroulait sous ses yeux lui inspirait une telle horreur qu'il restait pétrifié, privé de toute réaction.

Le soir du premier jour, chacun se mit à grignoter dans son coin, tirant sur ses maigres provisions. L'appétit n'y était pas. Mais il fallait prendre quelques forces. On fit attention à ne pas gaspiller car les rations étaient maigres.

Le train roulait toujours vers une destination inconnue.

La nuit tombée, chacun tâcha de trouver un peu de repos en s'asseyant les genoux repliés. Certains somnolaient debout, appuyés contre les parois ou en se tenant en équilibre contre les autres. On fit un tour de rôle pour étendre ses jambes. Les plus inquiets ne dormirent pas.

L'eau manquait terriblement. Le lendemain vers midi – personne n'avait rien bu depuis vingt-quatre heures –, le train s'arrêta dans une petite gare. À travers la fenêtre grillagée de barbelés, François put voir des hommes et des femmes s'activer sous l'œil vigilant de soldats allemands.

Certains portaient l'insigne de la Croix-Rouge. Il prêta l'oreille et entendit un officier ordonner qu'on ouvre les portes une par une, en interdisant aux prisonniers de descendre. En son for intérieur, il ne put s'empêcher de penser que, finalement, cela lui servait d'être allemand. Toutefois, il s'était bien gardé de le faire savoir, craignant que, dans leur situation désespérée, certains ne lui reprochent ses origines et ne se vengent sur lui, Lisa et Clara.

« Que veulent-ils ? s'inquiéta Lisa, prise de panique. On est arrivés ?

— Je ne crois pas. Regarde, on est encore en France, dans l'est. L'Allemagne ne doit pas être très loin.

— Alors, c'est sûr. On va en Allemagne !

— Je ne pensais pas y retourner dans ces conditions !

— Ils ne nous relâcheront pas vivants.

— Il faut tenir, Lisa. Ils nous feront travailler comme des esclaves, mais il faut tenir !

— Et Sarah, tu penses à Sarah ? Que va-t-elle devenir ?

— Sarah ? reprit François, intrigué.

— Elle ne pourra pas travailler, elle est trop petite ! »

Dans son désarroi, Lisa ne faisait plus de différence entre Sarah et Clara. Pour elle, Clara avait pris la place de sa fille. François ne la contredit pas.

« Ils ne lui feront aucun mal. »

Tout à coup, la porte du wagon s'ouvrit. La lumière vive du soleil pénétra à l'intérieur et éblouit les prisonniers hagards et affolés. Un peloton de jeunes S.S. alignés sur deux rangs, la mitraillette en joug, menaçait les pauvres hères. À l'ouverture de la porte, leur officier recula en poussant un cri de dégoût.

« Es stinkt hier[1]! »

L'odeur émanant des wagons se répandit dans toute la gare. Seuls les prisonniers, à force, n'y faisaient plus attention. Un employé des chemins de fer, poussant un chariot devant lui, s'arrêta au niveau de la porte et tendit deux pelles et un grand seau. François, qui se trouvait près de l'ouverture, s'en empara. L'homme lui demanda de sortir les immondices sans traîner et annonça qu'on allait distribuer de l'eau. Il semblait obéir mécaniquement aux ordres de la chiourme et évitait de croiser le regard des misérables voyageurs qu'il découvrait d'un wagon à l'autre.

François et un autre déporté s'exécutèrent. Ils dégagèrent sans sourciller les effluents amalgamés dans la paille. Aussitôt après, deux autres cheminots leur tendirent un bidon d'eau d'une vingtaine de litres, sans prononcer un mot. C'est à peine s'ils osaient lever les yeux de peur de croiser le regard suppliant des prisonniers, qu'ils savaient condamnés.

Puis la porte se referma lourdement sur ses rails.

Cela n'avait pas duré plus de deux minutes. Tous, dans le wagon, étaient restés interdits. Le voyage pouvait continuer.

1. *Ça pue là-dedans !*

Au moment de partir, toutes les portes n'étant pas encore cadenassées, un vif tumulte perturba l'ordre établi. Des cris, des injures fusaient à l'extrémité du convoi. Les mitraillettes se mirent à crépiter. Le bruit des bottes, puis des crosses qu'on abattait sur de pauvres malheureux, retentit à travers toute la gare. Des hommes, désespérés, n'avaient pas résisté à la tentation de fuir devant leur porte ouverte. Il n'y avait aucune chance qu'ils s'en sortent, aucune issue, aucune aide à attendre de personne. Cependant, ils avaient préféré agir une dernière fois en hommes libres plutôt que de se laisser mener au sacrifice comme des êtres asservis.

« C'est un suicide, déclara un voisin de François, un homme qui semblait encore assez vaillant. Dieu interdit de se suicider.

— Dieu est-Il encore avec nous ? répliqua François.

— Comment oses-tu en douter ! Nous sommes tous Ses enfants et frères entre nous. Nous ne devons rien tenter qui nous mène volontairement à la mort.

— C'est précisément ce que nous faisons ! ironisa François.

— Je ne te comprends pas. Aie confiance ! Yahweh nous sauvera. Quoi qu'il arrive, Il nous garde une place auprès de Lui dans le royaume des cieux. Prie avec nous ! »

De plusieurs wagons et d'un commun élan sortit une longue prière, longue plainte d'un corps mourant.

Lisa, les yeux fermés, se joignit à la litanie. Ses

lèvres retrouvèrent les mots qu'elle n'avait plus prononcés depuis longtemps. Ses larmes, ruisselant sur ses joues, tombaient sur la chevelure de Clara qui demeurait immobile.

Révolté, François ne parvint pas à se joindre à la prière collective. Il bouillonnait de ne pouvoir agir. Le joug qui pesait sur lui était trop écrasant et annihilait toute sa force de réaction.

Tandis que les autres priaient et que le train reprenait sa route, il glissa son morceau de papier par la fenêtre. Tel un papillon, celui-ci se mit à voltiger avant d'aller se poser sur le chariot que poussait un employé de la gare. Ce dernier prit le papier, jeta un rapide coup d'œil sur le message laconique et, sans broncher, le glissa dans sa poche.

Les conditions de voyage se dégradèrent très vite. L'ankylose, le manque de sommeil, l'angoisse permanente rongeaient les corps et les esprits autant que la privation de nourriture. On mangeait peu, on buvait quelques gorgées avec parcimonie. Vingt litres d'eau pour une centaine de captifs ne permettaient pas d'étancher la soif. Sous les touffeurs de juillet, dans des wagons plombés surchauffés circulant à faible allure, les prisonniers se déshydrataient rapidement, leurs traits se creusaient, leur visage devenait exsangue.

Les haltes se multiplièrent au cours des jours suivants. Après la frontière allemande, le convoi poursuivit sa route vers l'est, au rythme imperturbable et languissant d'un omnibus. À chaque arrêt on entendait les mêmes aboiements, les mêmes bruits de bottes sur les quais. Toutefois, il n'y eut plus jamais d'ouverture des portes, plus de « nettoyage », plus d'eau distribuée. Déjà, dans certains wagons, on comptait les premiers décès. Des malheureux, souvent les plus âgés, n'avaient pas eu la force de résister jusqu'au bout du tunnel. Il fallut poursuivre le voyage en compagnie des morts. Les cadavres se décomposaient vite à cause de la chaleur. Aux odeurs pestilentielles des excréments et des urines, qui suintaient à travers les planchers sur la voie ferrée, s'ajoutait celle de ces êtres faméliques échappés de leur enveloppe charnelle qui pourrissait déjà.

Dans le wagon de François, une jeune femme passait tout son temps à graver un texte sur la paroi de bois à l'aide d'une épingle à cheveux. Elle y racontait ce qu'elle vivait, sa souffrance et celle des autres. Un homme d'un certain âge avait confectionné une poupée avec des lambeaux de chiffons et l'avait offerte à Clara qui ne la lâcha plus jusqu'au bout du voyage.

Le morne paysage de la plaine allemande défilait sous les yeux hagards et fatigués de ceux qui avaient encore la force de regarder à travers les planches disjointes. Pouvaient-ils imaginer, tous ceux qui habitaient le long des voies ferrées, quel drame se jouait dans ces wagons qui s'acheminaient toujours et toujours plus loin vers leur terrible destination ? Savaient-ils que l'enfer était parfois près de chez eux, au pas de leurs portes ? Connaissaient-ils le contenu secret de ces trains de marchandises ?

Des marchandises ! C'est ce que les nazis

convoyaient effectivement vers ces usines d'un genre spécial, mises au point grâce à la collaboration des grandes entreprises nationales et d'où sortiraient toutes sortes de produits utiles en temps de guerre : engrais, tissus, savon. Le Juif était devenu, par ces temps de pénurie, une matière première appréciable et convoitée.

* *
*

Le cinquième jour, vers 2 heures du matin, le train prit la direction d'Auschwitz-Birkenau. François avait reconnu le changement de paysage en Silésie et s'était rendu compte que la destination du voyage, en réalité, n'était pas l'Allemagne, mais la Pologne. Dans son wagon, on comptait déjà cinq morts et de nombreux grabataires qui, effondrés sur le sol, ne bougeaient plus, ne s'alimentaient plus, alors qu'on leur avait collecté le peu de nourriture restante. Lisa était très fatiguée mais semblait résister. Des quintes de toux cependant la faisaient parfois suffoquer. Avec la chaleur, elle ne s'était pas méfiée des courants d'air, inévitables dans des wagons à bestiaux.

La plaine s'étendait dans toute sa tristesse, malgré le radieux soleil d'été. Au milieu de la matinée, le train passa sous un grand porche qui s'ouvrait dans un large bâtiment d'entrée. Le bruit des aiguillages résonna dans le wagon. François comprit que le voyage arrivait probablement à son terme.

Sitôt le porche passé, scrutant toujours

l'extérieur à travers l'interstice des planches, il eut le souffle coupé devant le nombre impressionnant de miradors qui se dressaient au loin. Partout, ce n'étaient que barrières de fils de fer barbelés et baraquements alignés. Une véritable ville s'étendait à l'infini, faite d'un nombre incalculable de constructions toutes identiques, des blocks rectangulaires que rien ne distinguait les uns des autres, ressemblant tous à des écuries ou des étables, et séparés par des espaces réguliers parsemés de mauvaises herbes. Le tout était d'une monotonie et d'une grisaille sans nom. Le ciel, malgré le beau temps qui régnait ce jour-là, semblait lourd et pesait telle une chape de plomb sur cet univers concentrationnaire sans âme.

Car il était probable, pensait François, que tous les damnés de la terre, qui séjournaient en ces lieux sinistres, avaient laissé leur âme en bonnes mains avant de pénétrer dans l'enfer des hommes.

Lentement, le train emprunta la « rampe », dernier tronçon de son parcours vers le bout du monde. Sur plus de cent mètres de large et un kilomètre de long, c'était le point d'aboutissement de tous les convois par route et par voie ferrée. Là débarquaient les déportés par trains et par camions. Parvenu au bout de cette rampe, le train s'immobilisa d'un coup sec et brutal. Les roues crissèrent sur les rails de métal, la locomotive laissa échapper un gros jet de vapeur, puis la mécanique se fit silencieuse.

« Nous sommes arrivés, chuchota François.

— Que vois-tu ?

— Un large quai et des S.S. avec des chiens. Le comité d'accueil ! »

D'un wagon à l'autre régnait le même silence. Le silence des agneaux qu'on mène à l'abattoir. Chacun pensait à la même chose, mais personne n'osait en parler, car, au fond de chaque être, subsiste toujours une lueur d'espoir, même devant l'irrémédiable.

« Ne t'éloigne pas de moi », murmura Lisa en enfouissant Clara dans sa robe.

La petite ne faisait qu'un avec elle. Lisa était son refuge, son salut. Auprès d'elle, sa peur s'estompait. Il ne pouvait rien lui arriver, puisqu'elle était son rempart, elle était la vie qui la protégeait ! Elle entourait Lisa de ses deux bras, la tête plaquée contre son ventre. Elle sentait sa chaleur et entendait battre son cœur. Cela la rassurait. Elle était bien. Le monde autour d'elle ne comptait plus.

L'attente dura encore un long moment. Puis on entendit les premières portes s'ouvrir. Les déportés débarquèrent dans un calme qui contrastait avec les vociférations gutturales des soldats S.S. Ceux-ci semblaient davantage pris de panique que les malheureux qu'ils tenaient au bout de leur fusil. Les injures fusèrent de nouveau, gratuites, absurdes, car personne ne les comprenait, sauf François et Lisa.

« Raus, Schweinerei ! Schnell[1] *! »*

Les coups de crosse et de matraque s'abattirent sur les traînards, sur les plus faibles qui ne rentraient pas assez vite dans le rang.

---

1. *Dehors, espèces de porcs ! Dépêchez-vous !*

Mais le calme des déportés n'était qu'apparent. Tous avaient la peur au ventre et aucun n'avait la force de soutenir du regard les yeux aveugles des S.S. chargés de mettre de l'ordre dans le troupeau pourtant si docile. Les chiens-loups tiraient sur leur laisse, prêts à mordre, à égorger, à déchiqueter le premier qui oserait se faire remarquer. On ne distinguait pas qui, des chiens ou des maîtres-chiens, aboyait le plus fort. Des milliers de déportés furent ainsi extirpés des wagons. On ne les entendait pas. Quelques dizaines de gardes-chiourme s'agitaient autour d'eux. Et on n'entendait qu'eux !

À la tête de la rampe, les déportés furent partagés en deux groupes. Lisa commença à craindre le pire. Car le pire, pour elle, était de se retrouver séparée de François. Elle se tenait très près de lui. À la descente du wagon elle avait pris Clara dans ses bras et, depuis, elle ne l'avait plus lâchée. François portait d'une main leur unique valise et serrait de l'autre le bras de Lisa. Ils ne disaient mot de peur d'être entendus et remarqués.

Des jeunes S.S. ordonnèrent aux valides de sortir des wagons les morts et les mourants. Ceux-ci furent immédiatement emmenés, sans précaution, par des prisonniers plus anciens, tout habillés de vêtements rayés et tondus comme des bagnards. Les terribles et angoissantes questions que se posait Lisa se lisaient dans ses yeux comme à livre ouvert : « Où les mènent-ils donc ? Et ces hommes vêtus de drôles de pyjamas, d'où sortent-ils ? Qui sont-ils pour faire cet horrible travail ? »

La foule des déportés obéissait aux ordres et à

la schlague. Chacun avançait lentement vers quelques officiers dont un, les mains sur les hanches, semblait opérer le tri. Alignés par rangées de cinq, hommes et femmes étaient séparés. L'effroi s'empara de Lisa. Son tour arrivait. Elle ne lâchait plus François des yeux. Celui-ci jetait des regards furtifs sur ceux qui le devançaient. Les enfants et les vieillards étaient poussés à gauche avec les femmes ; les hommes et quelques femmes sans enfants étaient rangés à droite. Nul doute, ils séparaient ceux qui pourraient travailler de ceux qui ne seraient pas immédiatement rentables. Ceux-là, ceux de la file de gauche, qu'allaient-ils en faire ?

À cinq pas de François, un homme en pleine force de l'âge attendait son tour. Il portait sous l'oreille une petite blessure qu'il avait dû se faire dans le wagon. L'officier, un médecin S.S., s'avança vers lui, l'examina sous toutes les coutures, lui souleva le menton de sa cravache et lui caressa la joue en appuyant avec sadisme sur sa plaie sanguinolente. Il semblait hésiter.

« *Links*[1] *!* » fit-il sèchement.

Le déporté ne comprit pas et rejoignit le groupe d'hommes valides sur sa droite. Aussitôt deux soldats fondirent sur lui et le poussèrent sauvagement du côté gauche.

Le tour de François et de Lisa approchait. Celle-ci, morte de peur, la gorge desséchée, complètement nouée, se présenta devant le médecin S.S., François à ses côtés.

1. *À gauche !*

« *Rechts*[1] *!* » lança le nazi en considérant François.

Ce dernier se rangea aussitôt, lâchant Lisa de son étreinte dissimulée. Celle-ci se retenait de hoqueter. La peur, la toux, provoquaient à l'intérieur de sa poitrine des convulsions qu'elle parvenait mal à contenir. Le S.S. l'examina furtivement, jetant un regard d'une terrifiante froideur.

« *Schönes kleines Mädchen*[2] *!* » dit-il en se tournant vers Clara.

Lisa ne put contenir un léger toussotement.

Alors, sans hésitation, le nazi trancha :

« Links! »

Lisa se vida du dernier souffle de vie qui l'animait encore. Elle se figea, Clara dans ses bras. Il se passa une fraction de seconde. Le monde venait de basculer. Elle osa redresser la tête. Elle fixa François. Au même moment, celui-ci croisa son regard. Un soldat la poussa sans ménagement dans les rangs de gauche. Ce qu'elle craignait le plus venait d'arriver.

Pourraient-ils un jour se retrouver dans cet enfer où tout était possible, même le pire ?

Quand tous les déportés furent triés, à pas lents, la colonne de gauche, enfants, vieillards et femmes, se mit en marche. Elle se dirigea vers un block où on leur ordonna de se mettre complètement nus. Puis ils furent tondus, dépouillés de tout ce qui leur appartenait, pour se rendre dans une salle souterraine où on leur

---

1. *À droite !*
2. *Jolie fillette !*

signifia qu'ils retrouveraient leurs vêtements en sortant.

Lisa portait toujours Clara dans ses bras. Elle eut encore la force de la consoler et de plaisanter avec elle, tandis que d'autres enfants ne cessaient de pleurer. Elle osa jeter un dernier regard en direction du groupe de François. Puis, à son tour, elle pénétra dans le block de désinfection, une salle d'eau où des douches étranges sortaient du plafond et dont les murs étaient tout égratignés.

François vit partir Lisa et Clara sans broncher. Calme au-dehors, car, pour lui, il n'y avait rien d'autre à faire, il éclatait de rage et d'impuissance en dedans. Pour ne pas se laisser abattre, ou pour se contenir et éviter le pire, il s'évertua à penser de toutes ses forces qu'il mettrait tout en œuvre pour se sortir de cet enfer. Séparé de Lisa par les chiens, il finirait par la retrouver, même au prix des pires souffrances qu'il s'apprêtait à endurer. Pour l'instant, il voulait regarder en face l'indicible, l'immonde, pour pouvoir un jour témoigner, raconter, dénoncer et ne jamais oublier.

Tandis qu'au loin, les derniers de la file de gauche disparaissaient, la file de droite prenait à son tour la direction de la désinfection. Déshabillés, tondus, tatoués, les esclaves de l'*Ordre nouveau* furent entassés dans des blocks vides, sans châlit, sans chaise ni tabouret, en attendant d'être envoyés vers les lieux de travail qui devaient être pour eux les lieux de leur supplice.

Deuxième partie

La révélation

IV

Un coin de paradis

Saint-Julien, Lozère, 1957.

Après une courte période de profond désarroi, pendant laquelle le monde ressentit un véritable traumatisme, une terrifiante peur du futur, à la suite de la découverte de la barbarie nazie et de la prise de conscience du danger nucléaire, on se remit vite à espérer en un avenir meilleur.

Partout on commença à rebâtir, à redresser les obélisques abattus, à faire disparaître les champs de ruines, à ériger de nouvelles chapelles. Peu à peu, les ruches humaines refirent le monde, un monde meilleur d'où il fallait expurger, pour l'avenir, toute idée de discrimination, toute doctrine totalitaire qui risquait encore d'enfermer l'homme dans un nouvel univers concentrationnaire.

Néanmoins, même en ce milieu du XXe siècle, et au sortir d'une guerre qui avait laissé des traces indélébiles dans l'esprit du plus grand nombre, les comportements liés aux croyances et aux dogmes étaient toujours aussi marqués que par le passé. Chacun eut vite fait de retrouver ses attaches, de marquer à nouveau ses appartenances, de montrer sa différence en s'accrochant aux particularismes de son groupe, de sa famille spirituelle.

Le besoin de répandre ses idées, sa croyance, sa foi, a toujours poussé l'homme à aller au-devant des autres hommes. Ce besoin de conversion, vieux comme le monde, n'était pas prêt de s'éteindre, malgré le séisme que l'humanité venait de subir. Croire en un monde meilleur donnait encore des ailes aux prêcheurs de toutes paroisses, aux idéologues de toutes philosophies, aux politiques de tous partis. Aussi le bouillonnement intellectuel était-il partout à son paroxysme pour assurer à l'humanité un avenir plein de promesses.

Le monde des idées n'était pas mort !

C'est dans cet état d'esprit, celui de répandre une foi bâtie sur de nobles valeurs et sur une nouvelle confiance en l'homme, que le pasteur Henri Muller vint s'installer, le 25 mars 1957, dans la petite commune lozérienne de Saint-Julien.

Il voyait dans cette date le symbole d'un nouveau départ, et cela l'encourageait devant l'œuvre dont il avait été investi par ses supérieurs. Ce lundi 25 mars en effet, devait être signé à Rome le traité donnant naissance à la Communauté européenne, dans laquelle se trouvaient réunis deux pays mis au banc des accusés une dizaine d'années plus tôt : l'Allemagne et l'Italie. C'était la preuve, à ses yeux, que le monde à venir serait un monde meilleur et que le pardon devait être la première arme des hommes contre toutes leurs dangereuses rancunes.

Mais il n'est pas toujours facile, en pays catholique, de vivre sa foi protestante, surtout quand on y vient dans l'intention de l'implanter autour d'une nouvelle chapelle et d'y fonder une nouvelle paroisse. Les vallées de haute Lozère sont ainsi faites qu'elles constituent chacune une entité, un microcosme que rien ne semble pouvoir perturber. Les habitants s'y connaissent tous ; beaucoup d'entre eux sont apparentés à des degrés divers. Ils sont attachés aux traditions qu'ils perpétuent fièrement avec la même constance et la même ténacité que leurs ancêtres. Leur force de caractère et leur esprit endurci leur ont permis de traverser bien des tourmentes, sans jamais rien céder de leur spécificité. Peuple de montagnards courageux, accoutumés aux rigueurs de l'hiver et à l'isolement, les hauts Lozériens sont toujours restés fidèles à leurs racines.

La tâche du pasteur Muller s'avérait donc difficile. Certes, il aurait préféré être envoyé dans l'une de ces paroisses des Cévennes protestantes où la population, calviniste depuis les origines, l'aurait accueilli, lui et sa famille, avec beaucoup de respect et de reconnaissance. Il aurait pu attaquer sans retard son travail pastoral, préparer ses prêches avec délectation, sachant que son public lui serait tout acquis et viendrait nombreux à ses cultes dominicaux. Il savait que, dans ces régions huguenotes de tradition, l'image du pasteur était encore tout auréolée de celle des martyrs de la foi, et qu'il ne fallait pas grand-chose pour obtenir l'adhésion de ses nouveaux paroissiens. Là-bas, son œuvre aurait été plus facile, et, après ce qu'il avait vécu pendant la guerre, il aurait pu profiter d'un repos mérité.

Mais ses supérieurs hiérarchiques en avaient décidé autrement. Les qualités et la forte personnalité d'Henri Muller lui valurent une seconde reconnaissance. En foi de quoi, on lui demanda de reprendre son manteau de pèlerin, et d'aller fonder une nouvelle paroisse dans la haute vallée du Lot, en plein pays catholique.

À quarante-cinq ans, il était encore dans la force de l'âge. Son expérience et son autorité naturelle l'aideraient à mettre en place les structures nécessaires à l'édification de son Église. Il ne manquerait pas d'aide de la part des quelques coreligionnaires isolés dans la vallée qui l'attendaient comme le messie.

* *
*

En remontant le Lot depuis Mende, en compagnie de sa famille entassée dans sa vieille traction Citroën datant de la guerre, Henri Muller ne cessait de s'extasier devant le paysage qui défilait sous ses yeux.

« Mes chéris, vous vous rendez compte de la chance que nous avons de venir habiter dans cette région ! »

Sa femme, Marie, montrait moins d'enthousiasme. Il lui semblait que ce *pays* était le bout du monde.

« As-tu remarqué sur la carte que cette vallée est un cul-de-sac ? lui dit-elle pour toute réponse.

— Pas tout à fait. Elle donne accès au mont Lozère et à la montagne du Goulet.

— C'est ce que je veux dire. Nous allons être isolés de tout. Pour les moindres achats, il nous faudra descendre à Mende ou à Alès. Ça nous prendra des heures ! Et comment ferons-nous pour Célia qui doit retourner au lycée le plus vite possible ?

— Elle sera interne. Où est le problème ? »

Célia ne disait mot. Installée à l'arrière de la voiture avec ses deux frères cadets, elle admirait le paysage. La vallée était un véritable écrin de verdure. La vivacité de ses eaux et leur limpidité lui faisaient penser à l'Éden de la Genèse.

« Je crois vraiment que Dieu avait créé le paradis sur terre, lança-t-elle sans se soucier de la conversation de ses parents.

— Tu penses comme moi, ma chérie, lui répondit Henri. Tu trouves cet endroit merveilleux, n'est-ce pas ?

— C'est un cadre idyllique ! Cette rivière intrépide, cette vallée qui s'encaisse, ces montagnes, c'est une vraie féerie !

— Oh là ! oh là ! calmons-nous sœurette, coupa Jean, l'aîné des deux garçons. Avant de s'extasier, il faut voir ce que les gens d'ici ont dans leur tête.

— Et dans le ventre ! » ajouta Pierre, le plus jeune.

Les Muller donnaient l'image d'une famille soudée. Marie, l'épouse du pasteur, aidait ce dernier dans sa charge ecclésiastique. Dans son ancienne paroisse, elle s'était beaucoup occupée des catéchumènes, tandis que son mari dirigeait à la fois sa paroisse et une œuvre sociale qu'il avait fondée : un centre d'accueil pour enfants abandonnés.

Ils avaient deux fils et une fille. Pierre, le benjamin, âgé de douze ans, était le plus turbulent, le plus vif, le plus malicieux. Toujours le premier à faire les quatre cents coups, il entraînait parfois ses camarades dans les pires bêtises. Jean, le cadet, paraissait déjà très mûr pour ses quatorze ans et mettait toujours un point d'honneur à montrer que son frère et sa sœur pouvaient compter sur lui. Quant à l'aînée, Célia, âgée de quinze ans, c'était une jeune fille romantique, intelligente et fine. Très proche de sa mère, dont elle percevait instinctivement toutes les réactions, elle admirait son père qui l'avait recueillie pendant l'Occupation en 1942, alors qu'elle n'avait que huit mois.

Henri et Marie Muller étaient en effet ses parents adoptifs. Elle le savait depuis qu'elle était en âge de comprendre. Cela n'avait d'ailleurs rien changé pour elle. Elle considérait Henri et Marie comme ses véritables parents. Et ces sentiments étaient réciproques. Toutefois, le caractère de Célia était bien différent de celui de ses frères d'adoption. Marie était la seule à le ressentir vraiment et à penser que, dans l'âme de sa fille, restait tapie une parcelle d'un passé inconnu, pas tout à fait disparu.

Après Mende, la vallée du Lot se rétrécit entre les massifs montagneux. Le voyage touchait au but. Déjà, les premières maisons dressaient leur masse de granite sous leur toit de lauzes.

Saint-Julien n'était qu'un gros bourg rural, entouré de vertes prairies et blotti contre les pentes encore enneigées du mont Lozère.

« Regardez l'église ! s'écria Pierre. On arrive.

— Les clochers sont toujours ce qu'on voit en premier », remarqua Jean.

Henri était aussi excité que ses fils à l'idée d'arriver au terme du voyage.

« Sans doute un héritage historique, ajouta-t-il. Elle me paraît ancienne. Il faudra la visiter, ainsi que son cloître.

— Et aller voir le curé ! coupa Pierre avec ironie.

— Tu ne vas pas commencer à critiquer les gens d'ici ! rétorqua Marie à son jeune fils qui, de tous, était le plus zélé à marquer sa différence. N'oublie pas que nous sommes en pays catholique et que, si nous voulons être acceptés et nous intégrer rapidement, il nous faudra faire preuve d'ouverture d'esprit. »

Célia, calmement, ajouta :

« La tolérance, hélas ! n'est pas l'une des plus grandes qualités de l'être humain !

— Oh ! toi, avec tes grandes idées ! insista Pierre.

— Nous autres, les protestants, nous connaissons le prix de l'intolérance. »

Le pasteur arrêta sa traction devant la mairie, dans le centre de la commune, et héla un passant.

« La maison de Martin Besson, s'il vous plaît ?

— Après la place, tout au bout sur la droite, juste en face de la scierie. »

Henri passa le pont qui enjambait la rivière, puis traversa la petite place du marché.

« Les Besson sont l'une des rares familles protestantes de la commune. En l'absence d'un pasteur, c'est Martin qui a fait le culte chez lui jusqu'à présent. Il nous accueillera pendant quelques jours, le temps de nous trouver une maison.

— Et le temple ? s'enquit Jean.

— Oh ! le temple ! Une chose à la fois, veux-tu. Au début, je continuerai à faire le culte chez Martin. Ensuite, je tâcherai de trouver mieux.

— Je crains que cela ne soit pas facile, dit Marie qui parlait peu.

— Rien n'a jamais été facile. Surtout pendant la guerre. Ici, en comparaison, c'est le paradis. Célia avait raison tout à l'heure. »

La famille Besson accueillit les Muller avec la chaleureuse hospitalité des gens de la montagne, et avec toute la fierté et la reconnaissance d'avoir sous leur toit le nouveau pasteur.

« Dieu soit loué ! fit Martin Besson. Nos prières ont enfin été exaucées. »

Puis, sans lui laisser le temps de se reposer, il invita Henri à découvrir la salle où il faisait le culte dominical, un hangar tapi au fond de son jardin.

« Depuis le temps qu'on réclamait un pasteur, on commençait à ne plus y croire.

— La persévérance dans la prière est la meilleure voie pour se faire entendre du Seigneur !

— Le conseil presbytéral est longtemps resté sourd à nos appels. Le diaconat que j'exerce pour maintenir notre Église dans cette région semblait lui convenir !

— Les temps changent, les hommes aussi. Le pastorat que je vais commencer, avec votre aide, donnera un souffle nouveau à notre petite communauté.

— Elle en a bien besoin ! Contrairement aux catholiques qui sont bien implantés et très actifs, nos frères et sœurs se sentent isolés et désarmés. J'ai toutes les peines du monde à retenir les jeunes dans notre Église. Beaucoup d'entre eux épousent des catholiques. Ils font baptiser leurs enfants à l'église du curé. Ils finissent même parfois par adopter leur confession.

— Par commodité, sans doute.

— Certes. Mais bientôt il ne restera plus chez nous que les anciens.

— Je vois. La tâche sera rude !

— Et délicate. Car il ne faut pas froisser nos confrères catholiques. Ils n'apprécient pas trop notre prosélytisme.

— C'est tout à fait normal ! Nous sommes dans leur chasse gardée. Il faudra leur faire admettre les bienfaits de l'œcuménisme et parvenir à trouver avec eux un terrain d'entente, des points de convergence. Décidément, ce n'est pas demain que je pourrai aspirer à la retraite !

— La retraite ! Vous y pensiez déjà à votre âge ?

— Pas tout à fait. Mais après les dures années que je viens de traverser, j'aspirais à une charge moins lourde. Une paroisse en plein milieu protestant, par exemple.

— La Cévenne des Gardons n'est pas loin ! Mais c'est manqué ! La montagne nous sépare, ironisa Martin.

— Ce sera pour plus tard ! En attendant, nous avons du pain sur la planche. »

Martin et sa femme Lucie aidèrent leurs invités à s'installer chez eux. La maison était grande et ils n'avaient pas d'enfants. Il fut donc aisé de tous les loger provisoirement.

* *
*

Dans les jours qui suivirent, Henri et Martin rendirent visite à l'abbé Foulquier dont la fière église jouxtait un cloître du XIIe siècle, témoin prestigieux du passé historique de la région.

Comme dans les Cévennes voisines, les habitants de ce haut pays lozérien avaient toujours fait preuve d'indépendance et montré leur attachement aux particularismes locaux. Aussi, tout ce qui tendait à rompre leur unité, leur cohésion sociale et spirituelle, l'avaient-ils toujours combattu avec acharnement. C'est ce que Martin tentait d'expliquer à Henri Muller sur le chemin qui les menait à l'église abbatiale.

L'abbé Foulquier méditait dans le cloître, plongé dans la lecture de la Bible, quand Henri et son ami s'annoncèrent. Le sacristain, qui gardait les lieux consacrés, les amena jusqu'au déambulatoire gothique, puis s'éclipsa par une porte dérobée.

« Monsieur Besson ! dit l'abbé en s'avançant vers Martin. Que me vaut votre visite ? C'est si rare de vous voir en ces lieux ! Auriez-vous donc décidé de vous convertir ? »

Martin connaissait bien l'abbé Foulquier. Ils se rencontraient souvent dans le village. Mais il mettait rarement les pieds à l'église, hormis pour un mariage ou pour l'enterrement d'un ami.

« Monsieur l'abbé, vous devez bien penser que je ne viens pas ici pour demander votre bénédiction ! Je suis venu vous présenter Henri Muller, notre nouveau pasteur. »

Le visage de l'abbé se renfrogna. Henri, habillé d'un costume civil, sans autre signe de distinction qu'une petite croix discrète sur le revers gauche de sa veste, pouvait passer pour n'importe quel laïc. L'abbé laissa transparaître sa surprise.

« Vous êtes le nouveau pasteur de Saint-Julien ?

— C'est ma fonction en effet, et ma nouvelle affectation. Je tenais à vous rencontrer au plus tôt, afin de ne pas laisser penser que je dissimule mon arrivée.

— Je suis enchanté de faire votre connaissance. Votre Église a donc estimé que vos fidèles avaient besoin d'un nouveau guide spirituel. Martin ne faisait-il plus l'affaire ?

— Martin Besson est un diacre de grande valeur. Mais toute paroisse a besoin d'un pasteur. Ce n'est pas à vous que je l'apprendrai !

— Nous n'avons pas ce problème », répliqua l'abbé qui dissimulait mal sa gêne de se retrouver subitement devant son rival.

Déjà, Henri sentait dans les paroles sèches et rugueuses du prêtre une rivalité de mauvais augure.

« Je suis venu pour consolider les fondements de notre Église. Celle-ci était comme un navire sans capitaine au beau milieu des flots. Il lui fallait trouver un point d'ancrage.

— Et vous êtes ce capitaine ou ce point d'ancrage ?

— Je n'ai pas cette prétention. Je suis venu pour poser la première pierre de l'édifice. D'autres viendront après moi et poseront leur pierre à leur tour. Ainsi s'est construite l'Église chrétienne des origines, n'est-ce pas ? Pierre après pierre.

— Je vois que vous avez l'âme d'un bâtisseur. Mais ne vous trompez pas d'époque ! Celle des bâtisseurs de cathédrales est révolue. Aujourd'hui, il faut entretenir l'édifice, le consolider.

— Ne craignez rien. Je ne suis pas venu ici pour tenter de dévoyer vos ouailles. Je n'ai nulle intention de faire du prosélytisme. L'époque de la christianisation est terminée, dans nos pays en tout cas. Nous sommes tous chrétiens, n'est-ce pas ? Et nous n'allons pas refaire les guerres de religion !

— Si vous venez dans le seul but d'aider vos paroissiens à se maintenir dans leur croyance, vous ne me trouverez pas devant vous.

— Dans ce cas, je crois que nous nous entendrons. »

L'abbé Foulquier semblait moins sur ses gardes.

Resté en retrait, Martin Besson pensait que la tâche du pasteur ne serait pas aisée. L'attitude de l'abbé lui parut si péremptoire et si vindicative au premier abord qu'il craignit un instant que les deux hommes d'Église n'en vinssent déjà à s'affronter.

« Faisons le tour du cloître, fit l'abbé. Je vais vous montrer quelques petites merveilles.

— Volontiers. J'avoue que les édifices catholiques recèlent des richesses dont nos modestes temples sont dépourvus.

— Je finirai peut-être par vous convertir, vous aussi, monsieur le pasteur !

— Pas avec ce genre d'argument, soyez-en sûr ! »

L'abbé invita Henri et Martin à le suivre.

Le pasteur, passionné d'histoire et d'architecture, suivit les explications de l'abbé avec beaucoup d'intérêt. Ce dernier, fier de pouvoir étaler son savoir, et de montrer les richesses de son église, ne se fit pas prier pour en rajouter.

« Le cloître a subi au moins deux incendies, et la quatrième galerie a complètement disparu. Ce n'est qu'au début du siècle qu'il fut classé. Vous admirerez au passage les peintures murales. Elles s'apparentent à un style italien du XVe siècle, toscan plus précisément. L'intention du peintre était de représenter les *Mystères* de la vie de la Vierge Marie.

— Qu'est-ce qu'ils représentent ? s'enquit Henri.

— L'Annonciation, la Visitation, la Nativité, la fuite en Égypte, Jésus au Temple, et d'autres scènes encore.

— Quelles richesses ! » s'extasia le pasteur, ravi de se trouver si vite plongé dans un bain d'exégèse.

Pour un peu, il en aurait presque oublié le but de sa visite !

Martin, qui connaissait bien le cloître, comme la plupart des habitants de la vallée, commençait à s'impatienter. Il fit comprendre à son ami qu'il était temps de prendre congé. Celui-ci, tout absorbé par sa découverte, n'avait d'yeux que pour les trésors du lieu et d'oreilles que pour les explications de l'abbé.

« Avant de partir, il faut que vous admiriez la porte de la Vierge. Le tympan évoque le couronnement de Marie par les anges.

— Je crois qu'il me faudra revenir plus tard, coupa Henri. Martin semble s'impatienter. Nous avons encore beaucoup à faire.

— D'autant que l'église est aussi une vraie merveille !

— Ce sera pour une prochaine fois. En attendant, je suis ravi d'avoir fait votre connaissance. Vous êtes un homme d'une grande culture !

— Et vous, vous savez écouter !

— J'écoute toujours les autres. Surtout quand ils ont quelque chose à dire. Nous trouverons un terrain d'entente, j'en suis sûr, des points de convergence, comme je le disais à Martin. »

L'abbé ne répondit pas et accompagna ses visiteurs vers la sortie.

« Vous ne voyez pas qu'il a essayé de vous endormir avec sa visite du cloître et ses belles phrases ! protesta Martin, sitôt sorti.

— Ne soyez pas si méfiant. L'abbé n'a pas de mauvaises intentions.

— Il n'a fait que vous parler de la Vierge et des saints, comme s'il avait voulu marquer ostensiblement sa différence.

— Pensez donc ! Il ne s'agissait que des richesses de l'abbatiale. Il en est fier, c'est légitime. Pourquoi lui faites-vous un procès d'intention ?

— Pour une première entrevue, il aurait pu vous parler de ce qui nous unit et non de ce qui nous sépare.

— Ne recommençons pas ces querelles religieuses, Martin ! Ce n'est pas en restant barricadé chacun chez soi, à nous regarder en chiens de faïence, que nous parviendrons à nous réconcilier.

— Les catholiques ne nous ont jamais appréciés dans cette vallée.

— Eh bien ! c'est à nous de nous faire aimer ! Payez-moi donc un verre, Martin. J'ai une soif du diable !

— Oh ! monsieur le pasteur !

— Excusez-moi, Martin, ça m'a échappé », reprit Henri en souriant.

* *
*

L'installation des Muller à Saint-Julien ne demanda que quelques jours. À la fin de la seconde semaine, grâce à Martin, ils purent emménager dans leur nouvelle maison.

C'était un vieux mas traditionnel, situé dans un vallon transversal, dont les versants portaient les noms savoureux de *Charmy l'adroit* et *Charmy l'envers*. Perché sur les pentes verdoyantes du mont Lozère, il faisait face à la montagne du Goulet dont les hauteurs se dissimulaient encore sous la neige.

Construite en gros blocs de granite, la bâtisse imposante était une ancienne ferme d'élevage abandonnée depuis plusieurs années par ses anciens occupants. Comme tous les mas de montagne, elle présentait des façades massives, presque aveugles, et était flanquée d'un imposant escalier de pierre qui montait à l'étage. Le large toit de lauzes débordait généreusement pour protéger hommes et bêtes des intempéries fréquentes dans la région. Sous l'escalier, un gros tas de bûches rappelait que les hivers étaient rudes et que la cheminée, elle aussi couverte de lauzes, restait rarement inactive. Accrochées aux balustrades du balcon, de grandes jardinières exhibaient de magnifiques géraniums que les anciens propriétaires avaient laissés, comme s'ils avaient fait partie de la maison.

Au printemps, les prairies et les balcons fleuris,

les eaux ruisselantes et les cimes enneigées donnaient à la région un air de petite Suisse.

La tranquillité du lieu, la sérénité de ses occupants et la pérennité de leur mode de vie pouvaient laisser croire que la vallée avait échappé à la grande catastrophe de la guerre. Rien ne semblait y avoir perturbé le rythme séculaire de leur existence. Les habitants, des éleveurs pour la plupart, perpétuaient des traditions héritées de leurs aïeux, que rien n'avait encore bouleversées. Ils étaient tous très attachés à leur terroir, à leurs coutumes, à leurs croyances. Partout dans la commune se dressaient un nombre impressionnant de petites chapelles, toutes vouées à un saint ou à la Vierge. Toujours fleuries et bien entretenues, elles rappelaient à chacun son appartenance à la communauté catholique, et indiquaient, s'il en était besoin, que ce lieu était un don de Dieu, un signe de Sa volonté.

Dès qu'ils furent installés, Henri et Marie Muller commencèrent un grand nettoyage du mas. Il en avait bien besoin, car tout était resté en l'état et l'odeur de l'étable s'était répandue dans l'ensemble du logis.

Celui-ci se composait de trois pièces principales et de nombreuses dépendances. Au centre, la vaste cuisine servait de salle de séjour. Elle donnait sur le balcon par une porte vitrée seulement dans sa partie supérieure, et était flanquée, de chaque côté, de deux petites fenêtres aux volets dégingandés. Un vieux fourneau imposait sa lourde masse de fonte au centre de la pièce, surmonté d'un conduit noirâtre dont l'extrémité allait rejoindre la hotte de la cheminée au foyer grand ouvert. Dans l'âtre, une paire d'antiques chenets et une crémaillère déformée par les flammes attendaient de reprendre du service. Au sol, de larges dalles de schiste, patinées par les ans, disparaissaient sous la poussière.

« Il fait très sombre. Il faudra laisser allumé toute la journée ! se plaignit Marie qui n'avait pas l'air d'apprécier la rusticité du lieu.

— Nous agrandirons les ouvertures », suggéra le pasteur.

Célia, à qui rien n'échappait, donna son avis :

« Si les anciens n'ouvraient pas de grandes fenêtres, c'était pour se protéger du froid. Si tu élargis les fenêtres, il fera plus froid l'hiver, et il faudra chauffer davantage.

— Tu as sans doute raison, nous trouverons un juste milieu. Remarque bien, la maison est située plein sud et la vue est dégagée. Nous aurons donc un maximum d'ensoleillement. »

Les deux autres pièces étaient les chambres. Elles donnaient directement dans la cuisine par une porte étroite. L'une d'elles était très vaste et possédait une fenêtre en façade et une seconde en pignon.

« Nous la partagerons en deux par une cloison, proposa Henri. Nous en ferons deux chambres, une pour les garçons, une autre pour Célia. Votre mère et moi, nous nous installerons dans l'autre pièce.

— Que penses-tu faire des dépendances ?

demanda Jean, très intéressé par l'aménagement futur du mas. Il y a plein de place perdue.

— Pour l'instant, rien. Mais, par la suite, j'ai ma petite idée. La grange pourrait servir de salle de réunions pour le conseil paroissial. Elle donne sur l'extérieur et de plain-pied grâce à la pente du terrain. Ce sera très commode d'y accéder sans passer par la maison. Dans l'étable, je pense que votre mère pourra s'occuper des catéchumènes. Il faudra, bien sûr, l'aménager en conséquence.

— As-tu songé qu'il n'y a rien de prévu pour se laver, si ce n'est cet évier dans la cuisine et le grand lavoir à l'extérieur ? remarqua Marie.

— J'y ai songé. La porcherie conviendrait parfaitement à l'aménagement d'une salle de bains. Les arrivées d'eau ne sont pas très loin et elle est située à proximité de la cuisine, juste derrière le mur de la cheminée.

— Tu as pensé à tout !

— Ma chérie, nous ne sommes pas venus ici pour notre confort personnel, mais pour celui des âmes de nos amis !

— Peut-être, mais aménager la salle de bains dans une ancienne porcherie ! Tu aurais pu trouver mieux !

— Quand nous aurons fini les travaux, tu n'y penseras plus. Après tout, la plupart des vieux mas ne doivent pas avoir le confort des maisons urbaines !

— Tu ne voudrais pas, quand même, qu'on aille se laver dehors à l'eau froide comme les paysans !

— Marie, je crois que tu exagères !

— Si nous commencions par nous mettre au travail », coupa Célia qui sentait la conversation s'envenimer pour des raisons futiles.

Prenant sa mère par le bras, elle tenta de la rassurer.

« Ne te fais pas de soucis, maman. Quand tout sera fini, ce sera merveilleux de vivre ici. Tu as vu comme l'endroit est joli ! La maison, nous la rendrons confortable en l'espace de quelques semaines, un mois tout au plus.

— Pardonne-moi, ma chérie. Je me sens un peu déprimée depuis que nous sommes arrivés dans cette vallée. Nous sommes si éloignés de tout. Et toi qui vas devoir nous quitter, pour aller au lycée à Mende ! Je vais me retrouver seule.

— Tu ne seras pas seule avec papa et les garçons !

— Comprends-moi, c'est la première fois que nous allons être séparées.

— Je ne serai jamais partie très longtemps. Je pourrai revenir chaque fin de semaine, si papa vient me chercher au lycée. Tu sais, l'internat, ce n'est pas le bagne ! »

Marie broyait du noir. Depuis son départ de la région parisienne, qu'elle n'avait jamais quittée depuis sa tendre enfance, elle n'était pas parvenue à envisager sa nouvelle vie dans cette région reculée et pourtant si accueillante. Elle ressentait cette mission comme un exil au bout du monde. Et elle ne comprenait pas pourquoi, malgré tous les sacrifices qu'elle avait endurés avec son mari pendant et après les années d'Occupation, risquant sa vie à sauver et à élever de nombreux enfants malheureux, elle n'avait pas eu droit à plus de considération de la part des chefs de son Église. Elle ne comprenait pas pourquoi il lui fallait encore partir de zéro, bâtir une nouvelle chapelle, affronter d'autres problèmes, s'opposer à autrui. Car, elle savait bien qu'il ne serait pas facile de s'imposer là où le catholicisme était bien implanté. À tel point qu'elle se demandait si on les avait vraiment envoyés, elle et les siens, dans un coin de paradis, comme le disait Célia.

V

La part de vérité

Célia avait intégré le lycée de Mende où elle achevait sa classe de seconde. Certes, elle avait perdu quelques semaines de classe, suite à son installation à Saint-Julien, mais ses qualités de brillante élève lui permirent de rattraper rapidement son retard.

Elle intégra une classe de 38 filles, dont la plupart, internes comme elle, provenaient des quatre coins de la région. Elle s'habitua vite à ses nouvelles conditions d'existence. Mais l'état d'esprit de sa mère, plus que son propre éloignement, la préoccupait.

Marie, en effet, avait mal accepté de devoir se séparer de sa fille qu'elle considérait comme le fruit de sa chair, autant que ses deux garçons. Heureusement, l'aménagement du mas lui prenait tout son temps et lui laissait peu de loisirs pour s'interroger sur ses états d'âme.

Les travaux allaient bon train. Henri avait trouvé de l'aide parmi les amis protestants de la vallée. Étienne Bertrand, un grand et fort gaillard de vingt ans, lui prêtait main-forte tous les jours. À la fois maçon, charpentier et paysan, il avait plus d'une corde à son arc, ce qui lui permettait de travailler toute l'année sans discontinuité. Grâce à lui, la maison des Muller prit un aspect de neuf, tant au-dedans qu'au-dehors. Dès la sortie de l'école, les garçons l'aidaient à transporter les planches, à scier, à clouer. La toiture, les planchers, les murs, le balcon furent révisés ; les fenêtres agrandies pour faire plaisir à Marie ; et la salle de bains, enfin, entièrement équipée dans un confort digne de celui des maisons bourgeoises.

Malgré ses efforts, Henri voyait bien que sa femme n'était pas heureuse. Trois mois s'étaient écoulés depuis leur installation, et les vacances d'été approchaient. Marie, qui jusqu'alors avait le contact facile avec autrui, semblait distante envers ses nouveaux amis. Leur appartenance à la même confession et au même dogme calviniste n'était pas parvenue à briser ses réticences. Henri, très pris par la fondation de sa nouvelle Église, ne s'inquiétait pas trop de l'état d'esprit de son épouse. Tout à sa tâche qu'il jugeait prioritaire, il se disait que le temps finirait par arranger les choses. Il ne s'apercevait pas que Marie souffrait pour la première fois de la désagrégation de sa famille.

Un soir, tandis que les garçons étaient allés se coucher et que Célia, rentrée pour le week-end, achevait ses devoirs dans sa chambre, la discussion se fit soudain plus vive entre le pasteur et son épouse. Troublée par le ton qui montait, Célia ne put s'empêcher d'entendre, malgré elle, les propos de ses parents.

« Je ne te comprends pas, Marie ! s'étonnait

son père. Jusqu'à présent, tu m'as toujours soutenu dans ma tâche pastorale. Pourquoi refuses-tu maintenant d'encadrer les catéchumènes ? Qui va le faire si tu t'obstines ainsi ?

— Je ne suis pas indispensable. Avant notre arrivée, les Besson se débrouillaient très bien sans nous.

— La situation a changé. Personne ne comprendrait que la femme du nouveau pasteur n'aide pas son mari dans son travail.

— Je n'ai pas dit que je ne t'aiderai pas. Mais je prétends que Lucie Besson peut encore très bien s'en occuper. Pourquoi vouloir tout changer d'un coup ? Laissons aux autres quelques responsabilités. Cela ne fait que trois mois que nous sommes arrivés, j'ai encore beaucoup de travail, entre la maison, les garçons à conduire à l'école, Célia à accueillir chaque samedi…

— Nous y voilà ! Célia te préoccupe trop.

— Qu'est-ce que tu insinues ?

— Tu te fais trop de soucis pour elle. Elle se débrouille très bien toute seule. Ce n'est plus une petite fille. À l'internat, elle ne risque rien… Je crois que tu n'admets pas qu'elle t'échappe.

— C'est faux ! Mais Célia est ma fille. Notre fille !

— Devrais-je te rappeler que nous n'avons fait que l'adopter et l'élever, certes comme notre fille, mais qu'elle n'est pas de ta chair !

— Ce que tu dis là n'est pas digne d'un pasteur, Henri ! Tu devrais avoir honte.

— Je dis ce que je ressens depuis quelque temps.

— Serais-tu jaloux de ta fille ?

— Je ne suis jaloux de personne. Je constate que tu délaisses tes propres fils, car tu es trop préoccupée par Célia.

— Célia est ma fille. Que tu le veuilles ou non ! Et j'aime mes enfants autant les uns que les autres. Moi, je ne fais aucune différence. Je souffre seulement de son éloignement. C'est normal pour une mère. Tu n'es pas de mon avis ? »

Henri s'était laissé emporter et regrettait déjà les paroles malheureuses qu'il avait prononcées par excès d'incompréhension.

« Célia est notre fille tout autant que Pierre et Jean sont nos fils. Ne me prête pas de mauvaises pensées ! Je veux seulement t'expliquer que tu as tort de te montrer ainsi avec elle. Il faut apprendre aux enfants à se passer de leurs parents. Si nous nous montrons trop faibles, c'est eux qui risquent de souffrir. »

Derrière la porte de sa chambre, Célia comprenait qu'elle était l'objet de la dispute de ses parents. Elle ne put retenir ses larmes quand elle entendit les paroles de son père rappeler qu'elle était une enfant adoptée. C'était la première fois que ce sujet lui parvenait aux oreilles au cours d'une dispute. Certes, Henri et Marie ne lui avaient pas caché longtemps qu'ils l'avaient recueillie pendant la guerre, âgée de quelques mois seulement. Dès qu'elle eut cinq ans, ils lui avaient même expliqué que ses véritables parents l'avaient confiée à une dame qui l'avait elle-même amenée ensuite à la fondation des Enfants de Dieu.

Mais Henri, qui ne connaissait pas ses parents,

ne lui avait jamais avoué ses origines exactes. Il s'était dit qu'il serait toujours temps, plus tard, d'entrer dans les détails. Aussi avait-il laissé volontairement planer une zone d'ombre sur sa naissance. D'un commun accord avec Marie, il avait préféré élever Célia dans la religion protestante, afin de consolider en elle cette appartenance. Et il s'était promis de lui avouer un jour la vérité, quand il serait sûr que sa foi serait à toute épreuve.

« Tu ne voudrais pas que Célia souffre à cause de nos faiblesses ? renchérit Henri. Elle doit déjà souffrir de savoir que ses véritables parents n'ont pas été en mesure de la garder !

— Tu sais très bien qu'elle n'a pas été abandonnée. Célia est une victime de la guerre. »

Celle-ci sursauta aux derniers mots prononcés par sa mère. Elle n'avait donc pas été « abandonnée » pendant la guerre ; elle était une « victime » ! Ses pensées se brouillèrent dans son esprit. Elle ne comprenait plus. Ses parents lui avaient donc caché une partie de la vérité ! Pourquoi tous ces mystères sur ses origines ?

Le pasteur poursuivait, sans se soucier que, derrière la cloison, Célia pût entendre ses paroles.

« De toute façon, l'essentiel, c'est que Célia ait la foi protestante. Peu importe qu'elle soit juive ou non, qu'elle ait été abandonnée ou oubliée !

— L'essentiel, Henri, c'est que Célia soit heureuse et qu'elle ne nous renie jamais.

— Pourquoi voudrais-tu qu'elle nous renie ? Cette séparation te donne des idées fausses, des craintes injustifiées. Célia nous aime, et nous l'aimons ! Elle est notre fille.

— J'ai peur qu'un jour, elle nous reproche de ne pas lui avoir dit toute la vérité.

— Elle en connaît déjà une partie.

— Ce qui compte le plus pour toi, c'est qu'elle ait la même religion que nous ! Tu as tout fait d'ailleurs pour qu'elle ne sache jamais que ses parents étaient juifs. Pourquoi ?

— J'ai toujours pensé qu'il valait mieux attendre.

— Pour qu'elle ne puisse plus revenir en arrière !

— Pour qu'elle soit chrétienne, oui. Comme nous. Je ne le cache pas. Tu ne voudrais pas, quand même, qu'en tant que pasteur je ne lui aie pas inculqué l'enseignement des Évangiles !

— La vérité est dans les actes, pas seulement dans les bons sentiments. Il est temps de lui parler.

— C'est encore trop tôt. À son âge, elle risque d'être profondément perturbée ou de se révolter.

— Tu as donc mauvaise conscience ?

— Pas du tout ! Mais j'estime qu'il est de notre devoir d'attendre. Pour qu'elle soit prête à entendre la vérité. »

La porte s'ouvrit brutalement. Célia, en larmes, resta quelques secondes dans l'embrasure, fixant ses parents du regard, puis elle déclara d'un ton solennel :

« Je suis prête à entendre la vérité. »

* *
*

Paris, juillet 1942.

Lorsque Valentine Berger reçut la visite de Lisa Blumstein, le 15 juillet 1942, elle ne se doutait pas qu'elle ne la reverrait plus jamais. Elle ignorait ce que les autorités de l'État français avaient manigancé pour se débarrasser des Juifs de la zone occupée. Certes, elle connaissait très bien le sort qu'on leur réservait depuis le début de la guerre. Mais ce fut davantage pour faire acte de résistance et par haine des Allemands que par compassion envers les Juifs, qu'elle avait accepté de prendre en charge la jeune Célia. Elle aurait recueilli n'importe quel autre enfant de la même manière.

Elle était persuadée que Lisa Blumstein reviendrait chercher son bébé dans les jours qui suivraient. Elle évita cependant de sortir avec lui de crainte que les voisins ne lui posent des questions gênantes sur ses origines. Comme de nombreux Français, elle se méfiait de tout le monde, car la délation était fréquente en ces temps peu glorieux de la collaboration.

Elle apprit très vite ce qui s'était passé dans tout Paris le lendemain : la rafle de milliers de Juifs, leur internement au Vélodrome d'hiver, le rôle joué par la police française. Elle comprit alors l'angoisse de sa visiteuse de la veille et n'eut qu'un souhait : qu'elle ait pu échapper à cette infamie.

Son esprit était partagé entre la honte qu'elle éprouvait vis-à-vis de ces malheureux qu'on traitait comme des parias, et la crainte de se retrouver avec l'enfant, si, par malheur, sa mère avait fait partie des victimes.

Plusieurs jours s'écoulèrent sans que personne ne se manifestât. Valentine commença à craindre le pire. Cependant, elle n'osa bouger, de peur de donner l'éveil. De plus, elle ne pouvait sortir en laissant le bébé seul dans son landau. Or le lait en poudre, que Lisa lui avait donné pour quelques jours, était bientôt épuisé. Elle devait impérativement s'en procurer. Mais, sans ticket de rationnement, comment faire ?

À l'aube du neuvième jour, elle décida de se rendre à l'adresse que lui avait indiquée Lisa, rue du Faubourg-Saint-Antoine. Ce que lui apprit un commerçant, chez qui elle alla aux nouvelles avant d'oser entrer dans l'immeuble, confirma ses craintes. Elle évita d'exposer la petite Célia aux regards indiscrets des curieux, et la garda bien emmitouflée dans son landau.

« Tous les Juifs du quartier ont été embarqués, madame, lui déclara le commerçant. Les policiers ont emmené tout le monde, hommes, femmes et enfants. Paraît-il, ils avaient marqué une croix sur leur porte pour mieux les repérer et pour que ça aille plus vite.

— Vous connaissez les Blumstein ?

— Les Blumstein, si je les connais ? Bien sûr ! C'étaient de bons clients. Des gens comme il faut, discrets, polis. Une famille sans histoire. Lui, il travaillait dans une librairie, à l'autre bout du faubourg, vers la place de la Bastille. Je ne les ai pas revus depuis la rafle.

— On les a embarqués ?

— Je crains fort que oui, hélas ! Et avec leurs trois enfants sans doute. »

Valentine se rendit chez Charles Duquesne, le libraire qui employait François Blumstein. Il lui fit les mêmes commentaires et émit les mêmes craintes.

« Vous pouvez toujours aller voir leur concierge, lui suggéra-t-il. Elle en sait peut-être davantage. Ils étaient très amis. »

Valentine suivit le conseil du libraire, et, non sans avoir beaucoup hésité, se rendit à l'adresse des Blumstein. Elle prit soin de laisser le landau sur le trottoir avant d'entrer dans l'immeuble, afin de ne pas éveiller l'attention des voisins. Valentine connaissait bien Yvette Legendre. Amies de longue date, elles se revoyaient rarement, mais elles étaient toujours prêtes à se rendre service. Yvette s'attendait à la visite de son amie, devinant que le bébé des Blumstein finirait par lui poser problème.

« Je pensais te voir arriver plus tôt, lui avoua-t-elle. Quand je t'ai envoyé Lisa Blumstein, j'étais certaine que tu accepterais de l'aider. Qu'as-tu fait du bébé ?

— Il est dehors, devant la porte. Je n'ai pas osé entrer dans l'immeuble avec lui. On ne sait jamais.

— Tu as bien fait. Je ne suis pas sûre de tous mes locataires. Je doute même de certains. Tous n'aimaient pas les Blumstein et ne se privaient de le leur montrer. »

Yvette Legendre proposa à son amie de sortir et d'aller se promener au cimetière du Père-Lachaise.

« C'est à deux pas, nous y serons tranquilles pour bavarder et ça fera du bien au bébé de prendre l'air. »

Poussant le landau devant elles, les deux femmes remontèrent le boulevard Voltaire, s'engagèrent dans la rue de Charonne, puis s'enfoncèrent dans les allées reposantes du cimetière.

L'enfant commençait à s'agiter, réclamant son biberon.

« Je n'ai bientôt plus de lait à lui donner, dit Valentine. Je ne pourrai pas la garder très longtemps.

— Que comptes-tu faire ? Ses parents ne reviendront pas, j'en ai bien peur ! D'après ce qu'on m'a dit, tous les internés du Vél'd'hiv' sont envoyés vers des camps de travail.

— Les malheureux !

— Le drame, c'est qu'avant d'avoir été arrêtés, ils m'avaient confié leurs deux aînés pour la nuit. Ils se doutaient de quelque chose.

— Et alors ?

— Quand j'ai entendu ce bruit de va-et-vient dans l'immeuble, je me suis affolée. J'ai réveillé les deux enfants et je les ai cachés dans le local de service qui donne sur l'arrière-cour. Je craignais que les policiers, ne les voyant pas avec leurs parents, ne viennent me questionner et ne les trouvent chez moi.

— Que sont-ils devenus ?

— Si je le savais, je serais rassurée ! Quand les policiers ont quitté l'immeuble, je suis allée les chercher dans leur cachette. Ils n'y étaient plus. Ils ont dû les trouver et les embarquer. Le pire, vois-tu, c'est de ne pas savoir.

— Je te comprends. Personne ne les a revus ?

— Tu penses bien que je n'ai parlé à personne. J'ai cherché partout. Je n'ai trouvé aucune trace d'eux. Seulement la poupée de la petite Sarah qu'elle a abandonnée dans le local. C'est certain, ils les ont emmenés. C'est de ma faute, je n'aurais pas dû les cacher dans ce réduit.

— Ne te rends pas malade, Yvette ! Tu as fait ce que ta conscience t'a dicté.

— Un policier est venu me demander si je n'avais pas vu les enfants. Il était déjà venu le matin même. Je lui ai répondu que non. Je tremblais comme une feuille. A-t-il compris que je les avais cachés ? Je ne le saurai jamais. Je m'en voudrai toute ma vie. »

Yvette Legendre était effondrée. Dans l'ignorance de ce qui était advenu des enfants dont elle avait accepté la charge, elle se culpabilisait et ses remords étaient incommensurables.

« Et toi, que vas-tu faire du bébé ? demanda-t-elle.

— Je ne peux le garder plus longtemps chez moi. Je ne suis pas à l'abri d'un délateur. Il faut lui trouver rapidement un asile.

— Je connais un jeune pasteur qui s'occupe d'un orphelinat en banlieue. Je peux le contacter si tu le désires. Mais je ne garantis pas qu'il voudra s'occuper d'un enfant juif. »

Yvette Legendre prit ainsi contact avec le pasteur Henri Muller. C'était une relation d'un de ses amis, protestant comme elle. Avant la guerre, ils s'étaient entrevus quelques rares fois, au cours de l'assemblée annuelle de l'Église réformée de la région parisienne, qui réunissait les pasteurs et les fidèles des différentes paroisses de la capitale et de sa banlieue. Sous l'apparence d'une grande kermesse en plein air, elle était l'occasion pour tous de se retrouver, de se compter, de donner des nouvelles et de s'informer des nouveautés qui insufflaient le dynamisme nécessaire à leur Église minoritaire.

Le pasteur Muller était alors un homme d'une trentaine d'années. Il était en charge d'une petite communauté de fidèles à Évry, au sud de Paris, où il avait créé, dès son arrivée dans cette paroisse, une maison d'accueil pour les enfants des familles protestantes déshéritées. À l'origine, cette maison ne devait être qu'un centre provisoire destiné à rendre service à des familles qui ne pouvaient plus subvenir, momentanément, aux besoins de leurs enfants. Ceux-ci n'étaient jamais plus de huit ou dix à la fois et n'y séjournaient qu'un ou deux mois, rarement plus.

Avec la guerre, les demandes d'hébergement se multiplièrent. Des mères de famille, devenues veuves en mai-juin 1940, demandèrent au pasteur de prendre en charge leurs enfants soudain privés de père, le temps de trouver un travail et de refaire surface. Les enfants devinrent ainsi plus nombreux et leur séjour s'allongea. Au point qu'Henri Muller et sa jeune épouse Marie ne suffirent bientôt plus à remplir seuls leur tâche.

Ils durent alors embaucher quelques volontaires pour les seconder. Le centre d'accueil devint une véritable institution qui prit le nom de « fondation des Enfants de Dieu ». Officiellement ce n'était pas un orphelinat, mais il le devint par la force des choses, lorsque certains enfants sans père ni mère lui furent confiés. Le conseil presbytéral s'arrangea pour faire reconnaître la fondation qui put ainsi recevoir des subsides et toute l'aide matérielle nécessaire. Les nouveaux pensionnaires ne furent jamais plus d'une petite trentaine. Mais pour Marie, qui supervisait surtout l'intendance et l'éducation religieuse, la charge était très lourde car, en ces premières années de guerre, les restrictions se faisaient durement ressentir. Et il n'était pas rare qu'elle dût s'absenter plusieurs jours pour trouver au meilleur prix l'approvisionnement nécessaire.

Henri, son mari, dut souvent se battre contre les autorités administratives qui, à la botte de l'occupant, se méfiaient de toutes les associations caritatives. Sans cesse sommé de se rendre à la sous-préfecture de l'arrondissement pour déclarer chaque nouvelle arrivée et chaque nouveau départ, il faisait l'objet d'une surveillance particulière. Cependant, n'ayant rien à dissimuler, il se pliait sans crainte à ces tracasseries de mauvais aloi.

Peu après la visite de son amie, Yvette Legendre

prit le train de Melun et s'arrêta à la petite gare d'Évry. Elle avait préféré s'y rendre seule, pour « tâter le terrain », comme elle l'avait suggéré à Valentine Berger. Après tout, elle ne connaissait pas très bien ce pasteur ; elle ignorait donc quel serait son accueil. Elle rassembla ses souvenirs pour se rappeler à sa mémoire et prépara, chemin faisant, quelques phrases bien tournées pour tenter de le convaincre.

Dans la gare d'Évry, deux soldats allemands faisaient les cent pas le long du quai, fusil sur l'épaule. Son cœur sursauta à l'idée qu'ils pourraient l'arrêter pour lui demander où elle se rendait. Elle n'avait pas pensé à cette éventualité et sa réponse n'était pas prête. Elle remonta le quai en restant très près de deux autres passagers. Les soldats les regardaient arriver, comme s'ils les attendaient. Parvenue à leur niveau, Yvette détourna les yeux, faisant mine d'apercevoir quelqu'un de sa connaissance.

« Halt! Papier, bitte! »

Les deux soldats arrêtèrent les deux hommes qui marchaient à côté d'elle et la laissèrent passer. Son sang se glaça. Sans se retourner, elle se dirigea vers la sortie et quitta la gare sans tarder.

Elle parvint à la fondation des Enfants de Dieu au bout d'une heure de marche, le long de la route de Corbeil. En cette fin juillet, il faisait chaud et l'asphalte rendait l'air irrespirable.

La fondation était une grosse maison de style campagnard, située à l'écart de la ville. Dans la cour entourée de murs aveugles se dressait un puits abandonné dont les margelles supportaient une tôle d'acier circulaire, précaution pour prévenir tout risque d'accident. Yvette jeta un regard curieux à travers la grille qui interdisait l'accès à la cour, et, d'un coup sec, elle tira sur la chaîne qui actionnait une grosse cloche de bronze. Il n'y avait personne autour de la maison. On aurait dit que les lieux étaient inhabités. Son appel étant resté sans réponse, elle ouvrit la grille et pénétra dans la cour d'un pas hésitant. Puis elle se dirigea droit vers l'entrée de la maison.

La porte était grande ouverte. Un chant liturgique fredonné par de petites voix frêles lui parvint aussitôt aux oreilles :

Dieu mon berger me conduit et me garde.
J'entends Sa voix et vers Lui je regarde…

Yvette reconnut le psaume XXIII qu'elle avait eu l'occasion de chanter au temple. Elle se sentit soudain rassurée. Elle s'approcha de la pièce d'où provenait la mélodie et frappa à la porte. Le chant s'interrompit.

« Entrez, entrez donc ! »

C'est ainsi qu'Yvette fit la connaissance de Marie Muller.

Celle-ci abandonna les enfants qu'elle faisait répéter.

« Nous préparons le culte de dimanche prochain.

— Je suis venue voir le pasteur Muller.

— Il ne va pas tarder. Si vous voulez, vous pouvez l'attendre dans la pièce voisine. Je vous rejoindrai dès que j'en aurai terminé avec mes petits chanteurs. »

Marie n'eut pas le temps d'achever sa répétition qu'Henri Muller était déjà de retour.

« Une dame t'attend à côté, lui dit-elle aussitôt.

— J'espère que ce n'est pas pour un nouveau placement. Aujourd'hui, je n'en peux plus. La kommandantur me demande de lui fournir tous les papiers attestant l'origine de nos pensionnaires. Je leur ai dit qu'ils n'avaient qu'à s'adresser à la sous-préfecture, que tout était en règle. L'officier de service n'a rien voulu savoir. Je ne sais pas ce qu'ils cherchent, mais ils commencent par m'agacer avec leur manie de tout contrôler.

— Ils cherchent sans doute à savoir si nous ne cachons personne. Avec toutes ces rafles de Juifs un peu partout, ils doivent craindre que les institutions comme la nôtre ne recèlent des petits clandestins.

— Si c'était le cas, ils n'espèrent quand même pas que je leur fournirais ces innocents sur un plateau ! En fait, que veut cette femme ?

— Je l'ignore. Elle affirme que tu la connais.

— Oh ! c'est mauvais signe ! Elle a quelque chose à me demander. J'y vais. »

Henri Muller ne reconnut pas immédiatement Yvette Legendre. Elle dut lui rappeler avec précision les détails de leurs brèves rencontres antérieures. Il fit mine de s'en souvenir. À vrai dire, sa mémoire était très évanescente.

« Je me souviens en effet, dit-il pour donner le change. Et que puis-je pour vous ? »

Yvette raconta par le menu l'histoire de la petite

Célia, en omettant toutefois de parler de ses origines.

« Aussi, poursuivit-elle, j'ai pensé que...

— Que nous pourrions l'accueillir ici !

— C'est cela. Cette enfant est une petite victime. Et nous autres, protestants, nous ne pouvons pas laisser les victimes dans les mains de leurs bourreaux. Même s'il ne s'agit pas de petits protestants, n'est-ce pas ?

— Elle est catholique ?

— Pas tout à fait. Ses parents sont juifs.

— Juifs !

— Ils ont été arrêtés à Paris et emmenés au Vélodrome d'hiver par la police. Personne ne les a revus. »

Le pasteur parut tracassé.

« Vous n'imaginez pas les ennuis que nous aurions si les Allemands savaient que nous cachons des enfants juifs dans nos murs ! Jusqu'à présent, notre œuvre a toujours été en règle, nous n'avons jamais rien dissimulé. C'est pour cela que nous subsistons encore. Nous ne pouvons pas mettre nos enfants en danger en prenant un tel risque. Vous n'y songez pas !

— Monsieur le pasteur, si ce ne sont pas des gens comme nous qui osent braver le danger, qui le fera pour ces enfants ?

— Vous me mettez dans l'embarras, madame Legendre. Je comprends votre démarche. Mais j'aurais préféré que votre amie garde l'enfant chez elle.

— Elle ne peut le faire. Que diraient ses

voisins ? Certains finiraient par se douter et par parler. De plus, elle n'est plus toute jeune ! »

Henri Muller quitta la pièce. Yvette craignit qu'il ne revînt pas sur sa première décision. Elle tendit l'oreille vers l'embrasure de la porte et entendit des bribes de conversations.

« Henri, tu ne peux pas refuser d'aider cette femme. Elle et son amie ont déjà pris de gros risques en aidant cette famille juive. Maintenant, c'est à nous de le faire.

— Que dirai-je à la kommandantur qui me réclame sans cesse les actes de naissance ou les certificats d'arrivée et d'abandon des enfants ?

— Nous ne sommes pas obligés de leur fournir tous les papiers.

— Et s'ils viennent contrôler, ils s'apercevront bien qu'il y a un enfant de trop. Y as-tu pensé ?

— Nous le cacherons. Il n'y a pas grand risque. Nous trouverons bien une solution. C'est la guerre, Henri !

— On ne fait pas la guerre avec des enfants ! Nous mettrons tous les autres en péril, si nous acceptons.

— C'est un risque. Mais Dieu nous aidera.

— Je ne sais pas, Marie. Je ne sais plus ! »

Yvette s'approcha de la pièce d'où lui parvenait la conversation.

« Excusez-moi, je ne voulais pas vous mettre dans l'embarras. Nous nous débrouillerons autrement.

— Mon mari et moi avons réfléchi, coupa Marie. N'est-ce pas, Henri ?

— Euh... oui, nous avons réfléchi.

— Nous allons vous aider.

— Oh ! c'est vrai ? Je suis si heureuse !

— Il faudra faire attention, ajouta Henri qui finit par faire abstraction de ses réticences. Vous direz à votre amie d'amener le bébé un soir, après 8 heures. Ce sera plus discret. Nous conviendrons d'un rendez-vous. »

Yvette avait gagné son pari. Elle avait trouvé un refuge pour Célia, loin de Paris et des dangers de délation, loin de chez elle et des dangers de nouvelles rafles. Elle en était soulagée, bien qu'au fond de son cœur meurtri, elle fût toujours rongée du remords d'avoir abandonné aux loups les deux autres enfants des Blumstein.

« Cette petite, pensa-t-elle en regardant à travers la vitre de l'omnibus qui la ramenait vers Paris, je lui aurai au moins sauvé la vie ! »

* *
*

« C'est ainsi que tu nous es apparue pour la première fois, fit Henri à Célia qui buvait ses paroles. Par un soir d'été 42. Tu avais à peine sept mois et tu étais toute maigrichonne !

— Mais tu étais si mignonne, ma chérie ! ajouta Marie.

— Pourquoi ne m'avez-vous pas raconté toute cette histoire plus tôt ?

— Nous ne t'avons pas caché que nous t'avions adoptée !

— Certes, mais vous ne m'avez jamais raconté dans quelles circonstances.

— Nous l'aurions fait, se dédouana Henri, un jour ou l'autre, quand tu aurais été assez grande pour accepter et assumer tes origines juives. Je ne voulais pas que ce fût une pesanteur de plus dans ton existence.

— Ton papa a pensé qu'il valait mieux d'abord que tu t'épanouisses et que tu sois forte dans tes convictions religieuses, renforça Marie.

— Cela n'aurait rien changé. Et cela ne change rien pour moi de savoir aujourd'hui que je suis juive. Je m'appelle Célia Muller et je suis la fille du pasteur Muller. »

Henri prit sa fille dans ses bras. Il ne put retenir des larmes d'émotion, mais il évita de les montrer.

« Que s'est-il passé ensuite, après mon arrivée ? »

Henri reprit le fil de son histoire, sous le regard subjugué de Célia qui entendait enfin la part de vérité qui lui manquait.

VI

Les Enfants de Dieu

Évry, août 1942-1943 (suite).

Le soir convenu, accompagnée de son amie, Yvette Legendre amena l'enfant dans la plus grande discrétion. Elles arrivèrent à Évry par le train du soir. Personne ne les remarqua et ne les vit arriver à la fondation. Tout se passa comme prévu.

Le pasteur Muller les hébergea pour la nuit, afin de leur éviter de prendre le dernier train pour la capitale ; ce qui n'aurait pas manqué d'éveiller la curiosité du chef de gare ou d'une sentinelle. Les enfants de l'institution ne s'aperçurent de rien, mais Marie préféra les mettre devant le fait accompli dès le lendemain. D'un commun accord, Yvette, Valentine et les Muller décidèrent de ne plus jamais se revoir.

« Cela vaut mieux pour la petite, expliqua le pasteur. Si, par malchance, l'un d'entre nous était un jour suspecté, la police ou la Gestapo aurait vite fait de remonter jusqu'aux autres. Promettez-moi donc de ne pas essayer de revoir cette enfant. »

La mort dans l'âme, les deux femmes

rassurèrent le pasteur et, le lendemain matin, disparurent par le train le plus fréquenté afin de se fondre dans la foule.

Juste avant le repas de midi, sans perdre un instant, Marie exigea le silence dans la petite salle du réfectoire. Les enfants, dont les plus âgés n'avaient pas douze ans, la regardèrent d'un air intrigué. D'habitude, c'était le pasteur qui réclamait le silence avant de passer à table.

« Mes enfants, dit-elle d'un ton solennel et avec émotion, je veux vous présenter une petite nouvelle qui va vivre parmi nous à partir d'aujourd'hui. C'est une petite fille, un petit bébé de sept mois, Célia. On nous l'a amenée hier soir. Quelqu'un l'a trouvée devant la gare, abandonnée dans son landau. Nous ne savons pas d'où elle vient, ni si elle a des parents. M. le pasteur et moi-même, nous nous occuperons d'elle, comme nous prenons soin de vous. Toutefois, nous vous demandons de ne jamais en parler à quiconque. Personne ne doit savoir que nous l'avons recueillie. Comme nous n'avons aucun papier qui la concerne, les autorités ne nous permettraient pas de la garder chez nous. Voilà pourquoi chacun d'entre vous doit garder le silence. Plus tard, quand la guerre sera finie, Célia pourra, comme vous, vivre au grand jour. »

Les enfants ne posèrent aucune question. Ils prirent l'habitude de voir Marie donner le biberon au bébé, pousser le landau dans la cour ou de l'entendre chantonner une comptine pour l'endormir. Jamais elle ne sortait avec lui et, ni le personnel de la fondation ni les petits pensionnaires ne vendirent la mèche.

Mis au pied du mur par son épouse, Henri fit tout son possible pour dissimuler l'enfant et lui assurer toute la sécurité nécessaire. Très vite, il devint un véritable père pour Célia et ses réticences du début firent place à de réels sentiments paternels. N'ayant pas encore eu d'enfant de son mariage, il découvrit les plaisirs de la paternité et se réjouit de constater combien Marie s'épanouissait.

Ce bonheur d'élever Célia décida le jeune couple à concevoir leur premier enfant. Marie tomba enceinte au début de l'année suivante. Quand elle annonça la nouvelle à Henri, celui-ci bondit de joie à l'idée qu'ils allaient donner un frère à Célia.

« Un frère ! s'étonna Marie. Considérerais-tu Célia comme notre fille à part entière ?

— C'est nous qui l'élevons, c'est un peu notre fille !

— Tu sais bien que lorsque la guerre sera finie, nous devrons sans doute la rendre aux services sociaux.

— Nous l'adopterons. Cela ne posera aucun problème ! »

Marie était doublement ravie. Attendre son propre enfant et garder Célia, c'était tout ce qu'elle pouvait espérer de plus heureux dans cette période si sombre.

« Pourvu que personne, jamais, ne vienne mettre son nez dans nos affaires ! » ajouta-t-elle.

Ses craintes malheureusement n'étaient pas dénuées de fondements.

* *
*

Un jour de février 1943 – Célia avait à peine plus d'un an –, Henri fut convoqué à la kommandantur de Corbeil. Cela faisait longtemps qu'on ne l'avait ennuyé avec des tracasseries paperassières. Il avait horreur de se rendre dans ce lieu sinistre. Tout y respirait l'arrogance des vainqueurs, la collaboration des traîtres, la délation des lâches. Il s'y sentait vraiment en pays vaincu, et la présence des miliciens lui donnait la nausée.

L'*Oberhauptführer* qui le reçut alla droit au but :

« Monsieur Muller, lui dit-il dans un parfait français à peine accentué, vous savez que le marché noir est strictement interdit ! Et qu'il est sévèrement puni par la loi ! »

Henri fit mine de s'étonner.

« Je le sais, monsieur le commandant.

— Vous ne faites donc pas partie de ces mauvais Français qui tentent de tromper les autorités d'occupation par ces pratiques illégales !

— C'est exact. D'ailleurs, ma fondation est parfaitement en règle à ce sujet. Pourquoi cette question ?

— Comment pouvez-vous justifier vos achats de lait en poudre depuis quelques mois ? »

La question était brutale. Elle surprit le pasteur qui n'avait pas songé à ce détail.

« Du lait en poudre ? reprit-il pour gagner du temps.

— Je ne sache pas que vos petits pensionnaires aient encore besoin de ce lait qu'on utilise dans les biberons, n'est-ce pas ?

— Certes, balbutia Henri. Ce doit être une erreur. Vous ne trouverez aucune trace d'achat de lait en poudre dans les comptes de la fondation.

— Aucune facture, bien évidemment ! Vous me prenez pour un imbécile !

— Je ne me permettrais pas…

— Taisez-vous ! Vous mentez, *Herr* Muller. »

L'*Oberhauptführer* claqua sa cravache dans la paume de sa main gauche.

« Nous savons que vous achetez régulièrement du lait en quantité anormale. Ici même à Corbeil, quand vous faites les achats en gros pour votre orphelinat. Qui nourrissez-vous donc avec ce lait ? Répondez !

— Personne, je vous assure. Vous devez faire erreur.

— Nous sommes très bien informés, *Herr* Muller. Votre femme en personne est venue plusieurs fois s'en procurer. »

Une idée vint aussitôt à l'esprit du pasteur. Pour se disculper, il ajouta :

« Ma femme est enceinte. Elle a dû penser qu'il valait mieux s'y prendre à l'avance. Vous ne pouvez pas lui reprocher de penser à notre futur enfant !

— Enceinte ! Et depuis quand ?

— Depuis cinq mois, mentit Henri. Par ces temps de pénurie, vous comprenez... »

L'officier allemand parut dubitatif. Après un long moment de silence, il menaça :

« Monsieur Muller, nous avons tous les moyens pour savoir si vous nous dites la vérité. Si votre femme est enceinte, nous le saurons très rapidement. Et si vous nous avez menti, vous le regretterez. Vous ne voudriez pas que vos chers petits soient mis à la porte ou envoyés en Allemagne ! »

L'*Oberhauptführer* appela le soldat qui montait la garde devant la porte de son bureau et le somma de reconduire le pasteur vers la sortie.

« Nous nous reverrons, *Herr* Muller », lui lança-t-il avant que la porte ne se referme.

De retour à Évry, Henri mit aussitôt sa femme au courant des faits.

« Il faut vite éloigner Célia d'ici. On peut s'attendre à une perquisition en règle d'un instant à l'autre. Et débrouille-toi pour pouvoir montrer un stock de boîtes de lait au cas où on nous le demanderait.

— Comment veux-tu constituer un stock ? J'achète au fur et à mesure ! C'est impossible !

— As-tu gardé les emballages des boîtes que tu as déjà utilisées ?

— J'en ai un certain nombre. Des boîtes en fer, tu penses bien que je ne les ai pas jetées.

— Nous allons les remplir d'une poudre blanche. J'irai en acheter d'autres un peu partout dans la région, afin d'éloigner les suspicions. Il faut espérer, qu'en cas de perquisition, ils n'ouvriront pas toutes les boîtes pour vérifier leur contenu. »

Le jour même, Henri se mit en quête des précieuses boîtes de lait. Il dut procéder à quelques échanges de bon aloi, comme Marie le faisait souvent, car, sans ticket de rationnement, il était impossible de trouver la denrée rare. Il plaça les boîtes de lait par-dessus une bonne douzaine d'autres boîtes remplies d'une poudre blanche qui avait toute l'apparence du lait.

« Nous pourrons ainsi nous justifier. Prions le ciel pour que personne n'ait la mauvaise idée de vérifier !

— Pour Célia, demanda Marie, que comptes-tu faire ?

— Ce soir, discrètement, je vais l'emmener chez le curé de la paroisse.

— Chez le curé !

— Je suis allé le voir. Je lui ai exposé la situation. À qui donc voulais-tu que je me confie ? Il fallait trouver un homme de parole et de silence. Je le connais bien. C'est un jeune prêtre très dynamique. Entre hommes d'Église, nous nous sommes compris. »

Henri n'eut pas le temps d'amener Célia chez son ami le curé. À peine eut-il terminé d'expliquer ses intentions à Marie que Joseph, l'homme d'entretien de la fondation, accourut lui annoncer l'arrivée imminente des miliciens. Quelqu'un de bien intentionné et de bien informé venait de le renseigner en ville. Dès qu'il avait appris la nouvelle, il avait bondi sur son vélo et était vite venu prévenir.

« Ils vont arriver d'un instant à l'autre, dit-il tout essoufflé. S'ils découvrent la petite, ils l'emmèneront, c'est sûr !

— Ne vous inquiétez pas, Joseph, nous allons la cacher. Rentrez vite à l'intérieur ; qu'ils ne vous voient pas dans cet état ! »

Marie gardait son calme. Elle maîtrisait parfaitement la situation, car elle avait déjà pensé à cette éventualité.

« Ils fouilleront tout, reprit Joseph, et ils finiront par la trouver. Ils nous arrêteront aussi.

— Vous avez donc peur pour vous-même ? Vous ne craignez rien ! S'il y en a qui risquent gros ici, c'est mon mari et moi. Pensons d'abord à la petite. »

Henri était allé préparer Célia. À vrai dire, il ne savait pas où la cacher. La maison ne s'y prêtait pas.

« Il n'y a qu'une solution, lui dit Marie : le puits.

— Le puits !

— Oui. Il est profond, mais il y a peu d'eau. S'ils ne le visitent pas, c'est la meilleure cachette.

— Comment pourrons-nous la dissimuler dans ce puits sans la mettre en danger ?

— Tu descendras avec elle en la gardant dans tes bras. Il faut faire vite. Ce n'est plus le moment de tergiverser. Tu emporteras aussi les biberons, il faut les faire disparaître. »

Henri n'était pas aventureux, mais il écouta sa femme. Il mit Célia dans un sac à dos et, se tenant à la corde, s'apprêta à descendre dans le fond du puits.

« Dès que tu seras en bas, fais-moi signe. Je te jetterai la corde et je remettrai la tôle à sa place sur la margelle.

— Je n'y verrai plus rien !

— La petite croira qu'il fait nuit et s'endormira. Cela vaudra mieux ! Si elle commence à pleurer, donne-lui sa sucette. Ça la calmera. »

Henri glissa lentement le long de la paroi du puits, se tenant des deux mains à la corde lisse qui, d'ordinaire, servait à remonter le seau.

Pendant ce temps, Louisette et Pauline, les deux employées de l'orphelinat, s'occupèrent des enfants afin de détourner leur attention. Il valait mieux en effet qu'aucun d'eux ne sût où se cachait le pasteur.

« Dépêche-toi ! Il ne faudrait pas qu'ils nous trouvent là, fit Marie, toute à son inquiétude.

— Je suis arrivé au fond. J'ai de l'eau jusqu'aux hanches.

— Je vais te jeter la corde. Prends soin de Célia. »

Marie détacha la corde du treuil, la laissa tomber le long de la paroi et referma l'ouverture béante en faisant glisser la lourde tôle d'acier. L'obscurité envahit le fond du trou. Seul un petit interstice laissait passer un rai de lumière, ce qui permit à Henri de se repérer. Sans perdre un instant, Marie alla chercher une vasque en terre cuite dans laquelle poussait un énorme géranium tout en fleur et la déposa sur la tôle. Puis elle rentra dans la maison.

« Joseph, mettons-nous au travail. Il ne faut pas avoir l'air de les attendre. Nous allons entreprendre le nettoyage du réfectoire. Venez m'aider. »

Joseph s'exécuta.

Peu de temps après, deux tractions Citroën firent irruption dans la cour de l'institution. Deux inspecteurs de police, arborant le brassard de la Gestapo, sortirent de la première, et trois miliciens armés de la seconde. Les conducteurs restèrent au volant, laissant les moteurs tourner au ralenti.

Les miliciens se postèrent devant la grille et à l'entrée de la maison, tandis que les deux policiers s'engouffrèrent dans le réfectoire.

Marie avait entendu les portières claquer, mais n'avait pas bronché. Elle les attendait tout en continuant son nettoyage.

« Madame Muller ! éructa le policier français de la Gestapo.

— C'est moi-même.

— Nous avons un ordre de perquisition. »

Sans attendre la réaction de Marie, il fit signe à ses hommes de commencer la fouille.

« Que cherchez-vous ? demanda Marie en dissimulant son appréhension. Nous n'avons rien à cacher !

— C'est ce que nous verrons. Vous savez que tous vos petits pensionnaires doivent être déclarés à la kommandantur !

— Nous sommes parfaitement en règle. Mon

mari s'en charge chaque fois qu'un enfant nous arrive.

— Où est-il votre mari ?

— Il s'est absenté. Il est allé passer des commandes à Paris.

— À Paris ! C'est bien gênant. Nous avions quelques questions à lui poser.

— Il a déjà été convoqué à la kommandantur.

— Il n'a pas dit toute la vérité.

— Quelle vérité voulez-vous savoir ? Mon mari est un homme de foi. Vous oubliez qu'il est pasteur et que notre religion nous interdit le mensonge. »

Un milicien, tout vêtu de noir, fit irruption dans la pièce.

« Nous n'avons rien trouvé, chef !

— Où sont vos réserves de nourriture ?

— Dans l'arrière-cuisine.

— Montrez-moi. »

Marie conduisit l'inspecteur derrière le réfectoire.

« Fred, fit celui-ci à son second, fouille les extérieurs avec les hommes. Moi, je m'occupe de madame. »

Marie sentit aussitôt, dans le ton narquois du traître, une menace empreinte d'insolence. Elle resta sur ses gardes, redoublant d'efforts pour ne pas trahir son émotion. Mais elle ne put s'empêcher de penser au puits, à Célia et à Henri.

« Vous êtes enceinte, madame Muller !

— Je vois que vous êtes bien informé.

— Mes amis allemands ont un très bon service

d'investigations. Ils ont des hommes à eux partout, qui les renseignent sur tout le monde. Cinq mois ! Ça ne se voit pas beaucoup ! »

L'homme à l'imperméable gris anthracite saisit fermement Marie par le bras et la fixa dans les yeux en caressant familièrement son ventre. Celle-ci le soutint du regard.

« C'est vrai que vous êtes mignonne ! Le pasteur ne doit pas s'ennuyer au lit. Il a raison de s'occuper de vous ! Mais il a tort de vous laisser seule à la maison !

— Je ne suis pas seule, lança Marie en se dégageant des griffes de son inquisiteur.

— Dans cette pièce nous sommes seuls ! Et personne ne viendra nous déranger. Si vous vous montrez coopérante, je saurai être gentil, madame Marie Muller !

— Les réserves de nourriture sont par ici. Si c'est ça que vous vouliez voir, venez et ne m'approchez pas de trop près ! »

L'homme parut surpris de la résistance de Marie.

« Chef, interrompit son second en déboulant dans l'arrière-cuisine, que faisons-nous des enfants ? »

Troublé, l'inspecteur ordonna brutalement de les faire descendre dans la cour.

« Montrez-moi vos boîtes de lait ! »

Marie s'exécuta.

« Pourquoi stockez-vous ces boîtes ? Vous n'en avez pas encore besoin. Vous faites du marché noir pour les obtenir, n'est-ce pas ? »

Marie ne répondit pas.

« Je vais vous arrêter. Vous avez enfreint la loi.

— Je pensais à mon enfant qui va bientôt naître.

— Dans sept mois, n'est-ce pas ?

— Non, dans quatre, si tout va bien.

— C'est un peu tôt pour acheter du lait, vous ne trouvez pas ? Ouvrez-moi une boîte. »

Marie crut qu'elle allait vaciller. Elle obéit si lentement que l'inspecteur la bouscula et ouvrit lui-même la première boîte. Il trempa un doigt dans la poudre blanche et la goûta. Il en ouvrit une seconde et recommença. Derrière lui, Marie refermait les boîtes sans rien dire. Son regard trahissait son inquiétude.

À la quatrième boîte, l'agent de la Gestapo s'écria :

« Ah ! ce lait est dégueulasse ! »

Puis il sortit précipitamment. Dans la cour, les enfants étaient alignés en silence. Joseph, Louisette et Pauline les encadraient, morts de peur.

« Ainsi, voilà vos petits protégés ! Combien sont-ils ?

— Vingt-huit, répondit Marie.

— Ce n'est pas à vous que je le demande. (Se retournant vers le groupe :) Vous, là-bas, comment vous appelez-vous ?

— Pauline, monsieur l'inspecteur.

— Combien y a-t-il d'enfants dans cette maison ? »

Les yeux de Pauline se tournèrent vers Marie. Elle hésita un instant.

« Vingt-huit, monsieur l'inspecteur. Depuis

environ deux mois. Le petit dernier, c'est Paulo, le petit blond au bout de la rangée de droite. »

L'inspecteur s'approcha des enfants. Ceux-ci baissaient les yeux, comme s'ils allaient être punis. Il fit le tour du groupe, puis il s'arrêta devant une fillette d'une dizaine d'années.

« Comment t'appelles-tu, petite ?

— Suzanne. Mais on m'appelle Suzon.

— Eh bien ! Suzon, tu vas me dire si la dame que tu as entendue ne s'est pas trompée. C'est vrai que c'est Paulo qui est arrivé le dernier ? »

La petite Suzon, la gorge serrée, ne parvenait pas à répondre. Dans les rangs, tous craignaient qu'elle ne dévoile la vérité.

« Oui, c'est Paulo qui est arrivé le dernier. Même que c'est M. Muller qui l'a amené dans sa voiture.

— Tu me dis bien la vérité, Suzon ? Tu sais que ce n'est pas bien de mentir. C'est ce que M. Muller vous apprend au catéchisme, n'est-ce pas ?

— Je dis la vérité, monsieur.

— Bon. Nous verrons bien. »

L'inspecteur appela le chef des miliciens.

« Vous avez tout fouillé ?

— Tout, chef. Il n'y a rien de suspect. »

L'inspecteur s'approcha du puits.

« Vous avez là un magnifique géranium », fit-il en s'adressant de nouveau à Marie.

Celle-ci ne broncha pas.

« Pourquoi cette tôle sur le puits ?

— Pour éviter les accidents. Avec les enfants, on n'est jamais assez prudent. Le puits est profond, et il y a encore de l'eau au fond. C'est dangereux.

— Enlevez-moi cette tôle, que j'y jette un œil, ordonna l'inspecteur à deux de ses miliciens. »

Au fond de son trou, Henri était à l'écoute depuis l'arrivée des voitures. Il avait entendu le bruit des moteurs et le claquement des portières, mais il n'était pas parvenu à comprendre exactement ce qui se passait. Pendant toute la perquisition, il resta sans bouger, les jambes transies, dans l'eau froide et noirâtre du puits. Il sentait l'humidité lui transpercer les os et ne se trouvait pas très à l'aise dans cette position scabreuse. L'endroit était insalubre. L'eau était vaseuse et, chaque fois qu'il remuait un pied, une boue gluante remontait à la surface.

Célia, très sage dans son sac à dos, ne se rendait pas compte de la situation. « Pourvu qu'elle ne se mette pas à pleurer ! » songea Henri en entendant les bruits de va-et-vient au-dessus de sa tête.

Petit à petit, ses yeux s'accoutumèrent à l'obscurité. Autour de lui, il percevait les formes en dégradés de gris et parvenait à se repérer. L'orifice, quasiment fermé, lui semblait très haut. Il pensait être descendu d'une dizaine de mètres et se demandait s'il serait capable de remonter à l'aide de la corde, avec Célia sur son dos. En face de lui, le fond s'excavait dans la paroi crayeuse. Une sorte de petite grotte d'un mètre environ de hauteur prolongeait le puits à l'horizontale. L'obscurité y était totale. Aussi ne pouvait-il voir si cette cavité était profonde ou non. Un souffle d'air en sortait, qui lui fit comprendre qu'un réseau souterrain devait prolonger le puits.

« C'est sans doute par ces galeries que le puits est alimenté quand il pleut beaucoup », pensa-t-il.

Son esprit vagabondait. Il en oublia presque sa situation inconfortable. Il songea, qu'un jour, il faudrait aller explorer cette grotte, en emportant du matériel spéléo.

Soudain, son attention fut attirée par un frôlement le long de sa cuisse. Instinctivement, il y porta sa main pour se frotter. D'un geste brusque, il se secoua quand il sentit quelque chose de soyeux lui filer entre les doigts.

« Un rat ! s'exclama-t-il tout haut, sans pouvoir se retenir. Il ne manquait plus que ça ! »

Il évita de trop bouger afin de ne pas faire clapoter l'eau du cloaque. Un froid glacial lui transperça le corps, à l'idée que le puits pût être infesté de rats. Il pensa aussitôt à Célia.

« Les biberons, l'odeur du lait ! Ça va les attirer. »

Rapidement, il se démit de son sac à dos et prit Célia dans ses bras pour mieux la protéger. C'est alors qu'il entendit un bruit de tôle résonner dans toute la profondeur du puits.

Sans perdre une seconde et sans même réfléchir, il pénétra dans la cavité latérale en se pliant en deux. Il était temps. Tout à coup le puits s'ouvrit. Au-dessus du trou béant, deux têtes chapeautées se penchaient et scrutaient des yeux les ténèbres.

« On n'y voit pas grand-chose ! résonna une voix jusqu'au fond du puits.

— Il y a de l'eau au fond, je vois des reflets. J'entends même un léger clapotis.

— Ce doit être des rats, coupa Marie. Il y en a toujours depuis qu'on ne tire plus d'eau.

— Passe-moi la torche de la voiture, ordonna l'un des deux inspecteurs à son collègue. »

Le policier, suspicieux, braqua le faisceau de lumière dans la gorge sombre.

« Je ne vois rien. C'est trop profond. »

Accroupi, Henri voyait les rais de lumière balayer les parois du puits. Célia commençait à s'agiter car elle trempait légèrement dans l'eau, bien qu'Henri la portât le plus haut possible à la force de ses bras. Tétanisés, ceux-ci lui faisaient mal. La position était pénible. Il se releva lentement en arrondissant le dos, et se heurta la tête à la paroi, se retenant de jurer.

« Jette le seau pour voir si c'est profond », ajouta le gestapiste.

Le second inspecteur s'exécuta. Le seau vint atterrir juste devant Henri qui fut tout éclaboussé.

« Ah ! les cons ! maugréa-t-il intérieurement, Célia est toute mouillée à présent. »

« Bon, laisse tomber », poursuivit le policier.

Le chef du groupe se retourna vers Marie et, toujours de son air supérieur et méprisant, lui dit :

« Je vous arrête !

— Mais, vous n'avez pas le droit !

— J'ai tous les droits, ma petite dame !

— Qu'est-ce que j'ai fait ?

— Je vous arrête pour marché noir.

— Vous ne pensez pas aux enfants ! Que vont-ils devenir ?

— Il fallait y penser avant. Nous nous occuperons d'eux plus tard. Embarquez-la ! »

Les miliciens pointèrent leur arme sur Marie. L'un d'eux la saisit par le bras sans ménagement et la traîna dans l'une des deux voitures.

Les tractions noires démarrèrent en trombe et disparurent aussi vite qu'elles étaient arrivées, en emportant Marie.

Une fois la police et la milice parties, Joseph attendit quelques instants pour aller délivrer le pasteur. Celui-ci, toujours recroquevillé dans son trou, ne parvenait plus à maintenir Célia à bout de bras. Conscient qu'il ne tiendrait pas très longtemps dans cette position, il décida de sortir de la cavité, afin de pouvoir se redresser et remettre l'enfant dans le sac. Le silence, qui suivit le départ des deux voitures, lui avait fait comprendre que tout danger était écarté. Calmement, il attendit, le nez pointé vers l'extérieur. Ébloui par la lumière du soleil qui pénétrait dans le puits, il ne percevait rien de net. Aussi sursauta-t-il, quand il vit une silhouette se pencher sur le bord de la margelle.

« Monsieur le pasteur ! Ils sont partis, vous pouvez remonter. »

Rassuré, Henri se détendit. Pendant une fraction de seconde, il crut qu'il s'était découvert trop tôt et que l'ennemi était revenu le dénicher.

« Joseph, il faut m'envoyer une grosse corde et l'attacher solidement au treuil. »

L'homme d'entretien s'exécuta sans attendre. Le plus dur pour ce dernier restait à faire : remonter.

La paroi du puits était lisse et ne facilitait pas la prise de pieds. De plus, le poids de Célia le tirait vers l'arrière. À la force des bras, Henri commença son ascension. À mi-course, il songea qu'il aurait été plus prudent de faire remonter Célia, seule, bien calée dans un panier. Mais il était trop tard.

« Que fait Marie ? lança-t-il. Pourquoi n'est-elle pas avec vous ? »

Joseph n'osa répondre. Il préféra attendre que le pasteur fût dehors pour lui annoncer la nouvelle.

« Elle est avec les enfants », mentit-il.

Henri montait à grand-peine. Il n'avait rien d'un athlète et l'entraînement lui faisait défaut. Parvenu à trois mètres de la sortie, le débattement de la corde étant moins ample, il éprouva plus de difficultés à caler ses pointes de pieds. Son corps était tendu à l'oblique entre la corde qui pendait au centre du gouffre et la paroi du puits. Son pied droit échappa soudain à sa prise. Ne se retenant plus que par les mains, le pasteur essaya de saisir la corde entre ses pieds afin de terminer l'ascension.

« Vous y êtes presque, l'encourageait Joseph. Encore un petit effort !

— Je voudrais bien vous y voir ! » maugréa Henri.

Parvenu à l'extrémité du trou, il s'agrippa à la margelle. Joseph le saisit d'une main ferme pour éviter qu'il ne tombât à la renverse.

« Occupez-vous de la petite. Moi, je me débrouillerai tout seul. Ils sont partis pour de bon ?

— Oui.

— Et Marie ? Bon sang, elle pourrait être là pour s'occuper de Célia ! »

Pauline arriva sur ces entrefaites, larmoyante.

« Qu'avez-vous, Pauline ? Tout est fini ! Nous sommes sains et saufs. Appelez Marie, je vous prie.

— Madame n'est pas là.

— Comment ça, elle n'est pas là ! »

Joseph s'approcha du pasteur.

« Ils l'ont arrêtée et emmenée à la kommandantur.

— Arrêtée ! C'est impossible ! Ils ont découvert la supercherie ?

— Ils n'ont rien découvert, monsieur le pasteur. Ils lui ont reproché de faire du marché noir, pour les boîtes de lait.

— C'est un prétexte. Ils doivent se douter de quelque chose. Ils la feront parler. C'est sûr.

— Madame ne dira rien, affirma Pauline. Elle ne dénoncera jamais la petite Célia.

— Ils en ont les moyens !

— Tout est de ma faute, geignit Joseph.

— De votre faute ? Expliquez-vous !

— Je n'aurais pas dû en parler.

— Vous avez parlé de quoi et à qui ?

— À Évry, au bistrot de la gare. J'y vais souvent.

— Je vous somme de vous expliquer Joseph !

— J'ai cru bien faire. J'ai demandé à un gars que je connais, enfin que je croyais connaître, s'il pouvait me trouver du lait pour un bébé. Il fait du marché noir, tout le monde le sait en ville.

— Tout le monde le sait et on ne l'a jamais arrêté !

— Il nous a dit qu'il avait ses entrées à la kommandantur. Je voulais vous aider.

— Pour nous aider, vous nous avez mis dans de beaux draps ! Votre homme a dû parler à ses amis de la Gestapo. Il doit jouer sur les deux tableaux.

— Je ne lui pardonnerai jamais.

— Le mal est fait, Joseph. Nous n'y pouvons plus rien. Non seulement Célia reste en danger, mais maintenant Marie se trouve entre leurs mains. Que puis-je faire ?

— Si vous alliez leur expliquer vous-même ce que Marie leur a affirmé, ils vous croiront peut-être, vous, ajouta naïvement Pauline.

— L'*Oberhauptführer* m'a déjà cuisiné. Il m'arrêtera si j'y retourne. Et nous ne serons pas plus avancés. Il m'a d'ailleurs dit, en me laissant repartir la dernière fois, que nous nous reverrions. L'arrestation de Marie a certainement pour but de m'attirer dans son piège. Non, il faut trouver une autre solution. »

* *
*

La fondation des Enfants de Dieu, sans Marie, était en deuil. Les petits pensionnaires avaient perdu leur maman et étaient tout attristés. Pauline et Louisette avaient beau leur expliquer que la police allait bientôt la relâcher, ils se faisaient autant de souci que les adultes.

Car Marie était l'âme de l'institution. Elle s'y donnait à fond et les enfants le lui rendaient au centuple.

Les Enfants de Dieu étaient bel et bien suspectés par les nazis. Pour ces derniers, en effet, c'était un nid de pestiférés, de réfugiés juifs clandestins ou de résistants d'un réseau qu'il s'agissait de démasquer. L'*Oberhauptführer* en était persuadé. Toutefois, il n'en avait aucune preuve. Aussi comptait-il sur les aveux de Marie Muller pour vérifier ses suspicions.

Celle-ci fut enfermée dans la prison de la kommandantur. Elle y retrouva deux autres femmes qui, comme elles, étaient suspectées de marché noir.

« Tu ferais bien de tout leur avouer, si ce n'est pas très grave, lui conseilla l'une d'elles. Sinon, ils vont t'interroger à leur manière. Tout au plus, ils te flanqueront en prison pour quelques mois. Il vaut mieux cela que de passer à tabac dans leurs mains.

— Je leur ai déjà avoué que j'achetais du lait en prévision de mon futur bébé. Ils ne me croient pas.

— Dans ce cas, trouve autre chose. Sinon, ils vont te faire souffrir. Moi, j'ai avoué tout de suite quand j'ai vu à qui j'avais affaire. Je me suis mise à table. Ils m'ont à peine bousculée. Maintenant, j'attends de passer en jugement. Je dois être transférée à la prison centrale. Et j'aurai droit à un avocat. Tu devrais faire comme moi. »

L'autre détenue ne disait mot. Elle semblait terrifiée par le sort qui l'attendait.

« Hélène est comme ça depuis qu'ils l'ont ramenée. Elle ne parle pas, et elle reste prostrée comme si on l'avait violée. »

Marie s'approcha de la jeune femme. Sa jeunesse l'étonna et l'émut profondément.

« Que vous reproche-t-on ? lui demanda-t-elle. C'est si grave que ça ? »

La jeune fille ne répondit pas.

« Elle ne vous dira rien, ajouta l'autre détenue. Elle ne m'a jamais adressé la parole. Je ne sais pas ce qu'ils lui ont fait, mais elle n'a pas l'air d'avoir été maltraitée. Ça se verrait. »

Marie passa sa première nuit en prison dans l'attente permanente qu'on vienne la chercher pour la questionner. Elle ne dormit pas de la nuit.

Au petit matin, alors qu'elle commençait à tomber de sommeil, la porte de la cellule s'ouvrit brutalement. Un soldat armé entra et vociféra son nom en lui ordonnant de le suivre.

« Fais ce que je t'ai dit », lui dit sa voisine en la voyant partir.

Une heure plus tard, Marie était de retour dans la cellule.

« Alors, qu'est-ce qu'ils t'ont fait ? Tu leur as tout avoué ?

— Je n'ai rien dit de plus que ce que je leur avais déjà expliqué.

— Ils ne t'ont pas touchée ?

— Non.

— Tu as de la chance ! Ce n'est pas dans leurs habitudes.

— Ils savent que je suis enceinte.

— Ce n'est pas ça qui les arrêterait. Peut-être que tu ne les intéresses pas, après tout ! »

Marie, sachant ce qu'ils cherchaient, pensait le contraire. Aussi se demandait-elle pourquoi le commandant ne l'avait pas fait interroger plus énergiquement. Ses craintes ne s'estompèrent pas pour autant.

Le lendemain matin, on la sortit de nouveau de sa cellule pour une visite médicale. Dans la cour de la kommandantur, une camionnette aux vitres grillagées l'attendait. Deux miliciens l'encadrèrent et montèrent avec elle à l'arrière du véhicule.

Marie n'osait rien dire. Les deux hommes, très jeunes, presque imberbes, l'ignoraient et discutaient entre eux de banalités.

« Ces Boches, fit l'un d'eux, qu'est-ce qu'ils peuvent être cons parfois ! J'ai beau travailler avec eux, j'les comprends pas.

— Pourquoi dis-tu cela ?

— Ils s'acharnent souvent sur des faits sans importance. Et quand, nous, nous leur montrons des vérités flagrantes, ils me donnent l'impression de nous prendre pour des imbéciles ! Ils ne nous écoutent pas.

— Ce sont nos vainqueurs ! Qu'on le veuille ou non !

— On les aide bien, non ?

— Ils se servent de nous. Et, en plus, ils se méfient. Ce qui explique leur attitude méprisante. Ce sont des gens fiers, un peuple de conquérants. Ils n'aiment pas qu'on leur donne des leçons. Et ils préfèrent nous laisser faire la sale besogne.

— Comme avec cette gamine !

— Remarque, c'était pas désagréable ! »

Les deux hommes se mirent à rire grassement.

« Ils ne l'ont même pas encore touchée. Mais maintenant qu'on se l'est faite, avec leur permission, ils vont commencer à la cuisiner, et je ne donne pas cher de sa peau.

— Il est bizarre ce Fritz, l'*Oberhauptführer*. Il aurait pu la faire violer par ses propres hommes, plutôt que par nous. Pourquoi nous a-t-il fait ce cadeau ?

— Pour ne pas avoir la réputation d'être un salaud. Les bonnes manières, tu comprends !

— S'il la torture, ce ne sera pas mieux. As-tu remarqué que, depuis qu'on lui a fait sa fête, à cette nana, elle est muette comme une carpe ? Elle est complètement éteinte. Il n'en tirera rien. Par contre, l'autre pute, celle qui est avec elle, elle parle pour deux. Elle s'est mise à table dès qu'on lui a frôlé les cheveux. »

Marie, qui écoutait la conversation, comprit que ses gardiens parlaient de ses deux voisines de cellule. « Ainsi, songea-t-elle tristement, la plus jeune des deux a été violée par ces miliciens ! » Cela expliquait son mutisme désespéré. Quant à elle, ce qui lui avait valu ce temps de répit, c'était bien le fait d'être enceinte. Mais combien de temps cela durerait-il ?

« On arrive chez le toubib, annonça l'un des deux gardiens.

— Celui-là, il ne me plaît pas, ajouta l'autre.

— Pourquoi ?

— Il a de trop bonnes manières avec les clients qu'on lui amène. Et quand on les a un peu trop secoués, il se permet de faire des remarques. Un jour, il va se retrouver derrière les barreaux, lui aussi ! Il ne perd rien pour attendre.

— L'*Oberhauptführer* a l'air de l'apprécier. Ils sont bons amis tous les deux.

— Je te le disais, il est bizarre, cet Allemand. »

Le fourgon cellulaire s'arrêta dans la cour d'une clinique privée.

« Suivez-moi », dit l'un des deux miliciens.

Après quelques minutes d'attente dans une salle d'examens externes, Marie fut priée de se déshabiller. Un médecin d'une quarantaine d'années entra et pria les deux gardes de sortir.

« Nous avons l'ordre de la surveiller de près et de ne pas la quitter des yeux », objecta l'un d'eux.

Le médecin se fâcha.

« Je n'examinerai pas cette femme devant vous. Vous pouvez la ramener. Et j'en parlerai à mon ami l'*Oberhauptführer*.

— C'est bon, ne vous énervez pas. Nous sortons. Mais faites vite ! »

Les miliciens se postèrent derrière la porte.

Marie, à moitié nue, ne bougeait pas.

« Allongez-vous sur la table, madame. Je n'en ai pas pour longtemps. »

Après l'avoir auscultée, le docteur lui ordonna de se rhabiller et lui dit :

« Vous n'êtes pas enceinte de cinq mois, comme vous le prétendez ! De combien donc ? »

Marie avoua la vérité.

« De deux mois et demi.

— Pourquoi avez-vous menti à l'*Oberhauptführer* ? »

Elle hésita. Le docteur avait une apparence rassurante, mais elle restait méfiante.

« Qu'est-ce qu'on vous reproche exactement ?

— D'avoir acheté à l'avance, et au marché noir, des boîtes de lait pour mon futur bébé. C'est la raison pour laquelle j'ai menti. Pour montrer que l'échéance était proche et pour justifier mes achats.

— C'est tout ? »

Le docteur parut étonné.

« Oui.

— Le marché noir est sévèrement puni. Vous le saviez. Vous vous êtes mise dans votre tort. Mais, vu les circonstances, un avocat vous sortira de là à bon compte. Si c'est la seule chose que vous cachez !

— C'est la seule chose, je vous assure.

— Je vous crois. Ce n'est pas à moi de vous interroger. En ce qui me concerne, j'ai fini mon travail. »

Aussitôt, les miliciens ramenèrent Marie à la kommandantur. Puis, le soir même, elle fut transférée à Paris, à la prison centrale, dans l'attente de passer en jugement.

VII

L'engrenage

Célia écoutait sa mère dans un silence religieux. Entre le récit de celle-ci et celui de son père, elle se trouvait plongée quinze ans en arrière, à une époque où, source de toute cette histoire, elle ne pouvait pas en avoir été le témoin conscient.

« Ainsi, tu as été en prison, maman, et à cause de moi ?

— C'est exact. Et ton père a risqué gros quand il t'a cachée au fond du puits. Les jours et les semaines qui ont suivi n'ont pas été non plus sans problème.

— Qu'est-il advenu des Enfants de Dieu ? L'administration a fait fermer l'institution, comme l'inspecteur de la Gestapo l'avait laissé craindre ?

— Non, reprit le pasteur. Mais ils nous ont surveillés de près. Oh ! ils n'étaient pas discrets ! Je les voyais faire, car ils se postaient un peu plus loin, au bord de la route. Tu penses bien qu'une traction Citroën noire, c'est très repérable. Aussi ai-je redoublé de prudence.

— Comment as-tu fait pour me cacher sans risquer de te faire prendre au cours d'une autre perquisition ?

— C'est une drôle d'histoire. Mais tu ne veux

pas savoir d'abord ce qui est arrivé à ta maman ?

— Si, bien sûr. »

* *
*

Paris et Évry, 1943 (suite).

À la prison centrale, Marie fut incarcérée dans le quartier des femmes, seule dans une cellule de trois mètres sur deux. Les murs ruisselaient d'humidité, et le sol était jonché de détritus, pitoyables reliques des précédents occupants. Elle ignorait tout de l'univers carcéral. Elle l'imaginait sordide ; en réalité, il était pire que ce qu'elle avait imaginé. Tout y était gris, sale et suffocant. Tout y respirait le désespoir, la déchéance et la fin. À ses yeux, la prison était l'image d'un terminus ; un terminus derrière lequel il n'y avait rien et d'où il semblait très difficile de pouvoir faire marche arrière.

« Comment sortirai-je de là ? » pensait-elle en regardant fixement les barreaux scellés de la fenêtre, seule ouverture vers la vie. Parfois, un vol d'oiseaux venait rompre la monotonie du ciel et la renvoyait à son triste sort.

Son existence fut très vite rythmée par les passages du gardien qui lui amenait ses repas deux fois par jour, et par le quart d'heure de promenade auquel elle avait droit, comme tous les détenus de droit commun, dans la minuscule cour centrale. De celle-ci, on ne voyait rien. Quatre murs élevés et surhaussés de barbelés barraient toute perspective et annihilaient toute velléité d'évasion. Les détenues, à la file indienne, tournaient en silence, tête baissée, comme lors d'un enterrement, sous l'œil vigilant d'un surveillant, un de ces braves fonctionnaires qui, pour garder son emploi et assurer la survie de sa famille, faisait la sale besogne imposée par l'occupant.

Le silence était parfois entrecoupé par des vociférations en provenance d'une cour voisine, où d'autres détenus, jugés plus dangereux, étaient rassemblés. Marie comprit rapidement que, de l'autre côté du mur mitoyen, c'était vraiment l'enfer. De temps en temps, des salves de fusils lui rappelaient que, dans les prisons de France, on assassinait. Des bruits, sortis de quelque cachot, lui rappelaient qu'on y torturait aussi.

Elle se retrouva confrontée tout à coup à une dure réalité qu'elle n'avait jamais imaginée vraiment. Certes, elle n'ignorait pas le danger qu'il y avait à cacher une petite Juive. Mais elle n'avait pas pris conscience, jusqu'à présent, de ce qu'elle encourrait si, par malchance, elle se faisait prendre. Son angoisse devint terrible à l'idée que les Allemands pourraient faire la preuve de sa culpabilité. Ils n'avaient pas encore de charges contre elle, sauf pour le marché noir qu'elle avait fini par reconnaître, « pour l'enfant que je porte », n'avait-elle pas cessé de répéter. Son avocat, commis d'office, lui expliqua qu'elle risquait quelques mois d'incarcération. Cela ne la rassura qu'à moitié. Car elle craignait d'autres perquisitions. Si les Allemands trouvaient Célia, leur sort à tous les trois serait définitivement scellé. Elle n'osait y penser.

Elle n'eut aucune nouvelle de ce qui se passa en son absence à la fondation. Henri ne fut pas autorisé à lui rendre visite. Lui-même faisait l'objet d'une étroite surveillance et, le sachant, il prenait maintes précautions. Marie dut se contenter des seules et rares visites de son avocat qui, au bout d'une quinzaine de jours, lui annonça qu'elle allait passer en jugement.

Celui-ci fut sans surprise. L'avocat plaida les circonstances atténuantes au regard de la maternité de sa cliente et de ses craintes légitimes pour l'avenir de son bébé. Le juge, un homme qui semblait tout acquis à la législation des vainqueurs, lui déclara qu'en temps de guerre, le peuple devait être obéissant et ne pas enfreindre les lois qui étaient faites pour son propre bien. En foi de quoi, il infligea à Marie une peine de six mois de prison, qu'il ramena avec indulgence à cinq mois, afin qu'elle pût accoucher chez elle et non derrière les barreaux.

L'avocat, qui n'avait pas fait d'excès d'éloquence pour défendre sa cliente, se confondit en remerciements, plus soucieux, semblait-il, de se préserver une place confortable auprès des autorités judiciaires, que de vouloir défendre à tout prix les victimes d'un État sans foi ni loi.

D'après ses allégations, Marie croyait qu'elle sortirait au bout de trois mois. Cette peine lui porta un coup fatal. Cinq mois lui semblaient une éternité. Les deux semaines qu'elle venait de passer lui avaient paru tellement interminables ! Elle finirait donc toute sa grossesse en prison, dans l'inconfort, le froid et l'humidité ; car la mauvaise saison arriverait très vite. Et Célia... Henri saurait-il s'en occuper ? se souciait-elle.

De retour dans sa cellule, elle sombra dans un profond désespoir. Avant de la quitter, son avocat tenta de la rassurer. Il lui avoua que le juge aurait pu se montrer plus sévère et qu'il fallait apprécier sa clémence. Il lui promit d'aller voir son mari, afin de lui obtenir un droit de visite.

En fait, il n'en fit rien. Jamais Henri ne vit l'avocat. Jamais il n'eut de nouvelles de Marie, hormis l'annonce de sa condamnation.

Toutefois, sentant poindre la vie en elle et son ventre commencer à ondoyer sous ses doigts, Marie reprit confiance. L'enfant qu'elle portait devint sa planche de salut, sa seule raison d'espérer. Dans la solitude de sa cellule, elle n'était pas seule. Elle parlait à son bébé, comme pour l'habituer déjà à sa voix ; elle caressait son ventre, comme pour l'habituer à la douceur de ses mains. Elle vivait en symbiose avec l'intérieur d'elle-même. Elle percevait au-dedans ce que ses yeux ne pouvaient percevoir au-dehors : la vie tout simplement, et le bout du tunnel.

La gardienne qui s'occupait d'elle la prit en sympathie. Lors de ses visites, elle lui consacrait un peu plus de temps pour discuter, pour lui donner des nouvelles de l'extérieur. Elle s'arrangeait aussi pour lui procurer des suppléments de nourriture.

« Il faut garder vos forces, lui disait-elle, pour votre bébé ! »

Ainsi, les semaines s'écoulèrent plus facilement.

Au début du deuxième mois de son incarcération, une autre détenue fut enfermée dans sa cellule : une jeune femme de son âge, prénommée Céline. Comme elle, elle ne portait aucune trace de violence sur son corps.

« Ils ne t'ont pas fait de mal non plus ? s'enquit aussitôt Marie.

— Non, pas vraiment. Ils m'ont un peu secouée, sans plus. Et toi, ça fait longtemps que tu es là ?

— Deux mois... Tu as pris combien ?

— Six mois, comme toi.

— Comment sais-tu que j'ai pris six mois ? En réalité, je n'en ferai que cinq. »

La codétenue de Marie parut troublée.

« Nous sommes dans le quartier des six mois, ici.

— Je ne savais pas.

— Tu es enceinte ?

— Ça commence à se voir, n'est-ce pas ? Tu l'es également ?

— Moi, non. Pourquoi ?

— Je croyais, vu qu'ils ne t'ont pas touchée.

— Ils ne torturent pas et ne violent pas toutes les femmes qui leur tombent dans les mains !

— Tu as eu de la chance !

— Tu appelles ça de la chance ?

— Qu'as-tu fait ?

— Un peu de marché noir, comme tout le monde. »

La jeune femme évitait de croiser le regard de Marie. Celle-ci, méfiante, garda ses distances et ne lui parla ni de la raison officielle de son délit, ni de l'existence de la fondation.

Céline, cependant, faisait maints efforts pour obtenir son amitié. Un jour, elle lui demanda :

« Que fait ton mari ? »

Marie ne put mentir.

« Il est pasteur.

— Pasteur ! C'est original. Vous ne vivez donc jamais dans le péché !

— Nous sommes tous des pécheurs sur cette terre. Nous ne sommes pas des êtres différents.

— Vous êtes quand même plus portés que les autres à faire le bien autour de vous.

— Nous essayons. Ce n'est pas toujours facile.

— Moi, j'aurais aimé vivre avec un homme d'Église. Le secret, ça m'excite !

— Il n'y a pas de secret dans notre vie. Pas plus dans la vie des pasteurs, des prêtres, que dans celle des autres. Pourquoi crois-tu cela ?

— Les curés entendent les gens en confession.

— Pas les pasteurs.

— Non, mais ce sont des gens à qui on se confie.

— Où veux-tu en venir ?

— À rien. Je disais cela comme ça. Être l'épouse d'un pasteur doit te permettre de savoir des tas de choses sur les autres. Non ?

— Quoi, par exemple ?

— Des tas de choses, répéta Céline. Vous êtes

un peu dans le secret des dieux. On doit parfois venir vous voir pour vous demander de l'aide.

— Nous aidons tous ceux qui sont dans le besoin. Mais ce n'est pas la fonction de mon mari qui l'exige. C'est notre façon de considérer le sens de notre vie et de notre engagement.

— Si on te demandait un service dangereux, qui mettrait par exemple la vie de quelqu'un en danger, tu accepterais ?

— Je ne sais pas. Ça dépend quel genre de service. »

Marie commençait à se sentir mal à l'aise. Les propos de Céline ne semblaient pas tout à fait anodins. Sa curiosité ne fit qu'accroître sa méfiance. Elle finit par détourner la conversation.

« Je ne me sens pas très bien. J'ai des nausées, prétexta-t-elle.

— Veux-tu que j'appelle ?

— C'est inutile. De toute façon, ils ne viendront pas pour si peu. Je vais me reposer sur mon lit. Ça ira mieux ensuite. »

La conversation en resta là.

Quelques jours plus tard, à sa grande surprise, Marie reçut la visite du médecin qui l'avait auscultée. Celui-ci patientait derrière la grille du parloir.

« Je sais que vous ne vous attendiez pas à me revoir, lui dit-il. D'ailleurs, officiellement, je n'ai pas à venir rendre visite aux détenus après leur condamnation. Je ne suis pas venu en médecin, mais en ami. »

Marie, qui ne comprenait pas le sens de l'intervention du docteur, ne répondit pas.

« On se connaît à peine, il est vrai. Je suis le docteur Martin, Hervé Martin.

— Et vous travaillez au service des Allemands, oui, je sais !

— Ne vous méprenez pas. J'examine les prisonniers de cette prison et, à ce titre, j'avoue avoir quelques petites entrées à la kommandantur. (Puis, baissant le ton :) Nous ne pouvons pas parler tranquillement ici. Les gardiens nous surveillent.

— Je n'ai rien à vous dire.

— Moi, si !

— Ça m'étonnerait ! Nous ne sommes pas du même côté de la barrière.

— Pas encore. Mais qui sait ? »

Marie ne releva pas l'étrange propos du docteur. Celui-ci paraissait se méfier de son entourage. Il parlait à voix basse et jetait des regards furtifs en direction du gardien qui faisait les cent pas derrière Marie.

« Ce soir, vous allez simuler de violentes contractions. On vous conduira à l'hôpital de la prison. Demain matin, j'y fais mes visites habituelles. Je vous verrai seule. J'ai des choses à vous dire. »

Marie restait muette.

« Ne dites rien. Mais faites-moi confiance. Je suis votre ami, poursuivit l'étrange médecin.

— Mon ami ! Que me voulez-vous en vérité ?

— Je vous le répète : je ne peux pas vous parler ici. Demain, nous nous verrons demain ! Mais faites ce que je vous ai demandé.

— C'est l'heure ! proclama le gardien, en tapant Marie sur l'épaule. C'est terminé. Regagnez votre cellule ! »

Marie se leva, fixa le docteur droit dans les yeux, puis s'en alla.

Le docteur Martin la regarda s'éloigner et sortit à son tour de la salle du parloir.

« Tu as eu de la visite ? s'enquit aussitôt Céline, curieuse d'en savoir davantage.

— Non, c'était une erreur. Ce n'était pas pour moi.

— Tu n'as pas de chance ! Pourquoi ton mari ne vient-il jamais te voir ? Il craint de venir ici ? La prison lui fait peur, ou il t'a oubliée ?

— Pas du tout.

— Il a peut-être quelque chose à se reprocher ! Et il ne veut pas se jeter dans la gueule du loup !

— Que vas-tu chercher là ? Tu as trop d'imagination. Mon mari n'est pas autorisé à venir me voir. Sinon, il serait déjà venu. »

Marie coupa court à ce nouvel interrogatoire.

« Cesse donc de me poser des tas de questions. Tu m'ennuies ! »

Céline parut froissée et se tut.

« Remarque, tu as raison, chacun a le droit d'avoir ses petits secrets. »

Marie songea à nouveau à la visite impromptue du docteur Martin. Elle avait beau chercher, elle ne comprenait pas le sens de sa mystérieuse démarche. Se pourrait-il qu'il soit vraiment venu en ami ? Dans ce cas, qu'avait-il à lui dire qu'il ne pût avouer au parloir ? Connaissait-il Henri ?

Était-ce ce dernier qui l'envoyait secrètement ? Lui, un docteur au service des nazis !

Les questions fusaient dans son esprit. Elle n'y trouvait aucune réponse, car quelque chose ne collait pas dans le scénario qu'elle cherchait à mettre en place.

Le soir venu, elle prit la décision d'en savoir davantage. Elle commença à se plaindre du ventre. Céline ne bougeait pas et l'examinait sans rien dire.

« Céline, Céline ! s'écria Marie. Je crois que je vais faire une fausse couche. Je sens mon ventre tout retourné. J'ai des contractions.

— Je croyais que tu ne voulais plus me parler ! Débrouille-toi toute seule.

— Je t'en prie Céline, appelle la gardienne. »

Allongée sur son lit, Marie feignait de se tordre de douleur. Céline s'était plantée devant elle et, les mains sur les hanches, la toisait de toute sa hauteur.

« Appelle le bon Dieu à ton secours ! Puisque tu es dans ses petits papiers, si tu n'as rien fait de grave, il viendra te délivrer.

— Pourquoi dis-tu cela ? Qu'est-ce qui te prend ? T'ai-je fait quelque chose ?

— Tu te méfies de moi !

— Pas du tout.

— Alors, pourquoi tu ne veux pas me dire ce que tu as vraiment fait avec ton mari pour être ici ? J'ai tout de suite compris que tu ne disais pas la vérité. »

Marie, lucide, continuait ses contorsions.

« Je ne t'ai rien caché, Céline. Quel intérêt

ai-je à te mentir, à toi qui as été jetée en prison comme moi ?

— Je croyais pouvoir devenir ton amie. Et tu t'es méfiée de moi. Moi, je ne t'ai rien caché !

— Je t'en prie Céline, appelle la gardienne. Je sens que je vais m'évanouir. »

Marie fit mine de tomber en syncope. Céline se décida enfin à appeler. Aussitôt le judas de la porte s'ouvrit.

« Que se passe-t-il là-dedans ?

— C'est Marie, elle va mal. Elle dit qu'elle est en train de faire une fausse couche. »

La gardienne ouvrit la lourde porte blindée.

« Tu te sens mal ? Tu ne vas pas me faire ton petit ici et maintenant ! »

Elle passa sa main sur le front de sa protégée. Celle-ci ouvrit les yeux.

« J'ai mal, dit-elle. Je crois que je ne pourrai pas le retenir longtemps.

— Ne t'inquiète pas, petite. Je vais demander qu'on t'emmène à l'hôpital. Tiens bon ! »

La gardienne se retourna vers Céline et lui ordonna :

« Toi, surveille-la et rassure-la. J'envoie quelqu'un. »

Quelques minutes plus tard, des brancardiers emportèrent Marie vers un lit de la salle des soins. Une infirmière prit sa tension et lui administra un sédatif.

« Demain matin, tu verras le docteur. C'est son jour de visite. Tu as de la chance, cette nuit, tu ne dormiras pas dans ta cellule ! »

Le lendemain, le docteur Martin arriva à 9 heures précises et se rendit aussitôt au chevet de Marie. Il pria l'infirmière de les laisser seuls, afin de l'examiner intimement. Surprise, l'infirmière obéit.

« Si vous avez besoin de moi, je suis à côté », dit-elle au médecin.

Une fois seul avec Marie, celui-ci fit semblant de l'ausculter tout en lui parlant.

« Je suis au courant de tout, Marie. Vous permettez que je vous appelle Marie, n'est-ce pas ?

— Je ne comprends pas ce que vous voulez dire.

— Pour vous, je suis le docteur Hervé Martin. En fait, je suis Gerbert, le commandant Gerbert.

— Commandant Gerbert ! »

Marie ne comprenait toujours pas.

« Je suis à la tête d'un réseau de Résistance qui regroupe des personnels médicaux et paramédicaux. Je ne vous en dis pas plus. Moins vous en saurez sur moi, moins vous serez en danger.

— Qu'est-ce qui me certifie que vous me dites la vérité ?

— Rien. Vous me faites confiance ou vous me balancez. Vous avez le choix. Je n'ai que ma parole à vous donner.

— Pourquoi me faites-vous ainsi confiance ?

— Nous savons qu'avec votre mari vous avez recueilli une petite fille juive dans votre institution. C'est, indirectement, la raison pour laquelle vous êtes ici, n'est-ce pas ?

— On me reproche d'avoir acheté du lait au marché noir.

— Je sais. Je connais votre acte d'accusation. Mais nous savons aussi que vous avez pris de gros risques pour sauver cette enfant. »

Marie, toujours méfiante, n'avoua pas son secret. Elle laissa parler le médecin.

« Qu'attendez-vous de moi ?

— La Gestapo a relâché sa surveillance autour de votre mari. Nous avons besoin de votre aide.

— N'avez-vous pas vos entrées à la kommandantur ? Et l'*Oberhauptführer* n'est-il pas votre ami ?

— C'est ce qu'il croit.

— Vous avez donc les mains libres !

— Relativement. Mais les Allemands se méfient toujours de leurs propres amis collabos.

— Je ne sais pas si je dois vous croire. Après tout, rien ne me prouve que vous n'êtes pas uniquement au service des Allemands.

— C'est vrai. Mais je vais vous dire quelque chose qui vous fera réfléchir. Votre camarade de cellule...

— Céline ?

— C'est cela, Céline. Méfiez-vous d'elle. On l'a mise avec vous pour vous faire parler. Surtout ne lui dites rien. L'*Oberhauptführer* est un fin limier. Il agit en douceur. Mais il ne lâche pas sa proie facilement. »

Marie comprit mieux, dès cet instant, pourquoi Céline la pressurait de questions tendancieuses. Elle commençait à faire confiance au médecin.

« Mais que puis-je pour vous exactement ? Je suis en prison pour quatre mois encore. Et je suis enceinte. Qu'attendez-vous de moi ?

— Nous avons besoin d'une couverture pour pouvoir cacher d'autres enfants et les sauver des griffes des nazis. Ce que vous avez fait pour votre petite Juive, nous vous demandons de continuer à le faire pour d'autres enfants. »

Marie, abandonnant ses craintes, n'hésita plus à entrer pleinement dans la confidence.

« Nous nous ferons prendre immédiatement ! répliqua-t-elle.

— Mes hommes vous aideront. Notre réseau s'occupera de tout. Vous n'aurez qu'à faire scrupuleusement ce qu'on vous dira. Nous nous chargerons du reste. N'oubliez pas, je suis l'ami de l'*Oberhauptführer*. Cela m'aide bien parfois !

— Si nous accueillons plus d'enfants, nous serons vite débordés.

— Vous en accueillerez une douzaine de plus, pas davantage. Officiellement, il s'agira toujours des mêmes enfants. En fait, nous organiserons des échanges par roulement. Sous les mêmes noms, les enfants défileront les uns après les autres. Ils ne resteront jamais longtemps à la fondation. Seulement le temps d'organiser leur transfert vers un lieu sûr.

— Mon mari n'acceptera jamais de prendre un tel risque. Il ne voudra pas mettre les autres enfants en danger.

— C'est sur ce point précis que je compte sur vous.

— Que puis-je faire d'ici ?

— Je vais aller voir le pasteur Muller de votre part. Et tout lui expliquer. Afin de le persuader, il faut que je puisse lui certifier que j'ai votre plein accord. Nous ne pouvons pas courir le risque qu'il nous refuse son aide. Vous allez me donner quelques détails de votre vie de couple, connus de vous seuls. Confiez-moi aussi quelque chose de personnel que jamais vous ne diriez aux Allemands, même sous la torture. »

Marie demanda au docteur quelques minutes de réflexion. Pendant ce temps, celui-ci partit ausculter un autre détenu dans la pièce voisine.

À son retour, elle lui déclara :

« C'est bon, docteur, j'accepte. »

Le lendemain, le docteur Martin, *alias* Gerbert, se rendit à la fondation des Enfants de Dieu. Il avait pris soin d'utiliser une camionnette de plombier pour éviter de se faire repérer.

Henri Muller ne cacha pas son étonnement quand il la vit arriver. Mais il fut encore plus étonné lorsque Hervé Martin se présenta.

« Un toubib en tenue de plombier ! J'avoue ne pas comprendre ! » fit-il en l'accueillant.

Le pasteur fit entrer le docteur Martin et l'invita à s'expliquer. Celui-ci commença son récit par sa visite faite à Marie en prison, sans rien omettre des moindres détails, et il finit par lui exposer la raison de sa démarche.

« Ainsi, vous avez des nouvelles de ma femme !

— Elle va bien. Ne vous inquiétez pas. Le bébé également.

— Qui me prouve que vous dites la vérité ? Vous me demandez de vous faire confiance, mais je risque gros à vous écouter. »

Le docteur Martin rassura le pasteur en lui

donnant les menus détails fournis par Marie sur leur vie privée. Ce qui parut le convaincre.

« Si je comprends bien, vous allez me mouiller jusqu'au cou.

— Monsieur le pasteur, j'ai cru effectivement que je pouvais compter sur un homme tel que vous pour sauver des vies humaines.

— Avez-vous songé au danger auquel vous allez exposer les autres enfants de la fondation ?

— Nous en sommes conscients. Croyez-moi, nous ferons tout pour éviter de prendre des risques inutiles. Notre réseau est bien informé. Vous pouvez nous faire confiance. Mais il est vrai qu'il y a toujours un risque. Je ne vous le cache pas. Nous sommes en temps de guerre, monsieur Muller. Notre devoir est de résister à l'oppresseur et de tout faire pour aider ceux qui sont en danger de mort.

— Je ne pensais pas être entraîné un jour dans la Résistance !

— Mais en sauvant cette petite fille juive, vous avez déjà fait acte de résistance. Et c'est tout à votre honneur !

— Célia, nous la considérons déjà comme notre propre fille. Elle est si petite ! Sans nous, elle était perdue.

— Les autres enfants n'attendent qu'un seul geste de votre part : que vous leur ouvriez la porte de votre maison pour leur salut. »

Henri hésitait à prendre sa décision. Il craignait l'aventure et imaginait le pire. L'intervention de la police, pour Célia, l'avait rendu prudent et craintif.

« Commandant Gerbert, finit-il par accepter, je suis votre homme. Je ferai ce que vous me direz.

— Je n'attendais pas autre chose de votre part, se réjouit l'homme de l'ombre. En fait, il faudra prendre un autre nom, pour le réseau. Virgile, ça vous va ?

— Pourquoi pas ! Va pour Virgile !

— Pour Marie, ce sera Marga. »

Tout se passa rapidement. La fondation reçut la visite d'un couple qui prétendait répondre à une annonce d'offre d'emploi : d'après leurs dires, un poste d'homme d'entretien et un poste d'aide puéricultrice. En réalité, il s'agissait de deux membres du réseau du commandant Gerbert. Celui-ci les avait dépêchés à la fondation pour y recevoir les contacts et pour faciliter la tâche du pasteur Muller, *alias* Virgile.

Ce dernier fut prié de ne pas déroger à ses habitudes. Il se contenta de mettre son personnel au courant qu'il y aurait dorénavant un peu plus d'enfants en pension et qu'un certain nombre d'entre eux ne feraient que transiter. Ni Pauline ni Louisette ne posèrent de questions. Joseph, quant à lui, se réjouit d'avoir un nouveau collègue pour le seconder dans sa tâche.

En réalité personne ne se douta que le pasteur Muller était entré en résistance ; certes, malgré lui et poussé par la force des choses, mais encouragé par sa femme qui devait encore passer un peu moins de quatre mois en prison.

Les premiers enfants arrivèrent quelques jours plus tard. Au début, ils ne furent que trois ou quatre, puis il en arriva une demi-douzaine. Officiellement, c'étaient des petits orphelins de guerre. Leurs papiers étaient en règle et Henri n'eut aucun problème pour les déclarer à la sous-préfecture. Pour l'administration, la fondation des Enfants de Dieu prenait simplement de l'expansion. Un représentant du sous-préfet vint en personne visiter les lieux et proposer au pasteur toute l'aide que nécessitait son œuvre charitable. Celui-ci se confondit en remerciements et accepta, du bout des lèvres, les subsides destinés à pourvoir à ses frais de fonctionnement.

Au bout de trois semaines eut lieu la première relève. Quatre enfants, puis six, puis les deux derniers furent remplacés par d'autres et conduits vers un lieu de destination inconnu même du pasteur. Tout se passa très vite, le soir, à la tombée de la nuit. Un fourgon de livraison entra dans la cour. Les quatre premiers enfants en sortirent sans traîner, aussitôt remplacés par les quatre prévus pour le départ. Ils connaissaient tous leur identité et leur passé falsifiés. Tous avaient parfaitement intégré leur rôle et étaient capables de fournir, au besoin, les menus détails de leur ancienne existence officielle. Seuls les petits garçons laissaient cependant encourir de gros risques. Ils avaient beau savoir mentir à la perfection, la circoncision les trahissait dans leur chair. En cas de contrôle de la part de la Gestapo, il serait très difficile de justifier, pour tous, cette marque d'appartenance à leur communauté.

Henri en était parfaitement conscient et priait Dieu chaque soir pour qu'une telle éventualité n'arrivât pas.

Tout se passa comme prévu. La fondation hébergeait une douzaine de pensionnaires de plus. Personne ne trouva rien d'étrange et Henri finit par s'habituer aux relèves qui eurent lieu à rythme régulier. Il ne revit plus le commandant Gerbert pendant plus de deux mois.

Un jour cependant, celui-ci réapparut sans s'annoncer. Il ne prit même pas la peine de déguiser son identité.

« Il faut immédiatement cacher les garçons ! ordonna-t-il avec empressement.

— Que se passe-t-il ? s'inquiéta Henri.

— J'ai reçu l'ordre de procéder à une visite médicale de vos petits pensionnaires. Je serai sans doute accompagné d'un membre de la kommandantur.

— Ils s'apercevront qu'il en manque !

— Il faudra leur raconter une histoire. Pour les calmer.

— Nous n'aurons qu'à leur dire qu'ils sont partis en promenade pour la journée. Mais ils vous demanderont certainement de revenir les voir un autre jour.

— J'en fais mon affaire. Pour aujourd'hui, il est urgent de les faire disparaître, afin que je n'aie pas à les passer à la visite. Où pensez-vous les cacher ?

— J'ai mon idée. S'ils ne fouillent pas tout de fond en comble, ça se passera sans problème.

— Ils ne viennent pas pour ça. Mais pour un simple contrôle sanitaire. De toute façon, s'il le faut, j'userai de mon influence sur les hommes de la Gestapo qui m'accompagneront. Je reviens dans une petite heure. Et pas seul ! Soyez prêt ! »

Hervé Martin disparut aussi vite qu'il était arrivé. Henri s'exécuta sans paniquer. Il rassembla les cinq petits garçons juifs et les cacha dans une cave dont la porte était masquée par une grosse cuve qu'il fallut déplacer. Dociles, les petits transfuges obéirent sans poser de questions.

Moins d'une heure après, deux tractions noires pénétrèrent dans la cour de l'institution. Deux policiers descendirent de l'une, le docteur et un officier allemand de l'autre.

« *Herr* Muller ! » appela celui-ci.

Henri sortit aussitôt, faisant mine de s'étonner.

« Voici le docteur Martin. Il va procéder à un contrôle sanitaire de vos locaux et à une visite médicale de tous vos pensionnaires.

— C'est qu'il en manque quelques-uns, déclara Henri sans hésiter.

— Combien sont-ils en tout ?

— En ce moment, trente-neuf. Mais il en manque une quinzaine, partis en promenade pour la journée avec leur monitrice. »

Henri avait pensé éloigner à l'extérieur dix autres enfants pour laisser croire qu'un groupe complet était sorti.

« Le docteur verra les autres. Il reviendra plus tard. »

La visite médicale terminée sous l'œil attentif de l'officier allemand, les hommes de la Gestapo – deux Français zélés – firent le tour de l'établissement et posèrent quelques questions au personnel qui vaquait à ses occupations comme si de rien n'était.

N'ayant rien vu ni appris de particulier, ils s'en revinrent à leur voiture et attendirent l'ordre de démarrer. L'officier allemand, très courtois, salua le pasteur et pria le docteur Martin de monter dans son véhicule.

« Je vois que tout est en règle, *Herr* Muller. Votre institution a fière allure ! J'aime les Français qui font correctement leur travail. Vous savez, je suis protestant moi aussi. Je parlerai de votre femme à l'*Oberhauptführer*. »

Henri ne comprit pas le sens de cette dernière remarque. La civilité de l'*Oberleutnant* lui parut étrange. Elle contrastait avec la brutalité des agents de la Gestapo et avec la rudesse de parole de l'*Oberhauptführer*.

« Nous l'avons échappé belle ! » pensa-t-il, sitôt ses visiteurs partis.

Il attendit quelques heures de plus pour aller délivrer les enfants qui, hagards et tout éblouis par leur retour à la lumière, ne posèrent toujours aucune question.

L'alerte passée, chacun se remit à son travail.

Le commandant Gerbert décida cependant d'ajourner la prochaine relève, le temps de s'assurer que tous les soupçons avaient bien disparu.

Au bout de trois mois, une trentaine de petits Juifs avaient transité par la fondation. Jamais Henri ne sut d'où ils venaient ni où ils allaient. Son rôle consistait à les héberger dans la plus grande discrétion. Il ne devait pas en savoir davantage, pour le plus grand bien de tous et pour sa propre sécurité.

Il s'occupait de Célia au même titre que des autres enfants. Mais en l'absence de Marie, Pauline lui servait de nourrice. Grâce au commandant Gerbert, il avait pu obtenir pour elle des papiers d'état civil en bonne et due forme, et la déclarer ainsi au bureau des orphelins de guerre à la sous-préfecture.

Petit à petit, le pasteur Muller devint un des bastions indispensables du réseau. Ses appréhensions du départ firent place à un dévouement sans égal. Sans avoir acquis l'âme d'un héros, il acquit celle d'un patriote.

Un mois avant la fin de sa peine, Marie fut libérée sans explications. Sans prévenir, elle se fit conduire aussitôt à la fondation et fit la surprise de son retour inopiné à son mari, qui tomba dans ses bras.

« Marie ! Enfin tu es revenue ! s'exclama-t-il. Nous ne t'attendions pas si tôt. Pourquoi ne m'as-tu pas prévenu ?

— Tout a été très vite. Moi-même, hier soir, j'ignorais que j'allais être libérée. Ce matin, ma gardienne est venue m'apporter la bonne nouvelle. Un quart d'heure plus tard, j'étais dehors.

— Ma chérie ! Comme je suis heureux de te revoir saine et sauve ! Et le bébé ?

— Il est là. Touche-le. Il bouge souvent. Je crois qu'il est pressé de voir son papa. »

Les premiers moments d'effusions passés, Marie expliqua le rôle qu'avait joué le docteur Martin dans sa libération anticipée.

« Il joue gros, ajouta Henri. S'ils le prennent, il ne s'en sortira pas vivant.

— Et ici, comment cela se passe-t-il ?

— Bien. Pour l'instant. Célia t'attend avec impatience.

— Crois-tu qu'elle m'aura oubliée ?

— Ça m'étonnerait ! Les enfants reconnaissent toujours leur maman. »

VIII

La différence

Célia découvrait avec admiration le passé de ses parents adoptifs. Elle éprouvait une grande fierté devant ce qu'ils avaient fait pendant la guerre, pour elle et pour beaucoup d'autres enfants qui leur devaient donc la vie. Elle n'imaginait pas que sa frêle existence ait été suspendue au fil ténu d'un destin parsemé de risques et de dangers. L'image d'Henri et de Marie ne grandissait que davantage à ses yeux. Elle se sentit soudain tellement redevable à leur égard qu'elle ne sut plus, sur le moment, comment leur témoigner sa reconnaissance et son amour.

À quinze ans, elle venait de découvrir brutalement qu'elle faisait partie de ceux qui, rescapés de l'Holocauste, seraient à jamais la mémoire vivante de la barbarie humaine. Elle réalisa, au travers du récit des premières années de sa vie, qu'elle appartenait à un peuple sacrifié, décimé, sans cesse rejeté. Elle avait presque honte d'être vivante et heureuse, tandis que les siens avaient tant souffert et que ses propres parents avaient un jour disparu dans un de ces convois de la mort à destination de l'enfer.

Les questions sans réponses qu'elle se posait

étaient si nombreuses que son esprit fut totalement perturbé, et qu'à partir de cette révélation elle ne trouva plus jamais tout à fait le repos.

Célia venait d'apprendre qu'elle était juive et cela la gênait. Jusqu'à présent, elle ne se considérait pas comme un être différent. Elle savait qu'elle était orpheline, mais sa foi protestante et son appartenance à la communauté chrétienne calviniste avaient fait d'elle une jeune fille comme les autres. Elle était la fille du pasteur Muller. Et le fait d'avoir été adoptée par celui-ci n'avait jamais rien changé pour elle.

Mais savoir dorénavant que d'autres enfants juifs passés par la fondation n'avaient peut-être pas eu la même chance qu'elle lui ouvrait davantage les yeux. Elle prit conscience qu'elle appartenait à leur communauté et qu'elle aurait pu, comme certains d'entre eux sans doute, retomber dans l'horreur. Elle comprenait mieux dès lors cette lancinante douleur qu'elle éprouvait parfois intérieurement, quand, dans ses moments de solitude, elle sentait comme un appel indescriptible venu de très loin. Un lien ténu la rattachait donc à ceux qui partirent par millions, sans espoir de retour, à ceux dont elle ignorait l'histoire, à ceux qui étaient sa vraie famille.

Le cœur chaviré, Célia venait d'entrer, sans l'avoir voulu, dans un monde où la vérité ne serait jamais belle à découvrir. Cependant, elle savait qu'elle ne pourrait plus vivre dans l'ignorance.

* *
*

Évry, 1944-1947.

Marie et Henri poursuivirent en détail le long récit des maintes péripéties qu'ils vécurent encore jusqu'à la Libération.

Grâce au docteur Martin, *alias* Gerbert, les dangers furent peu à peu écartés. Ses entrées à la kommandantur lui permirent de connaître les intentions cachées de l'*Oberhauptführer*. Les liens privilégiés qu'il entretenait sournoisement avec lui finirent par mettre un terme à ses suspicions. Dès lors, la surveillance autour de la fondation des Enfants de Dieu se relâcha totalement, et c'est en toute impunité que se poursuivit le transit des petits enfants juifs pendant deux ans encore.

Henri et Marie avaient pris néanmoins de nombreuses précautions et avaient évité d'exposer Célia au grand jour. Pendant ces deux longues années, jamais celle-ci ne sortit de l'institution. Elle fut élevée recluse, sans jamais s'en rendre compte.

À la Libération, une cinquantaine d'enfants avaient ainsi échappé aux griffes de leurs bourreaux. Avaient-ils eu la vie sauve par la suite ? Henri et Marie ne le surent jamais. Pas plus qu'ils ne connurent leur véritable identité. Pour eux, cela n'avait pas d'importance. Ils avaient sauvé des vies humaines, c'était ce qui comptait le plus à leurs yeux.

Lorsque le gouvernement provisoire de la République française fut établi, Henri entreprit les démarches d'adoption pour Célia. Celles-ci ne furent pas simples, car personne ne savait si ses parents avaient été réellement victimes de l'extermination. En ces temps très troublés, une enquête approfondie était impensable. Le seul témoignage de la concierge de l'immeuble qui, cachée dans sa loge, avait assisté à l'arrestation des Blumstein servit d'unique preuve. L'appui du commandant Gerbert, dont le mérite fut reconnu en haut lieu, accéléra les démarches. Henri et Marie devaient être à leur tour récompensés pour leurs actes de résistance et de dévouement, ce qui servit de gage moral pour l'adoption de Célia.

Entre-temps, Marie avait mis au monde Jean, l'aîné de ses deux fils. L'accouchement, dont elle avait masqué la date pour tenter d'expliquer ses achats de lait, eut lieu quelques semaines avant terme. Ses conditions de détention et la profonde fatigue qu'elle avait éprouvée à son retour lui firent craindre que le bébé ne vînt au monde à la date avouée aux autorités. Jean était né de nature fragile et ses premiers jours avaient été suspendus à un fil. Mais le docteur Martin le sauva des complications de sa naissance prématurée.

La guerre à peine achevée, ce fut au tour de Pierre de voir le jour. La famille Muller au grand complet sortait ainsi de l'ombre.

Comme pour beaucoup de Français, les années de la reconstruction furent, pour eux, difficiles à surmonter. Les restrictions, l'inflation étaient le lot quotidien. La fondation obtint de moins en moins de subsides. Mais Henri s'acharna à la maintenir à flot. Jusqu'au jour où il reçut l'ordre d'en fermer définitivement les portes.

Célia se souvenait très bien de ce déménagement dont, à l'époque, elle n'avait pas compris les raisons. Elle n'avait alors que six ans, et commençait à apprécier la vie qu'elle menait à la campagne. Or, tout à coup, il lui fallut s'habituer à l'univers artificiel de la ville. Car Henri fut envoyé dans une paroisse de la proche banlieue parisienne, où l'attendait une tâche moins astreignante.

* *
*

« Tu connais à présent toute l'histoire, dit Marie en prenant sa fille dans ses bras.

— Je ne sais toujours pas si mes parents sont morts, ni si j'ai d'autres frères et sœurs !

— Nous n'avons jamais cherché à le savoir, répondit Henri. Je crois que cela vaut mieux. Pour toi, et pour nous.

— Il ne sert à rien, surajouta Marie, de remuer ciel et terre pour rouvrir de vieilles cicatrices.

— Sur ce point, je ne vous donne pas raison ! C'est votre opinion, et je la respecte. Mais ce n'est pas la mienne. »

Pour la première fois, Célia s'opposait à ses parents sur une question importante. Marie ne s'en offusqua pas. Mais Henri parut chagriné.

« À quoi te servirait-il de savoir ce que nous avons toujours ignoré ? Sans te choquer davantage, ma chérie, il faut admettre que tu as échappé à un massacre et que ta famille n'a pas eu cette chance. »

Célia restait pensive. Jamais plus elle ne verrait la vie comme avant. Ne pas connaître ses origines avait réveillé en son for intérieur une conscience d'appartenance, un sentiment de différence qui lui ferait toujours appréhender le monde d'un autre regard et qui ferait d'elle un être sans cesse inassouvi.

* *
*

L'installation des Muller à Saint-Julien suscita une certaine méfiance de la part des autres habitants du bourg. Ceux-ci ne voyaient pas d'un bon œil la venue d'un pasteur. Ils craignaient en effet que l'unité de leur commune, à forte majorité catholique, ne s'en trouvât remise en cause, et que les idées huguenotes ne vinssent perturber l'ordre établi par l'évêché depuis la nuit des temps.

S'ils étaient en bons termes avec Martin et Lucie Besson, et s'ils n'avaient jamais tenu à l'écart leurs amis calvinistes, c'était davantage pour prouver leur esprit de tolérance que pour montrer leur fervent désir d'œcuménisme.

Mais dès lors que la présence d'un pasteur signifiait pour les protestants une ferme volonté d'enraciner leurs croyances, leur méfiance resurgit et la crainte de ne plus être maîtres dans leur vallée perturba leur quiétude. Au reste, les discussions après la messe du dimanche ne tarissaient pas de commentaires à ce sujet, et l'on se réunissait après les foins, en fin de journée, pour supposer, pour se rassurer, pour envisager et pour décider.

L'abbé Foulquier resserrait les rangs de ses ouailles en rappelant à demi-mot, dans ses prêches dominicaux, que la vraie foi était celle de la Sainte Église de Rome, et qu'il ne fallait pas prêter l'oreille aux sirènes étrangères venues perturber l'ordre établi par Dieu. Il convia toutes les dames dévotes de sa paroisse à entretenir avec constance et fidélité les nombreuses chapelles disséminées à travers la commune, et aux hommes de ne jamais oublier de s'y recueillir régulièrement à l'occasion de leurs travaux des champs.

Bref, toute la communauté catholique était mobilisée, comme si le loup était entré dans la bergerie.

Henri, trop préoccupé par l'aménagement de son nouveau temple, ne se rendit pas compte tout de suite de cette méfiance à son égard. Mais Marie, de son côté, ressentait une forme larvée d'hostilité chaque fois qu'elle se rendait chez les commerçants du village. Chez l'épicier ou chez le boulanger, les conversations s'arrêtaient instantanément dès qu'elle entrait. Les autres clients la saluaient d'un petit hochement de la tête et lui adressaient à peine la parole. Au début, elle mit cette apparente froideur sur le compte de la réserve naturelle des Lozériens quand arrive chez eux un étranger. Mais très vite, elle comprit qu'on la mettait à l'écart. Elle en souffrait, mais évitait d'en parler à Henri qui avait d'autres soucis en tête.

Jean et Pierre ressentaient la même méfiance à leur égard dans la cour de l'école. Ils formaient un petit groupe à part avec quelques camarades, protestants comme eux, et n'échangeaient que de rares paroles avec les autres élèves. Jean, l'aîné, se consolait à l'idée qu'à la rentrée prochaine il irait rejoindre Célia au lycée de Mende, et qu'en ville il n'aurait plus à subir de telles vexations.

Célia en effet vivait bien son internat. Au lycée, où elle finissait sa classe de seconde, elle s'était liée d'amitié avec d'autres filles de son âge venues des communes montagnardes des environs. Leur appartenance religieuse n'était pas, entre elles, un sujet de discorde.

Personne ne connaissait ses véritables origines. Elle ne s'était jamais confiée à quiconque et ne souhaitait pas que sa vie fût bouleversée par les révélations de ses parents. Célia n'aimait pas faire montre de ses sentiments ni de ses convictions religieuses. Certes, ses amies savaient qu'elle était protestante, et peu s'en étaient étonnées. Pour beaucoup, qu'elle fût protestante ou catholique, cela ne changeait rien à leur amitié. Tout n'était, à leurs yeux profanes, qu'une question de croyances.

Cependant, Célia craignait qu'en dévoilant ses origines juives on ne la regarde plus tout à fait comme avant. Reconnaître son appartenance au peuple de la Shoah, n'était-ce pas vouloir se distinguer et montrer sa différence ?

Aussi garda-t-elle cette vérité, si brusquement révélée, comme un secret bien gardé. Le temps viendrait un jour, pensait-elle, où elle pourrait avouer sans crainte ce qu'elle venait de découvrir. Pour le moment, elle préférait rester ce qu'elle était aux yeux de tous : la fille d'un pasteur protestant. C'était déjà une certaine forme de distinction.

Personne non plus ne savait que le pasteur Muller l'avait adoptée, hormis la directrice du lycée qu'Henri avait bien dû tenir au courant. Célia évitait ainsi de parler de sa famille. Elle ne voulait pas qu'on puisse croire que ses véritables parents l'avaient abandonnée. L'obscurité de ses origines, l'acte d'abandon auraient pu jeter l'opprobre sur elle, alors qu'elle n'avait pas à rougir de sa vraie famille, martyre parmi les martyrs, victime expiatoire de la folie des hommes.

Parfois Célia étouffait de ne pouvoir parler. Ces soudaines vérités étaient si lourdes à supporter sans mot dire ! Elle craignait qu'un jour, à force de se taire, de taire sa différence, elles ne tombent dans le silence de l'oubli. Combien de temps pourrait-elle ainsi se cacher aux yeux des autres ? Dissimuler sa vraie identité, n'était-ce pas tromper ses propres amies et se tromper elle-même ?

« Qu'as-tu ce soir ? lui demanda Annie, sa meilleure amie d'internat. Je te trouve bien taciturne. »

Les deux jeunes filles venaient de monter dans le dortoir peu après le dîner. Comme le permettait le règlement, elles pouvaient regagner immédiatement leur box ou rester en études jusqu'à 21 heures. Le dortoir était une grande salle tout en longueur, découpée en petites cellules individuelles alignées de part et d'autre d'un couloir central. Chaque pensionnaire y disposait d'un lit et d'une petite armoire. Un simple rideau les isolait de leurs voisines immédiates. Annie dormait juste à côté de Célia. Très souvent, une fois les lumières éteintes, elle passait sous le rideau et rejoignait son amie dans son lit pour de longues discussions à voix basse. Les deux jeunes filles étaient vite devenues de fidèles confidentes. Elles ne se cachaient rien et se racontaient les moindres détails de leurs dimanches passés en famille.

Célia éprouvait de plus en plus de gêne à maintenir Annie dans l'ignorance de son secret. Elle avait l'impression de lui mentir. Or elle avait horreur des mensonges et des faux-semblants. Elle avait été élevée dans une certaine idée de la droiture et de l'honnêteté. Et la notion de mal lui était étrangère, tant elle avait toujours vu ses parents agir pour le bien d'autrui. Les récentes révélations qu'ils lui avaient faites sur leur passé n'avaient fait que renforcer ses convictions. Elle était fière d'avoir des parents d'exception, mais elle commençait à éprouver un terrible regret de ne pas être leur propre fille.

Annie insistait auprès de son amie.

« Tu me sembles bien chagrinée depuis quelque temps ! Te serais-tu disputée avec tes parents ? Si c'est le cas, ce n'est pas très grave. Moi, ça m'arrive souvent.

— Me disputer ? Pas du tout !

— Alors, c'est que tu as un amoureux ! »

Célia rougit. Elle parlait rarement des garçons avec son amie. D'ailleurs, à Mende, elle n'en connaissait pas. L'internat de filles ne lui laissait pas le loisir d'en rencontrer. À Saint-Julien, elle connaissait bien les fils de quelques paroissiens de son père. Mais aucun n'avait encore attiré son attention.

« Je n'ai rien, finit-elle par avouer. Je suis un peu fatiguée. Rien de bien grave. »

Annie s'approcha de son amie.

« Tu ne veux pas me dire ce qui te tracasse ? »

Célia hésita, puis finit par reconnaître :

« Pas aujourd'hui. Peut-être un jour, je te le dirai. »

Annie n'insista pas.

« Demain, c'est jeudi. Veux-tu que nous sortions ensemble l'après-midi, plutôt que de rester à étudier comme tu le fais sans cesse ? Cela te changera les idées.

— D'accord, j'aimerais aller me promener au bord du Lot. »

Célia profitait rarement des heures de liberté du jeudi après-midi. Elle préférait s'avancer dans son travail pour être plus disponible pendant le week-end et pouvoir rendre service à ses parents. Leur nouvelle installation les occupait beaucoup et Marie avait demandé à sa fille de la seconder pour faire, à sa place, la « petite école » aux plus jeunes de ses nouveaux paroissiens. Enseigner la vie de Jésus aux plus petits plaisait à Célia. Elle aimait leur raconter des histoires qu'elle puisait dans les Évangiles et qu'elle arrangeait à sa manière en les enjolivant. Elle avait une facilité d'élocution qui ravissait les enfants et qui étonnait Marie elle-même. Henri, lui, était fier de sa fille en qui il voyait un futur pasteur. « Elle a le don, pensait-il, et l'intelligence. Elle ferait un excellent prédicateur. »

Célia n'avait pas la même vision de son avenir. À quinze ans et demi, elle découvrait la vie et avait bien l'intention, si elle en avait les capacités, d'entreprendre plus tard des études de médecine. Toute petite déjà, elle parlait de soigner les malades, de chercher de nouveaux médicaments, de porter secours aux malheureux. Elle était naturellement portée vers les autres et envisageait son avenir dans un hôpital, non dans un temple.

Les deux jeunes filles déambulaient dans les venelles ombragées de la petite préfecture dominées par la cathédrale Notre-Dame-et-Saint-Privat. Les toits d'ardoise se fondaient dans la grisaille du ciel qu'agitait un fort vent d'ouest. L'animation des rues, les terrasses des cafés, les vitrines des magasins donnaient l'illusion de se trouver dans une grande ville. Seuls les contreforts montagneux, très proches, rappelaient l'isolement de la cité pelotonnée entre Causses et Cévennes.

Célia éprouva le besoin de sortir de la ville pour mieux profiter de la nature. Elle n'aimait pas se perdre dans le dédale des rues, traîner devant les vitrines des magasins pour dire de passer le temps. Elle avait l'impression de gâcher inutilement ses heures de liberté.

« On voit à peine les montagnes, remarqua-t-elle. D'habitude on distingue bien les crêtes. »

Un train passa au loin, annonçant son approche par des coups de sifflet stridents. Célia partit dans ses songes.

« C'est si facile aujourd'hui de voyager ! » poursuivit-elle.

Annie s'étonna de cette remarque.

« Tu dis cela à cause du train ?

— Je pensais effectivement que, pendant la guerre, toutes les gares devaient être très contrôlées. Les gens ne pouvaient pas voyager librement.

— Tu penses aux résistants ?

— Aux résistants et à tous ceux qui fuyaient les nazis.

— C'était ici comme ailleurs. C'était dangereux pour eux de passer d'une ville à l'autre.

— Il n'y avait donc que par la montagne qu'ils avaient une chance d'échapper aux Allemands ?

— Pas si sûr ! Les points de passage étaient aussi très surveillés. Mais les gens du maquis connaissaient les montagnes mieux que les Allemands. Remarque, ça n'a pas empêché le maquis Bir-Hakeim de se faire décimer pas loin d'ici. »

Célia pensa subitement à tous ces enfants juifs qui, comme elle, avaient vécu à la fondation des Enfants de Dieu, avant d'être envoyés en Suisse. Certains avaient peut-être été accueillis dans les fermes des environs. Combien d'entre eux étaient-ils parvenus à destination ? Par où les faisait-on passer ? se demandait-elle.

« Sais-tu si les habitants ont caché beaucoup de résistants dans la région ?

— Il y en a eu. Mais il ne faut pas t'imaginer que tous les Lozériens ont fait de la résistance et ont aidé les fugitifs.

— Y a-t-il eu des Juifs qui se cachaient et qui tentaient de se réfugier dans les montagnes ?

— Des Juifs ? Je l'ignore ! Mais pourquoi me poses-tu toutes ces questions ? Tu t'intéresses à l'Histoire à présent ?

— Ce n'est pas de l'histoire. Pas encore.

— C'est du passé !

— Oui, mais très proche. Beaucoup de gens en souffrent encore.

— Tu as sans doute raison. Mais je ne vois pas en quoi cela te préoccupe tant subitement.

— C'est la proximité de la montagne, ces vallées perdues, cette atmosphère, qui m'y font penser. J'imagine des fugitifs, des clandestins dans les mains de passeurs, profitant d'un temps brumeux comme celui-ci pour tenter l'aventure vers la Suisse ou l'Espagne et avoir la vie sauve. J'imagine les Allemands qui les guettent, qui les traquent. J'imagine des enfants, perdus, apeurés, s'enfoncer dans la brume et disparaître. C'est affreux ! »

Annie regardait Célia d'un air très étonné. Celle-ci avait les yeux noyés de larmes, prête à sangloter et voyait les rives du Lot se fondre dans le brouillard.

« Qu'as-tu Célia ? Je ne t'ai jamais vue dans cet état ! Tu vas finir par m'inquiéter. »

Célia se reprit :

« Ce n'est rien. De vagues souvenirs.

— Des souvenirs ! Comment peux-tu avoir des souvenirs de ce genre ?

— Des souvenirs de lecture. J'ai lu beaucoup de récits sur la guerre. Ils m'ont beaucoup impressionnée. Je n'imaginais pas à quel point des hommes, des femmes, des enfants ont pu tant souffrir. Je n'avais pas idée des atrocités qu'ils ont pu vivre. L'enfer, vois-tu, ce sont les hommes qui le créent.

— Tu ferais mieux de lire des trucs plus marrants.

— Peut-être. Mais cette réalité m'interpelle trop pour que je puisse vivre en l'ignorant. »

Les deux lycéennes revinrent vers la ville et entrèrent dans un parc. Elles s'assirent sur un banc, près d'un plan d'eau. Non loin, de jeunes désœuvrés s'étaient attroupés autour d'un garçon beaucoup moins âgé qu'eux. Célia remarqua leurs gestes obscènes et entendit les grossièretés qu'ils proféraient. Mais elle ne parvenait pas à voir exactement ce qu'ils faisaient. Elle attira l'attention de son amie qui lui dit de ne pas bouger.

« Si tu ne veux pas avoir d'ennuis avec ce genre de garçons, lui conseilla Annie, laisse-les tranquilles. Ne t'en mêle pas !

— Ne vois-tu pas qu'ils font des misères à un enfant ? »

Les quatre voyous, en effet, se moquaient d'un jeune Arabe d'une douzaine d'années et le poussaient de l'un à l'autre.

« Hé ! le bougnoule ! fit l'un d'eux. Qu'est-ce que tu fais dans ce parc ? Tu cherches la casbah ?

— Laissez-moi tranquille !

— Mais c'est qu'il mordrait, le morveux ! Tu vas voir, on va te défriser, petit raton. Tu vas regretter d'être venu en France.

— Je suis né en France ! Je suis français comme vous ! Vous n'avez pas le droit...

— On a tous les droits, espèce de sale bicot ! Tu n'es pas chez toi ici. Retourne dans ton putain de pays. Fous le camp ! »

Le jeune garçon se protégeait la tête des coups de ses agresseurs qui devenaient de plus en plus violents.

Célia se leva et fit un pas dans leur direction. Annie la rattrapa par la manche.

« Reste tranquille. Ils sont dangereux. Allons-nous-en !

— Nous ne pouvons pas les laisser faire ! Ils vont lui faire mal.

— Ne t'en mêle pas ! C'est un Algérien. Pourquoi est-il venu traîner dans ce parc ? Il cherche vraiment les ennuis !

— C'est un enfant ! s'indigna Célia. Comment oses-tu dire que c'est un Algérien ? Qu'est-ce que cela change ? »

Outrée par la remarque de son amie, Célia s'approcha des quatre garçons qui s'acharnaient toujours sur leur petite victime.

« Vous n'avez pas honte de vous attaquer à un enfant, à quatre contre un ! leur cria-t-elle.

— Qu'est-ce qu'elle veut celle-là ? vociféra l'un d'eux, un grand gaillard d'une vingtaine d'années, tatoué sur les deux bras.

— Lâchez-le ! Vous lui faites mal.

— Tu aimes donc les bougnoules ?

— C'est un être comme tout le monde ! Vous êtes tous des lâches ! »

Annie s'était approchée.

« Viens Célia. Laisse-les !

— Écoute ta copine et fous-nous la paix. Sinon, on te fera ta fête, à toi aussi. »

Menaçant, le jeune voyou prit Célia par les poignets.

« Mais, c'est que tu es mignonne en plus ! Et tu sens bon la petite femelle ! »

Célia se débattait, en vain. Le grand gaillard aux tatouages provocateurs la tenait fermement de ses deux poings serrés.

« Laissez-la partir ! s'écria Annie. Elle ne vous a rien fait ! »

Sans crier gare, le molosse décocha une violente gifle sur la joue de Célia.

« Ça t'apprendra à t'occuper de ce qui ne te regarde pas. Allez ! tire-toi maintenant, connasse ! »

Les trois autres garçons tenaient toujours leur jeune victime dans leurs griffes.

« Hé ! Max ! Qu'est-ce qu'on fait de celui-là ? On le fiche dans le Lot ?

— Non, ne faites pas ça ! Je vous en supplie, je ne sais pas nager », s'écria le jeune garçon.

Le chef de la bande se retourna vers ses trois acolytes.

« Laissez-le filer. On le retrouvera bientôt. Ces pouffiasses m'ont coupé tout mon plaisir. »

Puis se retournant vers les deux filles, il menaça :

« Vous aussi, je vous retrouverai ! Vous ne perdez rien pour attendre. »

Célia était choquée par les altercations et le langage vulgaire des quatre garçons. C'était la première fois qu'elle se faisait insulter et agresser aussi sauvagement.

Cet incident lui fit comprendre que la plupart des hommes n'étaient pas prêts encore à accepter les autres avec leurs différences. Les belles théories sur l'égalité, la fraternité, se heurtaient toujours, à ses yeux, à des comportements d'exclusion irréfléchis, à des actes qui abaissent l'homme dans ce qu'il a de plus abject et de plus vil.

De retour à l'internat, Célia eut une vive discussion avec son amie. Elle lui reprocha de nouveau sa remarque à propos du jeune garçon qu'elle avait défendu.

« Je ne pensais pas que tu puisses faire la différence entre un petit Arabe et un autre enfant.

— Ce n'est pas ce que je voulais dire.

— Tu n'as pas réagi autrement que ces quatre voyous. Eux, ils utilisaient leur force et la violence ; toi, par lâcheté, tu les laissais faire sous prétexte qu'il s'agissait d'un Arabe.

— Non, c'est faux ! s'insurgea Annie. Je voulais éviter qu'ils s'en prennent également à nous. Ils étaient quatre. Tu es inconsciente, Célia ; tu n'as pas pensé qu'ils auraient pu nous menacer davantage. Des filles agressées, il y en a tous les jours. As-tu envie de te faire violer ? Réponds-moi sans détour !

— Face à l'urgence de certaines situations, surtout quand il s'agit de porter secours aux autres, il ne faut pas réfléchir aux risques que l'on prend. L'hésitation est déjà le début de la lâcheté, un prétexte pour se défiler. De plus, le fait d'abandonner un innocent dans les mains de ses bourreaux, parce qu'il a une origine différente de la nôtre, c'est pire que de la lâcheté.

— J'aurais réagi de la même manière pour un petit Français. J'avoue que j'ai manqué de courage. Mais je n'éprouve aucun sentiment raciste pour qui que ce soit, je te l'affirme. »

Célia s'approcha de son amie, la serra dans ses bras.

« Je te crois, lui dit-elle. Et je ne t'en veux plus. Je sais que beaucoup de gens auraient réagi comme toi. Mais cela ne les excuse pas à mes yeux.

— Je me suis sentie tellement désarmée face à ces quatre voyous. J'ai eu peur. Que pouvions-nous faire toutes les deux ? S'ils s'étaient retournés contre nous, nous n'aurions eu aucune chance de leur échapper.

— La parole est souvent la meilleure arme contre la violence. Si tout le monde se tait, si personne n'ose crier la vérité pour défendre les vraies valeurs, les plus forts s'imposeront toujours. Face à la domination des puissants, il faut aider les plus faibles à faire triompher leurs droits ; il faut faire face. Et surtout, il faut cesser de montrer du doigt ceux qui sont différents par leurs origines, la couleur de leur peau, leur religion. L'indifférence et la discrimination font toujours les mêmes victimes et amènent souvent au rejet pur et simple des minorités sous prétexte de protéger les intérêts du plus grand nombre. Ce n'est pas autrement que les nazis ont agi pendant la guerre. »

Annie écoutait son amie sans rien dire. Elle éprouvait un sentiment amer de culpabilité devant l'attitude qu'elle avait eue vis-à-vis du jeune Arabe. Elle n'avait pas agi en fonction de ses convictions personnelles, mais par peur ; et elle avait préféré abandonner la petite victime à son triste sort. Maintenant, elle se le reprochait.

« C'est ainsi, poursuivit Célia, qu'on a laissé exterminer des millions de Juifs dans les camps de concentration. Tout le monde pouvait se douter de ce que les nazis leur réservaient. Personne ne s'est vraiment interposé. Pour l'unique raison que c'étaient des Juifs et qu'on se rassurait ainsi que les bourreaux n'en voulaient qu'à eux. Ça n'arrive qu'aux autres, n'est-ce pas ? C'est ce qu'on pense toujours pour tenter de vivre tranquille quand souffle le vent de la tourmente. Et les êtres différents n'ont que ce qu'ils méritent ! S'ils sont victimes, même des pires horreurs, c'est parce qu'ils osent afficher leur différence ! C'est commode de se réfugier derrière de telles explications. Non ? Cela évite de regarder la vérité en face, de constater notamment qu'on n'a pas envie de défendre le droit et la liberté des autres au péril de sa vie. Mais à force d'abdiquer, on finit par tomber soi-même dans l'esclavage.

— Cet incident dans le parc n'est pas comparable à l'extermination des Juifs !

— Il est de la même nature. Les Arabes, dans

notre pays, sont les nouveaux Juifs de demain. Les gens finiront par les rejeter, pour les mêmes raisons qu'ils ont abandonné les Juifs à leur triste sort. Ils deviendront xénophobes à leur égard, comme ils sont devenus antisémites par contamination. À force d'entendre de fausses vérités sur le compte d'une minorité, on finit par faire siennes ces affirmations, même quand elles sont sans fondement. Un jour, on viendra nous dire que les Arabes nous envahissent, qu'ils prennent le travail des Français, qu'ils souillent la pureté du sang de notre peuple, que sais-je encore ? Personne aujourd'hui n'oserait s'afficher antisémite. La guerre est trop proche et a porté un sérieux coup à ce sentiment abject. Mais il y a de plus en plus de monde qui refoule les Arabes. Et cela m'inquiète.

— La guerre que fait la France en Algérie explique sûrement cette animosité.

— Cette guerre est la preuve que nous ne voulons pas pour les autres de cette liberté pour laquelle nos parents ont combattu.

— Mais l'Algérie, c'est la France !

— Alors les Algériens sont des Français comme toi et moi. Et il faut cesser de les rejeter comme le faisaient nos quatre loubards tout à l'heure. »

Célia n'avait aucune difficulté à convaincre Annie de ses opinions tant elle mettait de conviction à les défendre. Son penchant naturel à faire triompher le bien et à prendre fait et cause pour les victimes innocentes faisait d'elle une avocate née des injustices humaines. Annie s'en rendait compte et ne cherchait pas à lui porter la contradiction.

« Tu es bien la fille d'un pasteur ! lui dit-elle.

— Pourquoi donc ?

— Ton père doit sans doute t'expliquer tout cela dans ses sermons. Il a dû t'imprégner de toutes ces idées généreuses depuis ta tendre enfance.

— Il est vrai que mon père est "un homme bien". Et je ne dis pas cela parce qu'il est pasteur. Ni parce que c'est mon père. D'ailleurs... »

Célia s'interrompit, hésita, puis reprit :

« D'ailleurs, ce n'est pas mon père ! »

Annie resta stupéfaite.

« Qu'est-ce que tu viens de dire ?

— Mon père n'est pas mon vrai père. »

Sans réfléchir, Célia venait d'avouer la vérité à sa meilleure amie. Désireuse d'en finir avec les mensonges, elle ajouta :

« Je ne suis pas la fille du pasteur Muller et je ne m'appelle pas Célia Muller, mais Célia Blumstein. Mes vrais parents étaient juifs. Ils ont été déportés dans un camp de concentration pendant la guerre.

— Alors, tu es... juive ?

— Juive, oui. Et protestante de surcroît ! Comme tu vois, je suis vraiment très différente. Mes vrais parents ont disparu, et j'adore mes parents adoptifs qui ont fait des choses extraordinaires pendant l'Occupation.

— Raconte-moi, je t'en supplie ! »

Et Célia de raconter, à son tour, l'épopée de ses jeunes années et les faits de résistance d'Henri et de Marie Muller.

IX

La révélation

Depuis que Célia connaissait la vérité sur ses origines, elle n'avait plus la même vision de la vie. Elle se sentait investie d'une responsabilité nouvelle. C'était encore flou dans son esprit, mais elle n'était plus la même.

Elle appartenait, malgré elle, à un autre monde, à une autre communauté. Et elle était tiraillée entre celle dans laquelle elle avait grandi et qui l'avait faite telle qu'elle était, et celle qui l'avait vue naître et qui ne lui avait offert qu'un trop lourd fardeau à supporter.

Certes, le regard des autres à son égard n'avait pas changé, car tout le monde ignorait ce qu'elle savait. C'est elle qui avait un regard différent sur les autres, car elle ne se sentait plus comme eux. Elle n'en souffrait pas. Mais elle ne pouvait s'empêcher de penser que, si la vérité était dévoilée, on finirait sans doute par la distinguer de ce qu'elle avait été. Elle entendait déjà les paroles fuser sur son compte :

« C'est la fille adoptive du pasteur Muller… Elle est juive, vous savez… Son vrai nom, c'est Blumstein… C'est bien un nom juif… D'ailleurs, elle ressemble bien à une juive avec... Ses parents sont morts, la pauvre petite... »

Et d'allégation en allégation, on finirait par faire d'elle un être à part. Pour l'instant, c'était elle qui avait ce regard différent sur les autres. Qu'en serait-il alors lorsque ceux-ci porteraient à leur tour le même regard sur sa personne ? Supporterait-elle d'être ainsi l'objet d'une attention particulière, même empreinte de bons sentiments ? Ne valait-il pas mieux que, pour tout le monde, elle restât Célia Muller, jeune fille protestante, élevée dans la plus pure tradition chrétienne de la foi réformée, fille d'un homme connu pour sa rigueur et son honnêteté incontestable ? Qu'avait-elle à gagner à dévoiler au grand jour sa véritable identité ?

Célia se posait toutes ces questions depuis qu'elle s'était confiée à Annie. Celle-ci lui avait promis de garder le secret. Elle savait qu'elle pouvait compter sur sa discrétion. Toutefois, son amour pour la vérité souffrait de cette dissimulation. Comment pourrait-elle à jamais parler de transparence et de vérité, en dissimulant elle-même ses origines et son passé ? Agir ainsi équivalait, à ses yeux, à l'attitude qu'avait eue Annie dans le parc. C'était se voiler la face pour mieux ignorer ce qui était lourd à supporter et difficile à admettre de soi-même.

Plus elle pensait à cette tragique réalité, moins elle se reconnaissait. Nantie de ce qu'elle ne pouvait plus ignorer, elle ne pouvait plus être la même qu'avant, et les actes de sa vie s'en trouveraient fatalement obscurcis. Aussi prit-elle le parti courageux de ne plus dissimuler la vérité. Elle demanda à ses parents de ne plus jamais mentir, même par omission, et d'avouer, chaque fois que l'occasion s'en présenterait, qu'elle n'était pas leur propre fille et qu'elle était juive.

« As-tu bien réfléchi ? lui demanda Henri. As-tu conscience du regard des autres ? Être protestant n'est déjà pas si facile dans cette vallée ; je ne sais pas comment les gens vont te regarder s'ils savent que tu n'es pas notre fille.

— Je ne veux pas vivre dans le mensonge, objecta Célia.

— Tu ne mens pas en disant que tu es notre fille et que tu es protestante. C'est la vérité.

— Ce n'est qu'une part de la vérité. Si tu dis aux autres seulement ce qu'ils ont envie d'entendre, tu leur mens d'une certaine manière. Moi, j'ai envie qu'ils sachent qui je suis réellement. Je n'ai pas honte d'être juive et orpheline ! Et je suis fière d'être votre fille et d'avoir la foi protestante. C'est très simple en fait. Je ne veux rien cacher.

— Célia a raison, dit Marie. Elle fait preuve d'un courage et d'une franchise qui l'honorent. »

Henri ne paraissait pas de cet avis. Sa rigueur l'empêchait d'admettre que d'autres puissent mal interpréter ce qui, à ses yeux, n'avait pas à être jugé par autrui.

« Personne ne jugera Célia. On la prendra comme elle est, poursuivit-il.

— On nous reprochera d'avoir dissimulé la vérité.

— De qui parles-tu ?

— De nos amis protestants d'abord ! Pour qui passerai-je si je leur avoue que j'ai caché la véritable identité de notre fille ? Ils auront raison de se poser des questions. Un pasteur qui ment n'est pas un bon pasteur !

— Je n'ai jamais menti à personne et mon passé parle pour moi, tu le sais bien ! »

Célia n'osait intervenir dans la conversation qu'elle avait elle-même provoquée.

« Je comprends que je vous pose de gros problèmes, finit-elle par reconnaître. Je ne veux pas être la cause d'un conflit avec les membres de notre Église.

— Tu ne le seras pas. Ton père saura leur expliquer et être convaincant.

— Avez-vous pensé aux réactions des autres habitants ? insista Henri. Les catholiques sont peut-être moins tolérants et je n'aurai aucun moyen de les toucher pour leur expliquer.

— L'histoire de notre famille ne les regarde pas ! coupa Marie.

— Néanmoins ils parleront de nous dans le village et Célia sera l'objet de qu'en-dira-t-on. On la considérera comme une curiosité. Dans un village, les choses se savent vite !

— Je suis prête à affronter cette éventualité, s'interposa Célia. Je n'ai pas à rougir de mes origines. Les gens d'ici finiront par m'accepter telle que je suis. Je ne crains plus la différence. Et je n'ai pas l'intention de vivre cachée toute ma vie ni de courber l'échine. Si j'avais été adulte pendant la guerre, je ne me serais pas laissé déporter passivement, sans rien tenter. Il faut savoir s'affirmer pour convaincre les autres de leurs erreurs.

— Tu as un sacré tempérament, Célia ! coupa Henri. Je suis fier de toi. Nous ferons comme il te plaira. Sache que nous serons toujours à tes côtés. »

À partir de ce jour-là, ni Henri, ni Marie, ni Célia elle-même, ni ses deux frères ne dissimulèrent la vérité. Sans jamais la clamer sans raison, ils l'expliquèrent chaque fois qu'il fut nécessaire d'en parler.

* *
*

Plus les jours passaient, plus le trouble de Célia croissait. Au lycée, elle ressentait une sorte de gêne, presque de la honte à étouffer ce qu'elle savait. Auprès de ses amies, elle avait l'impression de vivre dans un perpétuel mensonge, ce qui lui devenait intolérable. Seule Annie savait mais, comme elle en avait fait la promesse, elle se taisait. Connaître la vérité sur son amie n'avait rien changé dans l'amitié qu'elle lui portait. Néanmoins, elle devait reconnaître que l'attitude de Célia n'était plus la même. Dans ses remarques, elle percevait des sous-entendus, des allusions permanentes à sa nouvelle identité.

Célia souffrait de ne pas pouvoir vivre au grand jour. Son comportement ne laissait aucun doute. Malgré sa ferme décision de ne rien cacher, il lui était impossible de se révéler sans détour aux yeux de tous. Elle n'imaginait pas un instant aller de l'un à l'autre pour dévoiler son secret sans y avoir été amenée. Comment ses camarades de classe réagiraient-ils ? Ses professeurs ne la prendraient-ils pas pour une petite menteuse prête à n'importe quelles élucubrations pour se démarquer ? Ne risquait-elle pas d'être mise à l'écart ? Avouer la vérité, c'était pour elle revenir sur ce qu'elle avait prétendu être, c'était avouer qu'elle avait menti, qu'elle avait trompé ses propres amis. Et cette vérité-là lui était insupportable.

Heureusement les vacances d'été approchaient, le trimestre touchait à sa fin. Célia décida de remettre son aveu à la rentrée d'octobre. Trois mois lui permettraient de mieux se préparer à cette éventualité et d'affronter la réalité avec les armes de la sincérité et de l'honneur.

De retour dans sa famille, elle se sentit plus forte pour faire face à ses problèmes. Elle décida alors de ne pas vivre recluse dans le mas de ses parents, mais au grand jour, sans fausse honte.

Plusieurs semaines s'étaient déjà écoulées. Un matin, tandis qu'elle se promenait sur la place du marché en compagnie de son jeune frère Pierre, elle eut soudain envie d'aller visiter le cloître de l'abbaye. Celui-ci n'était pas directement accessible au public. Il fallait passer par le prieuré et se faire introduire par l'abbé ou son aumônier. Célia s'arrêta devant le parvis de l'église et, se retournant vers Pierre, lui dit :

« On entre ?

— Dans l'église ! Tu n'y penses pas. Que dira

papa, s'il apprend que nous traînons dans les églises ?

— Il a bien visité lui-même le cloître dès notre arrivée !

— C'était pour se présenter à l'abbé, par convenance. Il vaudrait mieux attendre d'être avec lui pour faire cette visite.

— Fais comme il te plaira. Moi, j'entre. »

Célia poussa la lourde porte de l'abbatiale. Pierre hésita, regarda autour de lui pour s'assurer que personne ne le voyait et, comme un voleur, entra à son tour dans l'église. L'intérieur était sombre et dispensait une fraîcheur apaisante. La sobriété de la décoration frappa Célia, qui avait toujours dans l'esprit la richesse de certaines églises qu'elle connaissait. Seul l'autel retint son attention par sa masse imposante et somptueuse. Pour le reste, l'édifice ne débordait pas d'un luxe ostentatoire et outrageant, et ne choquait nullement ses convictions. Certes, le Christ en croix était pour elle d'un réalisme exagéré et les statues de la Vierge Marie d'une naïveté surprenante. Mais l'atmosphère qui se dégageait de ce lieu de dévotion lui procura une sérénité bienfaisante qui apaisa son esprit troublé.

Elle eut soudain envie de se recueillir, de mêler ses prières à toutes celles dont témoignaient les nombreux cierges allumés devant les petits autels dédiés aux saints. Elle entra dans une travée de la nef centrale et s'agenouilla sur un prie-Dieu, les mains jointes en signe d'élévation.

« Célia, que fais-tu ? murmura Pierre, très mal

à l'aise. Si quelqu'un nous voit, que dira-t-on de nous ? »

Célia lui fit signe de se taire et l'invita à prier avec elle.

« Je ne peux pas, chuchota-t-il. Pas ici. Ce n'est pas un endroit convenable. Ressortons vite !

— Sors si tu veux. Moi, je reste ! »

Devant l'obstination de sa sœur, Pierre alla s'asseoir sur un banc au fond de l'église et attendit.

Célia entama le *Notre-Père*, le visage élevé vers le Christ en croix, les yeux grands ouverts, comme jamais elle n'avait l'habitude de le faire. Au temple, lorsque venait le moment de la prière, elle se recueillait comme tous les fidèles, la tête baissée et les yeux clos, pour être en parfaite communion avec Dieu, pour mieux montrer sa soumission.

« Qu'est-ce qu'il lui prend de prier de cette manière ? pensa Pierre. Papa lui en ferait certainement la remontrance, s'il était avec nous. Ce n'est pas ainsi que l'on prie, lui dirait-il. Tu ne dois pas braver Dieu dans tes prières. Tu dois le regarder de l'intérieur et non avec tes yeux de pécheresse ! »

Célia venait de désobéir pour la première fois à la règle, au commandement. Mais elle ne se trouvait nullement coupable d'avoir enfreint la loi. Elle avait regardé Dieu en face, lui avait parlé sans détour, sans fausse pudeur.

« Mademoiselle ! » fit tout à coup une voix grave derrière son dos.

Célia sursauta.

« Excusez-moi, dit-elle, surprise. Je ne vous ai pas entendu arriver.

— Je vous ai dérangée dans votre prière, peut-être ?

— Pas du tout. Je ne priais pas, ajouta-t-elle en rougissant. Je regardais le Christ en croix.

— Il est magnifique, n'est-ce pas ?

— Euh… oui.

— Je ne vous connais pas. Vous êtes nouvelle dans la paroisse ? »

Au fond de l'église, Pierre commençait à s'impatienter et fixait l'homme en soutane avec inquiétude.

« Je suis Christophe Duchêne, l'aumônier. »

L'homme était jeune, svelte, et avait un visage ouvert et sympathique.

Célia comprit aussitôt qu'elle devait se présenter.

« Je m'appelle Célia Muller. Je suis… »

Elle hésita.

« Je suis la fille du pasteur Muller. Le pasteur est mon père adoptif.

— Je suis heureux de vous rencontrer, répondit l'aumônier sans faire d'autres remarques. Nous pourrions bavarder ensemble quand vous aurez fini de prier. Si cela ne vous ennuie pas, bien sûr ! »

Célia jeta un regard en direction de Pierre.

« Je vais dire à mon frère de rentrer sans moi à la maison. »

Pierre ne se fit pas prier pour quitter l'église. Mais au fond de lui, il craignait déjà la réaction de son père.

Célia suivit l'aumônier dans l'espoir qu'il lui fît visiter les lieux.

« Voulez-vous que je vous montre le cloître ? proposa effectivement celui-ci. Nous y serons plus tranquilles pour bavarder. »

Le jeune aumônier fit à Célia un commentaire très détaillé des joyaux de l'édifice religieux, comme l'abbé Foulquier l'avait fait pour Henri.

« Le pasteur Muller est donc votre père ! poursuivit-il.

— Oui, il m'a recueillie quand je n'avais que quelques mois. Je n'ai jamais connu mes parents. Ils sont sans doute morts pendant la guerre.

— Oh ! je suis désolé.

— Vous n'avez pas à l'être. La vie est ainsi faite.

— Ils ont été victimes d'un bombardement ?

— Non, ils ont été déportés. Ils étaient juifs.

— Juifs ! Je vois. C'est bien triste toutes ces horreurs. »

Célia se tut. Elle venait de se prouver qu'elle pouvait parler d'elle sans crainte et sans honte.

« Je suis étonné qu'une jeune protestante vienne se recueillir dans une église ! poursuivit l'aumônier.

— C'est un lieu de prières, n'est-ce pas ? D'autre part, je suis protestante, mais je suis juive également. Par mes appartenances, je ne peux pas être sectaire. Alors pourquoi ne pas aller prier dans une église catholique ?

— Vous avez le sens de la repartie et du paradoxe, mademoiselle !

— Vous pouvez m'appeler Célia, monsieur l'aumônier. »

Ce dernier ne posa pas d'autres questions sur le passé de Célia. Il resta d'une grande discrétion, percevant chez sa jeune interlocutrice un besoin d'être écoutée sans être poussée à se dévoiler trop brutalement.

« Votre père sait-il que vous êtes ici ? demanda-t-il néanmoins.

— Non, mais je ne le lui cacherai pas. Dès mon retour au mas, je lui dirai que j'ai visité le cloître en votre compagnie.

— Il risque de ne pas apprécier que vous vous soyez montrée en public avec un homme d'Église portant soutane !

— Il n'y avait personne dans l'église. De toute façon, nous autres, protestants, sommes pour le rapprochement de nos deux communautés.

— C'est aussi ce que je pense. Mais tous ne voient pas les choses de cette manière.

— L'abbé Foulquier, par exemple !

— Je n'ai pas prononcé son nom. C'est mon supérieur ! Je ne peux ni ne dois m'opposer à lui.

— Il vous impose donc sa façon archaïque de concevoir la tolérance entre chrétiens.

— Disons qu'il préfère que nous nous voyions de loin.

— Drôle de manière d'envisager l'œcuménisme !

— Ce n'est pas la mienne.

— Mais vous ne dites rien ! Vous acceptez et vous subissez. Je comprends pourquoi, dans le village, vos paroissiens ignorent la petite communauté protestante. Vous vivez encore comme au temps des guerres de Religion !

— N'exagérez pas ! Nous ne faisons de mal à personne.

— C'est la même chose. Vous les ignorez, comme s'ils étaient pestiférés.

— Ils sont différents de nous, c'est tout ! Cela ne va pas plus loin. Avec le temps, ces différences s'estomperont et nous finirons par nous retrouver sur les mêmes chemins.

— Bien sûr, tous les chemins mènent à Dieu, n'est-ce pas ?

— Vous me paraissez bien amère, Célia !

— Nullement. Lucide et réaliste. Il est facile d'affirmer qu'un jour nous serons tous réunis, quand on fait partie de la majorité qui exerce son hégémonie. On peut toujours espérer que les minorités finiront par se dissoudre d'elles-mêmes et par disparaître. En attendant, ce comportement laisse la porte ouverte à toutes les formes d'exclusion. Car ignorer des gens qui vivent à vos côtés, c'est déjà les exclure !

— Jamais nous n'avons agi de la sorte ! Je ne peux pas vous laisser dire cela.

— Alors il faut agir, monsieur l'aumônier. Vous ne pouvez pas rester ainsi à ne rien faire, à accepter les différences tout en ignorant votre prochain. Après tout, vous êtes tous chrétiens, n'est-ce pas ?

— Vous aussi !

— Je suis juive et l'on m'a faite chrétienne ! Et je ne veux plus entendre parler de différence. Jésus était juif lui aussi. Luther et Calvin étaient catholiques à l'origine. La diversité de la pensée universelle est une richesse que Dieu nous a donnée et qui permet à chacun de trouver un chemin qui mène à Lui.

— Tous les chemins mènent à Rome !

— Non, je viens de vous le dire, tous les chemins mènent à Dieu !

— Vous êtes bien la fille d'un prédicateur, Célia. Vous feriez un bon pasteur plus tard.

— Ah non ! Vous aussi !

— Je ne suis pas le premier à vous le dire ?

— Mon père me verrait bien le remplacer un jour à la tête de sa paroisse.

— Vous seriez un bon élément pour la cause de l'œcuménisme que vous défendez avec tant de conviction.

— Je ne veux pas être la représentante d'une communauté qui ne doit son existence qu'à sa différence.

— Vous me semblez bien tiraillée ! Savez-vous vraiment qui vous êtes ?

— Je suis Célia Blumstein, monsieur l'aumônier ! »

De retour, Célia passa par le temple. Henri en achevait la réfection avec l'aide de Martin Besson et d'un jeune maçon qu'il avait embauché. Pierre et son frère Jean leur prêtaient main-forte.

Pierre n'avait pas avoué à son père d'où il venait, ayant préféré laisser Célia s'expliquer elle-même. Celle-ci fit un grand bonjour de la main au jeune maçon qui était perché sur le toit, occupé à changer quelques lauzes brisées. Martin et Henri, à l'intérieur, mettaient une touche finale à la disposition des chaises et des bancs.

« Je crois bien que, cette fois, nous avons terminé, mon cher Martin. Dimanche prochain verra notre premier culte dans notre nouveau temple.

— J'en suis très heureux. Nos amis attendent ce jour avec tant d'impatience !

— Tout arrive à qui sait attendre ! »

Célia pénétra dans le temple. Celui-ci était un ancien entrepôt situé à la sortie du village sur la route de Mende. Auparavant, il servait de débarras à un menuisier. Lorsque Martin le dénicha, il était encore rempli de poutres et de solives. La charpente était à moitié mangée par la vermine et le toit entièrement à refaire. Le menuisier, qui avait cessé ses activités depuis plusieurs années, avait revendu son hangar avec son contenu, ce qui fit le bonheur d'Henri. Les travaux avaient duré une bonne partie de l'été, mais grâce à l'aide permanente de Martin et de quelques paroissiens, tout était enfin en ordre pour accueillir la petite communauté de fidèles dans leur nouvelle demeure.

« Bonjour papa, bonjour Martin ! fit Célia en entrant dans le temple.

— Que fais-tu ici ? s'enquit Henri. Je te croyais à la maison.

— Je me promenais dans le village.

— Seule ?

— Non, j'étais avec Pierre il y a encore un instant.

— Avec Pierre ? s'étonna Henri. Il ne m'en a rien dit ! »

Henri descendit de la chaire où il venait d'installer un micro.

« Je suis allée visiter le cloître de l'église, continua Célia. Je ne le connaissais pas encore. Tu nous avais promis de nous y emmener un jour. Mais, comme je te vois toujours très occupé, j'y suis allée seule avec Pierre.

— Tu aurais pu attendre que je t'y accompagne, ou le demander à ta mère.

— Maman n'aime guère mettre les pieds dans les églises.

— Je la comprends !

— Celle-là cependant est si jolie ! »

Henri paraissait chagriné.

« Y as-tu rencontré quelqu'un ?

— Oui, l'aumônier. C'est un homme charmant. Il m'a autorisée à entrer dans le cloître et il s'est proposé de me servir de guide.

— Pierre ne vous a pas accompagnés ?

— Il n'a pas osé. Il a préféré rentrer. Mais pourquoi me poses-tu toutes ces questions ? Ai-je fait quelque chose de mal ?

— Tu n'aurais pas dû y aller seule. Si les habitants du village t'avaient vue en compagnie de cet aumônier, qu'auraient-ils pensé ?

— Rien de plus !

— Tu ne connais pas la mentalité des gens d'ici ! Ils sont très attachés à ce qui leur appartient. Et nous sommes à leurs yeux comme des loups dans la bergerie.

— Ils ne peuvent pas m'empêcher de parler avec leur aumônier ni d'entrer dans leur église !

— Il ne faut pas chercher à les heurter. Chaque chose viendra à temps.

— Je ne comprends pas cette façon de réagir. Vous entretenez trop de méfiance les uns vis-à-vis des autres.

— Ton père a raison, coupa Martin. Il ne faut pas provoquer les catholiques en allant dans leurs lieux de prières sans y avoir été invité. Ils sont trop différents de nous.

— Différents ! Différents ! explosa Célia. Vous n'avez que ce mot à la bouche. Moi aussi, je suis différente de vous. Dieu nous a tous faits différents. C'est une raison supplémentaire pour nous rapprocher les uns des autres, plutôt que de nous regarder en chiens de faïence ! »

Rouge de colère, Célia tourna les talons et sortit aussitôt du temple en claquant la porte.

« Si ça continue, marmonna-t-elle, indignée – mais personne ne l'entendit –, je ne mettrai plus les pieds dans ce temple ! »

Henri resta quelques secondes interdit.

« Qu'est-ce qui lui prend ?

— Ce n'est pas grave, le rassura Martin, ce n'est qu'une colère d'adolescente.

— C'est la première fois que je la vois dans cet état, à la limite de l'insolence.

— Il faut bien qu'un jour les enfants s'insurgent contre leurs parents. C'est ainsi qu'ils se construisent.

— Célia n'est pas comme ça. Je ne l'ai pas éduquée de cette façon. Elle ne s'est jamais opposée violemment ni à sa mère ni à moi-même. J'ai toujours inculqué à mes enfants l'amour et le respect des parents. Je leur ai communiqué ma foi et mon amour pour Dieu. Je ne comprends pas son attitude. »

Henri était très contrarié. Jamais aucun de ses enfants ne l'avait contredit avec autant de véhémence.

« N'y prêtez plus attention, Henri, poursuivit Martin, quelque peu gêné. Ce soir, elle n'y pensera plus. Après tout, tout cela est de ma faute. C'est moi qui ai parlé le premier de nos différences avec les catholiques. Je n'aurais pas dû insister. Depuis que vous lui avez tout avoué sur ses origines, cette petite est complètement bouleversée. Elle se considère différente des autres et pense que les autres voient cette différence.

— Mais c'est elle qui affirme de plus en plus sa différence ! Nous l'avons constaté, Marie et moi. À la maison, elle n'est plus la même. Nous n'aurions jamais dû lui dire la vérité.

— Vous n'avez fait que votre devoir. De toute façon, elle aurait fini par vous questionner et vous n'auriez pas pu lui cacher la vérité plus longtemps. Ne vous culpabilisez pas, Henri. Tout cela n'est pas grave. Célia a perdu ses repères. Elle ne sait plus tout à fait qui elle est. Et elle cherche ses nouvelles marques. Pour s'affirmer, elle éprouve le besoin de clamer ses nouvelles origines haut et fort, tout en se révoltant contre son propre sentiment d'être différente des autres. En fait, elle est en pleine contradiction avec elle-même. Mais c'est ainsi qu'elle construira sa nouvelle identité. Quand elle aura fini de s'opposer aux autres et de se croire différente d'eux, elle ne fera plus cas de ses particularismes. À nous de l'aider à voir clair en elle ! »

Lorsque Henri rentra au mas à la tombée de la nuit, harassé par une longue journée de travail, il trouva Célia enfermée dans sa chambre.

« Elle n'a rien dit depuis qu'elle est rentrée, expliqua Marie. Que lui est-il arrivé ?

— Ce n'est rien. Elle est venue me voir au temple.

— Vous vous êtes disputés ?

— Non. Je lui ai dit simplement qu'elle n'aurait pas dû aller à l'église seule.

— C'est tout ?

— Elle y a rencontré l'aumônier qui lui a fait visiter le cloître.

— Il n'y a pas de mal à cela ! Que se sont-ils raconté ?

— Je l'ignore. Pourquoi veux-tu qu'ils se soient dit quelque chose de particulier ?

— J'essaie de comprendre !

— Il n'y a rien à comprendre. Avec Martin, nous lui avons fait entendre que trop de différences nous séparent encore des catholiques et qu'il faut donc faire attention de ne pas avoir l'air de les provoquer.

— Elle ne les provoquait pas en rendant visite à l'aumônier.

— Ça ne se fait pas !

— Tu as trop de préjugés, Henri. Toi-même, tu as rendu visite à l'abbé dès notre arrivée !

— C'était par convenance.

— Célia est libre de voir qui elle veut, tant qu'elle ne fait pas de mal.

— Elle doit agir en pensant aux autres. Nous faisons partie d'une petite Église, dans un milieu très fermé et très attaché à ses traditions. Nous devons en tenir compte. »

Célia entendait la conversation à travers la cloison de sa chambre. Elle se leva précipitamment de son lit et, d'un bond, elle ouvrit la porte.

« Je lui ai tout dit, à l'aumônier. Je lui ai tout révélé, avoua-t-elle.

— Qu'as-tu dit ma chérie ? s'étonna Marie en la prenant par les mains pour l'apaiser.

— Que je ne suis pas votre fille, et que je suis juive !

— C'est donc cela que tu avais sur le cœur ! Tu ne pouvais plus garder ton secret, n'est-ce pas ? Il fallait que tu l'avoues toi-même.

— Oui… je me sens tellement… tellement soulagée.

— Tu as bien fait ma chérie. Et tu as eu raison de te confier à un aumônier. Je suis sûre qu'il t'a écoutée sans te poser de questions.

— Comment le sais-tu ?

— Une maman, vois-tu, ça comprend vite ! »

Henri ne disait mot. Pour la première fois, son autorité se trouvait remise en cause, et il ne comprenait pas très bien ce qui nourrissait la révolte de Célia. La foi de celle-ci, dont il avait été l'artisan minutieux, s'était-elle ébranlée par la soudaine prise de conscience de la réalité de son être ? Sa réflexion sur la question d'être juive ou protestante avait-elle pu mettre le doute en elle ? L'édifice qu'il avait bâti autour d'elle se trouvait donc lézardé. Et par sa propre révélation faite devant les saints de l'Église catholique, Célia n'avait-elle pas amorcé un long cheminement de renonciation et de retour aux sources ?

Henri était aussi troublé que sa fille. À l'heure où il achevait de bâtir sa propre Église, il prenait soudainement conscience que l'ordre divin dont il se sentait investi pouvait lui échapper.

Troisième partie

Le retour aux sources

X

Un sang neuf

Cévennes, juin 1959.

Deux années s'étaient écoulées depuis l'installation des Muller à Saint-Julien. Deux années au cours desquelles chaque jour fut une marche supplémentaire ajoutée à l'édification de leur nouvelle Église. Celle-ci avait fière allure et n'avait rien à envier à celle, toute proche, des catholiques.

L'ancienne remise du menuisier avait perdu son aspect de hangar. Sur le fronton, une croix dressée dans le plus simple appareil ne laissait aucun doute quant à la nouvelle fonction de l'édifice. Austère à l'extérieur, car dépouillé de tout artifice d'architecture, le temple ne l'était pas moins à l'intérieur, comme le voulait la tradition protestante. Pour que les esprits ne soient pas détournés des voix du Seigneur, le luxe de la décoration et les signes de richesse y avaient été proscrits.

Mais la fréquentation du lieu ne parvenait pas à la hauteur de celle de l'abbatiale voisine. Si la foule envahissait en effet les travées de l'église, faisant la fierté de l'abbé Foulquier, les protestants, pourtant très fidèles, n'étaient guère nombreux :

une vingtaine tout au plus à se rendre au culte du dimanche matin.

Malgré ses efforts, Henri n'était pas parvenu à grossir davantage leurs rangs. Or l'âge de ses paroissiens l'inquiétait, car aucun élément nouveau n'était venu les rajeunir depuis très longtemps. Comme le lui avait expliqué Martin dès son arrivée, beaucoup de jeunes garçons avaient épousé des filles catholiques et fréquentaient l'église plutôt que le temple. Henri leur rendait bien visite régulièrement, afin de leur faire comprendre qu'ils ne devaient pas renier leur foi originelle ; il semblait prêcher dans le vide et avait conscience qu'il jouait les trouble-fête dans certains ménages.

Ses relations avec l'abbé Foulquier étaient cordiales bien que distantes. Celui-ci s'était vite rendu compte que le pasteur ne présentait finalement aucun danger pour ses protégés. Toutefois, il redoublait d'ardeur dans ses prêches dominicaux et assénait les directives de Rome à grand renfort d'exégèses des encycliques et des bulles pontificales. Cela lui permettait de souder sa communauté et d'occuper, pensait-il, le terrain laissé libre par son rival.

Henri n'avait nulle envie de provoquer l'abbé. Somme toute, leur foi en Dieu les réunissait plus qu'elle ne les séparait et la différence entre eux n'était pas énorme, à ses yeux, au point d'en arriver à l'affrontement. D'autant qu'il était très conscient de la faiblesse de ses troupes. Toutefois, il ne désarmait pas devant la difficulté de sa tâche et se disait toujours prêt à relever le défi de voir un jour sa communauté s'accroître et prendre une place plus importante dans la petite vallée.

« Ce sera sans doute mon dernier challenge, expliquait-il à Marie.

— J'espère qu'ensuite nous aurons droit à un peu plus de considération de la part de nos supérieurs, et que nous pourrons poursuivre notre mission dans une paroisse protestante où nous n'aurons plus qu'à gérer les affaires courantes ! Cela nous laissera les mains libres pour entreprendre quelque chose de plus exaltant.

— Tu me sembles bien amère, Marie !

— Amère, non. Morose, un peu. Depuis que nous sommes ici, j'ai l'impression que nous nous enterrons chaque jour davantage. Les hivers sont longs, trop longs. L'été, tout le monde part à l'estive, on ne voit plus que quelques rares touristes. J'ai vraiment le sentiment d'être au bout du monde.

— Tu oublies l'œuvre pour laquelle nous avons été envoyés. C'est plus important que de voir du monde !

— Je reconnais bien là ton courage et ton opiniâtreté. Mais je ne vois pas ce que nous avons apporté de plus ici. En deux ans le nombre de nos paroissiens n'a pas changé. Deux décès, trois naissances. Ce n'est rien !

— Tu ne voudrais pas que j'aille dévoyer les catholiques chez eux ! Je n'ai pas envie de déclarer la guerre à l'abbé Foulquier.

— Ta mission semble piétiner.

— Tu n'ignores pas que, sans notre présence, la communauté se sentirait encore plus isolée. Un troupeau sans berger finit toujours par se jeter dans le précipice.

— Alors il faut trouver autre chose.

— On m'a envoyé ici parce qu'il n'y avait pas de pasteur. J'accomplis ma tâche avec force et conviction. Je ne vois pas ce que je pourrais faire d'autre. Nous ne sommes plus pendant la guerre, les actes hors du commun ne sont plus d'actualité. Il faut accepter humblement de devoir accomplir les actes quotidiens dans ce qu'ils ont de plus simple et de plus répétitif. La vie n'est pas faite que de dangers et d'actes de bravoure.

— Ce n'est pas ce que je voulais dire.

— Tu t'ennuies, Marie. Je le vois bien. Et tu regrettes l'époque où nous vivions en prenant des risques.

— Peut-être.

— Nous étions plus jeunes. Nous avions tout à faire.

— Parce que maintenant tout est fait ! Tu crois cela ? Il y a tant de misère dans le monde ! Parfois, je crois perdre mon temps à enseigner la vie de Jésus à ces enfants qui finiront peut-être par ne plus mettre les pieds au temple.

— Tu es trop pessimiste. Tu ne crois donc plus en l'utilité de notre mission ?

— Notre mission ! Voilà un bien grand mot. Nous n'exerçons qu'un métier, pour lequel on nous paie...

— Si peu !

— Sur ce point, je suis d'accord. Mais où est la flamme qui nous animait, où est le feu sacré qui nous portait vers les autres ? J'ai l'impression de gérer une maison de retraite où chacun attend, impassible, que le temps passe. Qu'avons-nous à espérer ?

— Tu manques de foi, Marie !

— Non, je m'interroge.

— Tu mets Dieu en doute.

— Nullement. Je mets les hommes en question. Car ce sont les hommes que je vois agir.

— Tu sais bien que les voies de Dieu…

— … sont impénétrables, je sais. Prions, prions, prions et ne nous posons pas de questions ! C'est cela avoir la foi ? Dieu pourvoira à nos besoins et calmera nos inquiétudes !

— Tu vas finir par blasphémer, Marie.

— Blasphémer ! Tout de suite les grands mots. Si tu étais curé, tu en appellerais à l'excommunication !

— Comment oses-tu te moquer ?

— Je ne me moque ni de toi ni de Dieu. Ma foi reste intacte et entière, et mon amour pour toi toujours aussi fort.

— Alors pourquoi cette dispute ?

— Je n'ai aucune envie de me quereller avec toi. Je voudrais seulement que tu fasses quelque chose d'autre, que tu bouges, que tu remues ciel et terre, comme tu as su le faire pendant la guerre. Je ne te demande pas d'être un héros. Nous ne sommes pas des héros. Je te demande de vivre ; simplement de vivre, au lieu de te laisser imposer cette morne existence qui est la nôtre.

— Je ne trouve pas que notre existence soit morne.

— Ta foi te rend aveugle, Henri.

— La foi rend la vue aux aveugles !

— Oui, je sais, et elle fait aussi marcher les paralytiques ! Cesse donc de te réfugier derrière tes citations. La Bible est le livre que je vénère le plus, tu le sais bien. Mais elle finit par être un refuge trop réconfortant pour ceux qui refusent d'affronter la vie telle qu'elle est, avec ou sans Dieu.

— Dieu est toujours avec ceux qui croient.

— Délaisse-t-Il donc ceux qui n'ont pas notre chance d'avoir la foi ?

— Je n'ai pas dit cela.

— Mais tu le penses. Et c'est ce que nous faisons ici. Nous ne sommes que les gardiens du temple. Nous veillons à la bonne conduite de ceux qui ont déjà la foi. Ont-ils vraiment besoin de nous ?

— Ils sont isolés dans un milieu hostile.

— Les catholiques ont aussi la foi. Ils ne représentent pas un milieu hostile.

— Où veux-tu en venir ?

— Nous serions plus utiles là où Dieu n'existe pas, là où il n'y a pas d'espoir.

— Dieu est partout. Même quand Il ne se manifeste pas.

— Notre rôle est donc d'être son avant-garde, d'éclairer le chemin devant Lui, et non d'entretenir les flambeaux derrière Lui.

— Si nous ne le faisons pas, ceux-ci finiront par s'éteindre.

— Je préférerais laisser cette tâche à d'autres.

— Nous ne pouvons pas abandonner nos paroissiens pour satisfaire nos propres ambitions.

— Il ne s'agit pas d'ambition ni d'abandonner nos paroissiens.

— Je ne te suis plus !

— J'ai besoin d'agir, Henri. Je ne peux plus vivre en autarcie, en comptant chaque jour le nombre de nos paroissiens, pour savoir si notre communauté s'agrandit ou diminue. Là n'est pas l'essentiel. La vie, fût-elle celle d'un pasteur, ce n'est pas seulement la religion, la lecture des textes, les prières, le culte, le temple. La terre entière est un temple, et l'univers est son Dieu, car Dieu est univers.

— Que racontes-tu là ? Tu déraisonnes, Marie !

— Notre vie est trop étriquée, nous n'avons plus de vision sur le monde qui nous entoure. Le temple est notre seule chapelle, le seul point de mire de notre vie quotidienne, la seule justification de notre présence ici.

— Tu renies donc ta propre appartenance à notre Église ?

— Non, j'éprouve le besoin d'ouvrir mes yeux sur le monde et d'élargir le champ de notre action, sans restriction et sans *a priori*.

— Qu'est-ce qui t'a donc secouée ainsi ? Ne vois-tu pas que le mal est en train de prendre possession de ton esprit troublé ?

— Le mal ! Pourquoi ne dis-tu pas le Malin et n'évoques-tu pas le diable ? Tout ce qui ne vient pas de Dieu vient-il du diable ?

— Satan a tenté Ève dans le jardin d'Éden. Et tu connais la suite.

— Je ne suis pas Ève, et cette vallée, même si elle lui ressemble, n'est pas le jardin d'Éden.

D'ailleurs, tu sais comme moi que toutes ces histoires de Genèse ne sont que des contes pour enfants ou pour adultes crédules.

— J'ignorais que tu mettais la vérité de la Bible en question. Comment peux-tu affirmer de telles choses sans renier ta foi ?

— C'est le fruit d'un long cheminement intérieur.

— Depuis quand remets-tu en cause l'essence même de notre existence et de notre union ?

— Je ne remets pas en cause notre union. Je te l'ai dit à l'instant, Henri. Je t'aime et tu seras toujours pour moi l'homme le plus merveilleux au monde. Tout cela n'a rien à voir avec nous. Je ne t'ai pas aimé parce que tu étais pasteur, et la Bible n'a jamais été le garant de mon amour pour toi.

— Notre amour, l'amour de Dieu, la Bible, pour moi, ne font qu'un. Je ne peux dissocier l'un de l'autre. Nos enfants sont le fruit de cet amour, ils sont aussi les enfants de Dieu. Ce qui me chagrine, c'est qu'en mettant en doute la vérité de la Bible, tu mets aussi en doute Dieu lui-même et son accomplissement, donc notre amour.

— Ce n'est pas ma façon de voir les choses. Je ne mets pas Dieu en doute. Je doute du bien-fondé de notre action au nom de Dieu. Combien d'erreurs les hommes ont-ils commises en son nom ?

— Sommes-nous donc dans l'erreur, d'après toi ?

— Dans l'erreur, non. Dans une voie sans issue, oui.

— Qui t'a mis ces idées en tête ?

— Personne. Ou plutôt si : Célia !

— Célia ! Comment est-ce possible ?

— Elle n'y est pour rien, je te rassure. Mais depuis qu'elle a eu cette petite altercation avec toi, il y a deux ans de cela – tu te souviens –, j'ai beaucoup réfléchi. Et j'ai constaté que notre vie, au lieu d'être ouverte sur les autres, ne faisait que mettre davantage en exergue notre particularité, en nous isolant. Elle fait de nous des êtres à part. Comme Célia, à partir du moment où, se sachant juive, elle s'est sentie différente. Je me suis dit alors que Dieu n'appartient à personne, pas plus à ceux qui font partie d'une Église, qu'à ceux qui le prient dans leur solitude, ou le nient dans l'indifférence ou en toute conscience. Notre vérité n'est pas *la* Vérité. La Bible n'est pas le fondement de tout, et la parole d'un pasteur ou d'un prêtre n'est pas d'or. Il faut se remettre en cause et mettre de l'ordre dans notre maison, ainsi que dans celle de Dieu ! »

Henri fut très ébranlé par les soudaines révélations de sa femme. Mais l'amour qu'il éprouvait pour elle depuis le premier jour de leur rencontre chassa très vite ses inquiétudes. Il mit le trouble de Marie sur le compte de l'ennui et de l'isolement. Les Cévennes, reconnut-il en son for intérieur, sont un peu le bout du monde. Pour ne pas se laisser submerger par le doute ou la crainte, il se promit de tout mettre en œuvre pour que les siens se sentent heureux et vraiment chez eux dans ces montagnes à l'austère beauté, et puissent entrevoir l'avenir avec sérénité.

* *
*

Le lendemain, Célia se réveilla tôt. En temps normal, elle aurait dû se trouver au lycée depuis la veille au soir, à l'heure de la rentrée de tous les internes. Mais ce lundi-là n'était pas un jour comme les autres.

Dans la matinée, en effet, commençaient les premières épreuves du baccalauréat. Brillante élève de terminale, elle avait suivi sa classe de philosophie avec passion et s'apprêtait à affronter la dissertation, non sans une certaine appréhension.

Pour l'occasion, les internes avaient été autorisés à se rendre directement de chez eux au centre d'examen, le lycée d'Alès.

Dès l'aube, Marie la conduisit donc dans la capitale cévenole. Elle éprouvait autant d'appréhension que sa fille, mais elle évitait de le montrer. Son trouble cependant était profond, car la discussion qu'elle avait eue la veille avec Henri l'avait empêchée de dormir.

« On dirait que c'est toi qui vas passer le bac, remarqua Célia en montant dans la vieille Citroën.

— C'est un peu ça. J'ai un peu peur pour toi.

— Ne t'inquiète pas. Tout ira bien.

— J'ai confiance en toi. Je sais que tu as tout fait pour réussir. Quoi qu'il arrive, je serai toujours avec toi.

— Pourquoi me dis-tu cela d'un air si triste ? Tu t'es disputée avec papa hier soir ?

— Monte dans la voiture. Ne t'occupe pas de cela. »

Célia obéit, intriguée et attristée de voir sa mère chagrinée.

Marie conduisait sans rien dire, la gorge nouée. Le silence qui régnait dans la voiture était plus gênant que les plus mauvais discours. Célia la première reprit la parole.

« Si c'est moi qui suis l'objet de vos discussions, il faut me le dire.

— Toi ! Que vas-tu chercher là ? Pourquoi veux-tu être un sujet de discussion entre ton père et moi ? »

La voiture roulait lentement. Après Villefort, Marie prit la direction de Génolhac. La route serpentait au pied du mont Lozère.

Tel un géant de granite, le massif dominait de sa masse imposante les petites cités blotties sur ses contreforts, et semblait braver l'éternité. Aucune route directe ne le traversait. Il ne s'offrait qu'aux plus téméraires, qui ne craignaient pas de s'aventurer des journées entières pour en venir à bout. Par temps de neige ou de brouillard, il n'était pas rare que des imprudents s'égarent dans les arcanes de ses chaos rocheux ou de ses forêts ténébreuses. Les tourbières présentaient d'autres dangers imprévisibles. Et, l'été, lorsque le soleil transformait ses prairies en paillassons desséchés, bien inconscients étaient ceux qui se hasardaient en son sein sans précautions.

Célia regardait à travers la vitre de la portière, admirative. Elle ne semblait pas craindre l'épreuve qu'elle allait affronter. En fait, elle hésitait à dévoiler le fond de sa pensée. Elle reprit :

« J'ai bien remarqué que, depuis quelque temps déjà, papa n'approuve pas ma façon d'être. Il n'a jamais accepté que je dévoile au grand jour cette vérité que j'ai apprise il y a deux ans.

— Tu te trompes, lui répondit Marie.

— Révéler au grand jour que je ne suis pas vraiment votre fille et que mes origines sont juives l'a heurté. Il aurait sans doute préféré que je cache toutes ces vérités.

— Tu le penses vraiment ?

— Oui, je le pense. »

La pluie se mit à tomber lentement. Les essuie-glaces de la voiture fonctionnaient mal.

« Il faudra dire à papa de changer les balais. On n'y voit rien. C'est dangereux.

— Je fais attention. Ne crains rien.

— En tout cas, je trouve que papa a perdu son ardeur d'antan. Il n'est plus le même.

— Il vieillit, ma chérie. Cela arrive à tout le monde.

— Peux-tu m'affirmer que ce n'est pas moi qui le chagrine ? »

Marie ne répondit pas immédiatement.

« Ce n'est pas le jour de parler de tout cela. Pense plutôt à ton bac. Dans un peu plus d'une heure, tu seras en train de plancher sur un sujet de philo. Il vaut mieux ne pas t'encombrer l'esprit avec ce genre de souci.

— Tu ne m'as pas répondu.

— Ton père et moi n'avons pas tout à fait la même façon de concevoir notre tâche. Nous en avons discuté hier soir et nous nous sommes un peu querellés.

— Rien de grave ?

— Non, rien de bien méchant.

— Et moi ?

— Quoi toi ?

— Il m'en veut ?

— T'en vouloir ! Parce que tu as osé dire la vérité !

— Cette vérité ne touche pas que moi. Elle vous concerne aussi tous les deux. J'ai conscience que j'ai agi en égoïste. Je n'ai pas pensé que vous pourriez souffrir de mon attitude.

— Tu n'as rien à te reprocher.

— Je sais bien ce qu'on a dit de nous dans le village, quand la vérité a commencé à se savoir. Les gens ont jasé.

— Nous les avons laissés faire. Cela n'a pas duré.

— Depuis, le regard qu'ils portent sur nous n'est plus le même. Je l'ai remarqué. Nous sommes devenus des bêtes curieuses. Et je suis persuadée que papa, sans rien dire, en souffre beaucoup. »

Le ciel s'assombrissait de plus en plus. La pluie avait redoublé de violence. Parvenue peu après Génolhac, Marie ralentit.

« Des travaux ! Il ne manquait plus que cela !

— L'orage d'hier soir a dû provoquer des dégâts sur la route.

— Nous voilà contraintes de passer par la vallée de la Cèze. Cela va nous rallonger et nous mettre en retard. »

Marie passa en seconde ; le moteur ronronna. Puis elle s'engagea sur sa gauche. La route descendait lentement vers Bessèges. La chaussée était glissante. Dans la traversée d'un hameau, un camion coupa la route. Surprise, Marie eut à peine le temps d'écraser la pédale de frein. Le camion ne s'arrêta pas et poursuivit son chemin.

« Ils se croient tout permis avec leurs gros engins ! s'insurgea-t-elle.

— Ne t'énerve pas, maman. Nous ne sommes pas en retard. »

Peu à peu, la route devint moins sinueuse. Marie se détendit.

« Que reproches-tu à papa ? poursuivit Célia.

— Ce n'est pas un reproche. Je lui ai fait seulement remarquer que nous nous enlisions dans notre tâche, et que là-haut, dans cette vallée, il n'y avait rien de très exaltant.

— Je m'en suis vite aperçue. Mais la région est si jolie !

— Cela ne suffit pas.

— Je te comprends. Moi, j'ai la chance d'aller chaque semaine à Mende. Je vis ailleurs. Je ne m'en aperçois pas.

— Et en octobre, tu partiras encore plus loin pour faire tes études.

— Si j'ai mon bac !

— Ça, c'est une question qui ne se pose pas. »

Marie semblait reprendre le dessus. L'idée que sa fille devienne bachelière la remplissait de joie. Petit à petit, sans s'en rendre compte, elle accélérait. La pluie giclait sous les essuie-glaces, les roues projetaient les flaques d'eau loin sur les bas-côtés.

« Ne roule pas si vite, conseilla Célia.

— Il n'y a personne. Et tu as vu l'heure ? Il faudrait arriver au moins avec un quart d'heure d'avance.

— Nous y serons, ne t'inquiète pas... Et qu'a dit papa à la suite de tes remarques ?

— Rien de plus. Je le trouve très résigné. Il accepte sa tâche sans rechigner. Il n'a plus l'élan qui l'animait quand nous nous sommes rencontrés. Les temps ne sont plus les mêmes et les années ont passé sur nous et sur nos actes. »

Marie avait prononcé ces paroles d'un air désabusé et malheureux.

« Tu sembles regretter le temps de la guerre et de l'orphelinat.

— Pas celui de la guerre. Ce sont des événements qu'il ne faut pas regretter. Mais celui des Enfants de Dieu, oui. Il est vrai qu'à l'époque, je savais en quoi consistait notre mission. Les enfants avaient grand besoin de nous, comme toi quand tu es arrivée à l'institution.

— Il ne faut pas vivre avec le passé, maman.

— Pour l'instant, le présent n'est pas très exaltant, et je ne vois pas l'avenir très différemment.

— Qui sait ? Un événement peut en créer un autre.

— Nous aurions dû t'appeler Sophie ma chérie.

— Oui, je sais, pour la sagesse !

— Tu es adorable.

— Fais attention à ta route. Tu roules pleine gauche. »

Marie évita de justesse une voiture qui arrivait en face, tous phares allumés.

« Décidément, ce matin, je suis un vrai danger public ! »

Arrivée à Alès, Marie laissa Célia devant la porte du lycée, puis, non sans réticence, elle reprit la route du retour.

La pluie avait cessé. Une éclaircie donnait aux montagnes des reflets de cuivre et d'argent qui se confondaient avec l'or des genêts. Une barrière de lourds nuages obstruait encore l'horizon et cachait les crêtes du Tanargue ainsi que le mont Lozère tout emmitouflé dans son écharpe de laine.

L'épreuve de philosophie était la plus importante de l'examen. Célia la craignait et l'attendait cependant avec impatience, car elle aimait écrire et disséquer sa pensée. Elle avait la plume facile. Au reste, son professeur de lycée appréciait beaucoup son jeune talent et ses remarques judicieuses. Son style et la pertinence de sa pensée avaient fait d'elle l'une de ses meilleures élèves. Mais c'est sans orgueil et sans vanité qu'elle endossait les récompenses de ses écrits, toujours bien notés et admirés de ses camarades.

L'engagement est-il source de liberté ? Le sujet venait d'être distribué. Célia, en le découvrant, eut un petit sourire.

« Ça tombe bien ! » pensa-t-elle. Et elle se mit

aussitôt à griffonner quelques notes avant de commencer à disserter.

Pendant ce temps, Marie, l'esprit toujours troublé par sa discussion de la veille avec Henri, et préoccupée par l'examen de sa fille, filait en direction de la montagne.

À midi, Henri s'inquiéta de ne pas la voir revenir.

Au croisement de la route de Villefort, une traction Citroën noire s'était immobilisée contre un arbre, l'avant défoncé, le pare-brise en éclats. Le moteur fumait encore dans l'épais brouillard qui enveloppait la carcasse de métal, quand les premiers secours parvinrent sur les lieux.

* *
*

Lorsqu'elle reprit connaissance, Marie eut un moment de flottement. Son corps était devenu impondérable. Elle entendait un étrange bourdonnement intérieur chaque fois qu'elle inspirait. Ses bras et son visage étaient emprisonnés dans un entrelacs de tuyaux qui l'empêchaient d'oser le moindre geste. Entre ses paupières encore à demi closes, elle ne parvenait pas à percevoir l'extrémité de ses membres. Elle ne sentait plus ses jambes qui lui semblaient se perdre au fin fond de son corps. Elle observa autour d'elle sans bouger la tête, inquiète. Elle ne se souvenait pas de ce lieu étranger ni de la raison pour laquelle on la retenait ainsi prisonnière, ficelée sur un lit et tout entourée d'appareils inquiétants.

Il lui fallait faire un énorme effort pour ne pas se laisser sombrer sous la chape de plomb qu'elle ressentait dans sa tête endolorie. Seule au milieu de cette chambre aseptisée, elle n'attendait rien ni personne. Elle ignorait qui elle était, qui l'avait conduite en cet endroit étrange, ce qu'elle y faisait et ce qu'on attendait d'elle. Elle venait de naître. De naître dans un monde insolite, de rien et pour aller nulle part.

Autour d'elle, tout lui était inconnu. Elle avait beau chercher, fouiller dans sa mémoire traumatisée. Rien, elle ne trouvait rien qui lui permettait de comprendre. Qu'y avait-il à comprendre d'ailleurs ? Sans doute était-elle un être dont l'existence avait été programmée ainsi, un être bardé de tubes, relié à des écrans, contrôlé par des machines. Une existence de robot. C'est cela, elle était un robot et son rôle était... était... Quel était son rôle ? Qu'attendait-on d'elle ? Et qui ?

On s'agitait autour de son lit. Deux hommes en blanc et une jeune femme à la peau noire. Que voulaient-ils ? L'un d'eux s'approcha, se pencha au-dessus de son visage. Elle sentit son souffle, puis ses doigts écarter ses paupières.

« Que me veut-il, celui-là ? Est-ce là des manières de forcer les gens à ouvrir les yeux ? » Il lui tapota les joues. *« Qu'est-ce qui lui prend maintenant, il me gifle ! »*

Marie respira profondément. Puis, tout à coup, elle eut l'impression qu'elle manquait d'air. Cela dura une fraction de seconde. Elle fut prise de panique. Elle ne s'entendait plus respirer, elle n'entendait plus vibrer l'intérieur de son corps. Elle étouffait. Une autre gifle. Puis encore une autre. Des mots, des ordres.

« Allez ! réveillez-vous ! Vous n'avez plus besoin d'oxygène. Ouvrez les yeux et respirez normalement. »

L'homme en blanc se retourna vers la femme à la peau noire.

« Elle sort de son coma. Mais elle est encore très fragile. À la moindre alerte, remettez-la sous oxygène. »

L'infirmière prit la main de Marie dans la sienne pour la réchauffer.

« Ne vous inquiétez pas, vous êtes sauvée. Tout est fini. »

« Fini, qu'est-ce qui est fini ? Que veut-elle dire, cette étrange femme noire, vêtue de blanc ? Je viens de naître et tout est déjà fini ! »

Marie était revenue à la vie, mais son esprit était encore traumatisé par la violence du choc qu'elle avait subi.

Dès qu'il fut averti de l'accident, Henri se rendit sans attendre à l'hôpital d'Alès où Marie avait été transportée en urgence. Il s'impatientait dans le couloir, derrière la porte de sa chambre.

« Vous pouvez entrer la voir, lui proposa l'interne qui venait de débrancher Marie. Elle est hors de danger. Toutefois, ne la fatiguez pas. Elle n'a pas encore repris totalement conscience.

— Elle n'a rien de grave, docteur ?

— Il est trop tôt pour se prononcer. Je ne vous cache pas que le choc a été très violent. Elle ne bouge pas les jambes, et les examens montrent qu'elle ne ressent plus rien, pour l'instant.

— Voulez-vous dire qu'elle est paralysée ?

— Je ne peux l'affirmer. Tant que son cerveau ne sera pas entièrement remis de sa commotion, rien n'est certain.

— Marie paralysée ! Ce n'est pas possible ! »

Henri était anéanti.

« Elle s'en est bien sortie, ajouta l'interne. Vu l'état de la voiture, c'est déjà un miracle.

— Un miracle ! répéta Henri machinalement. Le miracle serait qu'elle se remette sur ses jambes.

— Tout est encore possible. Ne soyez pas pessimiste, surtout devant elle. »

À l'invite du médecin, Henri entra dans la chambre. Marie ne broncha pas. L'infirmière lui laissa sa place à son chevet, en lui recommandant de ne pas lui poser trop de questions. Il lui prit la main et essuya son front humide de son autre main.

« Marie, je suis là. Tout va bien, ma chérie. Ne t'inquiète pas. »

Elle tourna les yeux vers l'homme qui lui parlait d'une voix douce et réconfortante. Sur le moment, elle ne le reconnut pas. Puis, au bout de quelques secondes, un sourire s'accrocha à ses lèvres pincées. Elle venait de reprendre sa place parmi les siens. En l'espace d'un éclair, elle avait surgi du fond d'un gouffre où elle ne connaissait personne, et était revenue à la lumière de la vie. Elle reconnut Henri à ses côtés et commença à s'éveiller lentement.

« Que m'est-il arrivé ? » demanda-t-elle avec peine.

Sa bouche était ankylosée. Les mots lui semblaient difficiles à prononcer. La phrase lui avait demandé un terrible effort.

« Tu as eu un accident en rentrant d'Alès.

— Alès...

— Tu y as emmené Célia pour son bac.

— Célia, oh ! Célia !

— Célia va bien. À cette heure-ci, elle finit sa première journée d'épreuves.

— Ah oui ! je me souviens, Célia...

— Ne parle plus. Repose-toi. »

Marie ferma les yeux et, tranquillisée, s'endormit, la main abandonnée dans celle d'Henri.

* *
*

Pour parer à toute complication, les médecins la conservèrent trois semaines à l'hôpital. Les séquelles de son accident étaient sérieuses. Puis, au vu des examens, elle fut autorisée à rentrer chez elle. Trois fois par semaine, elle devrait se rendre au centre hospitalier de Montpellier pour une rééducation intensive de ses membres inférieurs. Comme elle n'avait pas encore recouvré l'usage de ses jambes, c'est dans un fauteuil roulant qu'elle sortit de l'hôpital. Les médecins cependant s'étaient montrés optimistes. Ils lui avaient certifié qu'elle remarcherait bientôt sans canne ni béquille. Aussi Marie montrait-elle beaucoup de volonté et de courage pour surmonter son handicap qu'elle espérait provisoire.

Quant à Célia, le choc de l'accident n'avait pas oblitéré ses chances d'obtenir son baccalauréat. Elle le réussit brillamment et, à dix-sept ans et demi, elle s'apprêtait maintenant à entreprendre des études de médecine. C'était décidé : à la rentrée d'octobre, elle s'inscrirait à la faculté de Montpellier, la plus brillante de toutes à ses yeux.

Pour le moment, les Muller se retrouvaient tous réunis à Saint-Julien. L'été était déjà bien entamé. Célia et ses frères aidaient de leur mieux leur père dans sa tâche quotidienne, car Marie, clouée dans son fauteuil, ne pouvait plus être d'aucune utilité.

« Il faudrait que tu te fasses seconder par quelqu'un, suggéra-t-elle à son mari. Seul, tu ne peux pas être partout à la fois. Martin est bien serviable, mais, avec les foins et ses bêtes qui ne sont pas montées à l'estive, il est très occupé.

— Je songeais à faire appel à un jeune pasteur stagiaire. Qu'en penses-tu ?

— C'est une bonne idée. En plus, ça donnera un peu de sang neuf à notre petite communauté.

— Je vais en faire la demande sans tarder. Vu les circonstances, ils ne me refuseront pas cette faveur.

— Ce n'est pas une faveur ! »

Huit jours plus tard, Vincent Peyrol débarquait de l'autocar qui l'amenait de Nîmes. Envoyé directement de Genève, où il venait de terminer ses études de théologie, il s'était vu confier la charge d'aider le pasteur Muller à développer son Église et à resserrer les liens entre les différentes communautés disséminées dans les vallées de haute Lozère.

Soulagé, Henri l'accueillit chaleureusement et lui proposa de l'héberger dans la chambre d'amis que Marie avait aménagée avant son accident.

Célia et ses deux frères avaient observé de loin son arrivée, du haut d'une prairie qui dominait le mas. Ils aimaient s'y retrouver, Jean et Pierre pour jouer dans les bois de hêtres mitoyens, Célia pour observer les va-et-vient de la route et contempler les autres mas de la vallée. Tout s'y trouvait réduit, les choses et les gens. Perchée au-dessus de la vie, Célia laissait vagabonder son imagination au gré de sa fantaisie. Elle devinait ce qui se passait sous les toits pentus des chaumières, elle accompagnait des yeux les déplacements des voisins et refaisait le monde à sa manière.

Pierre la sortit brutalement de sa rêverie :

« As-tu remarqué comme il est jeune, le nouveau pasteur ?

— D'ici, c'est difficile à dire.

— Et beau garçon en plus ! Quelle allure ! »

Vincent Peyrol discutait avec Henri qui s'apprêtait à l'introduire dans la maison.

« Que peuvent-ils bien se raconter ? s'étonna Jean. Pourquoi n'entrent-ils pas ?

— On aurait dû emporter les jumelles.

— Vous êtes bien curieux ! s'exclama Célia. Si

vous voulez le voir, descendez lui dire bonjour, au lieu de rester là à espionner.

— Tu n'es pas curieuse, toi, de savoir qui vient aider papa ?

— Non, je m'en fiche.

— Tu dis ça, mais je suis sûr que tu meurs de curiosité de voir de près ce beau jeune homme ! »

Pierre aimait taquiner sa sœur. Quand un garçon du village lui parlait d'un air empressé, il lui faisait vite remarquer, avec un brin de malice dans les yeux, qu'elle avait un amoureux. Ce qui la gênait un peu, surtout devant son père qui surveillait de près ses fréquentations.

« Moi, je descends, dit Jean. Je vais voir qui est ce jeune pasteur.

— Je te suis, ajouta Pierre. Tu nous accompagnes, Célia ?

— Non, je préfère rester au soleil.

— Tu n'oses pas, hein ?

— Tu ne dis que des bêtises ! Pourquoi n'oserais-je pas aller voir ce pasteur ?

— Il n'est pas encore pasteur. Il n'est que stagiaire.

— C'est pareil », répondit Célia, agacée par les sous-entendus de son jeune frère.

Henri fit entrer Vincent dans le mas. Auparavant, il l'avait mis au courant de l'état de Marie et lui avait expliqué à quel point elle demeurait fragile. Marie s'avança vers lui, faisant rouler son fauteuil de ses mains déjà habiles.

« Ne vous dérangez pas madame Muller.

— Appelez-moi Marie. Ici il n'y a pas de barrière. Je vous souhaite la bienvenue. Mon mari et moi sommes très heureux de vous accueillir parmi nous. Et nos enfants seront ravis d'avoir quelqu'un de jeune à la maison.

— Ils sont absents ? s'enquit Vincent.

— Ils ne doivent pas être loin. Et, tels que je les connais, ils vous ont vu arriver ; ils ne tarderont pas. »

Effectivement, Pierre et Jean firent une entrée fracassante dans la salle de séjour.

« Voici les garçons, dit Henri. Votre sœur n'est pas avec vous ?

— Elle n'a pas osé descendre.

— Osé ?

— C'est moi qui l'intimide, reprit Vincent.

— Célia est un peu sauvage, répliqua Marie. Elle n'aime pas brusquer les événements. Elle finira bien par descendre de son perchoir. »

Plusieurs heures s'écoulèrent avant que Célia ne se décide à se présenter devant le nouveau venu. Ce n'était pas de la timidité de sa part ni de l'appréhension de devoir affronter un inconnu. Il lui fallait seulement un peu de temps pour imaginer sa nouvelle existence en compagnie d'une personne étrangère sous son toit. En vérité, son père ne lui avait pas demandé son opinion sur la venue de ce jeune pasteur. Et elle avait mal accepté qu'on la considère encore comme une enfant en ne la consultant pas lors d'une décision qui concernait la vie de toute la famille. Elle se sentait adulte et aurait aimé que ses parents le reconnaissent davantage.

Marie était encore trop secouée par son accident pour s'en inquiéter. Aussi Célia se sentait-elle bien seule à se débattre avec ses états d'âme. Certes, Marie trouvait sa fille bien solitaire depuis quelque temps. Mais elle mettait cette attitude sur le compte de l'âge. Célia languissait, pensait-elle, comme toutes les jeunes filles de son âge. De plus, savoir qu'elle devrait bientôt partir loin de chez elle pour faire ses études était sans doute la cause, selon elle, de son esprit chagrin.

Marie se trompait pour la première fois sur les pensées de sa fille. Elle ne s'était pas aperçue qu'elle avait mûri, et qu'elle n'était plus cette enfant qu'elle avait élevée depuis dix-sept ans. Célia était devenue une belle jeune fille. Son corps épanoui respirait la vigueur de ses jeunes années, et bien des garçons lui faisaient les yeux enjôleurs quand elle descendait aux courses dans le village. Jamais aucun d'eux, cependant, n'avait eu ses faveurs, Henri lui-même veillait sur ses fréquentations. En outre, il n'aurait pas accepté de voir sa fille traîner dehors avec le premier venu et, les soirs de fête au village, il faisait toujours en sorte de ne jamais la laisser sans surveillance. Jusqu'à présent, elle n'en avait pas souffert. Mais, depuis quelque temps, elle ressentait cette méfiance comme une contrainte pesante et vexatoire. Elle n'avait jamais discuté de ce sujet qu'elle trouvait délicat, et ne savait comment l'aborder. Elle espérait seulement que, son bac passé, son père se montrerait un peu plus libéral en ce domaine.

Lorsqu'elle se décida à descendre de son refuge, le soir tombait. Vincent s'était installé dans la chambre préparée à son intention et mettait de l'ordre dans ses affaires. Marie lui avait dit que le repas serait servi dès qu'il se serait reposé. On n'attendait plus que Célia.

« Te voilà enfin ! releva Henri dès qu'elle eut refermé la porte derrière elle. Pourquoi n'es-tu pas venue accueillir notre hôte plus tôt ? Nous t'attendions.

— Je ne savais pas », mentit Célia.

Sur ces entrefaites, Vincent entra dans la salle à manger.

« Je te présente Vincent Peyrol, dit aussitôt Henri. Vincent est venu pour me seconder dans ma tâche et il se prépare à devenir…

— … pasteur, oui, je sais », coupa Célia.

Marie elle-même s'étonna du ton sur lequel Célia avait prononcé ces dernières paroles.

« Je suis enchanté de faire votre connaissance, Célia, ajouta Vincent. Votre père m'a déjà parlé de vous. Il est fier, à juste titre, de votre récente réussite au bac de philosophie. »

Célia rougit. Elle n'aimait pas être complimentée publiquement. Cela la mettait mal à l'aise.

« Vous allez vivre parmi nous, je vous souhaite donc la bienvenue », fit-elle d'un ton neutre.

Marie sentait de la gêne dans l'attitude de sa fille. De la gêne et une sorte d'hostilité à l'égard de Vincent ; ce qu'elle ne comprenait pas très bien.

« Nous allons nous mettre à table, proposa-t-elle. Nous discuterons en mangeant. »

Les deux garçons, quant à eux, semblaient très heureux de leur nouvelle situation. Vincent leur avait fait immédiatement bonne impression. Ils le prenaient déjà pour un grand frère, à peine plus âgé que Célia, et le tutoyaient comme s'ils se connaissaient de longue date.

« Quel âge avez-vous donc, Vincent ? demanda Marie.

— Vingt-deux ans, dans deux mois.

— Vous êtes bien jeune pour devenir pasteur !

— J'ai terminé ma licence de théologie à la faculté de Genève et je voulais tâter le terrain, comme on dit, avant de me décider. Voilà pourquoi je ne suis que simple stagiaire. Je ne suis pas encore pasteur. Je ne me déciderai qu'après quelques expériences de ce genre.

— J'espère que vous vous entendrez bien avec papa, ajouta Célia, qui l'observait sans rien dire depuis le début de la conversation.

— Il n'y a aucune raison pour penser le contraire, coupa Henri. Comme a dit Marie il y a une semaine, nous comptons sur vous pour apporter un peu de sang neuf dans notre petite communauté qui a tendance à s'endormir. Mais, attention ! pas de révolution ! Les gens d'ici sont très attachés à leurs traditions et il ne saurait être question de les contrarier.

— Et vous vous garderez bien de froisser les catholiques ! ajouta Célia d'un air moqueur.

— Célia ! s'exclama Henri. Ne recommence pas ! »

Vincent sentit que Célia n'avait aucune empathie à son égard. Il ne savait pas pourquoi. Mais il se jura bien d'en avoir le cœur net.

XI

Le sermon

Célia aimait se réfugier dans sa chambre de longues heures durant, pour écrire son journal intime dans lequel elle consignait ses pensées personnelles, ou pour lire ses livres préférés. Elle s'intéressait beaucoup à l'Histoire, malgré son penchant pour la biologie et pour les questions sociales qui avaient éveillé en elle son goût pour la médecine.

Depuis qu'elle connaissait la vérité sur ses origines, elle n'avait pas cessé d'approfondir ses connaissances sur l'histoire du peuple juif et sur les écrits bibliques de l'Ancien Testament. Jusqu'alors, elle ne connaissait que ce que son père lui avait enseigné : les Évangiles, les Épîtres, ainsi que les textes fondamentaux des premiers livres qui permettaient d'éclairer le sens et le message de la vie de Jésus.

Au fur et à mesure de ses lectures, elle avait pris conscience que de nombreux passages du Livre saint lui avaient échappé ou lui avaient été trop rapidement expliqués. Elle comprenait mieux à présent que ce dernier pouvait donner lieu à des lectures plurielles, et qu'en son nom les donneurs de vérité se montraient souvent bien présomptueux.

Un sentiment de méfiance naquit peu à peu en elle, quand, le dimanche matin, elle entendait son père commenter un texte biblique dans son sermon. Elle s'empressait alors d'aller lire elle-même l'extrait afin d'en refaire l'explication à sa manière. Et il n'était pas rare qu'elle fût en désaccord avec l'interprétation d'Henri. Elle lui reprochait souvent – sans oser cependant le lui avouer – de ne voir que ce qui pouvait servir la cause du christianisme. Ainsi, elle estimait sa dévotion pour saint Paul exagérée et ses prêches trop partiaux. Son esprit critique, aiguisé par ses cours de philosophie du lycée, souffrait de ce manque d'objectivité. Aussi cachait-elle de plus en plus mal son envie de dire ce qu'elle pensait. Elle jugeait certaines épîtres en totale discordance avec l'époque contemporaine, et ne comprenait pas qu'un homme de la religion réformée puisse obéir à de tels préceptes, sans essayer de les adapter à une vision plus moderne de la société.

Elle avait toujours évité d'aborder ouvertement le sujet, pensant qu'elle chagrinerait inutilement son père, qui était tout pour elle. Elle estimait de son devoir de se taire, par respect et aussi par reconnaissance pour tout ce qu'il avait fait pour elle depuis sa naissance. Certes, elle se sentait toujours intégrée à la communauté protestante. Et elle n'avait nulle intention de renier l'éducation religieuse que ses parents lui avaient donnée. Mais elle éprouvait maintenant le besoin de faire la part des choses et de se forger sa propre idée.

Elle était consciente que les enfants étaient ce que les parents avaient fait d'eux, qu'ils en étaient le reflet. Ainsi se posait-elle souvent la question de savoir ce qu'elle serait si ses parents avaient été athées, bouddhistes ou communistes. Elle ne serait pas protestante, c'était certain ! Alors qu'était-elle cette vérité que son père lui assénait à grand renfort de sermons et d'exégèses des textes saints ?

Ces questions la perturbaient et son attitude s'en trouvait affectée. Elle reconnaissait au fond d'elle-même qu'elle manquait parfois de respect envers son père quand elle lui répliquait avec trop de conviction et s'emportait. Elle sentait bien qu'elle n'était plus cette petite fille soumise et obéissante qu'elle avait toujours été jusqu'à présent. Et elle souffrait de voir sa mère se rendre compte de ce désaccord.

Quand Vincent Peyrol était arrivé, elle n'avait vu en lui qu'un pasteur de plus qui venait pour consolider la foi déjà trop orthodoxe, à ses yeux, des habitants de la vallée. Cet homme, vêtu de noir, ne pouvait, selon elle, apporter le sang neuf que sa mère appelait de ses vœux, elle l'aurait juré sur la Bible ! C'était la raison pour laquelle elle ne s'était pas empressée de venir le saluer dès son arrivée. Sans le vouloir vraiment, elle lui avait fait plutôt mauvais accueil, ce que son père lui avait reproché.

« Célia acquiert un caractère de plus en plus difficile. Elle m'inquiète parfois, expliqua Henri en faisant visiter le temple à son jeune collègue.

— C'est l'âge. Ça lui passera, releva Vincent, plein d'indulgence.

— C'est ce que me dit souvent Martin Besson. Vous avez sans doute raison. En attendant, je ne sais plus que faire pour qu'elle redevienne la petite fille charmante qu'elle était jusqu'à ce qu'elle aille au lycée de Mende. C'est là qu'ils lui ont inculqué de mauvaises idées. Je n'aurais jamais dû l'inscrire dans cet établissement. Il aurait mieux valu qu'elle soit pensionnaire dans une institution protestante, à Genève par exemple.

— Vous le croyez vraiment ?

— Ses professeurs de philo ne devaient pas avoir la langue dans leur poche. Leurs discours influencent les élèves, c'est certain. Or la plupart sont des non-croyants, voire des communistes, ce qui revient au même ! À l'âge de ces adolescentes, il est facile de détruire les bases d'une éducation parentale.

— Pensez-vous que Célia ait été à ce point influencée par son professeur de philo ? Certes, elle est brillante en cette matière, m'avez-vous dit, mais je ne vois pas ce qui vous permet d'affirmer cela.

— Je ne l'affirme pas. J'en ai seulement l'impression.

— Vous ne devez pas juger sur une simple impression. »

Henri fut surpris de la contradiction que lui portait déjà son jeune assistant.

« Vous semblez avoir des idées plus larges que les miennes, Vincent ! Il est vrai que vous incarnez la jeunesse. Décidément, je crois que c'est l'âge qui nous sépare le plus de nos enfants.

— Je ne suis pas de votre avis. C'est une question d'état d'esprit.

— Vous aussi, vous allez me dire qu'il y a des jeunes qui sont vieux et des adultes qui restent jeunes. C'est ce qu'affirment tous ceux qui ne veulent pas vieillir !

— En un certain sens, ils ont raison. Refuser de vieillir, c'est déjà faire preuve de jeunesse. Et c'est se contraindre à rester dans le coup, à raisonner avec les gens de son temps et non avec ceux qui incarnent le passé. »

Henri sentait que son jeune interlocuteur n'avait pas les mêmes idées ni les mêmes intentions que les siennes. Il ne voulut pas polémiquer davantage. Il lui proposa de faire le tour du temple avant de rendre visite à quelques paroissiens parmi les plus fidèles.

* *
*

Célia avait un préjugé sur Vincent. Certes, elle n'avait pas encore discuté avec lui, mais sa seule vocation lui laissait penser qu'il était comme tous les pasteurs : un gardien de l'orthodoxie. Aussi n'éprouvait-elle aucune envie de comprendre ses convictions ni de lui parler d'elle-même.

Henri mit immédiatement son jeune adjoint au courant des affaires de sa communauté. Pendant leurs visites dans le village, Vincent observait, enregistrait les commentaires des paroissiens, se forgeait sa propre opinion. Chaque soir, à table, il n'était question que des problèmes de la paroisse. Le jeune pasteur écoutait attentivement, se renseignait, émettait de rares suggestions. Célia prêtait une oreille distraite, sans intervenir, ne prenant la parole que rarement, pour émettre un point de vue différent, sans s'étendre.

Marie, quant à elle, tâchait d'égayer la conversation, trop sérieuse à son goût, en la détournant de son cours chaque fois qu'une occasion se présentait. Mais rien ne perturbait Henri, trop soucieux de faire comprendre à Vincent son point de vue sur la question religieuse de la vallée.

La discussion se poursuivait tard après le repas. Les deux hommes, intarissables, débattaient des idées nouvelles de la foi réformée. Vincent, formé à l'école de Genève, s'embarquait alors dans de longs exposés et proposait souvent ses propres visions sur l'enseignement qu'on lui avait dispensé. Henri l'écoutait en le mettant en garde de ne pas trop interpréter à sa manière les préceptes des anciens. Mais Vincent montrait déjà force conviction à défendre ce qu'il croyait bon pour sa religion, et n'hésitait pas à proclamer que certaines directives lui semblaient faire fausse route.

« Le monde change, affirmait-il, il faut savoir s'adapter. C'est à nous, les pasteurs, de tracer le chemin devant les fidèles. »

Très diplomate, il laissait toujours Henri avoir le dernier mot, et évitait de le froisser quand il sentait qu'il était en total désaccord avec lui.

Il était son hôte et ne voulait pas s'imposer sous son toit.

Célia entendait souvent leurs débats de sa chambre séparée du séjour par une mince cloison. Elle fut ainsi très étonnée de découvrir, au bout de quelques jours, les idées du jeune pasteur. Elle, qui l'avait à peine regardé lors de son arrivée, le considérant à tort comme un homme de tradition, dut se rendre à l'évidence qu'il avait sur certaines questions un point de vue original. Sur de nombreux sujets, elle rejoignait ses positions mais se gardait bien d'intervenir ouvertement, afin de ne pas froisser la susceptibilité de son père.

Un jour que ce dernier avait laissé Vincent seul au mas, elle se décida à l'aborder sans détour. Marie était partie à Montpellier pour sa séance de rééducation, en compagnie d'Henri et des deux garçons. Vincent travaillait dans sa chambre. Célia ne fit pas de bruit et s'approcha subrepticement de sa porte. Très intimidée à l'idée de se retrouver seule en face de lui, sans la présence de ses parents, elle retenait sa respiration, prête à tourner les talons au moindre mouvement de sa part. Elle avait grande envie de discuter avec lui, mais ne savait pas comment s'y prendre pour engager la conversation. Frapper à sa porte ne lui semblait pas convenable. L'appeler était encore plus impensable. Cependant ses pas la poussaient au fond de la maison, là où se trouvait la chambre d'amis.

Parvenue derrière sa porte, elle l'entendit remuer sa chaise et se lever. Il faisait les cent pas autour de la pièce, en parlant seul. Elle en fut intriguée. Elle avait beau tendre l'oreille, elle ne parvenait pas à discerner le sens de ses paroles. Brusquement Vincent se tut. Nouveau bruit de chaise. Puis, silence.

« Que peut-il bien faire ? se demanda-t-elle. S'il me découvre derrière sa porte, il croira que je l'espionne. »

« C'est vous Célia ?

— Euh... oui ! fit celle-ci, surprise.

— Vous pouvez entrer, vous ne me dérangez pas. »

Célia n'hésita plus une seconde.

« Je venais voir si vous étiez encore là, mentit-elle. Je vous croyais parti.

— Moi aussi. Je croyais que vous étiez avec vos parents à Montpellier.

— Montpellier ! C'est trop loin. Quand je peux éviter de m'absenter, je préfère rester à la maison.

— Vous vous sentez mieux ici, n'est-ce pas ? Loin des turbulences de la ville, et entourée de vos montagnes.

— Comment le savez-vous ?

— Je vous ai observée depuis mon arrivée. Vous me semblez tellement en accord avec ce milieu ! Est-ce que je me trompe ?

— C'est la vérité. La région est tellement merveilleuse ! Mais... je vous dérange, peut-être ?

— Pas du tout, Célia. Je préparais mon sermon pour dimanche prochain.

— Le sermon !

— Oui. Votre père m'a demandé de faire le culte à sa place. Je lui ai dit que je ne l'avais encore jamais fait, seul en tout cas. Il m'a répondu qu'il me faisait confiance.

— Cela m'étonne qu'il donne cette responsabilité à...

— ... un novice, vous pouvez le dire. Cela ne me vexe pas. Votre père est un homme très droit et très attaché aux principes.

— Trop !

— Ce qu'il a vécu lui a donné beaucoup de prudence et une grande sagesse. Vous l'aimez beaucoup, n'est-ce pas ?

— Je l'adore. Je sais ce que je lui dois et, en dépit de mes divergences, je lui serai éternellement reconnaissante.

— Il m'a raconté comment il vous a recueillie.

— Alors, vous savez tout de moi !

— Tout est un bien grand mot. »

Célia parut gênée par la révélation de Vincent. Ainsi, il était au courant de ses origines, de sa petite enfance et de son adoption. Son sentiment de gêne se mêlait à une impression de frustration. Car elle aurait préféré aborder elle-même le sujet de sa naissance. Sa différence, elle l'avait toujours dévoilée seule, sans l'aide de personne, et l'avait assumée en toute responsabilité. Henri lui avait volé cette révélation. Elle se sentait désarmée à présent pour affronter les questions que Vincent ne manquerait pas de lui poser.

Mais celui-ci se fit discret et changea de conversation.

« Êtes-vous libre ? lui demanda-t-il à brûle-pourpoint.

— Libre ! Que voulez-vous dire ?

— Maintenant. Accepteriez-vous d'aller vous promener dehors avec moi ? »

Surprise, Célia acquiesça.

« Où voulez-vous aller ?

— Emmenez-moi dans un endroit d'où l'on domine la vallée. Vous m'en ferez la description et vous me raconterez.

— Vous raconter quoi ?

— Ce que vous avez observé. Je suis sûr que vous savez des tas de choses.

— Il suffit d'ouvrir les yeux. La nature parle pour vous.

— Où m'emmenez-vous ?

— Si vous ne craignez pas de grimper, je vous emmène à la Croix de Maître Vidal, sur le mont Lozère. Il y en a pour deux bonnes heures de marche. Cela ne vous fait pas peur ?

— La marche, j'adore ! Ça me rappellera l'époque des scouts. »

Vincent se chaussa et, sur les conseils de Célia, emporta un vêtement de pluie et une bouteille d'eau dans un sac à dos.

La draille montait graduellement à travers la forêt et les prairies, parsemée de cailloux roulés par les troupeaux, et bordée par endroits de lande de bruyère. De temps en temps, elle traversait un hameau d'altitude, puis s'évadait à nouveau vers les hauteurs, là où s'enlacent le ciel et la terre. Ils rencontrèrent très vite des troupeaux montés à l'estive. À leur approche, les chiens de berger donnaient l'alerte, sans jamais se montrer menaçants, et veillaient à ce que les bêtes ne s'égaillent pas à l'arrivée des promeneurs.

À mi-chemin, Célia proposa de s'arrêter pour se reposer. Un *mazet*[1] inoccupé leur offrit un peu d'ombre et de l'eau fraîche coulant d'une anfractuosité vers une vasque de granite posée à même le sol.

Vincent paraissait essoufflé. Il s'assit sur le bord du bassin de pierre, trempa ses mains dans l'eau glacée et se lava le visage.

« Pas trop fatigué ? s'enquit Célia.

— J'ai perdu l'habitude de marcher en montagne. Mais la forme reviendra vite.

— Nous pouvons nous arrêter, si vous vous sentez fatigué.

— J'aimerais parvenir au sommet.

— Alors ne traînons pas, si nous voulons être de retour pour le repas du soir. Papa est assez strict sur les horaires. »

Une heure plus tard, le sommet était en vue. Le chemin se perdait dans l'herbe rase. Les fleurs répandaient des nectars suaves. L'air était plus vif. Au loin, à peine perceptibles, de petites taches marron se déplaçaient lentement. Célia, qui avait toujours l'œil aux aguets, s'arrêta de marcher. Elle fit signe à Vincent d'en faire autant et de s'accroupir. Celui-ci obéit sans poser de questions. Célia tendit la main en direction des taches brunes.

« Des biches, chuchota-t-elle. Ne faites pas de bruit pour ne pas les effrayer.

— Des biches ! Je ne vois rien.

1. *Petite maison.*

— Là-bas, dans le fourré. »

Célia s'approcha de Vincent et tendit le bras dans le prolongement de son visage.

« C'est rare de pouvoir les voir à cette heure-ci de la journée. En général, il faut venir très tôt le matin. Le mont Lozère est une grande réserve d'animaux sauvages.

— C'est le paradis pour eux !

— Si l'on veut, car il y a les chasseurs. »

Célia s'assit à côté de Vincent. Sans oser l'avouer, elle ressentait aussi une profonde fatigue. Leurs épaules se touchaient presque. Elle s'appuya légèrement contre lui. Gênée, elle se reprit aussitôt.

« Excusez-moi ! Je me repose sur vous, alors que vous devez être aussi fourbu que moi. »

Vincent la rassura et l'invita à lui expliquer le paysage qui s'étendait autour d'eux, à lui parler des animaux sauvages qu'elle connaissait, des fleurs de montagne qu'elle avait appris à admirer sans les toucher autrement que par les yeux.

« Dieu nous a donné les sens pour que nous prenions plaisir à goûter à toutes ces merveilles qu'il a créées pour nous, dit Vincent.

— C'est aussi ce que je pense. Mais papa n'est pas toujours de cet avis. Il dit que le plaisir mène parfois au péché.

— Il n'y a pas de mal dans le plaisir des sens, tant qu'on ne nuit pas à soi-même ni à autrui. Si Dieu nous a faits tels que nous sommes, dotés de sens et conscients d'en être dotés, c'est pour que nous puissions mieux apprécier la vie, et en comprendre la signification.

— Dieu nous tente. Et la satisfaction de nos plaisirs est une faiblesse.

— C'est sans doute ce que votre père vous a appris ! Mais le pensez-vous vraiment, Célia ?

— Non. Mais je n'ose pas le contredire.

— Dans ma jeunesse, on m'a aussi inculqué toutes ces notions de péché, de mal, de faute, de repentir pour l'obtention du pardon. Que de termes sombres et culpabilisants, qui vous pèsent sur la conscience avant même que vous ayez déjà agi !

— Ces propos sont étonnants dans la bouche d'un pasteur !

— Je ne suis pas encore pasteur. Et ce n'est pas parce que j'ai fait des études de théologie que je dois accepter en bloc tout ce qu'on m'a appris.

— Vous vous ferez mal voir si vous allez à l'encontre des grands préceptes.

— Les idées reçues ne sont pas mon pain quotidien. Je veux être moi-même et pouvoir dire ce que je pense.

— Vous allez froisser des susceptibilités.

— Jésus lui-même a jeté le trouble dans les bonnes consciences et a ébranlé le Temple.

— Vous savez ce qui lui est arrivé !

— Je ne suis pas Jésus, Dieu merci !

— Vous ne manquez pas d'humour. Et pour un homme d'Église, vous avez une vision du monde très profane, en tout cas très tolérante.

— Insinuez-vous que la tolérance n'est pas l'apanage des religions ?

— Je ne dis pas cela. Mais l'Histoire doit nous rendre prudents en ce domaine. Montrer sa différence, quand on fait partie d'une communauté, n'est pas toujours bien accepté.

— Je comprends ce que vous voulez dire. »

La conversation se poursuivit un long moment encore. Célia semblait subjuguée par la personnalité de Vincent qu'elle découvrait soudain sous un autre jour. C'était la première fois, en effet, qu'elle se trouvait, en matière de croyance, en face d'un homme si ouvert, sans *a priori*, aux idées si généreuses et d'une tolérance si déconcertante. Elle, à qui Henri n'avait jamais enseigné que la Bible dans ce qu'elle avait de plus traditionnel, et qui souffrait d'appartenir à deux communautés qui n'avaient pas toujours fait bon ménage, même si protestants et Juifs étaient des persécutés de l'Histoire, trouvait maintenant dans les propos de Vincent une justification à ses propres idées, le fondement de son intime conviction. Toute crainte de faire le mal, d'incarner le mal par son envie de révolte, s'évanouissait tout à coup, puisqu'elle n'était plus seule à avoir de telles idées, puisque quelqu'un la comprenait et devançait même ses propres pensées.

Des nuages s'étaient amoncelés sur les sommets. L'heure était déjà tardive lorsque Célia prit conscience qu'il était temps de redescendre.

« Vous devrez user de patience avec papa, si vous voulez devenir son ami, lui conseilla-t-elle.

— En attendant, sois le mien, reprit Vincent en la tutoyant. Et supprimons le *vous* entre nous. Ainsi, nous aurons aboli la première convention.

— Je ne sais pas si j'y parviendrai. Mais si vous… enfin… si tu penses que c'est mieux ainsi…

— Je crois qu'il va pleuvoir. Nous ferions mieux de nous dépêcher. »

L'orage les surprit à mi-chemin. Le ciel s'était rapidement assombri. La pluie s'abattit bientôt avec virulence. Malgré les précautions qu'ils avaient prises, les deux marcheurs furent trempés quand ils parvinrent au mazet.

« Réfugions-nous à l'intérieur, proposa Célia. Nous devrions attendre que la pluie cesse. Ça ne devrait pas durer.

— Nous arriverons en retard. Tes parents vont nous attendre.

— Ne t'inquiète pas, nous leur expliquerons. »

Avec Vincent, tout devenait plus simple aux yeux de Célia. La crainte de devoir s'expliquer, les reproches qu'il lui faudrait sans doute accepter, les explications qu'elle devrait fournir, tout cela n'avait plus d'importance, puisqu'elle n'avait rien fait de mal, puisque seul l'impondérable était la cause de son retard, puisque Dieu balisait le chemin de sa quête spirituelle.

La lumière du jour avait presque disparu sous l'épais couvert nuageux. Dehors, tout semblait engourdi, toute vie avait cessé. La pluie formait un écran opaque autour du mazet, comme pour mieux protéger deux êtres fragiles en quête de vérité.

« Tu vas prendre froid, dit Vincent. J'ai un pull dans mon sac. Prends-le. »

Gênée, Célia se retourna et ôta son chemisier trempé qui lui collait à la peau. Vincent lui tendit son chandail par-dessus l'épaule et la contempla sans arrière-pensée.

« Comme tu es belle ! s'exclama-t-il.

— Ne me regarde pas, je suis à moitié nue. »

Célia tourna la tête en direction de Vincent, les bras croisés sur sa poitrine, et le regarda à son tour, tendrement.

« C'est la première fois qu'un garçon me dit de telles choses avec tant de sincérité. »

Elle tendit la main pour attraper le chandail, découvrant ainsi sa poitrine sans fausse pudeur. Elle n'éprouva ni honte ni crainte d'être seule et dévêtue en face d'un homme qu'elle connaissait à peine. Vincent lui inspirait confiance et elle lisait dans ses yeux non pas cette envie concupiscente propre à beaucoup d'hommes face à la tentation, mais une grande pureté, une sincérité qui n'avait d'égale que la profondeur de son regard.

« Je vais allumer du feu dans la cheminée, il y a un peu de bois sec. »

Vincent s'aperçut du trouble de Célia. Il se tut, mourant d'envie de lui avouer ce qu'il n'avait encore jamais avoué à personne : ses sentiments subits, son amour si rapidement éveillé en lui et qui le transcendait.

Célia s'approcha des flammes qui répandaient dans la pièce obscure une chaleur réconfortante. Vincent vint s'asseoir à ses côtés, lui passa le bras autour des épaules, lui chuchota doucement à l'oreille :

« Que nous arrive-t-il ? Célia.

— Rien. Tout. La vie. Oui, la vie simplement.

— Nos chemins se sont croisés. Et maintenant ?

— Maintenant ? Seul Dieu sait ! »

Elle regarda Vincent dans les yeux. Ils approchèrent leur visage l'un de l'autre. Leurs lèvres se frôlèrent, s'ouvrirent. Puis ils s'abandonnèrent.

Vincent se reprit le premier.

« Tu es jeune, Célia. Ne brûlons pas les étapes. Sachons attendre. Peut-être fais-tu fausse route avec moi. Je ne voudrais pas t'éblouir avec mes idées, ni te tromper par mon comportement.

— Sache que j'ai toujours été maître de mes pensées et de mes sentiments. Mais tu as raison. »

La pluie n'avait pas cessé. En bas, dans la vallée, Henri commençait à s'inquiéter de l'absence de Célia. Seule Marie gardait son calme.

« Ils ont dû aller se promener, dit-elle. Et l'orage les aura surpris. Célia est prudente. Ils ne sauraient tarder. »

Jean, qui avait observé sa sœur avec discrétion, avait compris que Vincent ne lui était pas indifférent. Il s'approcha de sa mère et lui confia dans le creux de l'oreille :

« Si papa se doute de quelque chose, il renverra Vincent.

— Se douter de quoi ? Que veux-tu dire ?

— Qu'avez-vous à chuchoter ainsi tous les deux ?

— On ne chuchote pas, on se parle !

— De quoi ? Si ce n'est pas un secret, tout le monde peut entendre !

— Je disais à maman que Célia n'avait pas l'air d'apprécier Vincent et que je trouvais bizarre qu'elle soit sortie avec lui.

— En notre absence, ils ont dû faire un peu mieux connaissance, ajouta Marie.

— Néanmoins, à l'heure qu'il est, ils devraient être là ! »

Vincent et Célia rentrèrent tard dans la soirée. La nuit tombait presque. Ils s'étaient remis en route malgré la pluie, de crainte d'être pris par l'obscurité et d'être contraints de passer la nuit dans le refuge.

Henri ne fit aucune remarque, ne voulant pas polémiquer devant tout le monde. Il s'inquiéta seulement du sermon que Vincent devait préparer pour le prochain culte et lui rappela qu'il comptait sur lui pour l'aider à donner un nouvel élan à la petite communauté.

« Ne vous inquiétez pas, Henri, je sais ce que je leur dirai, à vos paroissiens. »

Et il jeta un regard complice en direction de Célia. Celle-ci baissa les yeux. Marie s'aperçut de leur connivence, mais ne le montra pas. Au fond d'elle-même, elle avait compris.

* *
*

Vint le dimanche tant attendu.

Toutes les familles protestantes de la vallée se dirigeaient fébrilement vers le petit temple. Chacun était curieux de voir et d'entendre le jeune prélat. Au sein de leur communauté, c'était un événement que personne n'aurait voulu manquer. La personnalité du prédicant, le discours qu'il allait prononcer constituaient les principaux sujets de conversation. Pour rien au monde, depuis qu'Henri Muller s'était installé à Saint-Julien, ils n'auraient raté un de ses sermons. « Qu'est-ce qu'il parle bien ! » remarquait-on dans les travées du temple, à l'issue du culte. « Quel beau sermon ! Quel bel homme ! » Mais chaque fois que le pasteur allait de ses remontrances pour tancer vertement ses brebis endormies et leur montrer le droit chemin, ce n'était que grognements et ratiocinations dans les conversations dominicales, quand ce n'était, de la part des moins dociles, force rodomontades qui n'allaient jamais plus loin que la parole.

Aussi, en ce dimanche 16 août, les esprits étaient avides de savoir si le jeune pasteur allait suivre le chemin tracé par Henri Muller ou infléchir sa rigueur qu'ils jugeaient d'ailleurs toute relative, tant on se méfiait ici de la nouveauté.

« Mes chers amis… »

Vincent venait de commencer son sermon.

Dès le début du culte, Henri s'était effacé devant lui après les présentations d'usage et était allé rejoindre Marie et ses trois enfants sur le premier banc de la travée de droite. L'office était en tout point identique au rite habituel. Salutations, chants et prières se succédèrent dans un ordre connu de tous. Vincent avait la voix claire, le geste simple, le regard droit et direct. Sous ses yeux, les fidèles, par habitude, baissaient la tête et répondaient à ses invites au doigt et à l'œil. On se levait tous en même temps pour entamer un psaume, on se rasseyait aussi sec pour prier ensemble ou écouter un passage de la Bible, on avait l'air d'intérioriser les paroles du jeune pasteur comme s'il s'agissait de paroles d'Évangile. À la seconde près, on mit la main au porte-monnaie pour se délester de son obole dans la grande poche noire que deux volontaires – toujours les mêmes, au demeurant – tendaient avec insistance, même aux plus récalcitrants. Tout semblait bien orchestré. Rien ne manquait. « Quel professionnalisme ! » pensèrent les uns. « On dirait qu'il a fait cela toute sa vie ! » pensèrent les autres.

Mais le moment tant espéré était le sermon. C'était là qu'on attendait le nouveau venu. C'était au travers de ses paroles, de son éloquence, de sa rhétorique, de sa gestuelle qu'on remarquerait s'il s'agissait d'un grand pasteur. La chaire, pour l'heure, devenait une scène, l'assemblée des fidèles les spectateurs, et le temple un véritable théâtre.

Vincent savait tout cela. Il s'attendait à être observé, guetté, jugé, jaugé à l'aune de ses mots, de ses intonations, des trémolos de sa voix, de son emphase pour dire les choses les plus banales. Il savait que tout le reste n'avait pas d'importance ; ce n'était pas tant le contenu de son message qui ferait date que la manière avec laquelle il le prononcerait. Tout n'était, à ses yeux novices, qu'apparat, décor et ruses de Sioux pour parvenir à toucher l'âme de ses impavides fidèles.

Pour son premier culte, il s'était présenté habillé comme de coutume. Habitués au costume noir de clergyman du pasteur Muller, les paroissiens trouvèrent choquant que le jeune prédicant vînt officier dans une tenue peu conventionnelle. Aussi, quand il les appela « *Mes chers amis* », au lieu du traditionnel « *Chers frères et sœurs* » auquel ils étaient tant habitués, leur sang ne fit qu'un tour et les têtes, baissées selon l'habitude, se redressèrent. « Qui est donc ce jeune blanc-bec pour nous appeler : "Mes chers amis" ? » se demanda-t-on de l'un à l'autre.

« *Mes chers amis…* », reprit Vincent.

Henri lança un regard inquiet en direction de Marie. Celle-ci observait Célia et souriait de la voir déjà sous le charme de Vincent.

« C'est un grand honneur pour moi, vous vous en doutez, de célébrer aujourd'hui le culte dans votre petite paroisse. Je sais que vous vous demandez bien quel sera mon propos en ce dimanche 16 août. J'aurais pu, comme c'est l'usage, choisir pour vous un des plus fameux passages des Évangiles pour vous en faire l'exégèse, et éclairer à la lueur de ma réflexion vos consciences avides de vérité et de lumière. Car vous cherchez la vérité, n'est-ce pas ? Et vous êtes tous persuadés qu'elle existe en ce monde sur le chemin qui mène au temple, qui est aussi le chemin qui mène à Dieu. La vérité, quel mot magique ! Et quelle voie sacrée celle qui mène vers elle !

« Eh bien ! je ne le ferai pas ! Je ne vous lirai rien de ce que vous attendez de moi. Et je n'appuierai mon

propos que sur ce que j'ai vu de mes propres yeux, sur ce que vous me paraissez et non sur ce que vous prétendez être.

« Savez-vous, mes chers amis, qu'hier, c'était le 15 août ? Je vous vois rire de ma remarque futile ! Bien sûr qu'hier, c'était le 15 août, puisque aujourd'hui nous sommes le dimanche 16 août... »

D'une travée à l'autre, les fidèles se regardèrent d'un air incrédule et perplexe. « Où veut-il en venir, pensèrent-ils, avec ses lapalissades infantiles ? »

« N'étiez-vous pas présents, tous autant que vous êtes ici réunis, à la fête du village, hier le 15 août ? Bien sûr ! me direz-vous. Et vous ne trouvez pas anormal de participer à une fête religieuse le 15 août en l'honneur de la Vierge Marie, fête catholique de surcroît ! Certes, je sais que c'est aussi la fête du village, et les catholiques qui l'organisent n'exigent pas qu'on aille avec eux vénérer la Vierge, comme cela nous est interdit... La vérité, c'est que vous participez à une fête religieuse en niant ses fondements au nom de votre propre dogme. Je ne veux pas jeter ici de l'huile sur le feu. Loin de moi cette intention. Mais je voudrais simplement vous faire remarquer que vous êtes en pleine contradiction avec vos propres concepts et que vous ne détenez pas la vérité, quoi que vous en pensiez.

« Car, en l'occurrence, où est la vérité ?

« Avons-nous raison ou avons-nous tort de nous distinguer encore de la sorte de nos frères catholiques, alors que bien des choses nous rapprochent ? Et la réciproque est vraie. Je viens de vous le montrer. Entretenir nos différences avec délectation, nous maintenir dans l'originalité peut engendrer un sentiment d'intolérance si

nous ne prenons pas garde à cette autre vérité : que personne ne détient la vérité. Surtout en matière de croyance et de religion... »

Vérité, tolérance, différence. Tous les concepts dont Célia s'était fait le chantre, Vincent les reprenait à son compte. Cependant, jamais ils ne s'en étaient entretenus ensemble. Comment avait-il pu voir si justement dans son esprit, dans son âme ? Comment pouvait-il être à ce point en phase avec ses propres opinions, avec ses propres sentiments ? Cette communion de pensée, jamais elle ne l'avait éprouvée avec quiconque auparavant. Il lui semblait que Vincent parlait avec ses propres paroles, que ses lèvres étaient les siennes. Elle n'avait pas besoin d'entendre les mots qu'il prononçait, elle les lisait sur sa bouche et savait ce qu'il allait dire à la seconde même.

Célia pensait et Vincent parlait. Célia s'exclamait au fond d'elle-même et Vincent traduisait. Elle n'avait d'yeux que pour lui et ne voyait pas qu'autour d'elle, tout le monde avait baissé de nouveau la tête. Vincent s'emportait et Célia exultait. Vincent choquait et Célia rayonnait.

Tout y passa. Les fausses différences, les fausses affirmations, les fausses interprétations, les faux discours, les fausses paraboles, les faux jugements, les fausses condamnations, les faux prophètes, les fausses Églises, les fausses religions, les faux saints, les faux textes, les faux combats, les faux croyants et enfin le faux Dieu.

L'expression était lâchée.

Tout, on aurait pu tout lui pardonner dans son premier sermon. Les maladresses, les erreurs, la monotonie, son ton péremptoire, incisif, vindicatif, violent même. On aurait pu fermer les yeux sur ses extravagances vestimentaires, oublier ses excès d'éloquence et sa façon peu orthodoxe de s'attaquer aux saintes citadelles. On aurait pu lui pardonner sa jeunesse insolente.

Mais Dieu ! Non, il n'aurait jamais dû Y toucher ! C'était un véritable sacrilège.

Aussi, quand Vincent acheva son sermon, Henri Muller fut-il enfin soulagé et se jura bien qu'on ne le reprendrait plus à laisser sa place au premier venu.

Une fois le culte terminé, les fidèles, déroutés par les propos du jeune pasteur, s'en allèrent la tête basse et quelque peu en colère d'avoir été admonestés et ébranlés dans leurs convictions. Henri, lui aussi interloqué, ne fit aucun commentaire et s'empressa de remettre le temple en ordre avec Vincent sans lui adresser la parole.

Au bout de quelques instants interminables, ne se contenant plus, il s'exclama :

« Que vous est-il venu à l'esprit pour parler ainsi à nos paroissiens ? Ils n'ont pas l'habitude qu'on leur tienne de tels propos.

— Je n'ai dit que ce que je pensais ! s'étonna Vincent.

— Peu importe ce que vous pensez, vous n'aviez pas à leur asséner des contrevérités.

— Des contrevérités !

— Exactement. Votre façon d'interpréter notre dogme me paraît bien originale, pour ne pas dire...

— ... peu conventionnelle !

— Tout à fait. Je ne sache pas qu'on vous ait appris de telles choses au cours de vos études de théologie.

— Je me suis fait ma propre opinion. Les textes, les exégèses, les idées des uns et des autres doivent nous permettre de nous forger notre propre point de vue. C'est ainsi que nous progresserons sur le chemin de la vérité. Et non en acceptant les affirmations toutes faites de nos maîtres, si respectables soient-elles.

— Vous allez à l'encontre des fondements de notre foi réformée, Vincent. Je ne vous suivrai pas sur ce chemin. Vous donnez de Dieu une fausse image.

— Qu'ai-je dit de si choquant ?

— Vous faites du dieu de Jésus, Notre Seigneur, un dieu de permission, pour ne pas dire de permissivité. Vous laissez entendre que Dieu permet tout et pardonne tout.

— N'est-il pas un dieu d'amour et de pardon ?

— Certes.

— Vous voyez bien que nous sommes d'accord.

— Nous ne croyons pas, nous protestants réformés, que Dieu permet tout.

— Il nous laisse libres d'agir et nous pardonne si nous nous trompons.

— Face à la tentation, nous sommes libres de notre choix, il est vrai. Mais je ne dirai jamais que Dieu nous permet de choisir, comme si le choix n'avait aucune incidence ensuite sur notre vie en tant que chrétiens, en tant que croyants.

Ce serait là une façon de tolérer le mal. Or Dieu ne peut tolérer le mal.

— Qui vous parle de Bien et de Mal. C'est sur ce point que je m'oppose à la plupart des idées reçues. Vous avez une conception réductrice du choix qui s'offre à l'homme à chaque instant de sa vie.

— Que voulez-vous dire ?

— L'idée du Bien et du Mal est en elle-même réductrice, en ce sens qu'elle culpabilise et paralyse l'être humain.

— C'est la seule façon de juger nos actes. La prise de conscience préalable de ce qui est bien ou mal est le meilleur moyen d'éviter les pièges de la vie, les tentations ; le meilleur moyen de ne pas se laisser détourner du chemin qui mène à Dieu.

— Mais vous avez une idée toute faite du Bien et du Mal ! Pour vous le Bien est synonyme de Dieu et le Mal de Satan ; c'est ce que vous enfoncez à grand renfort de sermons dans l'esprit crédule de vos fidèles.

— Mes fidèles ne sont pas crédules, Vincent ! Vous les méprisez en disant cela. Ils ont une foi sincère et profonde en Dieu, Notre Seigneur.

— Ils craignent Dieu plus qu'ils ne l'aiment.

— C'est faux ! Il y a bien longtemps que nous autres, protestants, avons dépoussiéré la Bible et que nous avons clamé à haute voix l'amour et le pardon de Dieu.

— Alors il faut lire les textes différemment. Il faut cesser de culpabiliser l'homme au nom de

Dieu. Il faut cesser de lui faire croire que, ce qu'on lui lit dans la Bible, c'est la pure vérité.

— Comment osez-vous !

— Il faut parler de Dieu avec son cœur et non avec des textes. Il faut cesser d'en appeler à saint Jean et à ses visions apocalyptiques, ou à saint Paul et à sa morale expiatoire. Cessons d'encenser ces grands hommes, puisque nous refusons d'encenser Marie. Soyons logiques jusqu'au bout.

— Vous voulez donc faire table rase de tout ! C'est inimaginable.

— Je voudrais qu'on ait le courage d'admettre que Dieu n'appartient à personne, et qu'il n'y a aucune raison de croire que la vérité se trouve révélée dans nos textes par la bouche de nos saints, plutôt que dans les textes des autres et par la bouche de sages que nous feignons d'ignorer.

— Que faites-vous donc chez les protestants, Vincent ? »

Henri était rouge de colère. Jamais il n'avait entendu de tels propos de la part d'un coreligionnaire, encore moins de la part d'un futur pasteur.

« Ne vous froissez pas, Henri. Je veux seulement que vous compreniez que j'ai choisi notre religion réformée comme un moyen de parvenir à Dieu. C'est un choix délibéré, mûrement réfléchi. Je n'ai pas choisi cette voie parce que mes origines m'y ont naturellement conduit. D'ailleurs, mes parents sont catholiques, et ils ne sont pas pratiquants, comme la plupart des gens. Il n'y a rien de pire que de suivre aveuglément le chemin qu'on a voulu tracer devant vous. Notre éducation et notre culture nous amènent à faire des choix qu'il est difficile de réfuter. Vous me reprochiez ma conception du "Dieu-permission". Oui, Dieu permet. Il permet à chacun d'être et d'affirmer sa différence, sans pour autant se trouver sur un chemin détourné, sans pour autant louvoyer avec le Mal. Voilà pourquoi je m'oppose à ce précepte biblique qu'il y a d'un côté le Bien et de l'autre le Mal.

— Vous ne pouvez nier que Satan…

— Satan n'existe que dans votre imagination. Il faut qu'il soit, pour justifier l'existence de Dieu. Ce n'est pas du christianisme tout cela ; ce n'est que de la dialectique marxiste !

— Comment osez-vous ! répéta Henri pour la seconde fois.

— Pardonnez-moi. Je voulais dire qu'on a nul besoin de mettre le Mal en exergue devant la conscience des gens pour leur donner l'envie de faire le Bien ; de leur faire croire à Satan pour qu'ils croient en Dieu. Car, dans ce cas, c'est la crainte de Dieu qui les amène dans nos temples, la peur de ne pas être pardonnés le jour du grand jugement. Qu'y a-t-il de neuf dans cette façon de croire ? Même les Égyptiens au temps des pharaons avaient de telles croyances.

— Ils étaient païens.

— Païens ! Parce qu'ils n'appelaient pas Dieu *Notre Père*, mais *Amon* ou *Rê* ! Nos frères musulmans sont donc païens à vos yeux parce qu'ils appellent Dieu *Allah* ? Vous voyez bien que vous

vous empêtrez dans vos différences et dans vos contradictions.

— Dieu a choisi le peuple d'Israël pour être son porte-parole à travers le monde et y a envoyé son fils, Jésus-Christ, Notre Seigneur, pour lui indiquer la voie du salut, ne l'oubliez pas !

— Je veux bien admettre tout cela. Mais j'affirme que ce n'est pas l'unique vérité et que Dieu permet à chacun de suivre d'autres chemins.

— Je n'aurais jamais cru cela d'un futur pasteur !

— Je suis venu, peut-être, non pour porter la paix dans vos bonnes consciences, mais pour porter le glaive ! répondit Vincent ironiquement.

— Vous voyez que, vous aussi, vous vous référez aux Évangiles !

— Cela m'est bien utile parfois, je l'avoue. »

Célia et Marie avaient tout entendu de l'altercation des deux hommes. De connivence, elles s'étaient bien gardées d'intervenir. Elles étaient restées à l'écart, tandis que Jean et Pierre étaient sortis sur le parvis du temple où attendaient, selon leur habitude, les derniers paroissiens, ceux qui, pour rien au monde, n'auraient voulu quitter la maison de Dieu sans serrer la main de son fidèle représentant.

Mais ce dimanche inhabituel, les derniers à s'attarder étaient rares. Peu avaient apprécié en effet les remises en cause de Vincent, et certains d'entre eux se demandaient quel était l'avis du pasteur Muller. Se pouvait-il que ce message fût aussi le sien ? Les Besson étaient entourés de leurs amis et entretenaient les conversations qui allaient bon train. De la porte grande ouverte, ils écoutaient discrètement ce qu'Henri et Vincent se disaient. Ils percevaient bien quelques bribes de phrases, quelques mots échangés plus haut que d'autres, des adjonctions du pasteur, mais nul n'aurait pu deviner les propos du jeune prédicant, car ce dernier parlait calmement et semblait s'expliquer avec sérénité.

« Qu'il est chouette ! s'exclama Célia, ne pouvant plus contenir son admiration pour Vincent.

— Ne fais pas tant de bruit, chuchota Marie, ils peuvent nous entendre. Les propos de Vincent te plaisent, n'est-ce pas ?

— Vincent est dans le vrai. Dire que je l'ai mal jugé à son arrivée !

— Il ne faut pas se fier aux apparences. Mais prends garde à toi. N'en fais pas ton mentor !

— Tu me juges mal, maman. Ce serait contraire à mes convictions et à celles de Vincent lui-même. »

Les remarques d'Henri se faisaient plus vives.

« Il est temps que j'intervienne pour faire cesser leur différend », estima Marie.

Celle-ci sortit de l'ombre où elle s'était réfugiée, s'appuyant à grand-peine sur ses deux cannes.

« Tu étais là, Marie ? s'étonna Henri. Tu nous espionnais ?

— Nullement. Je rangeais les livres de cantiques dans l'office avec Célia. Je vous ai entendus vous quereller et je me suis dit que ce n'était ni le lieu ni le moment de vous opposer ainsi. Nos amis vous attendent à l'extérieur. Henri, tu devrais aller leur serrer la main. »

Le pasteur, rouge de confusion, tourna les talons et laissa Marie seule avec Vincent. Célia, restée en arrière, n'osait se dévoiler.

« Pardonnez-moi pour mes propos vindicatifs envers votre mari, s'excusa Vincent.

— Ne vous excusez pas. Vous parliez avec conviction. Je le fais souvent moi-même, et il n'est pas rare que nos opinions divergent. Mon mari est un homme très brave et courageux. Mais il a reçu une éducation rigide et très traditionnelle. Son père lui-même était pasteur. Vous comprenez, les idées nouvelles l'effraient, car elles dérangent ce qui est établi. Cependant, il finit toujours par reconnaître qu'il n'est pas accroché au pilier de la raison comme à une ancre de certitude, et qu'il n'a pas la vérité infuse.

— J'ai peut-être été trop loin.

— Tu as été merveilleux ! s'exclama Célia qui se rongeait d'intervenir. C'était le plus beau sermon que j'aie jamais entendu.

— Vous vous tutoyez ? s'étonna Marie.

— Il n'y a pas de mal à cela, n'est-ce pas ? » répartit Célia en regardant Vincent, les yeux pétillants de malice.

XII

La rupture

Les jours qui suivirent, Henri fut d'une humeur exécrable.

Chagriné par les idées exposées par Vincent devant ses fidèles, il s'enferma dans un profond mutisme.

Marie tenta en vain de le faire revenir à la raison. Henri s'entêta et affirma qu'il valait mieux ne plus discuter. Il redéfinit prestement la tâche de chacun : Vincent s'occuperait de la gestion matérielle de la paroisse et du courrier avec le conseil presbytéral ; et il se garderait les relations avec les paroissiens. Il fallait, pensait-il, éviter de laisser Vincent en contact avec ces derniers, afin de remettre de l'ordre dans les esprits perturbés.

Le sermon, en effet, avait semé le trouble. D'aucuns disaient que le jeune pasteur était un papiste, un sous-marin des catholiques envoyé pour jeter l'anathème et créer la discorde. D'autres y voyaient même un suppôt de Satan, tant il y avait de méchanceté dans ses paroles. Personne, en tout cas, ne comprenait la raison pour laquelle le conseil l'avait choisi pour seconder Henri Muller, qui passait aux yeux de tous pour l'archétype du bon pasteur. Du coup, beaucoup plaignaient celui-ci et se demandaient si leur collaboration pourrait durer longtemps, et s'il ne fallait pas envoyer une pétition pour qu'on limogeât le stagiaire sur-le-champ.

Tempéré par Marie, Henri ne voulut prendre aucune décision sur un excès de colère, préférant mettre Vincent à l'épreuve dans un domaine où il n'aurait aucun contact direct avec les paroissiens. Il ne lui proposa plus jamais d'officier le culte, ni même de l'aider en ce domaine. Les dimanches suivants, Vincent se contenta donc d'assister au culte comme le commun des fidèles. Mais, dans le temple, il sentait bien que les yeux se retournaient vers lui, traduisant force réprobations.

Seule Célia lui prodiguait sans gêne son soutien. Mais, pour ne pas faire souffrir son père, elle décida, en accord avec Vincent, de se montrer discrète dans leurs relations.

« Tu comprends mieux maintenant comme il est difficile de vivre sa différence, quand autour de toi règne la conformité. Toi aussi, tu es devenu différent aux yeux des autres, un mouton noir.

— Il y a de l'intransigeance dans l'attitude de ces gens.

— De l'intolérance, devrais-tu dire. »

Célia se montrait plus sévère que Vincent dans son jugement. Sa jeunesse l'emportait sur sa raison, et elle ne trouvait pas de mots assez durs pour vilipender l'attitude de ses coreligionnaires.

« Je me mets un peu à leur place, objecta

Vincent. Je suis celui par qui le trouble s'est répandu. Et comme un grand vent de tempête, j'ai balayé trop vite leurs préjugés.

— Il faut abolir tous les préjugés. Ils confortent ceux qui ne veulent jamais rien changer, de peur de devoir se remettre eux-mêmes en question.

— Avec le temps…

— Non, le temps n'y fera rien. Avec le temps, on a laissé exterminer ceux de mon peuple, alors qu'on savait depuis longtemps. Le temps est un prétexte pour ne rien faire par peur d'agir. Pourquoi mon père lui-même a-t-il mis si longtemps à m'avouer que j'étais juive ?

— Tu ne peux lui prêter la même attitude que celle de ces gens-là. Ce n'est pas comparable.

— J'en viens parfois à le penser. J'étais trop jeune, m'a-t-il dit un jour. Je crois plutôt qu'il craignait de voir son ordre établi ébranlé. Celui-ci voulait que je sois élevée et que je grandisse dans la foi protestante, suffisamment longtemps pour que je ne puisse plus remettre mon éducation en cause.

— Tu juges ton père trop sévèrement, Célia.

— Je ne le juge pas. Je ne l'ai jamais jugé. Il a fait ce qu'il a cru bon pour moi, pour l'unité de notre famille, pour que je ne sois pas différente des autres et qu'on ne me montre pas du doigt. Et cela, il l'a bien réussi.

— Alors, pourquoi lui en vouloir maintenant ?

— Je ne lui en veux pas. Mais je souffre de le voir agir ainsi avec toi. Car je me dis qu'il n'acceptera jamais que je ne sois pas à son image.

— Je ne comprends pas.

— Il m'a longtemps caché mes origines juives pour que je sois comme tout le monde. Au fond, il n'aurait pas accepté de voir ma différence exposée au grand jour. Mais maintenant que je connais une partie de mon passé, je me sens différente et je ne le cache plus. Et il en souffre.

— Qu'en sais-tu ?

— Nos relations ont bien changé depuis que j'ai surpris sa conversation avec maman.

— Qu'est-ce que cela change pour lui que tu vives ta différence sans la dissimuler ?

— Je suis une faille dans son ordre établi.

— Jusqu'à présent tu t'es toujours montrée discrète.

— Et pour cause !

— Que veux-tu dire ?

— Je suis déchirée, Vincent. Je ne sais plus si je dois rester fidèle à l'éducation et aux croyances que mes parents m'ont données, ou si je dois redevenir celle que j'aurais toujours été si j'avais vécu avec mes propres parents.

— Protestante ou juive, qu'est-ce que cela change ? Dieu est toujours là pour chacun d'entre nous, où que nous soyons, qui que nous soyons.

— Je sais tout cela. Mais c'est pour moi une question de mémoire, de respect pour la mémoire des miens qui ont disparu. J'appartiens à ce peuple de martyrs et je ne peux plus vivre en l'ignorant sous prétexte que, toute jeune, on m'a élevée selon une autre culture, dans une autre confession. Je me sens déchirée et j'aurais l'impression de trahir les miens si je ne faisais rien pour revenir aux sources de ma vie.

— Tes parents sont-ils hostiles à ce que tu cherches par toi-même un autre chemin qui mène à Dieu ?

— Non, pas vraiment. C'est moi qui crains de les rendre malheureux.

— Ta mère me semble tout acquise.

— Certes, mais mon père me reprochera mon ingratitude après tout ce qu'il a fait pour moi.

— Ton père est un homme de foi. Je lui parlerai si tu le souhaites.

— Toi ! Surtout pas. Il te considère déjà comme un hérétique. Ne va pas semer le trouble dans son ordre familial. Il te vouerait aux gémonies.

— Tu exagères ! Ton père est un homme très droit. Il est seulement un peu trop convaincu qu'il est sur l'unique chemin qui mène à Dieu.

— Il ne t'écoutera pas.

— Nous verrons bien ! »

Célia se jeta dans les bras de Vincent et l'embrassa à en perdre la notion du temps.

La maison était calme. Les frères de Célia jouaient dans les bois voisins, selon leur habitude. Henri avait accompagné Marie à Montpellier. Les séances de rééducation commençaient à porter leurs fruits. Marie pouvait se déplacer sans son fauteuil roulant. Ses progrès avaient été rapides et, de jour en jour, elle trottinait plus longuement, ne s'aidant plus que d'une seule canne. Elle sortait de plus en plus souvent de la maison, se promenant le long de la route ou dans les prés voisins. Les médecins lui avaient affirmé que, avant la fin de l'année, elle marcherait de nouveau comme avant. Les lésions s'étaient bien refermées ; bientôt elle pourrait remiser sa canne aux oubliettes.

Porté par l'amour qu'il éprouvait pour Célia, Vincent ne se rendit pas compte qu'il était en train de franchir une étape qu'il avait jusqu'ici repoussée, de crainte de brusquer trop vite ses sentiments. Lentement ses mains caressèrent son corps qui s'offrait déjà. Nue devant lui pour la première fois, Célia se mit à son tour à le déshabiller. Leurs lèvres scellèrent ce qu'ils avaient de plus secret en eux, leur peau exhala le même parfum d'ivresse qui les transporta à cent lieues de toute réalité. Vincent s'épancha dans la rivière que Célia lui donna en offrande et se perdit dans les vertes prairies de son corps. Ils eurent l'impression de remonter le temps jusqu'au premier matin du monde, comme deux êtres purs, portés par un roc de certitudes, réchauffés par un flot de vérités. Le corps de Célia ne cacha plus aucun secret pour Vincent qui en découvrit chaque vibration, chaque frémissement, comme un nouvel appel au plaisir et à la communion des sens. Célia but à la source et s'enivra. Son corps devint impondérable et son esprit plus léger que l'éther.

Assoupis, encore enlacés, ils ne percevaient que le battement de leur cœur dans leur poitrine. Le monde autour d'eux n'existait plus. Ils flottaient, repus et transcendés, dans une même volupté qui oblitérait leur perception de la réalité.

Ils n'entendirent pas le bruit de moteur qui ronronnait au-dehors. Une portière claqua. Quelqu'un parla, mais personne ne répondit. Puis les pas s'approchèrent du seuil de la maison. La porte d'entrée s'ouvrit.

« Célia, tu es là ? »

Célia n'entendait pas. Elle reposait, nue, dans les bras de Vincent, lui aussi assoupi.

Henri se dirigea vers la chambre de sa fille. Sa porte était entrebâillée.

« Célia, pourquoi ne réponds-tu… »

Interloqué, la main encore sur la poignée de la porte, il se figea. Le spectacle de Célia et de Vincent, tendrement enlacés dans le plus simple appareil, le stupéfia. Il claqua instinctivement la porte, ébranlant la cloison, puis, faisant volte-face, il sortit, rouge de honte et de colère.

Réveillée par le bruit, Célia secoua son ami.

« Tu n'as rien entendu ?

— Non, que se passe-t-il ?

— J'ai entendu une porte claquer.

— C'est un courant d'air. »

Henri, furibond, démarra en trombe sans adresser une seule parole à Marie, restée à l'arrière de la voiture.

« Tu as récupéré les radios ? lui demanda-t-elle sans se douter de rien.

— Euh… oui, répondit-il encore tout abasourdi. Je me dépêche, car nous allons être en retard à ton rendez-vous. »

Célia entendit la voiture s'en aller. Elle accourut à la fenêtre de sa chambre et resta interdite.

« Papa ! s'écria-t-elle. Il nous a vus. »

Vincent sauta du lit et vint se rendre compte par lui-même. La voiture d'Henri s'éloignait, laissant derrière elle un gros panache de fumée noire.

« Qu'allons-nous lui dire ? s'inquiéta Célia.

— Ne t'en fais pas. Il ne nous a peut-être pas vus.

— Dans mon demi-sommeil, j'ai entendu crier mon nom. Papa m'a appelée et il est venu dans la chambre. C'est lui qui a dû claquer la porte quand il nous a surpris.

— Je lui expliquerai que je suis le seul fautif, que je t'ai forcée.

— Non, Vincent, cela n'arrangera rien.

— Alors que penses-tu faire ?

— Lui parler franchement. La sincérité a toujours été pour moi la meilleure façon d'agir.

— Je crois que je ferais mieux de quitter cette maison.

— Partir ? Sans moi ! Tu n'y penses pas.

— Depuis mon arrivée, je suis une gêne pour tout le monde, je sème le trouble partout.

— Tu ne peux pas m'abandonner, je t'aime, Vincent.

— Moi aussi Célia, je t'aime. Mais je ne veux pas que tu sois malheureuse à cause de moi.

— Si tu t'en vas, je serai inconsolable, et rien ne sera résolu pour autant. Attendons que mes parents reviennent. Nous aurons une explication. Après, nous verrons plus clair.

— Tu as sans doute raison. »

* *
*

Le soir venu, Henri, de nouveau retranché dans son mutisme comme pour mieux se dissimuler la vérité, n'avait toujours pas avoué à Marie ce qu'il avait découvert au cours de sa visite impromptue. Celle-ci ne comprenait pas les raisons de son silence. Elle le crut encore contrarié par quelque problème d'ordre paroissial.

À leur retour au mas, ils avaient trouvé Vincent seul dans sa chambre, occupé à rédiger un mémoire sur les Zélotes en Palestine à l'époque de Jésus-Christ. Célia était restée au village, dans l'intention de ne pas montrer qu'elle avait passé tout l'après-midi en sa compagnie.

« Il vaut mieux que je parle seul à ton père », lui avait suggéré Vincent.

Et d'un commun accord, elle s'était éloignée.

Morte d'inquiétude, elle avait marché des heures durant, faisant et refaisant les cent pas sur le « chemin des amoureux » où son cœur l'avait portée naturellement. Ce chemin longeait la route principale, qu'il dominait en corniche, et passait derrière l'église abbatiale pour déboucher à la sortie du village. Ombragé et à l'écart des regards, c'était l'endroit préféré de bon nombre de jeunes gens en quête de solitude. Célia s'y rendait souvent avec Vincent. Chaque pierre du chemin lui rappelait un souvenir, une parole, une caresse, un baiser offert en signe de son amour.

Henri ne desserrait toujours pas les dents.

« Peux-tu me dire ce qui te chagrine ? lui demanda Marie.

— Notre fille, pour tout te dire !

— Célia ! Qu'a-t-elle fait pour te mettre dans cet état ?

— Ce qu'elle a fait ? »

Marie s'attendait à ce qu'Henri parlât de Vincent. Aussi ne fut-elle qu'à moitié surprise.

« Elle fréquente Vincent, et cela ne me plaît pas.

— Nous y voilà !

— Tu n'y vois aucune objection ?

— Pour l'instant, ils ne font rien de mal. Ils sont jeunes. À leur âge, l'amour est une chose naturelle. Ça leur passera... ou ça ne leur passera pas ! Tant que ce n'est que ça !

— Ce n'est pas si simple. Ils couchent ensemble !

— Henri, comment oses-tu affirmer une chose pareille ?

— Je les ai surpris.

— Surpris ! Explique-toi.

— Je te dis que je les ai vus. Tout à l'heure, quand nous sommes revenus à l'improviste, ils étaient nus dans le lit de Célia, enlacés l'un à l'autre. »

Stupéfaite, Marie resta un instant sans réaction. Mais très vite, elle se reprit :

« Bien sûr, c'est assez surprenant de la part de Célia. Nous n'étions pas préparés à ce genre d'éventualité.

— Surprenant ! C'est tout ce que tu trouves à dire ? Moi, je trouve ça dégoûtant ! Tomber ainsi dans le péché de la luxure ! Et avec un futur pasteur en plus ! Tu imagines ce que diraient de nous nos paroissiens s'ils l'apprenaient ? Célia me fait honte.

— Henri, tu exagères. Comme toujours.

— Elle n'est même pas encore majeure !

— Qu'est-ce que cela change ? Dix-huit ou vingt et un ans ?

— Elle a commis un grave péché, sous notre toit. Elle a défié Dieu.

— Elle aime ce garçon. Qu'y a-t-il de mal à cela ?

— Le plaisir de la chair ! Tu sembles l'oublier.

— Henri, sois donc un peu moins formaliste et ne juge pas sans savoir.

— Ce jeune Vincent a dévoyé notre fille. C'est lui qui l'a poussée au vice.

— Tu oublies que pour faire l'amour, il faut être deux.

— Il l'aura séduite avec ses belles phrases.

— Tu connais Célia aussi bien que moi. Elle n'est pas du genre à se laisser influencer. Si elle s'est donnée à lui, c'est de son plein gré.

— Alors, c'est encore plus grave.

— Il faut que tu aies une longue discussion avec elle et avec Vincent, afin de connaître leurs intentions. Ne leur jette pas la pierre sans tâcher de comprendre. L'amour est innocence et souvent symbole de pureté. Quant à l'acte d'amour, il sublime les sentiments que nous portons dans notre cœur. Tu sembles oublier ce qui nous a poussés l'un vers l'autre.

— Je ne t'ai pas dévoyée de cette manière !

— Nous n'avions pas leur âge, et ce n'était pas la même époque. Mais souviens-toi Henri, quand nous nous retrouvions seuls, le soir, chez tes parents, une fois ceux-ci montés dans leur chambre. »

Henri se calma. Les souvenirs ravivés par Marie le ramenaient à sa jeunesse, à une époque où il aurait fait n'importe quoi pour aller la rejoindre.

« Il n'empêche, Vincent a séduit notre fille. J'aurai une explication avec lui. Quant à Célia, je lui interdis dorénavant de rester seule en sa compagnie.

— Tu t'empêtres, Henri. Tu n'obtiendras rien de bon en agissant de la sorte. »

La discussion que le pasteur eut avec son jeune collègue fut très tendue. Marie refusa d'y participer. Pour elle, il n'y avait pas de quoi dramatiser ; tout devait se régler le plus naturellement possible, en mettant Célia en garde de ne pas se laisser aveugler par des sentiments démesurés, et en mettant Vincent devant ses propres responsabilités.

Mais Henri ne l'entendait pas ainsi. Il fit à Vincent, qui l'écoutait sans rien dire, un véritable procès d'intention, revenant sur son attitude depuis le premier jour où il avait débarqué. Tout y passa : son allure trop décontractée, son accoutrement, son verbe haut et péremptoire, ses relations trop distantes avec les paroissiens, son absence de valeurs, son esprit de contradiction, son goût immodéré pour le non-conformisme, son œcuménisme trop tendancieux avec les catholiques, ses propos irrévérencieux envers les textes sacrés, voire envers Dieu Lui-même.

« En un mot, coupa Vincent, vous me reprochez de ne pas être comme tout le monde, à l'image de vos plus fidèles paroissiens. Vous me reprochez d'être différent.

— C'est cela. Vous êtes trop différent de nous. Vous n'avez rien à faire dans notre Église réformée.

— Je comprends que mes positions vous choquent. Toutefois, si Célia n'avait pas été entre nous, auriez-vous tenu les mêmes propos avec autant de sévérité ? N'est-ce pas la peur de voir Célia vous échapper qui vous pousse à me condamner sans appel ? N'est-ce pas sa propre différence, si soudainement dévoilée, qui vous fait trembler sur votre piédestal de certitudes ? Je vous le dis en vérité, Henri, vous n'acceptez pas que d'autres puissent vous signifier que vous ne détenez pas la vérité. Célia vous fait peur depuis qu'elle affirme ses origines juives ; car vous craignez qu'elle ne soit tentée un jour de retourner au judaïsme de ses ancêtres. Et vous m'en voulez de la conforter dans sa quête d'authenticité. Que nous ayons fait l'amour ensemble ne change rien aux données de votre problème. Ce n'est qu'un prétexte pour mieux vous permettre d'opérer sur elle une reprise en main tout en m'écartant.

— Vous ne pensez quand même pas que je vais vous demander de rester parmi nous, et sous mon toit de surcroît !

— Je n'osais même pas y penser. Je m'en irai dès demain par le premier car pour Nîmes.

— C'est ce que vous avez de mieux à faire.

— Pour Célia...

— Célia est toujours ma fille. Je vous prie de la laisser en dehors de tout cela. Vous lui avez fait suffisamment de mal. Je lui parlerai. Elle finira par se rendre à la raison. »

La discussion en resta là.

Marie ignorait ce que les deux hommes avaient décidé. Mais elle ressentit aussitôt une étrange pesanteur envahir la maison. Célia ne revenant pas, elle envoya ses deux frères la chercher au village.

Ceux-ci, après plus de deux heures de vaines recherches, s'en revinrent seuls, n'ayant trouvé leur sœur nulle part. Marie, sans le montrer, s'en inquiéta. Elle connaissait bien les réactions de sa fille et la savait prête à tout.

En réalité, Célia ne se trouvait pas très loin. Revenue au mas, alors que la discussion était encore très vive, elle avait préféré attendre pour réapparaître et s'était réfugiée dans l'ancienne grange. De là, elle avait entendu son père faire son réquisitoire contre Vincent et ce dernier prendre la décision de s'en aller le lendemain matin.

Cette nouvelle l'anéantit. Elle ne pouvait imaginer, en effet, vivre de nouveau comme avant, comme si Vincent n'existait pas. Le monde tout à coup s'écroulait devant elle, sa vie n'avait plus de sens. Vincent était le seul qui la comprenait vraiment, qui épousait le même idéal, qui réagissait de la même manière qu'elle, face aux problèmes qu'elle rencontrait. Il était à la fois son réconfort et sa raison d'être, le lien qui l'unissait à sa vie présente et à celle de ses origines. Or ce lien allait disparaître et, avec lui, toutes les raisons de persister à vouloir être elle-même. Sa vie ne serait plus que survie ; son existence tomberait en déshérence.

Célia resta un long moment à méditer. Ses pensées s'entrechoquaient dans son esprit troublé. Elle pouvait tout envisager, mais pas cette rupture soudaine, aussi soudaine que fut la révélation de son amour. Pour la première fois, quelque chose s'était brisé en elle, une certitude, un espoir secrètement conforté dans son être intérieur par cette sorte de conscience, miroir d'elle-même, d'où elle tirait sa force, et qui éclairait le chemin qu'elle devait suivre. Jamais jusqu'à présent elle n'avait commis d'erreurs, jamais elle ne s'était trompée. Les obstacles, elle les avait tous surmontés, et elle s'apprêtait à en franchir d'autres, avec Vincent.

Or, voilà que son miroir s'était brisé et ne lui renvoyait plus qu'une image déchirée d'elle-même et de son destin.

Les yeux brouillés de larmes, elle n'osait bouger. Descendre et paraître dans cet état devant tout le monde était au-delà de ses forces. Que dirait-elle d'ailleurs ? Qu'elle avait tout entendu, qu'elle donnait tort à son père, qu'elle s'opposait à sa décision ? Avait-elle le droit de s'opposer à son père ? Pouvait-elle désobéir à celui qui lui avait sauvé la vie, alors que tous les siens avaient tragiquement disparu ? L'ingratitude était une attitude qu'elle exécrait chez les autres. Elle ne pouvait elle-même bafouer son honneur en agissant ainsi.

En proie aux plus douloureux remords, à la seule pensée qu'elle était la cause du malheur de son père, elle se sentait paralysée, totalement anéantie.

Si seulement, pensait-elle, elle avait tout ignoré de ce qu'elle était ! Elle n'en serait pas alors à se débattre entre les deux êtres qui coexistaient en elle. Son choix aurait été sans doute plus facile, car elle n'aurait pas vu Vincent avec le même regard. Si elle avait ignoré qu'il pouvait y avoir une autre façon d'être et une autre vérité que celle du milieu qui l'avait vue grandir, si elle n'avait eu aucune raison de remettre en cause la culture qu'on lui avait inculquée, comme il lui aurait été plus facile de vivre en paix, avec la même certitude que ceux qui, accrochés au clocher de leur paroisse, feignent de voir les autres, mais restent arrimés à leur citadelle !

Tel était le double dilemme qui déchirait son cœur. Entre son père et Vincent, c'était finalement choisir entre son éducation et ses origines. Et quelle que fût sa décision, c'était à ses yeux, dans les deux cas, une renonciation, voire une trahison.

Célia resta claquemurée dans son tourment, oubliant de réapparaître auprès des siens qui se faisaient un sang d'encre de ne pas savoir où elle était. Marie était la plus inquiète. Henri, trop buté contre Vincent, ne décolérait pas et accusait ce dernier de la disparition de sa fille. Pierre et Jean, sentant qu'un drame se nouait, s'étaient enfermés dans leur chambre.

Quant à Vincent, il préparait sa valise. Ce soir-là, il prit son repas seul, assis sur son lit, en proie aux plus vifs remords.

* *
*

Chers Papa et Maman.

Je sais que votre chagrin est immense et que j'en suis en partie la cause. J'ai déçu tous les espoirs de papa qui me voyait déjà entreprendre des études de théologie pour devenir pasteur, à son image. Cela n'a jamais été mon idée, je ne vous l'ai jamais caché. Le hasard a voulu que je découvre qui je suis vraiment, voilà déjà deux ans. Depuis, je me débats avec ce problème qui me ramène à ma vraie raison d'être, à ma vraie dimension. Je ne peux concevoir en effet vivre le restant de mon existence en ignorant tout, ou presque, de mes origines, d'autant que je sais maintenant que celles-ci tirent leurs racines d'un drame qui touche des millions de personnes. Vivre sans me dévoiler m'était devenu insupportable. Mais vivre sans me dissimuler ne me suffit plus maintenant. Il est déjà très difficile de se sentir différent au regard des autres, il est encore plus difficile d'ignorer la genèse de cette différence. C'est seulement dans le plein accomplissement de l'acte, que j'ai entrepris depuis ma découverte d'une part de la vérité, que je trouverai la plénitude de mon être et le sens de mon existence.

Je vous dois tout ce que vous m'avez appris et vous en suis plus que jamais reconnaissante. Il faut maintenant me laisser faire, seule, le reste du chemin que personne d'autre ne peut faire à ma place. J'ignore où cela me mènera et ce que je découvrirai. Et je sais qu'il ne sera pas facile ni d'y parvenir ni d'en accepter le résultat. Il y a de grandes chances – j'en suis consciente – qu'au terme de ma quête je ne découvre qu'une tragique réalité. Mais il est temps maintenant que j'affronte la vérité. Et puisque celle-ci n'est pas venue à moi, c'est à moi d'aller vers elle.

Aussi ai-je décidé de m'en aller. J'éprouve une peine immense à vous quitter, et je sais que la vôtre est tout aussi incommensurable. Ne m'en veuillez pas. Car lorsque je reviendrai, je serai éclairée. Je saurai alors ce qui a manqué jusqu'à présent à ma vie : la mémoire des miens.

Forte de cette mémoire, je resterai toujours votre fille, votre seule et unique fille ; et vous serez toujours mes parents, ceux qui auront fait de moi celle que je suis devenue.

Je vous aime éperdument.

À bientôt. Je vous embrasse.

Votre fille, Célia.

Célia prit sa décision tard dans la nuit, alors que la maison était redevenue plus calme. Dans la grange, elle retrouva, dissimulé dans sa cachette d'adolescente, le journal intime qu'elle avait commencé dès son arrivée à Saint-Julien. Elle en détacha quelques pages et, à la lueur d'une bougie, rédigea cette lettre, fermement décidée à ne pas se montrer.

Puis elle ramassa quelques vieux vêtements abandonnés dans un coffre et, avant que l'aube se fût levée, elle glissa sa lettre sous la porte d'entrée sans faire de bruit.

Au petit jour, comme il l'avait promis à Henri, Vincent prit sa valise et, les adieux ayant été faits la veille au soir, il s'en alla sans réveiller la maisonnée. Il trouva sous la porte une enveloppe cachetée, sans aucune indication. Il la déposa sur la table de la cuisine et s'éclipsa en silence. Le premier car pour Nîmes passait à 6 heures. Il avait dix minutes pour l'atteindre. Il courut à perdre haleine, embarrassé par sa valise. Parvenu au niveau du cimetière, là où la route cessait de descendre, il ralentit son pas pour reprendre son souffle. Il n'était plus qu'à une centaine de mètres du but. « C'est bon, pensa-t-il, je ne l'ai pas manqué. Quelqu'un attend son passage. »

Tout haletant, il n'avait pas encore relevé la tête. Il s'apprêtait à saluer la jeune personne qui l'avait précédé, quand, surpris :

« Célia ! Que fais-tu là ?

— Je pars avec toi. »

* *
*

L'autocar de Nîmes emmena les deux fugitifs à l'insu de tous. En chemin, Célia expliqua à Vincent le motif de son départ précipité.

« Je ne serais certainement pas partie seule. Si

tu n'avais pas été là au bon moment, je n'aurais pas eu le courage de quitter mes parents.

— Je suis donc la cause de leur malheur.

— Non, Vincent. Tu es celui par lequel je saurai un jour toute la vérité. Ne te reproche rien. Les sentiments qui nous unissent sont plus forts que tout.

— Si je n'étais pas venu, tu n'en serais pas là.

— J'en serais encore à me tourmenter, à être mal à l'aise dans ma peau. C'est Dieu qui t'a envoyé sur mon chemin, pour m'aider à réaliser mon devoir.

— Ton devoir ! Une fugue !

— Ce n'est pas une fugue. J'ai écrit à mes parents que je reviendrai, quand je saurai.

— Qu'attends-tu de moi exactement ? »

Célia regarda Vincent droit dans les yeux. Il y avait dans les siens une lueur de crainte et d'incompréhension.

« M'aimes-tu vraiment ?

— Tu oses me le demander ?

— Alors, accompagne-moi.

— Pour aller où ?

— Je ne le sais pas encore exactement. Mais je sais que je dois partir.

— Tu désires mon aide, mais tu ne sais pas au juste pourquoi !

— Je veux que tu m'aides à retrouver mes vrais parents. »

Interloqué, Vincent s'étonna :

« Mais ils sont morts ! Tu le sais bien.

— Qu'en savons-nous ? Je n'en ai jamais eu la preuve.

— Qu'auras-tu de plus quand tu sauras la vérité, preuve à l'appui ?

— Moi aussi, j'aurai alors une certitude. Pour une fois qu'une certitude ne peut nuire à personne, pourquoi ne pas la rechercher ?

— Célia, je ferai tout pour que tu sois heureuse.

— Alors, partons loin d'ici. »

Vincent réfléchit, gardant un instant le silence.

« Qu'est-ce qui te chagrine ? demanda Célia.

— Ton père va avertir la gendarmerie de ta disparition. Les gendarmes vont nous cueillir à la descente du car. Tu es mineure, Célia. Ne l'oublie pas.

— J'en suis consciente. Que décides-tu ? »

Le car arrivait à proximité de Villefort.

« Je reste avec toi. Mais il faut descendre. Ne restons pas là. Nous réfléchirons après. »

L'arrêt fut de courte durée. Le temps de prendre quelques passagers supplémentaires, le chauffeur redémarra.

Célia l'interpella et lui demanda de s'arrêter de nouveau.

« Nous descendons ici.

— Il était temps ! »

Une fois dehors, Vincent demanda :

« Quelles sont tes intentions maintenant ? Partout où nous irons, nous nous ferons repérer. Je ne nous donne pas vingt-quatre heures avant que les gendarmes ne nous tombent dessus.

— Il faudrait s'en aller loin d'ici pour se cacher. As-tu un peu d'argent ?

— Oui, un peu.

— Alors, il faut prendre le train pour brouiller les pistes et partir ailleurs.

— Si tu veux, je t'emmène en Suisse. Je connais un refuge tranquille dans les Cornettes.

— Les Cornettes ?

— Les Cornettes de Bise. C'est la grande montagne qui domine le lac Léman. Personne ne viendra nous chercher là-bas. Et nous y serons à l'abri des curieux. Nous y passerons quelques jours ; puis, quand l'affaire se sera tassée, nous pourrons sortir de notre tanière.

— C'est l'aventure que tu me proposes là !

— Sais-tu ce que je risque si nous nous faisons prendre ?

— Je sais. Veux-tu toujours ?

— Pour toi, je ferais le tour du monde. »

Célia et Vincent prirent le chemin de la gare. Nul ne fit attention à eux. Dans la petite ville, ils se séparèrent par précaution. Vincent, que personne ne connaissait, fit quelques achats. Puis, ensemble, ils montèrent dans le train de Nîmes et s'enfuirent en direction des Alpes.

Dans le mas, l'heure était à la tragédie. Lisant et relisant la lettre de Célia déposée par Vincent sur la table de la cuisine, Henri, atterré, sombrait dans l'incompréhension totale.

« Elle est partie avec lui. J'en suis sûr. Il l'a enlevée. Ce garçon, c'est le diable en personne ! Il faut prévenir la police. »

Marie avait beau le tempérer, Henri ne voulait rien admettre.

« Célia reviendra. Elle l'a écrit. Faisons-lui confiance. Elle n'est plus une petite fille. À dix-huit ans, elle sait ce qu'elle fait.

— Elle est tombée dans ses griffes !

— Ne t'obstine pas ainsi, Henri. Tu te fais mal. Attendons un peu. Elle nous donnera sans doute d'autres nouvelles. Soyons patients. S'il n'y avait pas cette lettre, il y aurait lieu de s'inquiéter. Pour l'instant, restons calmes.

— Rester calme, rester calme ! Tu n'as que ce mot à la bouche ! Qu'ai-je fait au bon Dieu pour en arriver là ? Moi qui lui ai tout donné ce que j'avais ! Moi qui l'ai élevée comme ma propre fille !

— Cherche au fond de ta conscience. Peut-être y trouveras-tu la réponse à ton tourment.

— J'attends jusqu'à demain soir. Si, d'ici là, Célia ne nous a pas donné signe de vie, j'avertis la police.

— Fais comme il te plaira. Mais sache qu'en entravant la marche que notre fille a entreprise vers son destin, nous risquons de la perdre à jamais. »

XIII

Le refuge

Les Cornettes de Bise dressaient leur masse imposante dans le petit matin frais d'un mois d'août qui s'étirait en longueur.

Gardiennes du val d'Abondance, solidement ancrées à la frontière suisse toute proche, elles sont un bastion inexpugnable, un refuge idéal pour les épris de liberté. Dès l'automne, leurs cimes se couvrent d'une épaisse couche de neige qui repousse vers les vallées les derniers troupeaux attardés sur leurs pentes.

La route est longue pour atteindre le premier refuge. La vallée resserrée, les escarpements rocheux dessinent un étroit défilé de part et d'autre du chemin qui serpente et prend de l'altitude. Disséminées dans d'étroits pâturages, quelques habitations précaires et saisonnières jalonnent le parcours toujours emprunté, l'été, par les troupeaux. Les femmes et les enfants y attendent le retour des hommes partis pour de longs mois avec leurs bêtes dans les alpages.

La montagne vivait toujours au rythme lent et séculaire de la transhumance, encore peu perturbée par de rares touristes en mal de grands espaces.

Au bout de plusieurs heures de marche, les deux fugitifs parvinrent au bord d'un petit lac glaciaire qui annonçait l'approche du but. En chemin, ils n'avaient rencontré âme qui vive. Ils se sentaient rassurés. Vincent savait toutefois que le refuge de Bise était habité. Des éleveurs y séjournaient depuis le mois de juin jusqu'à la fin du mois d'août.

Des deux, Célia se montrait la plus insouciante.

« Ils ne nous connaissent pas. Ils nous prendront pour des touristes, ils doivent avoir l'habitude des randonneurs.

— Tu ne crains pas que ton père ait alerté la gendarmerie ? s'inquiéta Vincent.

— Quand nous serons au refuge, je ferai parvenir une lettre à mes parents. Les gens de l'alpage la descendront sans nous poser de questions, quand ils amèneront leur lait au chalet d'en bas. De là, ils la transmettront au facteur. Ne t'inquiète pas. »

Célia semblait décidée et faisait confiance au bon sens de son père. Elle l'aimait trop pour le craindre, pour penser qu'il pourrait agir contre elle et la plonger dans le déshonneur.

Parvenus au lac de Bise, ils s'arrêtèrent pour contempler le paysage. Devant eux s'étendait une vaste prairie marécageuse qui venait mourir au pied de l'imposante montagne.

« Pourquoi l'appelle-t-on les Cornettes ? s'enquit Célia.

— À cause de leur forme et aussi de la présence de gros troupeaux de bouquetins qui vagabondent sur les sommets. Ce sont des boucs et des chèvres sauvages. Comme on ne les chasse pas, ils se multiplient.

— Décidément, ici aussi c'est le paradis des animaux !

— C'est également le paradis pour l'homme !

— Tu es tombé amoureux de cette région ?

— Je m'y sens comme chez moi ! Pendant mes études, je venais souvent m'y ressourcer. Le refuge de berger à la cime est un vrai havre de paix. Chaque matin, à mon réveil, les montagnes semblaient me saluer dès que j'ouvrais mes volets. Sous mes yeux, elles arboraient tous les jours une nouvelle parure. Tu verras, c'est magique !

— Poète, en plus !

— Non, observateur. J'ai toujours été sensible devant les choses simples de la vie. Il suffit de savoir regarder autour de soi, discerner le beau du laid, le vrai du faux, le juste de l'injuste. La nature est un merveilleux livre de vie et de sagesse.

— Mon père te dirait que la Bible en est le meilleur exemple.

— Il n'a pas tort non plus. Si son bonheur se trouve dans les Saintes Écritures, il faut le laisser à sa quête spirituelle.

— Moi, je n'ai pas besoin de me plonger dans l'exégèse des textes reconnus par les doctes des Églises pour trouver Dieu. Je trouve cela un peu trop formel et intellectuel. De plus, on prête à tous ces gens illuminés des pensées qu'ils n'ont peut-être pas eues.

— D'où l'intérêt d'essayer de comprendre leur

pensée au travers de leurs écrits ! Il en est des religieux comme des philosophes.

— Ils vivaient à une autre époque. Leurs concepts paraissent aujourd'hui anachroniques. Dieu n'est pas dans les livres, aussi sacrés qu'ils puissent être. Dieu est là devant toi, avec nous, dans cette Création qui est tangible et indubitable. Le Verbe s'inscrit dans chaque pierre, dans chaque ruisseau, dans l'agencement de ces éléments naturels qui en font un paysage de rêve.

— Hélas ! tout n'est pas si beau qu'ici !

— C'est l'homme qui détruit l'œuvre de Dieu et qui l'enlaidit. Ce qui est beau porte la signature du Divin, ce qui est pur est la marque de Sa présence.

— Tu deviens déiste, Célia. Es-tu certaine d'être encore protestante ?

— Par mon éducation, oui. Par mes origines, non, tu le sais bien ; ni par ma nature profonde. Depuis que je suis en âge de raisonner, et surtout depuis que j'ai pris conscience que j'aurais pu être différente de celle que je suis devenue par mon adoption, j'ai remis en cause beaucoup de principes qu'on m'a inculqués. Non pour les renier, mais par souci de trouver les racines des vérités qui m'ont été plus ou moins imposées.

— As-tu discuté de tout cela avec ton père ?

— Non, pas vraiment. Par respect pour ce qu'il est, c'est-à-dire un homme de grande conviction. Et parce que je ne peux lui affirmer qu'il se trompe sans me contredire moi-même. Car il n'est pas dans l'erreur. Il est sur un chemin qui n'est plus tout à fait le mien, mais qui mène au même endroit.

— À chacun sa vérité !

— À chacun sa voie pour y accéder. La mienne est plus personnelle, plus intimiste. Je n'éprouve plus le besoin d'entendre les beaux sermons qui réconfortent et indiquent la bonne direction ; ni de fréquenter les grandes messes collectives où l'on se tient les coudes en se comptant, où l'on réitère toujours les mêmes gestes en mémoire de Dieu, où l'on s'abreuve et se saoule de chants et de paroles liturgiques dites et transcrites par d'autres hommes au nom d'une idéologie souvent désuète, mais qu'on perpétue par tradition, par peur et par habitude.

— Tu es en train de renier toute l'éducation que t'ont donnée tes parents !

— Je ne la renie pas. Je les remercie au contraire de m'avoir offert tout ce qu'ils avaient à me donner. Il n'y a rien de plus généreux que de donner aux autres ce à quoi l'on croit fermement. C'est à nous ensuite de faire la part des choses. Beaucoup perpétuent la tradition familiale, car rien de fort dans leur vie ne leur a permis de douter. Faute de bonnes raisons de se remettre en question, l'homme acquiert souvent une attitude passéiste d'acceptation.

— La soudaine révélation de ta judaïcité a donc été le déclic qui t'a amenée vers cette approche plus directe de Dieu ?

— Tout à fait.

— N'es-tu pas tentée maintenant de connaître

avec plus de précision les racines de la religion de tes ancêtres ?

— Oui et non. Je me sens partagée. Je méconnais la religion juive et ses véritables fondements. Je n'en connais que ce que la religion protestante m'a accordé de savoir. Or pour connaître une religion et en comprendre les vraies croyances, il faut y être initié et acquérir l'intime conviction que c'est aussi un chemin de vérité.

— C'est un problème de connaissance des autres et de tolérance !

— Certes. Mais je crains par ailleurs de me laisser entraîner, malgré moi, en mémoire de mes parents disparus et par respect pour ma famille spirituelle, dans une voie que je n'aurais pas choisie. Je crains de faire naître en moi ce sentiment d'appartenance à une communauté où plongent mes racines. Je me sens déjà à ce point différente, il ne faudrait pas grand-chose de plus pour que je me sente ensuite prisonnière de mes origines.

— Tu vis un vrai dilemme !

— Je ressens en effet un profond déchirement en moi. Voilà pourquoi j'ai adopté une voie plus simple ; celle qui me dit que tous les jours, chaque matin qui m'est offert, Dieu est là où se pose mon regard. Dieu est en moi quand je pense à Lui très fort comme dans une prière. Je n'ai nul besoin de réciter des textes appris par cœur dans mon enfance pour m'adresser à Lui. Je n'ai nul besoin d'aller dans des lieux qui Lui sont spécialement consacrés, ni de faire des gestes rituels pour Le sentir et Le savoir près de moi. Je sais qu'il est là, parce qu'il est. Ce que j'ai sous les yeux me l'atteste.

— Ces montagnes, ces torrents, ces forêts...

— Et toi... ! Tu es la plus belle preuve que Dieu n'est jamais là où on Le cherche, mais toujours là où l'on est. »

Célia se jeta dans les bras de Vincent qui l'enveloppa de son amour et l'emmena où Dieu se trouve.

* *
*

Le refuge de Bise était un de ces vieux chalets d'alpage isolés au milieu des prairies et au pied des grandes murailles. Point de ralliement des troupeaux, qui s'égaillaient ensuite vers les pâturages plus élevés, il gardait en permanence plusieurs dizaines de vaches laitières, ainsi qu'un nombre impressionnant de chèvres qui vagabondaient partout, mais se regroupaient toujours à l'heure rituelle de la traite. Animaux farfelus, ces chèvres étaient l'attraction des promeneurs. Si, par malheur, l'un d'eux leur donnait un peu de nourriture, il se trouvait immédiatement submergé par un flot de caprins capricieux avides de tout ce qu'ils pouvaient se mettre sous la dent.

Vincent, qui connaissait bien les lieux, proposa d'y faire halte pour la nuit. Un homme d'une cinquantaine d'années les accueillit sans sortir de la pièce unique où il se tenait. Celle-ci était ouverte sur l'extérieur par une porte à deux battants superposés. L'homme ne prit pas la peine de sortir et leur demanda, méfiant, ce qu'ils voulaient.

Surpris, Vincent jeta un rapide coup d'œil à l'intérieur. La pièce était sombre et très rustique. Sur un poêle mijotait une grosse marmite pleine de lait, et sur le sol, mal enveloppées dans un linge douteux, de grosses tommes fraîches commençaient à sécher. Au fond de la pièce, l'étable, grande ouverte, laissait entrevoir quelques vaches, probablement malades, qu'on n'avait pas envoyées à l'alpage.

Le berger tourna la tête sans cesser de remuer son lait dans son chaudron de cuivre noirci par les flammes et demanda :

« C'est pour quoi ? Si c'est pour du fromage, il faut revenir ce soir.

— Nous en prendrons certainement, répondit Vincent pour l'amadouer. Mais nous venions d'abord vous demander l'hospitalité.

— L'hospitalité !

— Pourriez-vous nous héberger pour la nuit ? Nous voudrions attaquer les Cornettes demain matin à l'aube.

— Oh ! ce n'est pas la place qui manque. Mais je n'ai que de la paille à vous proposer.

— C'est plus qu'il nous faut, ajouta Célia.

— Ah ! vous n'êtes pas seul ?

— Non, répondit Vincent. Je suis avec une amie.

— En face du chalet, vous trouverez une petite remise avec un escalier. Dessous il y a les moutons ; vous pourrez vous installer au-dessus. Vous ne manquerez pas de chaleur ! Mais faites attention ! Pas de feu, à cause de la paille. »

Célia et Vincent, rassurés, rejoignirent leur abri de fortune et s'installèrent confortablement dans un lit de paille aux fortes senteurs de brebis.

« Tu vois, fit Vincent en souriant, c'est une vraie crèche ! Il ne manque que l'Enfant Dieu. »

Puis il poussa Célia dans la paille. Celle-ci ôta son gros chandail de laine. Ils s'unirent dans une longue étreinte, plusieurs fois répétée. Elle s'offrit de nouveau et prit ce que Vincent avait de plus précieux à lui donner.

Elle lova son corps autour du sien pour mieux se fondre en lui. Chaque jouissance les transporta de concert au point le plus sublime de leur être. Là, ils perçurent un grand faisceau de lumière, une ouverture béante où ils oublièrent leur chair, où ils n'étaient plus qu'esprits.

Réveillés dès l'aube par le bêlement des brebis impatientes de regagner les verts pâturages, ils décidèrent de s'enfoncer davantage dans le massif montagneux, afin d'être totalement coupés de tout contact avec la vallée.

Célia rédigea une lettre succincte à l'intention de ses parents. Elle leur promit de revenir dès que sa quête aurait atteint son but, et leur assura qu'elle n'avait jamais envisagé un départ sans retour. Elle remit sa lettre au berger qui accepta de faire le messager. Le facteur se chargerait du reste.

Tandis que les premiers nuages étaient encore

accrochés aux plus hautes cimes, ils se mirent en route sous les conseils avisés du gardien des lieux.

« Vous en avez pour une bonne heure avant d'atteindre le Pas de la Bosse. Marchez lentement, car c'est après que les difficultés commencent. Arrivés au col, prenez sur votre gauche, sinon vous redescendrez sur La Chapelle-d'Abondance. Le chemin est raide, c'est dangereux par endroits. Une fois près du sommet, vous contournerez l'éperon rocheux. Là, vous atteindrez la Suisse. Vous trouverez un refuge abandonné. Vous y serez tranquilles. »

Célia se confondit en remerciements. Vincent acheta un fromage d'Abondance et une tomme fraîche. Puis ils commencèrent leur ascension.

Il leur fallut quatre bonnes heures pour parvenir au sommet. Le ciel s'était entièrement dégagé et laissait percevoir au sud, dans les lointains, la chaîne du Mont-Blanc. Au nord, à moins d'une dizaine de kilomètres à vol d'oiseau, s'étirait le lac Léman dont ils pouvaient soupçonner l'étendue grisâtre se fondre dans l'azur du ciel. La frontière suisse s'échelonnait le long d'une ligne de crête jalonnée par endroits de bornes frontalières, seules marques matérielles du passage dans le pays helvète.

« Le refuge doit se trouver plus bas vers le nord, en territoire suisse, fit Vincent. Il faut redescendre vers ce replat, le Plan du Berger. Puis nous contournerons cet éperon et nous y serons. »

Vincent avait retrouvé son dynamisme. Il ouvrait souvent la marche, tandis que derrière Célia s'extasiait sur les fleurs et les cailloux du chemin, sur les moindres détails qui, à ses yeux, faisaient de cette balade en montagne un vrai moment de bonheur.

« Regarde là-bas, fit-elle soudain. Un troupeau sauvage !

— Je t'avais prévenue, il y a de nombreux bouquetins dans la montagne. »

Pas à pas, en silence et dans la plus grande discrétion, ils s'approchèrent des maîtres des cimes. Deux grands mâles, aux cornes majestueuses, recourbées vers l'arrière, semblaient garder le troupeau fort d'une dizaine de femelles et d'autant de jeunes cabris encore sous leur mère.

Parvenus à une quinzaine de mètres, Vincent sortit un appareil photo de son sac. Les mâles le regardèrent d'un œil curieux, apparemment peu effarouchés. Puis ils continuèrent à l'ignorer. Et tandis qu'il s'apprêtait à prendre son premier cliché, les deux bouquetins se dressèrent sur leurs pattes postérieures et se cognèrent front contre front dans un bruit sec de cornes entrechoquées.

« C'est la saison des amours, expliqua Vincent. Ils se disputent gentiment les plus belles femelles. Ils sont magnifiques ! »

Dans un ballet rythmé au bruit de leurs défenses, les deux mâles se cabraient, tendaient l'un vers l'autre leurs pattes antérieures, cognaient leurs sabots avant de retomber agilement sur le sol. Attentives à leur combat, les femelles les observaient, frémissantes et impatientes d'être emmenées par celui des deux, heureux vainqueur, qui aurait le privilège de conduire le troupeau et de les satisfaire.

Vincent et Célia restèrent une bonne heure à contempler la nature qui se donnait ainsi généreusement en spectacle. Nullement perturbés par leur intrusion, les bouquetins, un moment interrompus dans leur singulier combat, continuèrent à s'affronter. Puis l'un d'eux, par manque de persévérance, s'effaça devant son valeureux rival. Les deux bêtes rejoignirent alors le troupeau, le vieux mâle déchu restant à l'écart, tandis que, fier comme Artaban, le plus jeune prit la tête de ses nouvelles compagnes.

« Les relations entre les bouquetins semblent plus simples que celles qui nous régissent ! remarqua Célia.

— Dieu merci ! nous n'en arrivons pas toujours aux mains pour régler nos différends.

— Ce n'était qu'une lutte amicale. Ils ne se sont fait aucun mal. Si les hommes avaient la même sagesse !

— Malheureusement il y a des fauves parmi les hommes, comme il y a des loups et des vautours parmi les animaux.

— La méchanceté en moins. Car, il faut reconnaître que la méchanceté est bien le propre de l'homme.

— C'est l'œuvre de Satan, dirait ton père.

— Pourquoi te fais-tu toujours l'avocat du diable ?

— C'est qui le diable dans ce cas ?

— Vincent, tu exagères ! » s'exclama Célia en

le poussant de la main, tandis qu'il s'apprêtait à se redresser.

Vincent retomba sur le dos et n'eut pas le temps de se remettre debout que Célia fondit sur lui, toutes griffes dehors.

« C'est moi le diable ! Et je me suis transformée en fille pour soumettre le petit pasteur à la tentation.

— Dans ce cas je donne mon âme au diable et succombe volontiers à la tentation. »

Surpris par ce soudain remue-ménage à quelques mètres d'eux, les bouquetins firent d'abord un écart, puis, curieux, s'approchèrent des deux corps déjà enlacés.

Depuis qu'ils s'étaient donnés l'un à l'autre, ils n'avaient jamais assouvi leurs désirs. Ils éprouvaient une telle envie d'osmose qu'ils n'atteignaient le plein épanouissement de leurs sentiments qu'enchaînés l'un à l'autre et immergés dans l'immensité de leur amour. Ils ne trouvaient alors de repos que dans l'accomplissement de leur passion.

Nus devant les bouquetins indifférents à leurs ébats, êtres minuscules dans un décor grandiose, ils s'enivraient de bonheur ; de celui qui transcende toutes les quêtes spirituelles, qui dépasse tout entendement, qui sublime les plus belles paroles et les plus profondes croyances ; un bonheur que seuls quelques rares mystiques ont pu approcher dans le détachement le plus total de leur être vis-à-vis du monde matériel.

Main dans la main, ramassant leurs vêtements éparpillés, ils traversèrent le troupeau qui, telle une allée de sphinx, semblait leur faire une haie d'honneur jusqu'aux portes du paradis.

En fin d'après-midi, ils parvinrent au refuge, but ultime de leur course éperdue.

« Regarde, dit Vincent. Nous ne serons pas seuls : la cheminée fume. »

Célia s'assombrit. Quelqu'un occupait les lieux.

Sur le versant suisse des Cornettes de Bise, de l'autre côté de la ligne de crête, la montagne s'adoucit. Les pâturages viennent mourir au pied des escarpements rocheux et s'étendent à perte de vue.

Nichés à l'abri de la muraille, deux vieux chalets datant d'un autre âge, distants d'une vingtaine de mètres l'un de l'autre, semblaient abandonnés. Les troupeaux n'étaient pas venus estiver dans ce lieu reculé depuis longtemps, car l'herbe était beaucoup plus haute que partout ailleurs.

Cependant des volutes de fumée bleutée montaient au-dessus de l'un des deux toits. Dehors, une chemise en grosse toile de coton et un vieux pantalon de velours marron séchaient sur un étendoir de fortune. Devant la porte d'entrée grande ouverte, un abreuvoir faisait office d'évier dans lequel se déversait l'eau captée d'une source voisine. Le sol était tapissé de plantes à larges feuilles.

« Les gens d'ici les appellent des "oreilles d'ours" », expliqua Vincent.

Ils s'approchèrent sans faire de bruit, puis appelèrent à distance pour se faire connaître. N'obtenant aucune réponse, ils s'aventurèrent jusqu'à l'entrée du chalet apparemment occupé. Personne ne vint à leur rencontre. Le locataire s'était absenté. Ils se dirigèrent alors vers le second chalet, se frayant un passage à travers les oreilles d'ours dont certaines atteignaient cinquante centimètres de large.

« On dirait des feuilles de nénuphar, s'étonna Célia.

— Elles s'étendent partout où il y a de l'humidité. Si on ne les détruit pas, elles envahissent tout.

— Des parasites en sorte !

— Si tu préfères. Je n'aime pas ces plantes. Elles sont le signe de l'abandon des terres et de la disparition de la vie. »

La porte du second chalet était fermée.

« Il paraît en bon état. Nous pourrions y rester quelques jours, si le locataire d'en face nous y autorise. »

Ce dernier ne se fit pas attendre. Accompagné d'un gros briard aux poils roux qui lui masquaient les yeux, un vieil homme s'avançait vers eux d'un pas lent de berger. Parvenu à leur hauteur, il ôta sa casquette, découvrant une magnifique chevelure aux reflets argentés et, avec un fort accent suisse, leur demanda :

« Puis-je vous aider, jeunes gens ? »

Étonné de son amabilité spontanée, Vincent répondit le premier :

« Nous pensions dormir ici quelques nuits, on nous a dit que le refuge était inoccupé. Mais je vois que vous l'habitez...

— Je n'occupe que celui d'en bas. Mais je vous ouvrirai volontiers celui d'en haut. Ils m'appartiennent tous les deux.

— Nous ne voulons pas vous déranger, ajouta Célia qui perçut dans le regard du vieil homme une lueur de grande résignation.

— Cela me fait plaisir d'accueillir de temps en temps des promeneurs. Ils se font rares malheureusement. Vous êtes les bienvenus. Je vais vous ouvrir. »

Le vieux berger, toujours suivi de son chien qui ne le quittait pas d'une semelle, descendit vers le chalet d'en bas et en revint muni d'une clé toute couverte de rouille.

« La clé est comme son propriétaire, elle n'est pas neuve ! Mais vous verrez, vous serez bien », dit-il en ouvrant la lourde porte.

Le refuge, quoique très ancien et rustique à l'extérieur, était très propre. L'odeur de mélèze assainissait l'atmosphère, et chaque chose était à sa place. Près d'une fenêtre, le coin cuisine ne manquait de rien. Une grande table de ferme occupait le centre de la pièce, et un escalier de bois menait à une mezzanine où s'alignaient des châlits au pied desquels le vieil homme avait empilé draps et couvertures.

« Si vous voulez, vous pouvez utiliser la chambre d'à côté, il y a un lit double, lança-t-il les yeux pétillants de malice. Les châlits d'en haut, c'est pour les enfants.

— Nous n'espérions pas trouver tant de confort dans un refuge de berger, avoua Vincent.

— J'ai remis en état cette ancienne étable à temps perdu. Je vis seul ici avec mon chien ; le temps ne m'est pas compté.

— Vous y restez toute l'année ?

— Oui, toute l'année. L'hiver, c'est pénible. Mais je m'organise, car je suis totalement isolé dans la neige jusqu'au printemps. »

Le vieil homme semblait heureux de pouvoir parler.

« Mais je vous empêche de vous installer. Vous devez être fatigués. Nous nous reverrons plus tard. »

Célia et Vincent n'insistèrent pas et laissèrent leur hôte s'éclipser.

« Il a l'air brave, remarqua Vincent.

— Cet homme a souffert.

— Comment vois-tu cela ?

— Dans son regard. Il a des choses à raconter. J'en suis persuadée.

— C'est peut-être pour ça qu'il vit comme un ermite ! »

Célia et Vincent restèrent plusieurs jours dans le refuge, partageant leur temps entre de longues promenades et de brèves discussions avec le vieux berger. Pour Célia, ce fut aussi l'occasion de faire en elle toute la clarté nécessaire pour atteindre le but qu'elle s'était donné. But qui lui paraissait souvent inaccessible et qui l'effrayait parfois : aller à la rencontre d'elle-même et savoir qui elle était vraiment.

Vincent ne la précipitait pas et ne la questionnait jamais. Il donnait du temps au temps, montrant ainsi par sa simple présence, qu'elle pouvait compter sur son aide et son amour. Il la savait forte et fragile à la fois. Mais il était conscient qu'il pouvait être dangereux de vouloir combler trop rapidement le vide qui endeuillait déjà sa jeune existence.

Le soir du troisième jour, ils se retrouvèrent dans la maison du berger. Celui-ci les avait invités à la veillée autour de sa cheminée où les flammes crépitaient avec allégresse. Il leur offrit un plantureux repas composé de cochonnailles et de fromages de sa fabrication, et, pour finir, il leur servit un alcool de génépi dont il était très fier.

Échauffé par les vapeurs de la liqueur aux plantes odorantes, il commença à raconter sa vie sans omettre aucun détail : son enfance dans les montagnes en compagnie de ses parents, son adolescence au pensionnat de Berne, la guerre de 14 qu'il avait vécue, comme tous les Suisses, dans les journaux de l'époque...

« Et la dernière guerre ? coupa Célia. Comment l'avez-vous vécue ? La Suisse était neutre et les Allemands ont respecté cette neutralité ! »

Le vieil homme s'assombrit.

« Oh ! la dernière guerre ! Ce n'était pas bien joli.

— Pour le reste de l'Europe, ce fut l'horreur. Mais, pour les Suisses, ce ne fut pas le cas. Ici, c'était un îlot de paix au beau milieu de l'enfer. »

Vincent ne disait mot mais voyait où Célia voulait en venir. Il écoutait attentivement. La discussion l'intéressait de plus en plus.

« Pendant la guerre, poursuivit le berger, j'étais garde-frontière en face d'Annemasse sur la route de Genève.

— Vous étiez douanier ? insista Célia.

— Oui. Et en tant que douanier, j'en ai vu des choses ! »

Célia se piquait de plus en plus à la conversation. Elle sentait qu'il fallait laisser parler le vieil homme, car il en éprouvait le besoin.

Le regard fixe, comme attisé par les flammes du foyer, celui-ci semblait revivre de terribles souffrances. Il poursuivit :

« Les gens d'ailleurs pensent que les Suisses n'ont pas participé à la guerre. Ils se trompent, d'une certaine manière.

— Ils ne se sont pas battus en tout cas, coupa Célia.

— L'armée suisse, certes. Et notre gouvernement a tout fait pour que les Allemands respectent notre neutralité.

— C'est ce qu'ils ont fait !

— Remarquez, placés comme nous le sommes, coincés entre l'Allemagne et l'Italie, nous n'avions pas beaucoup de chances de pouvoir résister à l'étau qui se serait vite resserré sur nous, si nous avions voulu prendre part au conflit aux côtés des Alliés. Souvenez-vous de la pauvre Belgique pendant la guerre de 14. Malgré sa neutralité, l'Allemagne s'est ruée sur son territoire et, en moins de huit jours, elle a été balayée.

— Comment expliquez-vous que Hitler ait respecté la neutralité suisse, alors qu'il a bafoué bien des alliances qu'il avait passées avec d'autres États ?

— Vous voulez dire : avec la Pologne, puis avec Staline ?

— Par exemple.

— Nous ne sommes pas des Slaves.

— Il a bien annexé l'Autriche germanique et les Sudètes. Il pouvait avancer le même prétexte et s'emparer de la Suisse allemande. Son respect de la neutralité paraît pour le moins bizarre.

— Vous êtes jeune, mademoiselle. Un jour, à la lueur de l'Histoire, vous comprendrez mieux. Et nous, les Suisses, quand nous nous regarderons droit dans les yeux, nous serons alors moins fiers. »

Le vieux berger prononça cette dernière parole d'un air accablé. Il semblait supporter un lourd fardeau dont il n'osait se débarrasser. Célia comprit sa gêne et se tut. Elle regarda Vincent qui n'avait encore rien dit.

Celui-ci, moins intuitif que sa jeune amie, poursuivit :

« On ne doit pas confondre le pays et l'État. Si vous pensez que l'État suisse ne s'est pas bien comporté pendant la guerre, vous ne devez pas en incriminer tous les Suisses.

— Vous avez raison dans un sens, jeune homme. C'est le cas en France. L'État français, ce n'était pas les Français... Mais c'est un débat qui alimentera encore bien des polémiques.

— Votre pays a toujours eu une tradition de neutralité. Et, mis à part Napoléon, ce dont nous n'avons pas à nous enorgueillir, jamais personne n'a violé cette neutralité. Pourquoi avoir honte, dans ce cas, de ne pas avoir participé à la guerre ?

— Ce n'est pas de notre neutralité dont nous aurons un jour à rougir. Mais des raisons qui expliquent que Hitler l'a respectée.

— Je ne comprends pas, reprit Célia.

— Hitler avait besoin de l'or de nos banquiers pour financer son gigantesque effort de guerre. Pourquoi croyez-vous que des plénipotentiaires allemands allaient et venaient en Suisse pendant toutes ces années sombres ? Pour se reposer et se mettre au calme ? Ou pour faire du tourisme ?

— Vous voulez dire que les banques suisses ont prêté de l'argent aux nazis afin de financer leurs objectifs de destruction et d'extermination !

— Il faudra qu'un jour les Suisses acceptent d'ouvrir certains dossiers brûlants pour faire toute la vérité sur une tranche de leur passé qui est encore trop récente pour être révélée au grand jour.

— Nous avons bien condamné chez nous tous les collaborateurs notoires pendant l'épuration. Nous n'avons pas à avoir honte collectivement des agissements d'une minorité, même si cette minorité a exercé les plus hautes fonctions de l'État.

— La France était coupée en deux. D'un côté, Vichy ; de l'autre, la France libre. Aucun des deux camps ne cachait ses intentions. C'était clair. Et le camp de la raison et du bon droit a fini par l'emporter. Chez nous, la situation était moins nette. L'État n'a-t-il pas joué un double jeu pour sauvegarder l'intégrité du territoire ? N'a-t-il pas profité de la situation pour continuer à prospérer en étant le banquier des nazis ?

— Tous les Suisses ne sont pas responsables de

l'État suisse et de ses banquiers, comme tous les Français ne sont pas responsables de Vichy.

— Certes, mais qu'avons-nous fait pour lutter contre cette infamie, qui reste d'ailleurs à démontrer, mais dont je suis persuadé. Car, si vous avez fait en France la lumière sur votre passé, jusqu'à présent, nous ne l'avons pas faite sur le nôtre. Trop de Suisses ont vu des choses et se taisent. L'intégrité de notre territoire n'a pas été respectée, comme on se complaît à le croire.

— Vous n'avez pas été attaqués ni envahis !

— C'est vrai. Mais les nazis se sont servis de notre territoire. Des trains ont traversé la Suisse, venant d'Italie en direction de l'Allemagne. Que transportaient-ils ? Le saurons-nous jamais ? Les frontières n'étaient pas fermées pour tout le monde.

— Précisément, dit Célia, la Suisse a dû accueillir de nombreux réfugiés, surtout venant de France.

— C'est ce que l'on croit. Sur ce point encore, il faudra faire un jour toute la lumière.

— Toutes ces montagnes ont dû voir passer des résistants recherchés par la Gestapo, ou des Juifs en fuite et en quête d'un lieu sûr.

— Sur ce point, j'ai été le témoin de certains faits qui ne sont pas très bons à avouer. »

Vincent savait que Célia allait amener la conversation sur ce sujet délicat. Elle lui avait raconté l'histoire de son père pendant l'Occupation et le risque qu'il avait pris pour sauver des enfants juifs.

« Je suis juive et je sais que des enfants juifs

ont été conduits vers la Suisse par certains réseaux de Résistance. Mon père lui-même a participé à l'un de ces réseaux.

— Oh ! des Juifs, des résistants ! Certes, on en a vu frapper à nos portes. À l'époque, j'étais en fonction. Et les ordres étaient les ordres. Nous ne devions laisser passer personne. D'ailleurs, les Allemands surveillaient étroitement la frontière de l'autre côté.

— On devait bien pouvoir passer par ces montagnes ! Il n'y avait pas un douanier derrière chaque crête !

— Vous êtes naïve, mademoiselle. Une fois chez nous, les réfugiés se faisaient prendre. Car se croyant sauvés, ils ne se cachaient plus. Combien d'entre eux avons-nous dû reconduire à la frontière ? De cela, je ne suis pas très fier ! Et les camps ! Savez-vous que nous avons ouvert des camps pour y interner les Juifs réfugiés ? »

Le berger semblait abattu. Il vivait encore intérieurement un grand tourment qu'il n'avait pas su exorciser et qui le torturait toujours profondément. Vincent tenta de le consoler.

« Vous deviez obéir aux ordres. Votre pays n'était pas en guerre.

— Nous savions que les Allemands les attendaient de l'autre côté. Et nous les relâchions quand même dans leurs griffes.

— Même les enfants ? Même les petits Juifs ? s'étonna Célia, horrifiée.

— Certains d'entre eux ont trouvé des familles qui, comme en France, les ont cachés. J'en connais une personnellement. J'ai toujours veillé à ce qu'il ne leur arrive rien. Mais je n'ai pas eu le courage de faire plus.

— Nous ne sommes pas tous des héros ! rassura Vincent.

— Non. Mais nous sommes souvent tous un peu lâches. J'aurais pu démissionner de mon poste, plutôt que d'accepter l'exécution de cette tâche infamante. Je ne l'ai pas fait. J'avais une famille à nourrir. Nous étions tous dans le même cas. »

Célia ne disait plus rien. Elle venait d'avoir la preuve que la plupart des enfants de l'institution de son père avaient eu peu de chances d'avoir été sauvés en fuyant vers la Suisse. Et elle prenait soudain conscience qu'elle aurait pu faire partie de leur nombre.

Vincent seul poursuivit la conversation avec le vieil homme. Il tentait de le disculper. Mais lui, il ne cessait de s'accuser. Sa vie d'ermite, il la vivait comme une peine qu'il s'infligeait à lui-même, faute d'avoir été jugé par les hommes. À lui seul il semblait supporter la honte des uns et le malheur des autres, de ceux pour qui il n'avait rien fait, ou presque, pour tenter de les sauver. La solitude qu'il s'imposait était son purgatoire, et la neige de l'hiver les barreaux de sa prison. Il ne savait pas très bien de quoi les hommes pourraient un jour l'accuser, mais il se sentait fautif de ne pas avoir levé les barrières de la liberté devant des malheureux en fuite qui demandaient à être sauvés.

« Je suis plus que jamais décidée à faire la lumière sur mes origines, déclara Célia de retour dans le refuge. Car si Dieu m'a permis de vivre, c'est pour témoigner. »

Le lendemain, elle remit au berger une lettre adressée à ses parents, dans laquelle elle leur expliquait qu'elle partait retrouver les lieux de sa naissance.

XIV

Le retour aux sources

L'homme s'obstine parfois à entreprendre des quêtes éperdues, même au prix de douloureuses découvertes. Son envie de savoir le pousse souvent à aller au-devant de vérités dont il connaît par avance la cruauté.

En ce sens, la quête de Célia participait à la même démarche que celle du berger. Elle s'infligeait une douloureuse épreuve pour faire toute la lumière en elle. Et, si elle n'avait rien à se reprocher, le seul fait de vivre en sachant qu'elle aussi aurait pu endurer le même calvaire que les siens lui donnait mauvaise conscience.

Elle ne pouvait plus laisser s'écouler sa vie comme un long fleuve tranquille, et faire comme si de rien n'était. Le bonheur, qu'elle avait connu jusqu'à ce jour, lui paraissait soudain trop futile, presque scandaleux, quand des milliers d'êtres déchirés étaient encore plongés dans les affres de l'enfer qu'ils avaient entrevu et auquel ils avaient survécu.

Sa jeunesse éclatante, la sérénité du milieu dans lequel elle avait été élevée, auraient pu faire d'elle une jeune fille insouciante, prête à mordre la vie comme on aime à vingt ans. Et il s'en fallut de peu, pensait-elle, pour qu'elle devînt ainsi.

Elle ne se reprochait pas cette insouciance qui fut la sienne jusqu'à ce que son père lui révélât cette part de vérité qui l'avait soudain bouleversée. Mais depuis ce jour, elle ressentait un poids sur son cœur, qui endeuillait sa vie et qui, tel le numéro tatoué sur la peau d'un déporté, resterait à jamais gravé dans sa mémoire.

Car, se savoir juive, quand on n'avait pas vingt ans en 1960, c'était aussi savoir qu'on était une rescapée de la Shoah, une miraculée parmi d'autres qui n'avaient pas eu le même destin heureux. Et ignorer ce qu'il était advenu des siens ne pouvait laisser la conscience en repos.

Pour toutes ces raisons, Célia avait envie d'en savoir plus.

Elle ne demanda pas à Vincent de l'accompagner aux sources de son existence. Son amour ne pouvait souffrir un geste de compassion de la part de celui qu'elle aimait. Elle préférait le quitter plutôt que de demander son aide dans de telles circonstances.

Néanmoins, elle se sentait fragile et totalement désorientée par la tâche qui l'attendait. Elle craignait de partir seule, sans argent et sans relations. Elle avait conscience qu'à son âge, elle risquait d'attirer les regards et, qui sait, l'attention des gendarmes. Il lui faudrait donc faire preuve de beaucoup de prudence et d'à-propos. Ses recherches seraient difficiles sans doute ; or elle n'avait que peu de temps si elle voulait être de retour pour la rentrée universitaire.

Il lui restait deux mois environ, puisque celle-ci n'avait lieu qu'à la fin octobre. Dans la lettre qu'elle avait remise au vieux berger, elle avait promis de régler tous ses problèmes avant la fin des vacances scolaires, sans oublier les objectifs qu'elle s'était fixés elle-même – ses études – et pour lesquels ses parents avaient eux-mêmes fait de nombreux sacrifices.

Sa soif de vérité en effet ne pouvait, à ses yeux, s'étancher au prix d'une ingratitude.

Depuis leur départ du refuge, Célia n'avait rien révélé de précis à Vincent. Elle avait décidé de partir seule pour la région parisienne et était persuadée qu'ils se quitteraient dans la première gare.

Ils marchèrent longtemps côte à côte ou l'un derrière l'autre, sans jamais se dévoiler leurs intentions respectives.

De son côté, Vincent n'osait proposer à Célia de l'accompagner là où son destin l'appelait. Il craignait de la gêner dans sa recherche d'absolu. Il avait conscience que personne ne devait perturber sa quête, ni lui rappeler d'où elle venait, afin de la laisser plus libre.

Or Célia n'osait rien demander à Vincent.

Ils longèrent les crêtes en suivant la frontière suisse. Le troisième jour, ils contournèrent la Dent d'Oche. La montagne se mirait dans les eaux sombres du lac Léman. Le soir, ils trouvaient toujours un refuge pour abriter leur amour.

Plus le terme de leur escapade en montagne approchait, plus ils ressentaient le besoin de se donner l'un à l'autre. Leur complicité se passait de mots. Leurs yeux, leurs lèvres, leurs mains parlaient pour eux. Dans leurs ébats, qu'ils poussaient au paroxysme, ils atteignaient l'éternité. La lumière jaillissait dans la nuit et, dans leur cœur, ils pouvaient lire à livre ouvert.

Il savait qu'elle irait jusqu'au bout de son tourment.

Elle savait qu'il ne demandait qu'à l'accompagner.

Mais jamais il ne le lui demanda ; et jamais elle ne le lui demanda non plus.

Le soir du quatrième jour, ils dormirent dans un vieux chalet abandonné, non loin de Bernex. La paille, une fois de plus, leur servit de lit. Vincent avait allumé un grand feu dans la cheminée et une douce odeur de résine embaumait toute la pièce. Sans même se revêtir, il attira Célia vers lui. Ils s'assirent tous les deux, nus, devant l'âtre flamboyant. Leur corps brûlait, au-dedans comme au-dehors, d'un feu qui à la fois les rongeait et les unissait.

Célia s'allongea devant les flammes. Sa peau, couleur de miel, avait la douceur du satin. Vincent caressa le galbe de ses hanches. Il aimait à s'attarder dans le creux de sa taille, là où le corps invite la main à glisser vers la chaleur du ventre. Par de douces pressions à peine perceptibles, il lui fit comprendre combien il avait envie de s'aventurer plus loin pour lui procurer l'extase. La peau de ses cuisses était si douce qu'il osait à peine la caresser de crainte de l'écorcher.

Il s'allongea contre son dos, effleurant des lèvres le creux de son épaule. Elle se lova pour mieux épouser les contours de son corps et en percevoir la chaleur intérieure. Elle emprisonna sa main, là où elle lui offrait le miel et le lait. Elle retarda le moment de sa satiété, puis se retourna sur le dos et lui dit :

« Viens ! »

Vincent l'inonda de chaleur et partit avec elle au fin fond de ses souvenirs enfouis.

Le lendemain, sans éprouver le besoin d'en dire plus, ils partirent ensemble.

Elle n'eut pas à lui demander de l'accompagner. Il n'eut pas à lui proposer de l'aider.

Une fois de plus, leur communion charnelle, leur union dans l'acte d'amour leur avaient révélé la voie à suivre.

Dès qu'ils eurent rejoint la route et atteint le plus proche village, ils arrêtèrent un automobiliste qui accepta de les conduire à Thonon.

Vincent profita de cette halte pour se rendre à la banque et sortit tout l'argent dont il disposait.

« Je ne suis pas très fortuné, avoua-t-il, mais cela devrait nous suffire.

— En vérité, je ne sais pas comment je me serais débrouillée sans toi. Car sans argent, je n'aurais pas été très loin. Je te le rendrai dès que je le pourrai, je te le promets.

— J'y compte bien ! dit-il en se moquant. Ce que je fais pour toi, tu l'aurais fait pour moi. Seul ton amour compte, ma chérie. Cet argent nous permettra simplement de gagner du temps.

— Notre première étape sera donc Évry, au

sud de Paris. C'est là que j'ai vécu ma petite enfance, jusqu'à la fin de la guerre, dans l'institution fondée par mon père : les Enfants de Dieu.

— Il m'en a parlé. Nous la retrouverons facilement.

— Hélas ! elle a été fermée, faute de moyens. Et nous avons dû partir ailleurs. Mais dans la région il doit rester des gens qui se souviennent. »

Le soir même, Célia et Vincent prirent le train pour Paris, un train de nuit qui les amena dans la capitale, à l'heure où les Parisiens se réveillent.

C'était la première fois qu'ils s'y rendaient tous les deux.

* *
*

À la sortie de la gare de Lyon, Vincent héla un taxi et demanda comment se rendre à Évry.

« Je peux vous y conduire, proposa le chauffeur du véhicule. Mais la course est longue et cela vous coûtera cher. Par contre, il y a des cars qui partent de la gare Montparnasse et qui vont vers Melun.

— Alors, conduisez-nous gare Montparnasse. »

Les rues de la capitale étaient calmes à cette heure précoce de la matinée. De plus, au mois d'août, la plupart des Parisiens étaient partis en vacances et avaient abandonné leur cité aux touristes.

« Vous venez de loin ? questionna le chauffeur de taxi en regardant ses deux passagers dans son rétroviseur.

— Euh... oui », répondit Célia, surprise.

Ne sachant quoi ajouter pour ne pas se dévoiler au premier venu, elle n'en dit pas plus.

« Nous venons de Clermont-Ferrand, mentit Vincent pour donner le change.

— De Clermont-Ferrand ! Alors que faisiez-vous gare de Lyon ? Les trains venant de Clermont-Ferrand arrivent en gare d'Austerlitz !

— Oui..., bredouilla Vincent, nous avons marché un peu.

— Il est vrai que les deux gares sont voisines... C'est la première fois que vous venez à Paris ?

— Oui, la première fois.

— Alors, vous devriez en profiter pour visiter les endroits les plus célèbres. Maintenant que les rues sont calmes, c'est l'idéal. Si vous voulez, je peux vous proposer de faire le tour en moins de deux heures. Cela vous coûtera moins cher que de prendre un de ces bus pour touristes.

— Nous n'en avions pas l'intention, objecta Célia, méfiante de tant de sollicitude de la part du premier inconnu qu'ils rencontraient.

— J'ai un faible pour les petits amoureux comme vous. Je vous ferai un prix. »

Le chauffeur insistait. Il parlait avec un accent bizarre que Célia ne reconnaissait pas. Assise à l'arrière droite de la voiture, elle l'observa attentivement.

« Vous non plus, vous n'êtes pas de Paris, dit-elle.

— Moi, je suis de Constantine. Mais je ne suis pas arabe. Je suis un Juif d'Afrique du Nord. Je suis resté en France après ma démobilisation, en 40.

— Arabe ou juif, vous êtes français, comme nous.

— Oui, bien sûr, pour nous battre contre les Allemands, Arabes ou Juifs, nous étions tous français. Mais dites voir, jeunes gens, nous arrivons bientôt gare Montparnasse. Alors que décidez-vous ? Vous n'avez pas répondu à ma proposition.

— Va pour le tour de Paris ! s'exclama Vincent qui comprit que Célia avait grande envie de discuter avec l'un des siens.

— Alors, je vous emmène faire le tour des amoureux. En avant pour la butte Montmartre, le Sacré-Cœur et la place du Tertre ! Après nous verrons les quais de la Seine, les bouquinistes et les bateaux-mouches. Et nous terminerons par les Champs-Élysées.

— Il nous faudra plus de deux heures ! s'inquiéta Célia qui semblait subitement ravie.

— Ne vous en faites pas, jeune demoiselle. Entre Juifs, nous n'allons pas compter le temps. J'arrêterai le compteur à chaque halte et je vous attendrai.

— Comment savez-vous…

— … que vous êtes juive, comme moi ? Je l'ai remarqué au premier coup d'œil. *Shalom!* Que la paix soit avec vous dans mon humble taxi ! »

Surprise, Célia ne put retenir sa première

expression de joie envers quelqu'un de son peuple.

« *Shalom!* répondit-elle. Et ne vous pressez pas. Nous avons tout notre temps. »

D'un œil complice, le chauffeur de taxi regarda de nouveau dans son rétroviseur, rétrograda et ralentit son allure.

Célia s'était blottie dans les bras de Vincent, au milieu de la banquette, la tête posée dans le creux de son épaule.

« Ah ! les amoureux. C'est avec eux que je fais les plus belles courses ! Mais avec vous, je sens que ce sera encore plus romantique. »

La promenade dans Paris se prolongea pendant toute la matinée.

Les yeux écarquillés, Célia ne manquait aucune curiosité. Le chauffeur de taxi s'arrêta plusieurs fois pour laisser à ses deux passagers le temps de prendre le parfum des quartiers de Paris : la place du Tertre, Saint-Germain, le Quartier latin, le Luxembourg, les Tuileries. Il leur fit remonter pompeusement les Champs-Élysées jusqu'à la place de l'Étoile et les attendit tandis qu'ils se recueillaient sous l'Arc de triomphe. Puis il remonta le Champ-de-Mars et les déposa sous les jambes de la tour Eiffel. Il roula au pas rue de Rivoli et place Vendôme, pour laisser à Célia le temps d'admirer les vitrines les plus prestigieuses de Paris, et évita Pigalle pour ne pas lui montrer une vision déformée de l'amour. Il avait deviné que sa jeune passagère avait le cœur pur et ne voulait pas salir l'image qu'elle se faisait du bonheur d'être deux.

Vincent parlait peu, ne désirant pas rompre le charme de leurs échanges. Il avait compris qu'entre le chauffeur de taxi et Célia, c'était tout un peuple martyr qui reprenait vie : par lui, qui avait combattu, les armes à la main, l'hydre féroce ; et par elle, qui incarnait la jeunesse et l'espoir retrouvé.

Lorsque midi approcha, vint le temps de la séparation. Les heures s'étaient écoulées sans que personne ne s'en fût aperçu. Le taxi filait de nouveau en direction de la gare Montparnasse, à travers une circulation devenue plus dense.

Le chauffeur s'arrêta au bord du trottoir et s'empressa d'aller ouvrir la portière arrière. Célia sortit du véhicule, suivie de Vincent. Celui-ci prit son portefeuille et, instinctivement, regarda le compteur. Ne voyant rien d'affiché, il demanda le prix de la course. Le chauffeur fit mine d'examiner à son tour le compteur et s'exclama, malicieux :

« Mon compteur n'a pas fonctionné ! Je ne peux donc pas vous faire payer ! »

Vincent protesta. Mais le petit homme insista.

« Vous ne me devez rien. Cette balade, je vous l'offre. Ce fut un si grand plaisir pour moi de me promener avec vous dans Panam ! »

Célia lui prit la main et dit :

« Pourquoi agissez-vous de la sorte avec nous ? Vous ne nous connaissez pas !

— Quand j'ai été démobilisé en 40, j'ai fait venir ma famille à Paris. Je croyais qu'il serait plus facile de vivre en France qu'en Algérie.

— La présence des Allemands ne vous a pas inquiété ?

— Je ne me suis pas méfié.

— Cela ne nous explique pas…

— Ma femme et ma fille ont été prises dans une rafle. Je ne les ai jamais revues. Ma fille aurait à peu près votre âge.

— Je comprends », dit Célia.

Elle n'en dit pas plus. Le petit homme gardait sur son visage une expression de joie qui montrait que la vie continuait malgré tout.

« Que Dieu vous garde ! fit-il en joignant les mains de Célia et de Vincent dans les siennes. Réalisez ce qu'il vous a dit d'accomplir. »

* *
*

L'autocar pour Melun s'arrêta à Évry peu après 15 heures.

Célia et Vincent en descendirent à la sortie de la ville, comme on leur avait conseillé.

« Comment allons-nous retrouver l'institution ? s'inquiéta Célia, une fois le car reparti.

— Tu n'as plus aucun souvenir ? Tu ne te souviens de rien ?

— Vu l'âge que j'avais à l'époque, peu de chose m'ont vraiment marquée. D'autant que, d'après ce que maman m'a toujours raconté, on ne me sortait jamais à l'extérieur de peur qu'on ne remarque ma présence.

— De l'intérieur non plus, tu ne te souviens de rien ?

— Si, j'ai en mémoire un puits au milieu d'une cour, avec des fleurs. Pour le reste, c'est très vague.

— Un puits, au milieu d'une cour, effectivement c'est très vague, et très fréquent ! »

À chaque portail de maison, ils s'arrêtèrent pour voir discrètement si rien ne permettait à Célia de se souvenir. À plusieurs reprises, ils déclenchèrent les aboiements des chiens de garde et attirèrent leurs propriétaires. Ceux-ci, méfiants, les prirent pour des maraudeurs et leur répondirent ne pas connaître leurs « Enfants de Dieu ».

Au bout d'une heure de marche, Célia commença à désespérer.

« La maison a peut-être été démolie. C'était une vieille bâtisse.

— Dans ce cas, nous devrions trouver une construction neuve à la place. On ne démolit pas pour rien. »

Vincent ne perdait pas patience. Il savait pourquoi il accompagnait celle qu'il aimait. Sans prononcer un mot, il la prit par la main, l'attira vers lui, l'embrassa longuement et lui dit :

« Nous touchons au but. Suis-moi. »

Intriguée, Célia se laissa faire. Ils traversèrent la route. De l'autre côté, un mur tout couvert de lierre se dressait le long d'un fossé qui le séparait de la chaussée. Un grand portail envahi par la rouille était solidement maintenu fermé par une chaîne à larges maillons.

Ils jetèrent un rapide coup d'œil autour d'eux, puis, moins discrètement, observèrent la cour intérieure de la propriété.

« C'est là, s'écria Célia. Je reconnais le puits et la maison. J'en suis sûre. Nous y sommes.

— Je te l'avais bien dit !

— Comment savais-tu ?

— Une intuition.

— C'est fermé ! Nous ne pourrons pas entrer.

— Que pensais-tu y trouver ?

— Des gens, qui nous auraient peut-être parlé de ceux qui travaillaient ici avec mes parents. Il faut bien trouver le bout du fil d'Ariane qui nous permettra de remonter la piste. À vrai dire, je ne sais pas comment m'y prendre.

— Nous devrions d'abord chercher le propriétaire actuel et lui demander de nous autoriser à visiter les lieux. Il y a peut-être encore des papiers, des registres, des preuves tangibles abandonnées à l'époque et qui n'auraient pas été détruites. Sais-tu si, après votre départ, la maison a été vendue et habitée ?

— Mon père m'a affirmé que l'institution a été fermée pendant quelques années, puis quelqu'un l'aurait rachetée. Je ne sais rien de plus.

— Apparemment, vu l'état des lieux, aujourd'hui elle est inhabitée. Nous ferions mieux de nous renseigner en ville.

— Où penses-tu aller ?

— J'ai ma petite idée. Mais pour ce soir, nous en avons assez fait. J'ai repéré une petite auberge, peu après notre descente du car. Nous y serons comme des coqs en pâte. »

C'était un petit hôtel de passage qui ne payait pas de mine. Mais la table était gourmande et l'atmosphère très chaleureuse. Quelques clients occupaient déjà les rares chambres de l'étage. Il en restait une sous les toits, au grand plaisir de Célia.

« Ça nous ira très bien. J'adore les chambres mansardées.

— Je ne vous demande pas vos papiers d'identité, mais vous voudrez bien remplir la petite fiche de séjour. C'est obligatoire. »

Vincent s'approcha du comptoir et, sans hésiter, écrivit : *Monsieur et madame Vincent.*

Le lendemain matin, ils commencèrent à questionner l'aubergiste. Celui-ci avait ouvert son établissement juste après la guerre et connaissait un homme qui avait travaillé à l'institution comme homme d'entretien. De temps en temps, il s'arrêtait boire un verre ou deux après son travail. Mais il y avait bien longtemps qu'il ne l'avait pas revu, plusieurs années. Il leur donna son adresse approximative et son nom : Joseph Lecœur.

Sans perdre un instant, Vincent et Célia se mirent en route pour le centre d'Évry, où leur homme habitait encore probablement. Ils se rendirent à l'adresse indiquée.

« Il est peut-être mort, dit Célia.

— Il ne doit pas être jeune, certes, mais il peut encore être vivant. Nous verrons bien. »

La rue était grise et mal pavée. Toutes les maisons se ressemblaient et alignaient leurs portes étroites à espaces réguliers. Des enfants jouaient sur les trottoirs, sous l'œil amusé de personnes âgées dont la seule occupation était de les regarder.

Célia s'approcha de l'une d'elles et demanda si elle connaissait Joseph Lecœur. La vieille femme, tout édentée, se retourna et s'écria dans le couloir de sa maison :

« Dis Fernand, tu connais un certain Joseph Lecœur ? »

La réponse se fit attendre. Un homme octogénaire, tout courbé par le poids des ans, apparut sur le pas de la porte.

« Joseph ! Pardi ! si je le connais ! Nous avons souvent joué aux cartes ensemble.

— Savez-vous s'il habite encore dans cette rue ?

— Mon Dieu ! non ! Il est parti dans une maison de retraite à Corbeil. »

Le désespoir se lisait sur le visage de Célia.

« Qu'est-ce que vous lui voulez ? poursuivit le vieillard.

— Rien d'important, répondit Vincent. Parler du passé. De l'époque où il travaillait aux "Enfants de Dieu".

— Ah oui ! pendant la guerre, je me souviens ! Il y faisait l'homme à tout faire, chez un pasteur protestant. Il y est resté, quand la maison a été vendue peu de temps après. Les nouveaux propriétaires l'ont rappelé. Mais ils n'avaient pas assez d'argent pour entretenir une telle propriété. Ils l'ont fermée au bout de quelques années et Joseph s'est retrouvé sans travail.

— Vous connaissez les propriétaires ?

— Tout le monde les connaît ici. Lui, c'est un médecin, le docteur Martin. Il a remis sa clientèle à un plus jeune, l'année dernière. Il a pris sa retraite.

— Où pouvons-nous le trouver ?

— Il habite toujours à la même adresse, là où il avait son cabinet.

— Et ce Joseph ?

— *Le Clos des Lilas*. C'est le nom de sa maison de retraite. »

Sans plus attendre, Célia et Vincent se mirent en route pour rencontrer le docteur Martin.

Celui-ci ne fut pas difficile à joindre.

Sexagénaire ayant encore bon teint, il accueillit ses visiteurs avec une joie indescriptible.

« Ainsi c'est toi, la petite Célia, que j'ai connue haute comme trois pommes, quand les Allemands venaient perquisitionner chez tes parents pour te trouver, toi et les autres ! »

Le monde de Célia venait de basculer dix-huit ans en arrière. Toutes les années noires surgissaient subitement des profondeurs de sa mémoire, soudain ravivée par les souvenirs de celui qui fut le complice de ses parents. En sa présence, elle retrouva des images furtives d'hommes en noir, de voitures au capot allongé, ronronnant dans la cour de la maison, et de jeunes femmes qui s'occupaient d'elle quand sa mère était prise ailleurs.

Ce n'était que de vagues souvenirs, des flashs sporadiques sortis de l'ombre. Mais, à leur seule évocation, elle ressentait, au fond d'elle-même, les mêmes tourments et les mêmes joies qu'en ces temps très troublés. C'était comme un parfum surgi du fond d'une armoire, restée trop longtemps fermée, et qui exhalait encore des effluves édulcorés dès qu'on en ouvrait les portes. Parfum de nostalgie où se mêlaient les regrets d'une enfance trop vite vécue et les images de crainte imprimées dans le subconscient de la mémoire d'une petite fille trop jeune pour comprendre.

Le docteur Martin reçut ses visiteurs comme s'il les avait attendus depuis toujours. Il leur raconta comment il avait rencontré Marie pour la première fois dans les geôles de la kommandantur, comment il avait entraîné Henri dans son réseau de Résistance. Il leur expliqua, la gorge serrée, ce qu'il avait vu dans les cachots où on l'appelait pour remettre sur pied les détenus que les nazis voulaient encore torturer. Il leur parla avec beaucoup d'émotion de son rôle ambivalent auprès de l'*Oberhauptführer* de Corbeil.

« Il y a des choses, expliqua-t-il, que les hommes répugnent à faire, mais que les circonstances imposent. »

Son double jeu, son apparente amitié avec le chef nazi voulue par les responsables de son réseau, avaient toujours été un fardeau très lourd à supporter.

À la fin de la guerre, il faillit être victime d'une épuration trop hâtive. Et il fallut l'intervention de tous ses chefs pour qu'on reconnût le bien-fondé de ses actes courageux, en dépit des apparences trompeuses de sa collaboration. L'opprobre, que certains jetèrent sur lui, il l'avait d'abord reçu comme un châtiment injuste, et ce n'est que lorsque lumière et justice furent faites que son esprit retrouva la sérénité.

Mais il avait gardé envers les hommes une

pointe de rancœur qui en avait fait un être quelque peu aigri et détaché de tout ce qui se passait autour de lui.

La visite de Célia toutefois lui procura une telle joie qu'il sentit soudain renaître en lui l'homme courageux qu'il avait été, le juste parmi les innocentes victimes des bourreaux qu'il fréquentait contre son gré, pour mieux les combattre.

Devant Célia renaissait sa mémoire de droiture.

La jeune fille l'écoutait sans l'interrompre et comprenait mieux à présent le rôle que ses parents avaient tenu dans toute l'histoire cachée des Enfants de Dieu.

Une question taraudait son esprit avide de vérité. Une question que le brave docteur n'avait pas encore élucidée.

« Qui m'a donc amenée à l'institution, si ce n'est vous ?

— Je ne l'ai jamais su exactement. Mais les personnes qui travaillaient pour ton père devaient le savoir. Pourquoi n'irais-tu pas les voir ?

— Nous avions l'intention de rendre visite à l'homme d'entretien de la maison.

— Le vieux Joseph ! Il est mort depuis plus d'un an. Dans sa maison de retraite. »

Célia vit tout à coup tous ses espoirs s'anéantir.

« Je ne vois pas ce que je peux faire d'autre pour toi, poursuivit Hervé Martin. Je ne suis plus le commandant Gerbert, et mes relations ont toutes disparu.

— Pourrions-nous visiter l'institution ? C'est vous qui l'avez rachetée, nous a-t-on dit.

— J'ai fait cette folie. Mais je n'avais pas assez d'argent pour l'entretenir. Je n'ai jamais voulu la revendre. Par sentimentalité sans doute. Trop de souvenirs y restent attachés. Je ne vous accompagnerai pas, mais je vais vous remettre les clés. Vous n'y trouverez que des vieilleries abandonnées, sans importance. Rien qui puisse vous servir vraiment.

— On ne sait jamais », poursuivit Vincent.

Ils laissèrent le docteur à ses souvenirs trop rapidement exhumés et regagnèrent l'institution.

Le portail grinça sur ses gonds. La rouille y avait scellé les souvenirs de la maison pour mieux les fixer, dans l'attente de celui ou de celle qui leur redonnerait vie.

Célia était celle que l'esprit du lieu attendait.

La cour lui sembla petite, beaucoup plus petite que celle de son enfance.

« Normal, expliqua Vincent, tu étais si jeune à l'époque !

— J'ai l'impression que rien n'a bougé, que la maison s'est figée, endormie. Cependant, après nous, d'autres l'ont occupée !

— C'est vous qui lui avez donné son âme. Et c'est cette âme qui subsiste et que tu perçois encore maintenant. »

Le puits était toujours recouvert de la grosse tôle d'acier qui empêchait tout accident. Le lierre courait sur la façade et parvenait jusqu'au toit, en respectant bizarrement les ouvertures des fenêtres. Sur le côté de la maison, le passage qui menait au jardin était obstrué par des herbes folles jaunies, et les ronces commençaient à gagner en formant d'épais buissons épineux.

Protégé des voisins par un mur haut de trois mètres, le jardin avait gardé fière allure malgré son aspect de parc abandonné. Les allées, certes, disparaissaient sous le couvert des feuilles amoncelées depuis des années ; les carrés de pelouse étaient tout embroussaillés ; et les arbres, mal taillés, avaient fait du bois mort. Un grand tilleul dispensait son ombrage au milieu de l'espace que ceinturait une haie d'aubépine ; tandis qu'une glycine délaissée étalait jusqu'au sol ses tiges fleuries de gros pompons bleutés.

Les parterres de fleurs étaient envahis par les mauvaises herbes. La nature avait repris le dessus. Toutefois des espèces vivaces, plus résistantes que d'autres, manifestaient encore fièrement leur présence à travers un tapis de plantes sauvages qui avaient vite occupé le terrain. Des anémones du Japon aux fleurs roses et blanches, et des digitales à la robe rutilante formaient un vaste massif qui se dorait au soleil. Dans un coin, contre le mur de clôture, de lourds hortensias s'affaissaient au bout de leur tige, tandis que des chrysanthèmes s'étalaient sous l'ombre légère d'un bouleau.

Dans le fond du jardin, le potager était moins romantique. Le sol, envahi de chiendent et de liseron, était encore ridé de sillons et de buttes de terre d'où sortaient, par-ci par-là, un plant de pomme de terre, un poireau, une salade, provenant de graines perdues. Une brouette et des outils de jardinier avaient été abandonnés dans une petite remise ouverte, où tout était resté à sa place, comme si le propriétaire avait dû subitement s'en aller dans l'espoir de revenir très vite.

Célia fit le tour de la propriété. Elle respirait profondément pour mieux s'imprégner des odeurs de son enfance. Elle y retrouva des effluves d'herbes odorantes, subtils parfums trop vite évaporés ; des essences de fleurs qui lui rappelèrent des situations, des impressions, un goût de bonheur. Mais tout était si imprécis, si flou dans sa mémoire, si évanescent.

Elle se rendit compte alors combien elle avait été tenue à l'écart des terribles épreuves qui se jouaient au-dehors. Ce monde clos avait été pour elle un îlot de paix, et son jeune esprit n'avait pas eu conscience à l'époque que, autour d'elle, c'était l'univers de la laideur, de la terreur et de l'horreur.

En revenant sur ces lieux, qui furent les témoins de nombreux drames, elle ne parvenait pas cependant à imaginer autre chose que cette insouciance avec laquelle elle avait traversé toutes ces sombres années. Pour un peu, elle aurait même regretté cette période, tant cette remontée en surface de si subtiles réminiscences lui réchauffait le cœur.

Cette maison était pour elle celle des jours heureux. Et, finalement, elle se trouva fort déçue de ne pas y retrouver les traces de la tragédie dont elle cherchait les racines.

« Il faut visiter l'intérieur, proposa-t-elle. Ce

n'est pas dans ce jardin, où je n'ai que de bons souvenirs, que je trouverai.

— Que cherches-tu exactement ? demanda Vincent.

— La preuve qui m'indiquera d'où je viens. Quand je l'aurai, j'aurai atteint l'autre bout du fil d'Ariane. »

Vincent comprit que Célia voulait à tout prix retrouver l'identité de ses vrais parents, pour mieux endosser le deuil des siens qu'elle pressentait, et pour pouvoir ensuite témoigner du drame qui s'était joué en son absence.

Ils ouvrirent la porte d'entrée à grand-peine. Le bois avait gonflé et l'ouvrant ne céda que par la forte pression que Vincent dut y exercer. Il régnait dans le hall une forte odeur de renfermé.

« Nous allons ouvrir les fenêtres, nous y respirerons mieux. Et nous y verrons plus clair.

— Je m'occupe de l'étage, occupe-toi du rez-de-chaussée. »

Célia se souvenait vaguement d'un grand escalier qu'elle grimpait souvent à quatre pattes. De la première marche d'en bas, il lui paraissait immense. Il conduisait aux chambres ; de cela, elle était certaine. Mue par une sorte d'instinct sorti du fond de son subconscient, elle se dirigea tout droit vers la vaste salle de séjour où donnait l'escalier. Quatre à quatre, elle en gravit les marches et pénétra sans hésiter dans la pièce qui fut sa chambre.

Sa surprise fut totale. Tout était resté à la même place. Son petit lit d'enfant, son armoire à jouets, la penderie, et même ce drôle de petit portemanteau sur pied à tête de canard. La tapisserie, avec son motif de personnages de contes et de légendes, la peinture des boiseries, le lustre suspendu au milieu du plafond, les rideaux aux fenêtres ; rien n'avait changé.

Revenue de sa stupéfaction, Célia entra dans la pièce, presque sur la pointe des pieds, pour ne pas perturber l'ordre immuable des choses. L'esprit de la petite fille, qui dormait encore là quatorze ans auparavant, était peut-être resté dans ces murs, de peur de trouver au-dehors une trop douloureuse vérité.

Fallait-il le réveiller en revenant sur ces lieux d'ignorance et d'innocence ? Fallait-il fouiller le passé au risque de faire surgir des images aux contours tout auréolés de noirceur ?

Célia retenait sa respiration.

Elle sortit précipitamment de sa chambre et visita les autres pièces. Le spectacle était identique. Tous les meubles étaient restés à leur place, et, elle en était intimement persuadée, il s'agissait du mobilier qu'elle avait connu.

« Mes parents sont partis sans rien emporter, pensa-t-elle, et ce brave docteur Martin n'a rien changé. »

La maison en effet était dans le même état qu'au moment où elle l'avait quittée.

« Ne trouves-tu pas cela étrange ? On dirait que le docteur a voulu respecter ce qui nous appartenait, comme s'il pensait que nous reviendrions un jour.

— Je comprends maintenant pourquoi il n'a pas désiré nous accompagner, ajouta Vincent. Il voulait te laisser retrouver seule ton passé, sans te troubler par sa présence.

— Délicate attention !

— Mystérieux personnage, ce toubib ! Nous en saurons peut-être un jour davantage sur lui.

— Descendons à la cave. Je n'y allais jamais, je suppose. »

Vincent ouvrit le premier la seule porte de la cuisine qui ne donnait sur aucune pièce. Derrière, un escalier raide et sombre descendait dans un trou noir. Célia se souvint de cet antre béant qui l'effrayait chaque fois que son père en ouvrait la porte.

« On n'y voit rien ! Il faudrait de la lumière. »

Vincent alla au compteur et rebrancha l'électricité.

En bas de l'escalier, les deux grandes caves au sol de terre battue recelaient d'autres trésors : meubles, caisses, coffres et autres antiquités étaient soigneusement rangés et disparaissaient sous une épaisse couche de poussière grisâtre.

« Il n'y a rien de très intéressant dans tout cela, proclama Vincent en ouvrant les portes et les tiroirs les uns après les autres. Tout est vide. On ne trouvera rien ici. Regarde, il n'y a que des boîtes de lait en poudre qui doivent dater de la guerre. »

Célia sursauta.

« Des boîtes de lait ! Où ça ?

— Là, dans ce vieux buffet. »

Vincent prit l'une d'elle, la soupesa et la renversa.

« Elles sont vides ! Pourquoi les avoir conservées ?

— Celle-là est pleine. »

Célia ôta le couvercle de la boîte métallique.

« C'est bien du lait. »

Puis, trempant son index dans la poudre blanche, elle se mit à la goûter.

« C'est horrible ! On dirait de la lessive. »

Vincent goûta à son tour.

« Cela en est.

— Voilà pourquoi maman a été arrêtée. Elle m'a raconté son histoire de marché noir. La Gestapo l'avait soupçonnée de cacher un enfant, alors que mes deux frères n'étaient pas encore nés.

— Cet enfant, c'était toi !

— Je suppose. Fouillons le reste de la maison. Je sens que nous allons faire d'autres découvertes. »

Pendant des heures, ils se mirent en quête du moindre indice, de la moindre preuve qui aurait pu leur permettre de savoir qui avait amené Célia à l'institution au cours de l'été 1942.

Ils fouillèrent tous les recoins de chaque pièce, lurent tous les papiers qu'ils trouvèrent – et ils en trouvèrent : des factures, des bons de commande, des notes d'honoraires, des sermons d'Henri, des registres portant les noms des petits pensionnaires, du courrier personnel. Tout était classé, répertorié, archivé. Rien n'avait été détruit.

« Je me demande bien pourquoi mon père n'a rien emporté lors de notre départ.

— L'institution appartenait à l'Église réformée. Il a cru bon d'y laisser tout à sa place. Au fond, rien ne lui appartenait en propre. »

Célia dépouilla un gros dossier rempli de lettres adressées à son père, le *pasteur Henri Muller*. L'une d'elle attira particulièrement son attention. Elle n'était ni datée ni signée, comme si son auteur avait voulu garder l'anonymat. Il y était question de remerciements pour avoir accepté *un si lourd fardeau*, qu'il aurait été impossible de supporter *pour une femme seule*. On y parlait d'un libraire de la rue du Faubourg-Saint-Antoine qui avait été arrêté et torturé, et de *deux petits chéris* qu'on n'avait toujours pas retrouvés. La personne anonyme indiquait aussi que l'immeuble avait fait l'objet de *fouilles répétées*, mais que, en tant que *concierge*, elle avait toujours affirmé n'être *au courant de rien*.

Célia semblait absente. Elle lisait et relisait la lettre dont les mots lui parurent lourds de sens.

« J'ai trouvé quelque chose ! » finit-elle par s'exclamer.

Les renseignements fournis par la lettre anonyme lui redonnèrent courage. Dorénavant, elle avait un lieu bien circonscrit et deux personnages dont, certes, elle ne connaissait pas le nom ni le rôle dans le malheur de ses parents, mais qui pourraient devenir une piste éventuelle.

Ils revinrent donc à Paris dès le lendemain matin et se firent conduire rue du Faubourg-Saint-Antoine. Celle-ci n'avait rien perdu de son animation d'antan. La circulation y était même plus dense, les immeubles s'alignaient, plus nombreux, dans une quasi-ressemblance qui ne permettait aucune distinction particulière.

« Autant chercher une aiguille dans une meule de foin ! s'exclama Célia.

— Commençons par les détails les plus précis de la lettre.

— Une concierge, un immeuble, un libraire. Tu appelles ça des détails !

— Cherchons d'abord les librairies. Ce ne sera pas long et c'est sans doute la meilleure piste. »

Ils prirent la rue à l'une de ses extrémités et pénétrèrent dans toutes les librairies les unes après les autres.

Partout ils posèrent les mêmes questions, partout on leur fit les mêmes réponses. Personne ne semblait connaître une famille Blumstein, ni un libraire arrêté par la Gestapo pendant la guerre.

La chance cependant leur sourit après plusieurs heures de recherche. Ils se trouvaient alors devant une librairie dont la devanture était toute parée de boiseries anciennes peintes en vert foncé. À l'intérieur s'entassaient pêle-mêle des livres neufs et d'occasion. Au-dessus de la porte, l'enseigne indiquait de façon un peu naïve : *Librairie Saint-Antoine*, sur un décor représentant saint Antoine aux prises avec la Tentation dans le désert.

« J'ai l'impression que nous sommes devant la bonne porte, lança Vincent.

— Encore ton intuition ! Si tu pouvais dire vrai ! »

Le libraire était un homme voûté, de taille moyenne, au crâne dégarni et vêtu d'une blouse grise à la manière des maîtres d'école. Quand le grelot de la porte tintinnabula, il se retourna aussitôt. Sa joie de recevoir des clients se lut immédiatement sur son visage qui s'illumina d'un large sourire.

Vincent s'approcha du comptoir derrière lequel il était affairé à ranger une pile de livres anciens, tandis que Célia, restée à l'écart, faisait mine de regarder les rayons. Ceux-ci remplissaient les murs de haut en bas. Les rangées de livres étaient pleines et proposaient encore des spécimens rares datant de nombreuses années.

« Vous cherchez quelque chose ? demanda le libraire.

— Oui et non, répondit Vincent.

— Que puis-je pour satisfaire votre curiosité ? Si vous cherchez un livre ancien, je peux certainement vous être utile, car j'ai encore des éditions qui datent d'avant-guerre.

— Ce n'est pas ce que nous recherchons.

— J'en ai de plus récentes également. Que voulez-vous ? »

Vincent, cette fois-ci, hésitait. Il sentait qu'il avait en face de lui l'homme de la lettre. Et il ne voulait pas le heurter de plein fouet par une question trop brutale, de crainte de susciter sa méfiance.

« Nous cherchons un livre sur la dernière guerre.

— Cela ne manque pas ! Quel genre de livre ? Un roman, un livre d'histoire ?

— Un livre sur la déportation. »

L'homme sembla se crisper et s'assombrit. Son visage perdit son sourire.

« Je vois, je vois. Bien triste période ! Mais vous êtes jeunes pour avoir connu ça. Je peux vous proposer un bon livre qui est sorti peu après la guerre, un témoignage remarquable sur la déportation. »

Tout en prononçant ces paroles, il leur sortit : *Détenu 20801 dans les bagnes nazis* d'Aimé Bonifas.

« Aimé Bonifas était pasteur pendant la guerre. Il a été résistant puis fut déporté à Buchenwald, après avoir connu les prisons de Saint-Girons, de Toulouse et le camp de Royallieu. Les hommes comme lui ne sont pas légion. La jeunesse d'aujourd'hui ne sait pas toujours ce qui s'est passé pendant ces tristes années. Vous faites bien de vous informer. Malheureusement, on n'en parle pas assez. Et on ignore encore bien des choses. Un jour, quand toute la vérité sera faite... »

Le libraire ne termina pas sa phrase.

À cet instant, Célia décida d'intervenir.

« Vous savez, monsieur, je suis juive. Et mes parents ont été déportés en 1942. Moi, je suis une rescapée, par miracle.

— Vos parents... déportés ! Mon Dieu ! comme je vous comprends ! »

Vincent crut le moment opportun de parler de la lettre. Il était inutile de tergiverser davantage. Si le libraire était celui dont parlait le mystérieux auteur anonyme, il fallait couper court et aller droit au but.

« Avez-vous connu Franz-Jacob Blumstein ? Il

se faisait appeler François. Et il a travaillé dans une librairie du faubourg pendant la guerre.

— François Blumstein ! Si je l'ai connu ? Mon Dieu ! mon Dieu ! répéta le libraire qui semblait assommé par la question de Vincent.

— Je vous en prie, monsieur, pria Célia. Souvenez-vous ! François Blumstein était mon père. »

Le vieil homme sembla s'effondrer, anéanti par l'émotion. Ses mains se mirent à trembler. Ses yeux se remplirent de larmes. Il bégaya :

« Ma... ma chère petite ! Viens dans mes bras, que je t'embrasse. »

Célia s'approcha. L'homme lui saisit les mains et plongea son regard mouillé dans le sien. Puis il la serra affectueusement contre sa poitrine et l'embrassa longuement.

« François a été mon meilleur vendeur et un ami précieux », se reprit-il.

Charles Duquesne ferma aussitôt sa boutique et invita ses visiteurs à monter à l'étage dans son appartement.

Sans tarder, Célia lui montra la lettre qu'elle avait découverte.

Le vieux libraire ajusta ses lunettes et, d'une main tremblante, saisit la feuille de papier jaunie. Il en parcourut le contenu lentement, mot après mot, sans lever les yeux.

« C'est bien de moi dont il s'agit, affirma-t-il quand il eut terminé. Il n'y a pas de doute. Toute cette histoire est vraie. La rafle du 16 juillet, tes parents disparus, mon arrestation. Ce que j'ignorais, c'est le rôle joué par cette personne anonyme, et qu'il reste à découvrir, je suppose.

— Effectivement, je ne la connais pas. Elle est peut-être morte aujourd'hui.

— Rien ne permet de l'affirmer. Mais sans son nom, il sera difficile de l'identifier. À moins, poursuivit le libraire, que tout bêtement il ne s'agisse de la concierge de l'immeuble où habitaient tes parents.

— Je le pensais, coupa Vincent. Cela me semble même très probable.

— Cet immeuble existe encore. Mais la concierge a dû changer en dix-huit ans.

— C'est à craindre, ajouta Célia.

— Cela ne change rien à ce que j'ai à te raconter.

— Vous savez donc des choses précises sur mes vrais parents ? Sur ce qui leur est arrivé après leur arrestation ? »

Célia sentit sa gorge se nouer. Les mots étaient de plus en plus difficiles à trouver.

« Je suis venue ici, expliqua-t-elle, pour faire toute la lumière sur les premières années de mon existence. Jusqu'à présent, je ne connaissais que mon nom et mon origine juive. Maintenant je sais dans quelle rue de Paris et dans quel immeuble je suis née. Mais comment est-il possible d'en savoir plus, puisque là s'arrête notre histoire commune ? Mes parents arrêtés, déportés, disparus ; moi sauvée par une inconnue et placée dans un orphelinat... Je crains fort de ne pas en savoir davantage ! Finalement, guère plus que ce que m'ont appris mes parents adoptifs.

— Si tu veux rencontrer la personne qui t'a sauvé la vie, ça ne sera pas difficile. Avec ton ami, tu la retrouveras, si elle est encore de ce monde. Mais moi, je peux te raconter ce qui est arrivé à ton père après son arrestation.

— Comment savez-vous tout cela ?

— Nous étions ensemble à Auschwitz. »

XV

Pitchipoï

Paris – Pologne, 1942-1945.

Le libraire de la rue du Faubourg-Saint-Antoine, Charles Duquesne, fut arrêté peu après la rafle du 16 juillet 1942. Des agents de la police nationale, accompagnés de soldats de la S.S., entrèrent brutalement dans sa librairie par une sombre fin d'après-midi. Ils l'arrachèrent des mains de son client et l'emmenèrent sur-le-champ au quartier général de la Gestapo.

En son absence, les deux soldats S.S. fouillèrent son magasin de fond en comble. Ils renversèrent les rayonnages sans ménagement, mirent certains ouvrages de côté et s'acharnèrent sur d'autres avec férocité. Pour finir, ils firent sur le trottoir un grand tas de livres considérés comme dangereux et y mirent le feu, sous l'œil médusé des passants.

Jeté dans l'ombre des prisons nazies, Charles Duquesne fut interrogé dès le lendemain de son arrestation. L'*Oberleutnant* lui fit comprendre qu'il s'était placé dans une très mauvaise situation en employant un Juif dans sa librairie. Il lui rappela le fameux statut des Juifs pris par le gouvernement français dès 1940, et lui jeta à la figure quelques ouvrages interdits rescapés de l'autodafé. Enfin, il le soupçonna de faire partie d'une de ces mouvances sionistes qui résistaient à l'autorité de l'Allemagne.

Charles Duquesne eut beau prouver qu'il n'était pas juif lui-même, et qu'il ignorait tout de ce qu'on lui reprochait, le nazi lui cracha au visage en le traitant de « sale menteur ».

« Dites-nous la vérité, monsieur Duquesne. Que cachiez-vous derrière votre librairie ? Un réseau pour sauver tous ces chiens galeux de Juifs ? Si vous persistez à nier les faits, mes hommes sauront bien vous faire parler. Et ce ne sont pas des tendres. »

Charles Duquesne ne pouvait avouer ce qu'il ne savait pas.

De nouveau jeté dans sa cellule, il en fut extirpé quelques heures plus tard pour un interrogatoire plus musclé.

La première fois, deux Français s'occupèrent de lui. Devant des compatriotes, Charles se sentit presque soulagé. Il leur parlerait ; ils comprendraient, ils finiraient par le croire et le laisser tranquille. En fait, les deux policiers français mirent tant de zèle à faire parler le libraire, que celui-ci s'évanouit presque aussitôt et ne fut plus d'aucune utilité.

L'officier allemand éructa sa mauvaise humeur en traitant ses collaborateurs de bons à rien, de barbares dépourvus de manières, d'incapables.

« Comment voulez-vous obtenir des renseignements d'un prisonnier si vous le mettez tout de suite K.-O. ? Dorénavant, mes hommes s'en occuperont. »

Il chassa les deux policiers zélés et fit ranimer le malheureux.

Il menaça de nouveau. Rien n'y fit. Charles Duquesne resta muet, d'autant que sa bouche tuméfiée et ses lèvres ouvertes lui interdisaient de prononcer la moindre parole.

On le soigna succinctement dans un cachot où on l'isola pendant trois jours.

Le quatrième jour, deux jeunes soldats S.S. vinrent le rechercher.

L'interrogatoire reprit. Cette fois, deux Allemands en civil lui firent comprendre dans un mauvais français qu'il allait parler.

Charles racontait cet épisode douloureux du début de son calvaire avec force détails. Il se souvenait de tout et ressentait toujours chacune des douleurs qu'on lui avait infligées, comme si sa chair en était encore meurtrie : brûlures de cigarette, ongles arrachés, baignoire, électricité, pendaison par les pieds au-dessus d'un brasero. Tout y passa.

Les séances de torture durèrent des jours. Les bourreaux nazis, plus délicats que leurs collègues français, savaient s'arrêter juste à temps pour éviter que leur piètre victime ne tombât dans le coma. Ils la renvoyaient systématiquement et avec sadisme dans son cachot, et, dès le lendemain, ils reprenaient leur séance avec acharnement.

Le soir, seul dans l'obscurité, au fond de son trou, Charles ne pouvait fermer l'œil, vivant perpétuellement dans la crainte de voir la porte s'ouvrir de nouveau.

Au bout de huit jours, qui lui parurent une éternité, il craqua. Il finit par avouer n'importe quoi. Il ne put cependant dénoncer qui que ce soit, et pour cause !

L'*Oberleutnant* perdit patience et se lassa. Il comprit qu'il ne tirerait plus rien de son misérable prisonnier. Il le fit transférer à la prison centrale.

Là, Charles retrouva un peu de tranquillité. Il put panser ses blessures et reprendre quelques forces, aux côtés d'un compagnon de cellule qui avait été condamné à mort et qui attendait son exécution d'un jour à l'autre.

Les images de la prison étaient encore très présentes dans son esprit : des cages alignées, des cris de désespoir, des gardiens sans état d'âme, une cour pour une promenade d'un quart d'heure, des murs tout aussi gris que le gris du ciel ; et des hommes, des centaines d'hommes, le dos courbé, accablés de tous les malheurs du monde et qui devaient se demander s'ils ne vivaient pas là un véritable cauchemar.

Charles ne fut plus torturé. Ce qui n'était pas le cas de tous les autres détenus. Parfois, à travers les barreaux, s'échappaient des cris aigus qui perçaient la nuit en montant des caves où l'on interrogeait sans discontinuité. Parfois encore, des rafales de fusils automatiques déchiraient le silence devenu soudain inquiétant.

Après un simulacre de jugement, Charles Duquesne fut renvoyé dans sa cellule pour être transféré dès le lendemain au camp de Drancy. Il y séjourna trois semaines dans une vaine attente et un vague espoir d'y avoir été oublié.

Un jour cependant, il fut emmené avec des centaines d'autres malheureux vers la gare de Bobigny, et il comprit qu'il allait lui aussi entreprendre le voyage à *Pitchipoï*.

* *
*

Pitchipoï, c'était la destination que les internés de Drancy donnaient à ce voyage vers un lieu dont ils ignoraient tout. La plupart étaient persuadés que les nazis les emmenaient travailler en Allemagne et croyaient donc qu'ils ne manqueraient de rien. « Il faudra bien qu'ils nous nourrissent et nous traitent convenablement s'ils veulent qu'on soit capable de travailler ! » avait souvent entendu Charles dans le wagon plombé qui filait vers l'est.

Peu d'entre eux imaginaient que seuls les plus aptes allaient être choisis pour le travail. Et quel travail ! L'esclavage était une notion qui avait disparu de tous les esprits et qui n'avait plus qu'une connotation historique.

Charles, en homme avisé et lettré, se doutait bien que ces convois n'étaient en fait que des convois de la mort. D'ailleurs, si les nazis avaient eu l'intention d'utiliser seulement de la main-d'œuvre gratuite, pourquoi se seraient-ils encombrés de tous ces vieillards et de tous ces enfants qui ne pourraient jamais être aussi rentables que des hommes bien portants ? Et que penser de tous ces malades grabataires, qu'on avait hissés sur certains wagons ?

Charles Duquesne ignorait où son train se dirigeait et qu'il prenait la même direction que celui de son ami François Blumstein, déporté peu avant lui avec toute sa famille.

À son arrivée sur le quai du camp de Birkenau (Auschwitz II), il vécut les mêmes scènes : le tri, le tatouage, la tonte, l'humiliation, la montée dans un camion.

Pour où ?

Les uns, pour des usines aux cheminées crachant jour et nuit leur fumée âcre et noire. Les autres – et il fut de ceux-là – pour des blocks, des baraques basses ressemblant davantage à des poulaillers industriels qu'à des logements de prisonniers.

À son entrée, Charles suffoqua. L'odeur inhumaine. Le spectacle dantesque des hommes décharnés, allongés sur trois rangées de châlits à même le bois ; tous tondus ; tous en pyjamas rayés, comme des bagnards miséreux ; tous, les yeux hagards face aux nouveaux arrivés. Ceux-ci leur apporteraient bien quelques nouvelles du monde ? Du monde !

Car, là-bas, ce n'était pas le monde, c'était l'enfer !

Charles prit place dans sa niche où il dut se plier en deux pour pouvoir s'allonger. Il quitta les chaussures qu'on lui avait remises pour soulager ses pieds déjà meurtris car – c'était souvent le cas – elles étaient dépareillées. Son voisin du dessus lui conseilla de les cacher au fond de son lit. « Ici, on fauche beaucoup. Il faut se méfier ! » lui dit-il.

Charles apprit vite à connaître cette société carcérale bien particulière, où l'entraide était le seul moyen de survivre, mais où il fallait sans cesse faire preuve d'une grande vigilance. En moins de huit jours, tout homme valide y était cassé, broyé, réduit à l'anonymat d'un corps, d'un numéro gravé sur sa peau, d'un emplacement dans une baraque.

De forte constitution à l'époque, il eut la chance d'être repéré pour faire partie des commandos de travailleurs. Il fut aussitôt envoyé dans le camp de travail où une tâche pénible l'attendait, mais qui lui permit d'être relativement, mieux nourri. Néanmoins, comme pour tous ses semblables, creuser des tranchées dans la boue par – 20 degrés lui demandait des efforts surhumains. S'il n'avait pas eu la force de caractère que ses amis lui avaient toujours connue, il n'aurait pas survécu à de telles conditions.

Ce fut plusieurs mois après son arrivée au camp qu'il eut l'énorme surprise de retrouver, par le plus grand des hasards, son fidèle ami François Blumstein.

Il était alors affecté à l'aménagement d'un hangar près des fours crématoires. Son commando, sous l'œil acéré d'un kapo ukrainien, avait la réputation d'être très travailleur et les hommes bénéficiaient d'une certaine liberté dans le camp, le soir juste avant l'appel.

Il gagna bientôt la sympathie toute relative de son chef ukrainien. Celui-ci avait de la famille en France, et Charles se complaisait à lui décrire Paris et la vie parisienne. Par son entremise, il parvint à se faire muter aux cuisines pour le nettoyage des tonneaux avec d'autres prisonniers, des Polonais pour la plupart. La tâche était moins pénible physiquement, mais le nettoyage à l'eau froide trempait ses vêtements. Et le matin, à son lever, ceux-ci étaient encore mouillés de la veille.

Grâce à ce nouveau travail, il ne manquait pas de nourriture et ses forces revinrent plus rapidement. Il fut affecté dans un autre block où il disposait d'un vrai lit. C'était presque le paradis en enfer.

Un jour, la plupart des Polonais étant partis, on envoya un groupe de Juifs les remplacer. Ceux-ci n'étaient que des ombres sans nom. Pesant moins de cinquante kilos, ils flottaient dans leurs vêtements trop amples. Les joues creuses, les yeux exorbités, le nez pincé au milieu d'un visage décharné, ils avaient ce regard qui n'appelle plus que la mort. Tous méconnaissables, car se ressemblant tous, avec leur crâne rasé et leur allure squelettique, ils travaillaient sans chercher à voir ceux qui se trouvaient autour d'eux.

Quand Charles Duquesne les vit arriver, il ne put qu'éprouver de la pitié pour ces hommes qu'il n'avait aperçus que de loin. Car les Juifs et les détenus politiques se rencontraient rarement dans le camp.

L'un d'eux attira son attention. Il travaillait avec plus d'acharnement que les autres, comme s'il avait encore du mors aux dents, comme s'il était animé d'une rage de vaincre l'adversité, d'une volonté de ne pas se laisser anéantir par la fatalité.

Il s'en approcha, hésita, puis se mit à balbutier des mots incompréhensibles :

« Mais… c'est… c'est… mais… Fran… »

L'homme tourna la tête, regarda Charles de bas en haut, comme il en avait l'habitude quand il devait répondre à son kapo, prêt à recevoir la schlague sans raison, par habitude. Mais cette fois, il se redressa. Son visage s'illumina. Ses yeux se brouillèrent et, sans dire un seul mot, il tomba dans les bras de Charles.

Le kapo n'avait rien vu.

Charles entraîna son ami sur le côté. La brève minute qui suivit devint un long moment de bonheur retrouvé. Les deux hommes n'eurent aucune peine au monde pour se transmettre l'un l'autre le reste de vie qui les animait encore.

C'est ainsi que Charles Duquesne retrouva François Blumstein et qu'une partie de leur existence se scella une nouvelle fois.

* *
*

Le commando juif revint souvent travailler aux cuisines.

Charles, qui ne manquait pas de nourriture, en

profitait pour en donner à son malheureux ami. Une simple pomme de terre était pour lui un vrai trésor. Quand il pouvait dérober un morceau de saucisson ou un misérable bout de gras, c'était la fête. Petit à petit l'espoir renaissait entre eux. Mus par ces brèves rencontres, ils vivaient l'un pour l'autre ; et ils savaient pourquoi ils vivaient.

La plupart des autres ne le savaient plus.

Et ces quelques minutes volées à l'attention des kapos leur permirent de renouer entre eux les liens solides de la vie.

Malheureusement le sort de François n'était pas aussi enviable que celui de Charles : chaque jour levé au petit matin, debout sur l'*Appelplatz*, par tous les temps, pour l'appel qui durait parfois des heures ; puis le départ pour le travail, en rang, le dos courbé pour ne rien voir, pour ne pas croiser le regard du S.S. Le kapo, un détenu de droit commun, le fouet à la main, avait le droit de vie et de mort sur ses prisonniers. Ne pas se faire remarquer. Se fondre dans son ombre. Ne pas être là tout en étant présent ! Ne pas trébucher sous la charge. Ne pas tousser, surtout ne pas tousser ! Les commandos de travailleurs juifs étaient en général affectés aux plus sales corvées. La vie d'un Juif était ce qui coûtait le moins !

Aussi la nourriture était-elle donnée au compte-gouttes. Comme chaque prisonnier, François recevait le matin une boule de 300 grammes de pain, un peu de margarine, parfois une rondelle de saucisson ou du mauvais fromage. À midi, la soupe était si claire que la faim torturait de nouveau le ventre aussitôt après. Le soir, exténué par un travail de forçat infligé douze à quatorze heures durant, il devait encore attendre une heure debout, transi, dans la boue et le froid, pour obtenir sa maigre ration de tisane qui lui réchauffait à peine le corps.

François revit Charles chaque fois que son commando fut envoyé aux cuisines. C'était pour lui une longue période de répit. Les kapos semblaient fermer les yeux. Ils ne surent jamais pourquoi. Ils se parlaient tout en travaillant, et s'arrangeaient pour se retrouver aux mêmes tâches. Charles ordonnait celles-ci aux malheureux Juifs qui devaient l'assimiler à un *Vorarbeiter*, un sous-kapo.

Le nettoyage des tonneaux terminé, Charles fut maintenu aux cuisines. C'était une planque relative qui lui permettait d'échapper au contrôle permanent des chefs. Un jour, alors qu'il manquait de la main-d'œuvre, il osa demander une faveur à son kapo : choisir ses hommes de peine parmi les Juifs qui étaient venus nettoyer les tonneaux. Il prétexta que certains d'entre eux avaient fait réellement du bon travail et qu'ils étaient surtout très dociles.

« Dociles ! s'exclama le kapo ukrainien dans un assez bon français. Ils ont intérêt à être dociles. Sinon, ils partent immédiatement en fumée. Ah ! ah ! ah ! »

Charles ne répondit pas. Il attendait sa réponse.

« Pourquoi t'intéresses-tu à ces Juifs ? Il y a d'autres travailleurs dans le camp. Je pourrais t'en trouver de plus costauds. Mon ami S.S. n'a que l'embarras du choix.

— Je me disais que des Juifs, qui travaillent comme des nègres, pour ce qu'on leur donne à manger, il faut en profiter ! Ils sont très rentables. »

Le kapo éclata de rire.

« Tu me plais, le Français. J'ai l'impression que tu ne les aimes pas non plus, ces Juifs.

— Je suis comme tout le monde.

— Je vais en parler à l'officier S.S. Je ne peux pas prendre cette décision moi-même. »

Le lendemain, la plupart des Juifs venus pour les tonneaux furent rassemblés devant les cuisines. Le kapo appela Charles et dit :

« Vas-y ! Choisis ceux qui te conviennent. »

Charles savait que son choix permettrait à certains de survivre plus longtemps que leurs compagnons, voire de s'en sortir. Il avait aussi conscience qu'il abandonnerait les autres au sort qui leur était destiné dès leur entrée au camp.

Comment choisir ?

Prendre les plus faibles, par compassion, serait se mettre en contradiction avec ce qu'il avait expliqué au kapo. Prendre les plus solides, c'était condamner les autres à une mort certaine plus ou moins proche.

« Combien en veux-tu ? demanda le kapo.

— Pour entretenir la cuisine et éviter tout risque de contamination et de maladie...

— Contamination, maladie ! Qu'est-ce que tu me chantes là ?

— L'hygiène dans les cuisines est importante.

Tout le camp en dépend. Si une épidémie se déclare, nous risquons d'y passer tous.

— Tout le camp ? »

Charles sentait son chef prêt à se laisser infléchir.

« Laissez-les-moi tous. J'en ferai quelque chose. On n'est pas de trop ici. »

Le kapo sembla réfléchir au bien-fondé de la proposition de son prisonnier.

« Soit. Je te les laisse tous. Mais je t'en rends responsable. S'il arrive quelque chose, ton compte est bon. Avec ces sales youpins, on ne sait jamais ce qui peut arriver. »

Charles organisa rapidement le travail et donna à chacun sa tâche.

C'est ainsi qu'il put voir François régulièrement et que celui-ci put lui raconter l'enfer qu'il avait vécu depuis son entrée au camp.

Son récit fut entrecoupé de longues pauses, au cours desquelles les images de l'horreur lui revenaient constamment à l'esprit :

« J'ai vu Lisa et la petite que nous avions recueillie partir devant moi, raconta-t-il. On nous a séparés à la descente du train. Elles sont montées dans un camion qui a pris la direction d'une usine. Du moins, j'ai cru qu'il s'agissait d'une usine, avec ses cheminées et la fumée noire qui en sortait. Puis on m'a embarqué à mon tour, avec beaucoup d'autres, dans un autre camion. Et on nous a amenés ici, dans ce camp de travail.

— J'ai suivi le même chemin que toi.

— J'ai vite compris ce que sont ces usines. Au

début, je n'ai pas cru ce que beaucoup me racontaient. Mais par la suite, on m'a envoyé vider les chambres à gaz des cadavres qui y étaient entassés. La première fois, j'ai fouillé parmi eux pour retrouver celui de ma femme et de la petite. Les visages révulsés se ressemblaient tous. Ils portaient tous le même masque de la mort. Je ne parvenais pas à les distinguer les uns des autres. Tous ces corps, nus, flasques, froids, je n'osais les toucher. Ils me faisaient peur. Et je n'avais qu'une crainte : retrouver Lisa parmi eux. Finalement, j'ai compris qu'elle avait été gazée dès sa descente du camion, le premier jour de notre arrivée. J'ai fait ce travail de fossoyeur pendant des semaines. Puis on m'a affecté au crématoire. Là, j'enfournais sans réfléchir les cadavres qui s'amoncelaient. Les cendres encore chaudes que nous sortions étaient, paraît-il, récupérées pour amender les terres agricoles. »

Charles écoutait son ami sans l'interrompre. Il se doutait de l'horreur qui se passait dans ces drôles d'usines. Mais jamais personne ne lui avait encore parlé de ces atrocités avec autant de véracité.

« Ensuite, poursuivit François, j'ai été affecté à d'autres travaux, tous aussi pénibles les uns que les autres. J'ai vu mes compagnons mourir sous mes yeux, parfois abattus d'une balle dans la nuque pour le seul plaisir du S.S. ; d'autres revenir de l'hôpital estropiés, brûlés, émasculés. Ils croyaient s'y faire soigner. En réalité, ils étaient utilisés comme des cobayes.

— Et toi, mon pauvre François, comment as-tu pu tenir ?

— Dès que j'ai vu Lisa partir devant moi, je me suis juré de résister de toutes mes forces pour pouvoir un jour en parler. Et puis, il y a mes enfants. Je suis sans nouvelles d'eux. Peut-être ont-ils pu échapper aux rafles. J'espère qu'ils sont vivants. Sarah et Jacob n'ont pas été arrêtés avec nous, et Célia a été confiée à une inconnue. C'est pour eux que je résiste, dans l'espoir de les retrouver un jour. Sinon, je serais parti rejoindre ma pauvre Lisa.

— Es-tu certain que Lisa est morte ? N'a-t-elle pas été envoyée, elle aussi, dans un camp de travail pour femmes ?

— Elle n'avait aucune chance. Elle a pris la mauvaise file sur le quai de triage. Maintenant son âme est en paix. »

Charles ne parla plus de ce qui attristait son ami.

Chaque jour, il lui procurait un peu de nourriture dérobée au péril de sa vie. Et ensemble ils se mirent à croire qu'il y avait encore un avenir possible.

Ce fut à ce travail dans les cuisines qu'ils durent leur salut. Beaucoup de compagnons de block de François n'eurent pas cette chance. Certains d'entre eux moururent d'épuisement ou de maladie ; d'autres firent partie de ces lots destinés à l'extermination pure et simple.

Portés par une forte volonté de survivre, et soutenus dans les moments terribles par leur amitié devenue fraternelle, ils parvinrent tous deux à traverser les affres les plus cruelles qu'un homme pût endurer.

Un jour de « presse », tous les Juifs des cuisines, ainsi que Charles, furent réquisitionnés pour aller creuser, avec d'autres malheureux, des fosses supplémentaires. Les fours crématoires ne suffisaient plus. Il fallait brûler les cadavres en tas afin de gagner du temps. La machine à exterminer s'emballait ; il fallait tenir le rythme. Le rendement avant tout !

Sur le chantier, ils furent séparés. François se retrouva dans un commando de Juifs, Charles avec des Russes. Une fois le travail terminé, le S.S. fit aligner les Juifs au bord des deux fosses. De sa cravache de cuir, il toisa les malheureux forcenés qui gardaient la tête baissée, les yeux presque fermés.

François, dans la même position, jetait des regards furtifs de part et d'autre. Il voulait voir. Si son dernier moment était arrivé, il voulait savoir comment il partirait. S'il devait en réchapper, il voulait pouvoir raconter.

Quand il eut fini son tour d'inspection, le S.S. dégaina son revolver et rebroussa chemin. Sans dire un mot, il logea une balle dans la tête de chaque prisonnier qu'il jugeait trop fatigué. Derrière lui, un kapo envoya quatre Russes jeter les corps dans la fosse.

Quand ce fut le tour de François, il s'arrêta et lui redressa le menton du bout de sa cravache.

« Tu m'as l'air en meilleure forme que les

autres ! lui lança-t-il. Ainsi tu es un de ces sales Juifs qui résistent. C'est bien ! C'est très bien ! »

Puis, lui caressant la joue de sa férule, il se mit à le frapper au visage avec acharnement. François reçut les coups sans broncher. Ses joues étaient ensanglantées, son oreille gauche fendue, ses lèvres éclatées.

« Ton tour viendra, poursuivit le nazi. Mais tu devras encore attendre ! »

François eut la vie sauve, une fois de plus. Sa force, dans ces moments-là, il la puisait, non dans la pensée de Yahweh, mais dans l'esprit de Lisa qu'il sentait très présent. Jamais en effet il n'évoquait l'Éternel. Non que sa foi eût disparu totalement, mais parce qu'il se demandait souvent où Dieu pouvait bien être dans un tel enfer. « Si Dieu est quelque part, pensait-il, il ne peut être dans le royaume de Satan ! »

François ne croyait plus que Dieu fût toujours là où on avait le plus besoin de Lui.

Il retrouva Charles aussitôt après ce tragique événement. Ils passèrent encore de longs mois à s'entraider, à porter secours à d'autres, sans qu'on les remarquât davantage.

C'était un vrai miracle.

Un jour de février 1944, le kapo ukrainien avertit Charles que tout son groupe allait être transféré dans un autre camp, situé plus à l'est, Majdanek. On y avait besoin de prisonniers solides pour relever les équipes défaillantes.

Déjà les préparatifs du transport étaient achevés.

Après l'horreur d'Auschwitz, un autre voyage en enfer s'annonçait. Car Majdanek était un camp mouroir. Là-bas étaient envoyés les malades, les inaptes au travail qui n'étaient pas acheminés directement à Auschwitz.

Le nouveau commando, dont François et Charles faisaient partie, y avait été dépêché pour aider à faire la sale besogne. Aider les exterminateurs à exterminer ; dans leur esprit, aider les morts vivants à mourir.

* *
*

Le commando de Charles arriva à Lublin à l'aube d'un jour sans fin, par – 20 degrés. Alignés sur le quai de la gare de marchandises, les prisonniers attendirent un long moment avant que l'officier S.S. ne leur donnât l'ordre d'avancer.

Entre-temps, d'autres prisonniers arrivèrent, que les kapos poussaient devant eux comme des bêtes. Les colonnes, à peine débarquées des wagons à bestiaux, se mirent en marche docilement. Déjà sur le quai, les plus faibles, ceux que la maladie n'avait pas encore achevés dans leur camp de travail, s'écroulaient dans les rangs. Les S.S. interdisaient de les remettre sur pied et les achevaient d'un coup de revolver dans la nuque. Les cadavres jonchaient les quais.

Le commando de Charles reçut l'ordre de les dégager afin de faire place nette. François s'exécutait sans relever la tête, jetant de temps en temps de furtifs regards vers son ami qui, pour l'heure, était logé à la même enseigne.

Les trains se succédaient sans relâche. Les colonnes défilaient sans arrêt. Lorsque la dernière partit à son tour, les quais de la gare étant dégagés, le commando suivit. Devant eux, les S.S. ne cessaient pas d'achever sur place les malheureux que leurs jambes ne portaient plus, et faisaient avancer les autres à coups de botte et de cravache.

Le camp était distant de deux kilomètres. Dans un grand terrain vague, entièrement clos de plusieurs rangées de barbelés, le block dans lequel ils se retrouvèrent était une sorte d'écurie désaffectée. Pas de feu, une forte odeur de fumier, une humidité permanente. Les lavabos étaient le seul luxe.

À peine arrivés, les hommes furent parqués dans leurs couchettes, à trois par étage. Il y avait trois étages. Ils prirent vite l'habitude de se serrer les uns contre les autres pour se réchauffer, car il n'y avait pas de couvertures. La plupart d'entre eux attendaient que la mort les surprît. À Majdanek, en effet, ils ne travaillaient pas ; ils n'étaient pas venus pour ça, mais pour mourir. Chaque nuit, les cabinets offraient leurs lots de cadavres. Charles et ses compagnons étaient chargés de les évacuer. Dans la journée, ils reprenaient leurs fonctions dans les cuisines de leur nouveau camp. Ils y trouvèrent des conditions encore plus épouvantables et avaient honte de servir la nourriture qu'on leur faisait préparer.

Ensemble ils se serraient les coudes, ils se

réconfortaient. Tant qu'ils travaillaient, ils se maintenaient en vie. Mais au fil des jours, cette force s'amenuisait.

Autour d'eux, tous mouraient de faim, d'épuisement, de dysenterie. Il n'y avait pas de soins ; pas d'appel non plus. Ce n'était pas la peine. « Nous sommes ici pour exécuter la dernière tâche, pensait souvent Charles, et pour disparaître ensuite à notre tour. »

La compagnie de François, la rage de survivre de celui-ci pour retrouver un jour ses enfants, étaient les seuls liens qui l'accrochaient encore à la vie. Sans lui, il aurait laissé filer son dernier souffle, comme s'échappe l'oiseau de la cage quand on lui ouvre la porte. Lorsqu'il était au plus mal, cette vision de l'oiseau qui monte dans les cieux renforçait sa fierté d'être encore un homme, malgré l'avilissement dont il faisait l'objet. Car personne ne pouvait l'empêcher de s'en aller dans les nues, quand il le voulait, alors que la vie l'animait encore dans l'enfer des hommes.

Les compagnons de François et de Charles moururent en grand nombre. Au bout de quelques semaines, ils ne furent plus que six. Leur tâche n'en devint que plus lourde. Les disparus avaient beau être remplacés par d'autres prisonniers, ceux-ci étaient dans un tel état de faiblesse qu'ils ne tenaient que quelques jours à peine avant de mourir à leur tour.

En avril, l'avancée des Soviétiques à l'est obligea les Allemands à évacuer Lublin. Les prisonniers du camp furent alors renvoyés à Auschwitz-Birkenau. Les derniers survivants du commando de Charles craignirent de ne plus y retrouver la fonction qui leur avait permis de survivre. Pour tout le monde, un nouveau voyage commençait. Charles et François en connaissaient la destination et commençaient à croire que leur tour était arrivé.

Leur train mit trois jours pour parvenir au bout de la nuit. La plupart croyaient savoir ce qu'était l'horreur. Seuls Charles, François et quelques autres savaient, car ils connaissaient celle d'Auschwitz.

Leur kapo ukrainien les avait suivis à Majdanek. Il fit tout pour retrouver sa place confortable dès son retour et invoqua le travail de son équipe pour justifier sa fonction et pour sauver sa vie, lui aussi. Il parvint à attendrir l'officier S.S. dont il dépendait, et finit par obtenir l'autorisation de garder sa petite cohorte de travailleurs juifs et de reprendre son travail dans les cuisines.

Cela valut à François et à Charles de rester ensemble et de pouvoir échapper à l'Holocauste qui ne s'arrêtait pas. Après les Juifs, les Tziganes furent amenés en masse vers les chambres à gaz et les fours crématoires. Les nazis avaient-ils décidé de vider le camp de tous les déportés ?

Charles comprit soudain qu'Auschwitz n'était en fait qu'un camp d'extermination. Le travail était le seul moyen de le faire fonctionner en autarcie. Jusqu'alors il avait pensé, comme beaucoup d'autres, que seuls les Juifs étaient condamnés d'avance. Et c'était miracle, à ses yeux, que François fût encore vivant. Dès lors que d'autres étaient voués au même sort, il dut bien se rendre à l'évidence que les nazis finiraient par exterminer tout le monde.

La peur, l'insécurité permanente, le découragement commençaient à miner profondément son moral. Cependant, François, dont la survie ne tenait qu'au caprice d'un misérable kapo, lui montrait chaque jour qu'il fallait tenir et vivre.

En janvier 1945, des nouvelles de l'extérieur parvinrent au camp. Les Russes avaient poursuivi leur offensive et avançaient à grands pas. Dans le camp, les S.S. s'agitaient. Il fallait faire disparaître les cadavres le plus vite possible. Les fosses ne suffisaient plus. Il fallut en creuser de nouvelles. Les fours, quant à eux, étaient au maximum de leur rendement.

Le 17 janvier, le kapo ukrainien transmit l'ordre aux cuisines de préparer une grande quantité de nourriture pour le lendemain. L'ordre d'évacuation venait d'être donné. Avec leurs compagnons, Charles et François se mirent à espérer. Quitter le camp donnerait du répit.

Le lendemain effectivement, ils prirent la route, quittant le camp à pied, dans la neige et par un froid glacial. Les prisonniers, par milliers, connurent l'ultime épreuve, fuir devant les libérateurs, affamés, presque nus, les pieds ensanglantés, encadrés par les S.S. qui les faisaient avancer à coups de crosse et en leur lâchant les chiens. Les plus faibles étaient achevés dans les fossés à travers un pays aux abois.

La première étape fut le camp de Gross-Rosen,

qu'ils atteignirent après deux jours de train qui succédèrent à deux jours de marche forcée. Ils y restèrent un mois avant d'être de nouveau évacués dans des conditions similaires. Les camps se remplissaient trop rapidement, il n'y avait plus de place suffisante pour les prisonniers évacués de toutes les régions de l'est libérées par les Russes. Les malheureux ne mouraient pas assez vite, et la machine à exterminer était partout saturée.

Évacuer. Il fallait évacuer. Tel était le mot d'ordre. Et personne ne devait tomber vivant dans les mains de l'ennemi.

De longs cortèges de moribonds traversaient les campagnes grises et froides d'un pays devenu un enfer pour tout le monde. Hallucinant spectacle dantesque ; pitoyable bal des maudits où les squelettes font un dernier tour de piste pour mieux se moquer de la vie. Tout un peuple de pauvres hères, de damnés sur l'échiquier des bourreaux, eux-mêmes condamnés, était en marche pour une destination connue d'eux seuls. Car ils étaient seuls à savoir que la mort était leur destin.

* *
*

La tragédie touchait à sa fin pour Charles Duquesne et François Blumstein.

En avril 1945, ils furent évacués vers le camp de Dora, tandis que les avions alliés bombardaient violemment Nordhausen. De nouveau parqués comme des bêtes, les déportés des derniers jours devinrent des nomades en quête d'un camp de la mort tranquille pour pouvoir y être exterminés. Par ces marches forcées, les nazis n'avaient-ils pas finalement trouvé un ultime moyen de se débarrasser d'eux ?

Menacé par les bombardements, Dora fut à son tour évacué. La panique était à son comble. Les prisonniers marchaient jusqu'à trente kilomètres par jour, souvent pieds nus, sans manger ou presque. La pluie, les bombes, les fausses indications ralentissaient le convoi funèbre.

Il fallait tenir. Tenir sans état d'âme, sans écouter les bruits contradictoires qui couraient : les Alliés bombardaient les trains remplis de déportés, les Russes repoussaient ceux qui affluaient vers eux, les nazis tuaient tous les prisonniers avant de se livrer.

Vers la fin avril – Charles ne se souvenait plus du jour exact –, son convoi fut arrêté. Il se dirigeait, d'après ce qu'il en sut par la suite, tout droit sur des troupes russes. L'affolement s'empara des officiers S.S. Les uns après les autres, ils se mirent à fuir en rebroussant chemin, utilisant tous les véhicules qui leur tombaient sous la main, dégageant la route en tirant dans le tas, sur les déportés hagards qui ne comprenaient pas ce qui se passait.

Dans ce mouvement de débandade, Charles, resté à l'arrière, perdit François de vue. Les prisonniers commencèrent à s'égailler de tous côtés. Les S.S., se croyant cernés, ne faisaient plus attention à eux. Beaucoup continuèrent d'avancer sans comprendre, alors que leurs bourreaux ne leur donnaient plus aucun ordre de poursuivre. Certains, plus lucides, s'enfuirent à travers champs ; d'autres firent demi-tour.

Charles chercha longtemps François parmi les vivants et parmi les morts qui jonchaient la route et ses bas-côtés.

« Ne cherche plus, lui fit son kapo ukrainien qui était resté à ses côtés, il est sans doute mort. Nous ne le trouverons plus dans ces tas de cadavres. Il faut fuir le plus vite possible.

— Tu crains que les Russes te prennent ?

— Je ne crains rien. Je n'ai rien fait de mal. La preuve, si tu es toujours vivant, c'est bien grâce à moi ! »

Charles ne répondit pas. Il laissa s'éloigner le kapo. Il ne devait jamais plus le revoir. Il remonta la colonne, puis rebroussa chemin. Il tourna et retourna les corps entremêlés, découvrit sur les visages toutes les expressions : celles de la peur, de la délivrance et de la joie. Pour tous était venu le bout du voyage.

Il dut se rendre à l'évidence. François avait disparu ou il était enfoui sous les monceaux de cadavres qui jalonnaient la route. Rassemblant toutes ses forces, il prit d'un malheureux, que la mort avait délivré, la paire de chaussures et disparut dans un bois.

Il marcha encore plusieurs jours, se cacha, n'osant aller au-devant des civils qui auraient pu lui porter secours. Se retrouvant soudain seul, au milieu d'un peuple hostile, et sans repères, il s'en sortit grâce à son instinct de survie. Très vite, il rencontra quelques compagnons d'infortune qui, comme lui, ne savaient plus où aller. Ils dérobèrent un peu de nourriture dans les jardins, la nuit, quand les villageois étaient endormis.

Ils se réfugièrent à l'abri d'un hangar isolé, d'une cabane abandonnée. Partout on les chassait comme des pestiférés.

Le troisième jour, ils virent arriver sur eux une colonne de soldats américains.

Pour Charles, le *Voyage à Pitchipoï*[1] venait de s'achever.

* *
*

« Vous n'avez donc pas su ce qu'il est advenu de mon père ? demanda Célia à la fin de ce long récit.

— Malheureusement non. J'ai longtemps espéré qu'il avait, lui aussi, échappé à l'ultime massacre et que les soldats russes ou américains l'avaient recueilli. Ce fut le cas de beaucoup de ceux qui sont restés sur la route.

— Depuis le temps, s'il avait survécu, il vous aurait contacté !

— Je le pense également. »

Vincent pressait la main de Célia dans la sienne. Il percevait dans son regard une profonde déception.

1. *Titre du récit de Jean-Claude Moscovici, École des loisirs, 1995.*

Pour elle aussi, il semblait que le voyage venait de s'achever.

« Mon père est donc mort juste devant les portes de la liberté ! »

Charles baissa les yeux et ne répondit pas.

Quatrième partie

La quête

XVI

L'espoir

Septembre 1972 (treize ans plus tard).

À Munich, le village olympique est en émoi. Un commando de terroristes palestiniens vient de pénétrer dans les locaux occupés par la délégation israélienne. Dans le vent de panique qui a suivi, quelques athlètes ont pu s'échapper, mais le commando garde encore en otages neuf autres personnes. L'opération a déjà fait deux victimes quand la police allemande arrive sur les lieux et décide de boucler le village olympique. Douze mille policiers et vingt-cinq tireurs d'élite sont envoyés sur les lieux.

Les terroristes, qui appartiennent à l'organisation *Septembre noir*, exigent la libération de deux cent cinquante prisonniers palestiniens et l'ouverture de négociations avec le gouvernement fédéral. Israël refuse de parlementer avec eux. La situation semble bloquée.

Le soir même, le commando obtient trois hélicoptères et emmène ses otages vers l'aéroport militaire. Quelques heures plus tard, la tragédie s'achève dans un bain de sang. Les tireurs d'élite allemands ont fait feu sur deux terroristes. Leurs compagnons ont riposté en détruisant un hélicoptère, faisant neuf victimes de plus chez les otages. Au total, le drame aura fait dix-huit morts de part et d'autre.

* *
*

Célia ferma son poste de télévision. Les informations la rendaient souvent amère. Trop de violence. Trop de massacres commis au nom de justes causes.

Cependant elle ne pouvait s'empêcher de se tenir informée. Et toutes les nouvelles qui provenaient de Tel-Aviv ou qui touchaient la communauté juive de France ne la laissaient jamais indifférente. Aussi était-elle, ce soir-là, complètement atterrée d'apprendre qu'une fois de plus son peuple faisait la une de l'actualité.

Depuis la guerre des Six Jours dans le Sinaï[1], les attentats et les détournements d'avions n'avaient pas cessé. Les Palestiniens s'acharnaient contre les autorités israéliennes qui, selon Célia, se montraient trop souvent intransigeantes. Elle comprenait très bien les revendications du peuple palestinien, car elle connaissait la souffrance des siens d'avoir été exclus de leur Terre promise. Mais elle n'acceptait pas pour autant les actes de violence qui semaient toujours la mort.

La mort, elle la côtoyait tous les jours à l'hôpital de la Salpêtrière. Dès la fin de ses études de

---

1. *5-10 juin 1967.*

médecine, elle avait choisi d'être affectée au service des urgences, où elle opérait souvent dans des conditions désespérées.

À trente ans, Célia était devenue un jeune chirurgienne déjà très appréciée et réalisait ainsi sa vocation qui l'avait toujours portée vers les autres.

Après de brillantes études à Montpellier, elle avait eu la chance de faire son internat à Paris et de pouvoir entrer dans un grand service hospitalier. Elle ne comptait jamais son temps, la vie des autres étant à ses yeux une priorité absolue. Chaque soir, quand elle regagnait son appartement de la rue de Vaugirard, elle s'effondrait dans son fauteuil, harassée mais satisfaite, épuisée mais heureuse.

Son bonheur, elle ne le puisait pas seulement dans son travail. L'amour de Vincent en était le socle le plus solide. Ils s'étaient mariés quatre ans après le début de ses études. Ses parents avaient fini par respecter ses volontés.

De retour de son escapade à Paris, elle leur avait fait part de ses malheureuses découvertes et leur avait promis de tenir ses engagements.

Vincent s'était volontairement éclipsé, mais avait continué de voir Célia à Montpellier, où il avait lui-même entrepris des études d'histoire.

À vingt-deux ans, Célia avoua à ses parents son intention de se marier. Henri ne put s'opposer à cette union qui ravit Marie. Il procéda lui-même au mariage de sa fille dans le petit temple de Saint-Julien. Il n'eut qu'une seule explication avec Vincent, pour lui dire qu'il regrettait les mots durs qu'il avait eus à son égard. Il avait tenu à ce que cette fâcheuse histoire fût oubliée et, finalement, il avait ouvert en grand sa porte à son futur gendre.

Celui-ci avait précédé Célia à Paris où il avait obtenu une chaire de professeur d'histoire à la Sorbonne. Il y enseignait sa spécialité : l'histoire des religions. Le pastorat finalement ne l'avait pas tenté, car, s'il était resté fidèle à son éducation, il n'avait pu accepter de s'enfermer dans une doctrine, fût-elle celle des siens. Il avait donc préféré enseigner l'histoire de toutes les croyances, afin de montrer aux jeunes générations que la vérité n'appartient à personne et que les chemins qui mènent à Dieu sont nombreux.

Célia n'avait pas abandonné la quête de ses origines. Certes, pendant quelques années, elle avait fait sienne l'idée que sa famille avait dramatiquement disparu. Mais son sentiment d'appartenance à la communauté juive n'avait fait que croître en elle. Sa différence, elle ne la ressentait plus par rapport aux autres, mais par rapport à celle qu'elle avait été jadis. Elle ne pouvait plus vivre en niant les vérités qu'elle avait découvertes, et il lui aurait semblé trahir les siens à feindre d'ignorer qui elle était vraiment. Ce n'était pas à ses yeux une question de religion – elle n'épousa pas la religion juive pour autant – mais une question d'origine.

Elle admettait que ses parents avaient été victimes de l'Holocauste nazi, mais elle vivait malgré tout dans le secret espoir d'en savoir un jour davantage. Car Charles Duquesne n'avait pas pu lui prouver ni la mort de son père, ni celle de son frère et de sa sœur.

Aussi avait-elle entrepris de longues démarches depuis plusieurs années. Des démarches trop souvent administratives à son goût. Avec Vincent, elle avait d'abord contacté des organismes d'obédience sioniste qui s'occupaient, depuis la fin de la guerre, des familles touchées par la Shoah. Mais, éloignée de Paris, elle s'était très souvent heurtée à la lenteur et à la lourdeur de la tâche que menaient les rares bénévoles de ces associations caritatives.

Elle-même avait repris son enquête abandonnée bien des années auparavant. Elle avait renoué contact avec Charles Duquesne qui l'avait envoyée se renseigner auprès des anciens voisins de ses parents. Elle apprit ainsi que la concierge de leur immeuble était décédée. Puis elle retourna à Évry et retrouva une certaine Pauline qui avait travaillé à l'institution. Celle-ci se souvenait bien du bébé qui fut un jour confié au pasteur Muller et à sa femme. Très émue de se retrouver devant Célia, plus de trente ans après les événements, Pauline ne put malheureusement rien lui apprendre de plus sur les deux femmes qui, un soir, étaient venues l'amener à Évry.

Finalement ses recherches sur le terrain n'aboutirent pas. Résignée, elle regagna Montpellier.

Plus tard, quand elle s'installa à Paris pour son internat, elle reprit aussitôt ses démarches, en s'adressant cette fois aux organismes officiels.

* *
*

« Cet attentat ne va pas améliorer les relations entre Juifs et Arabes, remarqua Vincent en se servant un verre de scotch.

— Je vais finir par croire que le peuple élu n'a été élu que pour se faire massacrer tout au long de son existence !

— Célia, ma chérie, tu m'as l'air bien pessimiste, ce soir ! Quelque chose te chagrine ? Ton boulot ?

— Mon boulot ! C'est encore là que je parviens à m'évader le plus facilement. C'est triste à dire, mais soigner la misère des autres et essayer de leur redonner espoir, c'est pour moi une source de bonheur.

— Normal, quand on a la vocation !

— Tant que je n'aurai pas la certitude que ma famille n'est plus de ce monde, je me sentirai frustrée d'une partie de moi-même.

— Je te sers un whisky ?

— Non, merci. Tu sais bien que l'alcool ne me vaut rien. Demain, je vais aller investir les ambassades.

— Les ambassades ! Pour quoi faire ?

— Pour entamer d'autres démarches. Je ne peux plus attendre qu'on daigne m'envoyer un jour une réponse. Partout, jusqu'à présent, ç'a été le même son de cloche : "Donnez-nous vos coordonnées : nom, prénom de vos parents, date de leur disparition... Nous entamerons des recherches dès que possible… Nous vous tiendrons informée…"

— Et alors ?

— Tu connais comme moi les réponses : "Nous avons donné suite à votre requête. Pour l'instant nos investigations n'ont pu aboutir, etc." Je commence à perdre patience !

— Qu'espères-tu de plus des ambassades ?

— Je ne sais pas au juste. Mais il faut que je bouge. Je ne peux plus rester à ne rien faire.

— Quelles ambassades vas-tu contacter ?

— Toutes.

— C'est-à-dire ?

— Allemande, israélienne, polonaise, russe, américaine, toutes celles qu'il faut.

— Crois-tu vraiment que leurs fonctionnaires vont pouvoir t'aider ?

— Je n'en sais fichtre rien ! Mais je vais te les bouger. Rappelle-toi Vincent, quand j'avais dix-huit ans, je n'ai pas hésité longtemps pour te suivre et pour commencer ma première démarche.

— Tu n'y as pas appris grand-chose. Lors de la seconde non plus.

— Je ne m'avouerai jamais vaincue.

— Parfois je me demande ce qui t'anime.

— La quête du Graal, tu connais, toi qui enseignes l'histoire ? Tu devrais savoir que l'homme qui ne cherche plus à atteindre l'inaccessible finit par renoncer à tout.

— Pourquoi me parles-tu sur ce ton ? M'en voudrais-tu d'essayer de te ramener à la raison ? »

Célia semblait très éprouvée.

« Pardonne-moi, mon chéri. Toutes ces violences perpétrées contre les Juifs, trente ans après la guerre, me désespèrent parfois. Quand donc mon peuple connaîtra-t-il enfin la paix ?

— Par quelle ambassade commençons-nous demain ?

— Commençons-nous ?

— Eh bien ! oui ! Je ne vais pas te laisser entreprendre toute seule cette nouvelle plongée dans le passé. Ça m'intéresse aussi, l'histoire des tiens. C'est le dernier volet de l'histoire de la plus vieille religion du monde !

— J'oubliais, monsieur le professeur d'histoire, vous devez encore approfondir vos connaissances !

— Parfaitement. »

Célia s'approcha de Vincent. Elle lui prit le visage entre ses mains et, délicatement, lui déposa un baiser sur les lèvres. Vincent ferma les yeux. Il laissa ses doigts vagabonder sur les épaules nues de Célia. Celle-ci frémit et l'entraîna dans la chambre voisine.

« Je vais te faire une confidence, dit-elle, après s'être donnée avec la même générosité que lors de leurs premiers ébats.

— Une confidence sur l'oreiller !

— Oui, susurra-t-elle. Quelque chose que je ne sais que depuis hier.

— Pourquoi me fais-tu attendre ainsi ?

— Pour que tu puisses savourer encore plus la nouvelle.

— Quelle nouvelle ?

— Tu vas bientôt être papa, mon amour. »

Vincent bondit hors du lit. Sa joie était à son comble et il ne pouvait la contenir.

« Papa ! Tu attends un bébé ? De moi ?

— De qui veux-tu que ce soit ?

— Ma chérie, c'est l'instant le plus beau de ma vie depuis que je t'ai rencontrée ! »

Dès le lendemain, accompagnée de son mari, Célia se rendit à l'ambassade de l'État d'Israël. Comme elle le craignait, on lui fit remplir des formulaires, décliner son état civil, préciser l'objet de sa requête. Elle eut beau insister pour rencontrer le secrétaire d'ambassade, on lui répondit que celui-ci était occupé et qu'il ne pouvait la recevoir immédiatement. Elle prit donc rendez-vous.

Sitôt après, elle prit le chemin de l'ambassade de la République fédérale allemande. On lui remit les mêmes papiers à renseigner, et on lui fit la même réponse.

« Je crains fort que les ambassades ne te soient pas plus utiles que les associations auxquelles tu as eu recours jusqu'à présent. »

Vincent voulait se montrer réaliste, mais il se reprit aussitôt.

« Toutefois, il faudra insister, et revenir régulièrement pour les pousser à prendre en compte ta demande.

— Je reviendrai chaque semaine s'il le faut. Ils finiront par m'écouter. »

Ils visitèrent ensemble cinq ambassades et prirent tous les rendez-vous possibles. Les démarches officielles ne faisaient que commencer.

Il fallut encore du temps et beaucoup de patience. Les secrétaires d'ambassade, très circonspects, ne laissaient jamais grand espoir à Célia qui les pressait de questions. Seul, le secrétaire allemand fut, de loin, celui qui lui en donna le plus.

« Mon pays a une dette énorme, lui dit-il, envers tous ceux qui, comme vous, ont été victimes de nos folies meurtrières.

— Je ne fais pas l'amalgame, monsieur le secrétaire d'ambassade, entre le peuple allemand et les nazis. Vous ne devez pas parler de "vos" folies meurtrières. Personnellement, je n'ai aucun ressentiment envers la nation allemande.

— Vous êtes très tolérante, madame Peyrol.

— Non. J'essaie simplement d'être juste. Je connais trop la souffrance d'être montré du doigt. Il faut éviter à vos compatriotes la même souffrance. En les désignant à la vindicte du monde, nous ne ferions d'eux que de nouveaux exclus. Nous ne ferions qu'exalter davantage leur sentiment de culpabilité et renforcer leur nationalisme, ce qui les mènerait tout droit à l'isolationnisme. Tout cela est très dangereux.

— Voilà pourquoi nous sommes dans l'Europe depuis ses origines.

— Et c'est une bonne chose, vous m'en voyez convaincue ! »

Cet entretien avec le secrétaire de l'ambassade allemande redonna confiance à Célia. Cet homme avait lui-même souffert du nazisme pendant la guerre. Avec quelques rares compatriotes, il avait tenté de s'opposer à la peste brune de son pays, en résistant au péril de sa vie. Dans la clandestinité, il avait été le compagnon de Willy Brandt qu'il avait rejoint en Norvège. Celui-ci, devenu Chancelier en 1969, lui sut gré de son passé en le désignant secrétaire d'ambassade à Paris.

« Nous oublions trop souvent, reprit Célia, que des Allemands ont aussi risqué leur vie en défendant une certaine idée qu'ils se faisaient de leur pays et de la liberté.

— Le passé doit nous servir de phare pour éclairer et construire notre avenir. C'est en ce sens que je ferai tout pour vous aider, madame. »

Célia ne sut comment remercier son interlocuteur. Elle savait qu'elle pouvait compter sur cet homme intègre.

Mais les jours, les semaines s'écoulèrent, sans aucune réponse. Célia se mit alors en relation avec une association de déportés, rescapés du camp d'Auschwitz. Ceux-ci étaient très peu nombreux, mais ils mettaient toute leur ardeur à transmettre aux générations futures le devoir de mémoire. Elle y rencontra des hommes et des femmes, des Juifs et des non-Juifs, qui avaient vécu les derniers moments du camp. Certains lui racontèrent avec les mêmes détails l'exode final sur les routes enneigées.

Célia espérait qu'elle trouverait parmi eux un autre compagnon de son père. Elle dut se rendre à la raison. Charles Duquesne était le seul qui pouvait encore témoigner des derniers moments de sa vie.

Vincent, de son côté, profita de ses relations à la Sorbonne, pour entrer en contact avec d'éminents historiens spécialistes de la Seconde Guerre mondiale. Il en obtint l'assurance qu'ils mettraient tout en œuvre auprès des autorités compétentes pour appuyer la démarche de sa femme. Toutefois on lui laissa entendre que la tâche serait ardue et qu'il faudrait du temps. Les archives sur cette période n'étaient pas encore accessibles à tous. Les Allemands, très coopératifs, ne posaient pas trop de problèmes ; mais le camp d'Auschwitz avait été libéré par les Russes, et la Pologne était toujours leur chasse gardée. Or les Russes montraient encore beaucoup de réticences à ouvrir aux historiens occidentaux tous les documents qu'ils possédaient.

* *
*

Au printemps de l'année suivante, Vincent revint un soir de la Sorbonne plein d'enthousiasme.

« Chérie, j'ai une bonne nouvelle à t'annoncer. »

Célia, qui en était à son huitième mois de grossesse, ne se leva pas de la chaise longue dans laquelle elle se reposait.

« Qu'as-tu appris aujourd'hui ?

— Appris, rien ! Mais on m'a fait une proposition qui t'intéressera sans aucun doute.

— Voyons voir.

— On m'a proposé de participer à un colloque sur la notion de nation juive, des origines à la fondation de l'État d'Israël. »

Célia parut déçue. Elle s'attendait à une réponse de la part d'une ambassade contactée ou d'une association de déportés.

« Je suis très heureuse pour toi. Mais en quoi cela devrait-il me remplir de joie ?

— Le colloque a lieu à Varsovie, en Pologne. Et il est prévu une commémoration du souvenir au camp d'Auschwitz. Je sais que ce n'est pas un endroit qu'on visite avec joie. Mais j'ai pensé que cela t'intéresserait de m'accompagner, pour voir les lieux où les tiens ont tant souffert. D'autre part, nous aurons l'occasion d'y rencontrer d'éminentes personnalités allemandes, polonaises, russes. On ne sait jamais.

— Tu oublies, mon chéri, que la naissance de notre bébé est prévue pour dans trois semaines.

— Je n'oublie rien. Le colloque n'a lieu qu'au début juillet. D'ici là, tu seras remise et nous pourrons confier le bébé à une nourrice. Le colloque ne durera que cinq jours. »

Célia réfléchit quelques instants, sembla hésiter, puis finit par laisser échapper un timide sourire.

« Si tout se passe bien, j'accepte ta proposition. J'ignore si ce voyage m'aidera à atteindre mon objectif. Mais j'ai grande envie effectivement d'aller me recueillir sur les lieux du drame que les miens ont vécu. »

Quelques semaines plus tard, Célia mit au monde une petite fille qui ne ressemblait ni à son père ni à sa mère. Vincent avait beau chercher dans le dessin de sa bouche ou le sourire de ses yeux une quelconque ressemblance avec l'un des membres de sa famille, ou de celle de Célia, force lui était de constater que sa fille n'était que le portrait d'elle-même.

Célia s'amusait de voir son mari vouloir à tout prix que leur petite Lucie fût le portrait d'un de ses ascendants.

« Pourquoi veux-tu absolument que les enfants ressemblent à leurs parents ou à leurs grands-parents ?

— Les gènes. Ils se transmettent, et cela se voit !

— Notre petite Lucie inaugure une ère nouvelle, mon chéri : l'ère de la paix, de la tolérance et de la liberté. Elle ne ressemble donc pas au passé. Elle portera le flambeau de l'avenir et triomphera de toutes les avanies infligées aux malheureux de cette terre.

— Quel destin !

— Je plaisantais.

— Je ne crois pas. Tu étais sérieuse.

— En tout cas, je suis fière qu'elle soit ta fille.

— Notre fille ! »

Vincent était d'une patience et d'une douceur sans égales envers son enfant. Son amour pour Célia se trouvait soudain décuplé et Lucie n'en était à ses yeux que la nouvelle dimension.

* *
*

« Dépêche-toi, Célia, nous allons rater l'avion. Nous n'avons qu'une heure devant nous pour gagner l'aéroport. »

Chagrinée de devoir abandonner sa fille, Célia donnait les dernières consignes à Carmen, la jeune nounou espagnole :

« Et surtout, n'hésitez pas à m'appeler à ce numéro de téléphone, si vous avez un problème.

— Ne vous faites aucun souci, *señora*, il n'arrivera rien. Partez tranquille. »

Lucie ne cessait de pleurer dans son landau.

« Elle doit sentir que je l'abandonne.

— Tu ne l'abandonnes pas, répliqua Vincent. À son âge, elle ne peut pas se rendre compte. Viens vite ! »

Célia, les yeux gonflés de larmes et le regard plein d'inquiétude, se détourna du petit lit et embrassa Carmen.

« Je vous téléphonerai ce soir de l'hôtel, dès notre arrivée. »

L'avion pour Varsovie décolla à 15 heures.

À l'intérieur, Vincent et Célia avaient rejoint le groupe des congressistes français, une quinzaine d'hommes et de femmes, tous d'éminents spécialistes de la question juive. Pendant le trajet, les conversations ne portèrent que sur l'identité du peuple juif, ses malheurs à travers l'Histoire et l'horreur de la guerre.

Célia entendait sans écouter. Son esprit était ailleurs. Elle ne pouvait détacher ses pensées de l'image de sa petite fille laissée seule aux soins d'une inconnue. Vincent, qui la sentait soucieuse, tentait de l'accrocher à la conversation de ses collègues ; mais il ne parvenait à obtenir d'elle que des acquiescements automatiques.

« Ne t'inquiète donc pas ainsi. Il n'arrivera rien. Pense plutôt au pèlerinage que nous entamons en souvenir des tiens.

— Cela n'est pas fait pour me remonter le moral !

— Regrettes-tu d'être venue ?

— Non.

— Alors, détends-toi. Dans moins d'une heure, nous serons à Varsovie. »

La délégation française fut reçue avec tous les honneurs dus à son rang.

Célia ne se sentait pas très à l'aise. L'atmosphère lui semblait trop artificielle, trop intellectuelle. « Tous ces spécialistes du drame de la Shoah, pensait-elle, que savent-ils vraiment de la souffrance endurée par ceux qui ont vécu en enfer ? Et que savent-ils de la douleur de ceux qui restent ? Ils étudient, ils en parlent, ils écoutent, ils se font leur propre jugement, ils théorisent. Mais comme ils sont loin de la réalité ! Car celle-ci n'a jamais été écrite qu'à l'encre des larmes et du sang des victimes. »

L'éloignement de sa fille et ce retour à *Pitchipoï* plongèrent Célia dans un état presque dépressif. Vincent commençait à regretter de l'avoir emmenée. Le soir même de leur arrivée, il lui proposa de la mettre dans le premier avion pour Paris, afin qu'elle rentre immédiatement. Mais Célia s'obstina.

« Je ferais honte à mes parents qui me voient de là-haut. Non, je reste. Demain matin, j'irai mieux. »

Le colloque rassembla des personnalités venues du monde entier. Les Américains et les Russes étaient les plus nombreux, suivis des Israéliens. Ceux-ci avaient obtenu l'honneur d'ouvrir la séance inaugurale consacrée aux origines du peuple hébreu. L'hémicycle était plein à craquer et la délégation française semblait se compter.

Vincent ne devait intervenir en son nom que pendant un court instant, le temps d'introduire le débat sur la délicate question de « la relation entre État et religion dans l'État d'Israël moderne ». Un de ses collègues, spécialiste de l'histoire du droit, devait ensuite prendre le relais le premier, juste avant un professeur de l'université californienne de Berkeley, le dernier intervenant étant l'ambassadeur d'Israël à Varsovie lui-même.

Les interventions durèrent pendant trois jours. La plus attendue fut celle d'un professeur palestinien d'Amman en Jordanie. Lorsque celui-ci prit la parole, certains membres de la délégation israélienne quittèrent leurs écouteurs et se mirent à bavarder entre eux.

Célia s'aperçut aussitôt de leur attitude et ne put s'empêcher de s'en étonner auprès de Vincent.

« Leur mépris est une honte pour le peuple juif ! s'insurgea-t-elle.

— Il y a des extrémistes dans tous les camps », lui souffla Vincent.

Lorsque le Palestinien eut terminé son exposé, l'auditoire demeura silencieux. Personne n'osa applaudir. Un froid glacial traversa l'hémicycle. Le président de séance coupa court en prenant à son tour la parole et invita les congressistes à se séparer. Il donna rendez-vous au lendemain, jour où les différentes délégations étaient conviées à la visite du camp d'Auschwitz.

Célia, qui téléphonait midi et soir à Paris pour avoir des nouvelles de sa fille, s'avoua écœurée de l'attitude des congressistes.

« Ne généralise pas, lui rétorqua Vincent. Tous n'ont pas réagi comme les Israéliens qui ont montré ouvertement leur mépris à l'égard de leur confrère palestinien.

— Après chaque intervention, tout l'hémicycle applaudissait. Il ne l'a pas fait après celle du professeur jordanien.

— Le trouble les a paralysés !

— Un trouble collectif ! Tu y crois, toi ? Ils ont agi exactement comme beaucoup l'ont fait pendant la guerre. À l'époque, personne ou presque ne s'est indigné, dès le commencement du conflit, du sort que l'on réservait aux Juifs. Pas plus les gouvernements que le pape.

— Il est vrai que l'Église catholique s'est montrée très réservée à l'époque et a évité toute prise de position. Mais tu ne peux pas comparer.

— Je suis juive et c'était un Palestinien. Et cela ne m'empêche pas de lui donner raison. Il n'a fait qu'asséner une vérité : la nation palestinienne, comme la nation juive, a le droit à la reconnaissance et celui de se constituer en État. Moi aussi, je lui reconnais ce droit. C'est à cela que les hommes politiques doivent travailler maintenant. Il ne faut pas s'entêter, comme ces juifs orthodoxes qui ne veulent tenir compte que de leur propre histoire et non de celle des autres.

— Je te donne entièrement raison Célia. Mais ce n'était qu'un colloque, pas une réunion de chefs d'État.

— Ces intellectuels me déçoivent. Ils ne sont jamais là quand on a besoin d'eux. Il faut toujours qu'ils arrivent avec un train de retard !

— C'est le propre de la démarche scientifique. Il faut d'abord raison garder, mettre en doute, expliquer, avant de prendre position. Ce n'est pas à un médecin que je vais l'apprendre ! Et cela prend du temps.

— Peut-être, mais il y a des attitudes qui me choquent, de la part de gens qui sont censés représenter l'intelligentsia du monde. »

Le lendemain, les différentes délégations furent acheminées par train puis par autocars vers les lieux du martyre d'Auschwitz. La commémoration devait commencer en début d'après-midi et se poursuivre jusqu'au soir. Tous les membres n'étaient pas présents. Beaucoup en effet étaient rentrés dans leur pays dès la fin du colloque. Les quinze Français toutefois étaient restés et avaient bien intégré Célia dans leur groupe.

La visite du camp – de ce qu'il en restait – n'eut rien d'une partie de plaisir. Célia, la gorge nouée, les muscles tétanisés, les yeux hagards, découvrit le cadre de l'indicible dans toute son horreur, sans pouvoir ouvrir sa pensée à quiconque, même à Vincent.

Les discours, elle ne les entendit pas. Les sermons des représentants des Églises officielles, elle les ignora. Les minutes de silence à la mémoire des martyrs, elle ne les remarqua pas. Car tout était silence de mort dans son esprit traumatisé au plus haut degré. La foule qui l'entourait, elle ne la vit pas. Les inscriptions et les plaques commémoratives, elle les regarda sans les voir. Les stèles et les monuments, elle n'en comprit pas le sens. Car tout était non-sens et absurdité en son cœur déchiré.

Restée à l'écart des autres, tel un revenant sur les lieux de son supplice, elle remonta la « rampe » où ses parents avaient débarqué, parcourut les allées, visita les blocks, découvrit les lieux de souffrance. Elle imagina son père au four, puis aux cuisines. Elle s'arrêta devant la potence et se surprit à prier Dieu pour qu'il donne aux siens le bonheur qu'ils n'avaient pas obtenu sur terre.

Devant l'emplacement d'une chambre à gaz, elle fut prise de tremblements. Sa mère, nue, de dos, s'éloignait devant elle, tenant une petite fille par la main, et disparaissait dans l'antre de la mort. En dépit d'un ciel d'azur désespérément pur, elle sentait l'odeur âcre que le camp exhalait, encore tout empreint des fumées alourdies qui s'étaient abattues sur lui pendant les années noires. Elle ne pouvait imaginer que sa mère soit partie ainsi en s'envolant dans les airs et que ses cendres aient été sans doute répandues dans l'une de ces terres voisines où la nature avait repris le dessus.

Elle parcourut à pied les deux kilomètres qui séparaient le camp de Birkenau de celui d'Auschwitz I qui était une ancienne caserne polonaise. Les images défilaient devant ses yeux, avec la même précision que sur l'écran d'une salle de cinéma et avec la même cruauté que la fatale réalité.

Quand vint le moment du retour, un silence pesant régna dans le car et dans le train où avaient pris place les collègues de Vincent. La journée avait épuisé Célia qui ne trouva de réconfort qu'en se blottissant dans les bras de son mari. Celui-ci se contenta d'être auprès d'elle, tant il sentait que seul le silence était l'indispensable chemin qui ramènerait Célia de son devoir de mémoire vers son devoir de vivant.

* *
*

Dès son retour à Paris, Célia se précipita chez elle pour retrouver sa petite Lucie. Son cœur, rempli de joie, se remit à battre, ses pensées s'éclaircirent, son visage se rasséréna. Son enfant la réclamait et ne trouva de repos que dans ses bras. Elle ne souriait qu'en percevant sa voix. Lucie était la vie et redonnait le goût de vivre à

Célia qui avait l'impression de revenir du pays d'outre-tombe.

Vincent, à qui le colloque avait permis de s'affirmer auprès de ses confrères, se sentit soulagé. Il avait craint un moment que sa femme ne sortît traumatisée du spectacle dantesque du camp et avait parfois regretté de l'avoir emmenée.

« Qu'as-tu l'intention de faire à présent ? lui demanda-t-il.

— Pourquoi cette question ? Continuer à me battre, bien sûr ! J'ai l'intime conviction que mon père n'est pas mort lors de la débâcle qui a précédé l'arrivée des Alliés.

— Qu'est-ce qui te fait dire cela ?

— Une intuition.

— Mais depuis, avec tout ce qu'il a dû endurer, s'il n'est pas mort pendant cette débâcle…

— Il est peut-être vivant quelque part », coupa Célia.

Muet de stupéfaction, Vincent ne répondit pas. Puis il reprit :

« Chercher la preuve de sa mort n'était pas chose facile. Chercher la preuve qu'il a survécu sera encore plus difficile !

— Certes. Mais l'espoir me fait vivre et nourrit mon courage.

— Ton entêtement !

— Peut-être. Il faut parfois être entêté pour parvenir à ses fins. Qui a dit : "Je ne savais pas que c'était impossible. Alors je l'ai fait" ?

— Je l'ignore. »

Célia se jeta dans les bras de Vincent.

« Ce qui n'est pas impossible, en tout cas, c'est

que je veuille bien, dès ce soir, envisager de donner à Lucie un petit frère ! »

Vincent couvrit Célia de baisers et de caresses et l'emmena sur les chemins de l'espérance.

Le lendemain, Célia reçut un coup de fil de l'ambassade d'Allemagne lui demandant de bien vouloir s'y présenter au plus vite. Plusieurs mois s'étaient écoulés depuis sa dernière visite.

« Asseyez-vous, je vous prie », l'invita le secrétaire d'ambassade en lui indiquant une chaise Louis XV.

Célia, apparemment très émue, ne dit rien.

« Je tiens à vous avouer tout de suite, poursuivit le secrétaire, que je n'ai pas une grande nouvelle à vous annoncer.

— Pourquoi donc m'avoir fait venir ?

— J'ai fait intervenir mes relations... mais il demeure tellement d'incertitudes... »

Le haut fonctionnaire restait évasif. Ses phrases hachées semblaient répondre d'avance à des questions que Célia ne posait pas.

« Que voulez-vous dire ? Avez-vous un renseignement à me fournir ?

— Un renseignement, oui. Malheureusement, rien de très encourageant.

— Mauvaise nouvelle ?

— Je ne peux l'affirmer. Tant de choses se sont passées depuis la libération des camps. Qu'en savons-nous ?

— Je vous en prie, monsieur le secrétaire d'ambassade, venez-en au fait !

— Voilà. Nous avons retrouvé dans les archives

nazies le nom de votre père, des renseignements concernant son état civil et son numéro matricule de déporté.

— C'est tout ?

— Non. Il figure aussi sur une liste de "portés disparus" par les autorités russes. Or, comme vous le savez, ce sont les Russes qui ont géré l'après-Auschwitz... Vous comprenez ce que je veux dire !

— Qu'il n'y a plus qu'à faire le deuil de mon père et que je n'ai plus rien à espérer !

— Je ne vois pas en effet ce qu'il y a d'autre à faire. »

Célia resta pensive. La nouvelle ne semblait pas l'effondrer mais lui donnait au contraire à réfléchir.

« Tout cela ne change pas grand-chose.

— Qu'attendez-vous encore de moi ? Je suis prêt à vous aider dans la mesure de mes moyens. Mes relations pourront vous être utiles, mais j'avoue, qu'en l'état actuel des faits, nous sommes acculés à l'irrémédiable.

— À l'irrémédiable nul n'est tenu, monsieur le secrétaire. Laissons le temps agir et tâchons de garder l'espoir.

— Je n'ai jamais rencontré une personne si...

— ... entêtée ! Oui, je sais. Mon mari me le dit souvent.

— Je ne voulais pas vous froisser.

— Je prends ça pour un compliment. Ne vous inquiétez pas.

— Je poursuivrai de mon côté tout ce qui sera utile d'entreprendre, et je vous contacterai dès que j'aurai d'autres éléments intéressants à vous communiquer. »

Célia prit congé en remerciant le secrétaire d'ambassade de sa diligence et de son amabilité. Elle dut reconnaître qu'elle avait rencontré peu de personnes aussi chaleureuses et aussi dévouées. Aussi rentra-t-elle, non pas satisfaite, mais sereine.

Vincent l'attendait dans l'appartement, le visage défait.

« Que fais-tu là à cette heure-ci ? s'inquiéta Célia. Je te croyais en cours avec tes étudiants !

— Ma chérie, j'ai une mauvaise nouvelle à t'annoncer. On m'a téléphoné à la Sorbonne…

— Qu'y a-t-il ? Explique-toi !

— Ton père !

— Mon père ! Je sais, le secrétaire de l'ambassade allemande vient de m'expliquer. Ce n'est pas très grave. Je persiste à penser qu'il n'est peut-être pas mort comme tout nous le laisse imaginer.

— Ton père est mort ! insista Vincent.

— Pourquoi es-tu si affirmatif ?

— Henri est mort ! »

Célia demeura interdite.

« Papa… papa est mort ! insista Vincent. Ce matin, d'une crise cardiaque, tandis qu'il mettait de l'ordre dans son temple. »

Célia s'effondra, abattue. Les yeux remplis de larmes, elle sanglotait, le visage enfoui dans ses mains. Vincent ne savait comment la consoler.

« Comment est-ce possible ? reprit-elle d'une voix hoquetant. Il était en si bonne santé !

— Le cœur ne prévient pas toujours.

— Et maman ! comment va-t-elle faire ? Il était tout pour elle.

— Tes frères n'habitent pas très loin. Elle ne sera pas seule. Si tu veux, nous pourrons rester avec elle jusqu'à la fin des vacances. Nous l'aiderons à refaire surface.

— Je ne peux m'absenter plus de deux semaines. On a besoin de moi à l'hôpital.

— En attendant, nous partirons dès ce soir. Il y a un train pour Nîmes vers 18 heures. »

Les obsèques d'Henri Muller eurent lieu dans la plus grande simplicité. Le petit temple de Saint-Julien était rempli de ses fidèles auxquels s'étaient joints des catholiques avec qui Henri avait fini par nouer de solides relations amicales et œcuméniques. Pierre, Jean et leurs épouses entouraient Marie qui, bien qu'effondrée, restait digne et maîtresse de ses sentiments éplorés. Célia la soutenait par le bras, cachant ses yeux rougis par les larmes derrière de grosses lunettes fumées.

Vincent aida le nouveau pasteur à faire le culte. C'est lui qui en fit le sermon. Il raconta la vie d'Henri, insista sur son sens du sacrifice et du devoir, sur sa droiture et sa probité. Il rendit hommage à Marie, son épouse, fidèle compagne dans les jours heureux comme dans les tempêtes. Il rappela avec une pointe d'humour, qui détendit l'atmosphère consternée de l'assemblée, les petites controverses qu'ils avaient eues ensemble au moment de sa rencontre avec Célia. Il souligna son sens du repentir et du pardon, lorsqu'il finit par bénir leur union avec une joie sincère et profonde.

« Henri, finit-il par dire, était un homme comme on en rencontre peu dans une vie. Un homme qui a pris pour sienne une petite fille victime de la folie des autres hommes et qui l'a toujours considérée comme sa propre fille. Un homme qui a donné à ses enfants ce qu'il croyait être le meilleur de lui-même, mais qui a accepté que l'un d'entre eux affirme sa différence et fasse un bout de chemin en arrière pour retrouver ses vraies racines. Cela était une vraie preuve d'amour et de courage. »

Au terme du sermon, l'assemblée resta immobile, têtes baissées, toute plongée dans sa tristesse.

Alors Célia se leva, s'approcha de l'autel et dit d'une voix douce et réconfortante :

« Relevez vos têtes ! Ouvrez vos yeux et tendez-les vers Dieu quand vous priez. Regardez-Le sans détour, car Il vous regarde et vous aime. Remplissez vos cœurs d'espoir et d'amour, car mon père n'est pas mort. Il est vivant au Royaume des vivants et se réjouit de nous voir ainsi tous rassemblés. Soyez forts dans l'adversité et ne perdez jamais courage. Ayez toujours foi en Dieu, qui que vous soyez, où que vous soyez ; car Dieu est toujours quelque part. »

XVII

La souricière

Juin 1986.

Célia menait une vie bien remplie. Elle partageait son temps entre Vincent, dont la compétence était reconnue des meilleurs professeurs de la Sorbonne, ses deux enfants, Lucie et Gary, l'hôpital où elle était devenue chef de clinique, et la fondation des Enfants perdus de Dieu.

Après la mort d'Henri, elle avait décidé en effet de poursuivre l'œuvre de charité dont il avait été l'initiateur pendant la guerre. En sa mémoire, elle l'avait baptisée du même nom, ou presque, et avait ouvert de nouveau la maison d'Évry rachetée à bon prix au docteur Martin, peu avant la mort de ce dernier.

Avec toute sa famille, elle s'était installée dans la maison de son enfance et avait engagé à plein relations avec les familles de déportés qui s'adressaient à elle. Les Enfants perdus de Dieu n'étaient plus un orphelinat, mais une fondation pour la recherche des disparus des camps de la mort.

Dix ans s'étaient écoulés depuis sa création, dix ans pendant lesquels Célia, aidée par de nombreux réseaux d'amitié, avait pu satisfaire des familles qui vivaient depuis quarante ans dans l'ignorance de la disparition de l'un des leurs.

Parallèlement elle avait poursuivi ses propres recherches, sans résultat. Rien de précis ne lui avait été communiqué, ni par ses propres antennes, ni par le biais des connaissances qu'elle avait nouées dans les cercles de la déportation. Malgré le nom qu'elle s'y était fait grâce à son opiniâtreté et à la notoriété acquise par ses talents de chirurgienne, elle n'était pas parvenue à obtenir plus de détails que ceux acquis au cours des années précédentes.

Bien introduite dans toutes les associations de déportés, ainsi qu'à la F.N.D.I.R.P.[1], elle poursuivait, sans se décourager, des recherches souvent perdues d'avance, pour des cas isolés et rares de malheureux que les archives officielles n'étaient pas parvenues à circonscrire.

À quarante-quatre ans, Célia était devenue une femme épanouie, comblée par sa vie familiale et professionnelle, mue par un grand idéal et un objectif qui n'avait de limites que le temps. Celui-ci, en effet, lui était compté pour mettre un terme à sa quête inachevée. Son père, Franz-Jacob, aurait plus de soixante-dix ans, s'il vivait encore. Célia était consciente que plus les années passaient, plus son acharnement à retrouver sa trace, vivant ou mort, avait peu de chance d'aboutir.

Récemment, elle s'était mise en relation avec

---

1. *Fédération nationale des déportés et internés résistants et patriotes.*

un certain Serge Feldmann, Juif d'origine allemande. Ce dernier consacrait son existence à traquer, au nom des droits de l'homme, les bourreaux nazis encore vivants qui se dissimulaient sous de faux noms dans des pays de complaisance. Il les poursuivait afin que la justice les condamne pour crime contre l'humanité. Célia voyait en cet homme peu ordinaire un nouveau Don Quichotte des temps modernes et s'assimilait parfois à lui, modestement, vu l'ampleur de leur démarche respective.

Elle l'avait rencontré à plusieurs reprises au cours de cérémonies à la mémoire des déportés, ou de conférences de la F.N.D.I.R.P. Vincent, le premier, s'était montré enthousiasmé par la démarche de ce philanthrope que seule l'action hautement humanitaire animait. Fouiller l'histoire contemporaine, afin de tirer une leçon pour le présent et bâtir un rempart pour l'avenir, lui semblait être en cohérence parfaite avec la démarche de l'historien qu'il était. « Cet homme fait de l'histoire sur le terrain, se plaisait-il à dire à ses étudiants, de l'histoire vivante ! »

C'est lui qui poussa Célia à le rencontrer en personne, en l'invitant chez eux à Évry, un soir qu'il était de passage à Paris. Célia n'avait pas compris, à l'époque, quel secours il pourrait lui apporter. Leurs démarches, similaires sur certains points, n'avaient pas les mêmes objectifs.

« Cet homme recherche les nazis encore vivants, lui avait expliqué Vincent. Or nous connaissons le nom du kapo qui faisait travailler ton père.

— Charles Duquesne nous a toujours parlé d'un

certain Vladimir Ouliakov. Mais je ne vois pas où tu veux en venir. Les kapos ne sont pas les bourreaux que recherche Feldmann. Ils n'étaient que du menu fretin. D'ailleurs, cet Ukrainien est sans doute mort aujourd'hui !

— Pour le savoir, il faudrait d'abord s'en assurer.

— Et tu penses que Serge Feldmann pourrait nous aider dans cette recherche et nous ouvrir une nouvelle piste ?

— Cela ne me semble pas impossible. »

Quelques semaines plus tard, Serge Feldmann assurait à Célia son aide sans limites et lui promettait de la tenir au courant de ses propres investigations.

* *
*

De longs mois s'étaient écoulés quand, par un beau jour de juin 1986, Célia reçut un télégramme qui mit son cœur en émoi. Le message était laconique. Il provenait de Bolivie et était signé *Feldmann* :

Suis sur la trace d'un certain Sancho Ramirez. Vrai nom Vladimir Ouliakov. Vous tiens au courant. Feldmann.

Célia tenait son télégramme à la main quand Vincent rentra de la Sorbonne. Elle ne lui laissa pas le temps de s'asseoir.

« Chéri, j'ai des nouvelles ! »

Elle tendit le message d'un air réjoui.

« C'est plutôt une bonne nouvelle, remarqua Vincent. Qu'as-tu l'intention de faire ?

— Pour l'instant, il n'y a qu'à attendre. Si ce Sancho Ramirez est bien le kapo dont parlait Charles Duquesne, nous en saurons peut-être davantage sur les derniers moments de mon père.

— Tu parles comme s'il était mort !

— Je me suis tellement faite à cette idée !

— Tout espoir n'est pas perdu. C'est, je crois, la leçon de courage que tu m'as toujours donnée. »

Célia n'avait pas perdu espoir. Mais elle était devenue plus réaliste et s'attendait à apprendre d'un jour à l'autre la fatale vérité, celle qu'il était sage d'admettre en pareille circonstance.

Le télégramme toutefois semblait lui redonner confiance.

« Feldmann ira jusqu'au bout, reprit Vincent. Je le connais, c'est un requin dans son genre. Il ne lâchera pas sa proie tant qu'il n'aura pas acquis la certitude de ce qu'il cherche.

— Notre homme n'avouera peut-être pas sa véritable identité.

— Je fais confiance à Feldmann pour le confondre.

— Que fait-il en Bolivie à ton avis ? Je pensais que seuls les grands criminels de guerre avaient profité de connivences pour pouvoir se réfugier en Amérique latine !

— Les petits exécutants ont pu avoir recours à certains réseaux. Cet Ouliakov était grillé partout, en Allemagne comme en Russie. Dans son pays, c'était le goulag ou le peloton d'exécution qui l'attendait.

— D'après les affirmations de Charles Duquesne, il semblait être en bons termes avec certains officiers nazis du camp. Ses relations ont donc pu lui être utiles !

— Sans doute. Cela expliquerait qu'il puisse encore être vivant aujourd'hui, sous un faux nom et dans un pays où de nombreux nazis ont trouvé refuge. »

Quelques jours plus tard, Célia reçut un second télégramme plus explicite. Il confirmait l'identité du kapo, mais indiquait que rien n'avait encore été entrepris pour le rencontrer, afin de ne pas donner l'éveil et de permettre à Célia de le rencontrer en personne. Aussi Feldmann invitait-il celle-ci à le rejoindre le plus vite possible à La Paz.

« Je ne peux pas partir et te laisser seul avec les enfants, objecta Célia en s'approchant de Vincent.

— Vas-y ! tu en meurs d'envie. Je peux très bien me débrouiller seul.

— J'aurais préféré que tu m'accompagnes.

— C'est impossible. Dans quelques jours, j'ai les oraux d'agrégation à faire passer. Je ne peux absolument pas m'absenter.

— Feldmann peut questionner cet individu sans moi.

— Il serait préférable que tu y sois. Pense que c'est peut-être le dernier homme qui a vu ton père vivant ; à moins qu'il puisse t'assurer, ce que tu espères tant au fond de toi-même...

— ... qu'il se soit fait emmener par les Russes ou par les Américains !

— Parfaitement.

— J'ai investi les ambassades, il y a déjà bien longtemps de cela. Tu connais aussi bien que moi les réponses qu'on m'y a données. Mais tu as raison, je vais y aller.

— Je téléphone tout de suite à l'aéroport pour te réserver un billet d'avion. »

Le soir même, Célia s'envolait pour La Paz. Entre-temps, Vincent avait envoyé un télégramme à Serge Feldmann pour le prévenir de l'arrivée de sa femme.

* *
*

Les rues de la capitale bolivienne étaient très animées et très colorées. Enchâssée au fond de la vallée, la ville ancienne se trouvait à l'étroit dans la gorge du Rio La Paz. Les demeures cossues contrastaient de façon insolente avec les taudis des quartiers populaires. Ceux-ci, mal protégés du vent glacial qui soufflait de la cordillère royale voisine, s'échelonnaient le long des versants au-dessus de la ville. Ils aboutissaient à une ceinture de bidonvilles situés sur les hauteurs, là où aucun bourgeois n'aurait installé sa maison.

Pour Célia, le dépaysement était total.

À sa descente d'avion, elle fut accueillie par

Serge Feldmann lui-même. Sans tarder, il l'embarqua dans un taxi en direction de son hôtel situé dans le centre-ville.

« Je me sens bizarre, avoua rapidement Célia. Un peu étouffée.

— L'altitude ! dit Feldmann. La Paz est à plus de 3 600 mètres. Vous vous habituerez vite. »

À peine installée, elle rejoignit son bienfaiteur dans les salons de l'hôtel et, sans attendre, s'enquit des dernières nouvelles.

« Mes hommes surveillent Ouliakov depuis plusieurs jours, lui annonça Feldmann. Nous savons pas mal de choses sur lui.

— Êtes-vous certain qu'il s'agit bien de celui que nous cherchons ?

— Quasiment. Certes, il y a toujours une marge d'erreur. C'est la raison pour laquelle je vous ai demandé de venir. Avec ce que vous savez, nous pourrons plus facilement le confondre et l'amener à parler.

— Que savez-vous de précis sur lui ?

— Ouliakov est arrivé en Bolivie dès la fin 45 *via* l'Espagne. C'était le circuit normal des criminels nazis qui fuyaient l'Europe. Avant, nous ne savons rien de lui. Qu'a-t-il fait, où et comment s'est-il caché ? Nous l'ignorons. Quand il est arrivé à La Paz, il portait déjà le nom de Sancho Ramirez.

— On lui avait fait de faux papiers en Espagne.

— Sans doute. Les réseaux d'anciens nazis fonctionnaient bien à cette époque. Avec l'argent qu'il a dû détourner pendant la guerre, avec la complicité de ses propres geôliers, cela n'a pas dû lui poser de gros problèmes.

— Il n'a jamais bougé d'ici depuis son arrivée ?

— Nous avons retrouvé sa trace à Cochabamba, puis à Potosí. Il a exercé plusieurs petits métiers, gardien d'immeuble, laveur de carreaux, chauffeur de taxi. Aujourd'hui, il a près de soixante-dix ans. Il semblerait qu'il soit à la retraite, ou bien il vit de ses rentes.

— Marié ?

— Deux fois avec des Indiennes, avec lesquelles il a eu de nombreux enfants. Mais maintenant il vit seul. Et il ne reçoit guère de visites de sa famille. Il fréquente surtout des immigrés espagnols et probablement des Allemands réfugiés comme lui depuis la guerre. Les anciens nazis sont nombreux en Bolivie. Ils ont créé leurs cercles, leurs associations, leurs réseaux d'entraide.

— Où habite-t-il ?

— Dans une petite maison modeste de la ville basse. Nous nous y rendrons dès demain.

— Demain, sans autre forme de précaution !

— Ne craignez rien. Nous avons préparé le terrain. Il ne se méfie pas, nous l'avons mis en confiance. »

Serge Feldmann parlait avec la sérénité des gens qui n'ont rien à perdre. Ses propos avaient la force de ses convictions. Sa vie, il l'avait mise au service d'une cause juste, empreinte d'un haut degré d'humanité. Jamais il n'avait pu se résoudre à accepter que des criminels de guerre puissent vivre impunément et couler des jours heureux, tandis que des familles entières souffraient en silence d'avoir été décimées à cause de leur folie meurtrière et au nom d'une idéologie totalitaire. Sa vie était devenue un combat au service des autres, des victimes, mené sans l'ombre d'une arrière-pensée, d'un espoir de remerciement, de reconnaissance ou de récompense. Son action, il la voulait gratuite et totale, sans détour ni tergiversation, sans marchandage ni compromis. Il traitait directement avec les autorités des pays où il dénichait ses coupables. Et s'il avait souvent rencontré de leur part bien des réticences à devoir réveiller de vieilles histoires et mettre en œuvre des mesures judiciaires d'exception, jamais cependant il n'avait baissé les bras. Il n'avait de cesse d'obtenir l'extradition, la mise en jugement et la condamnation de ceux que son opiniâtreté avait permis de confondre.

Feldmann était un petit homme tout en rondeur, le crâne légèrement dégarni. Il portait le menton volontaire et le regard droit. D'une agilité féline dans ses mouvements, en dépit d'un embonpoint qui lui seyait bien, il évoluait avec une rapidité surprenante et prenait souvent de court ses interlocuteurs, tant par la parole et la pertinence de ses réflexions que par ses déplacements incessants. On ne le trouvait jamais là où on le croyait présent ; il apparaissait toujours quand on le pensait éloigné, et il prenait sans cesse un malin plaisir à se découvrir au dernier moment pour mieux assurer ses entrées.

Malicieux sans avoir l'esprit frondeur, virtuose dans l'art de l'esquive et celui de tromper son ennemi, il agaçait parfois, irritait souvent, mais triomphait toujours.

Célia s'était vite trouvée en confiance avec lui. Sa forte personnalité ne l'avait nullement effrayée ; aussi se déclara-t-elle prête à s'engager tout entière derrière lui.

« Ne vous emballez pas, madame Peyrol, lui conseilla-t-il cependant. Notre homme n'est plus du premier âge, mais il a encore du ressort. Plutôt que de l'affronter, ce qui le pousserait dans ses derniers retranchements, nous devons au contraire gagner sa confiance si nous voulons qu'il s'épanche.

— Ce n'était peut-être pas un bourreau ! Les kapos étaient pour la plupart des prisonniers qui n'ont vu dans leur fonction que le moyen d'échapper eux-mêmes à la mort. Celui-là, d'après Charles Duquesne, a tout fait pour garder son escouade de travail saine et sauve.

— Pour sauver sa peau ! Ne l'oubliez jamais.

— Que voulez-vous qu'il confesse ? Nous n'avons rien à lui faire avouer. Nous ne voulons que des renseignements sur la vie ou la mort de mon père.

— Précisément, s'il s'aperçoit que nous sommes sur sa trace et s'il a des choses à se reprocher, nous le perdrons à jamais. Il se retranchera derrière un mur de silence et nous ne pourrons plus rien contre lui, vu que nous ignorons s'il a commis des exactions.

— Dans ce cas, comment nous y prendre ?

— C'est là que vous intervenez. Vous seule pouvez l'amener à parler. Si vous obtenez sa confiance, il vous dira ce qu'il sait à propos de votre père. Le reste, ses agissements dans le camp, sa part de responsabilité dans les actes criminels de ses supérieurs nazis, c'est notre affaire. Nous nous en occuperons après, quand vous aurez obtenu ce que vous désirez. Ai-je été assez clair ?

— J'ai bien reçu votre message, monsieur Feldmann. Demain je me mettrai donc à l'œuvre sans attendre.

— J'ai prévu votre entrée en scène d'une manière... comment dirai-je... très discrète.

— Expliquez-moi. »

Feldmann dévoila son plan d'action. Célia écoutait sans broncher, acquiesçant de la tête, les yeux droit devant elle, sans jamais couper la parole de son interlocuteur.

Quand celui-ci eut terminé, elle se leva du fauteuil dans lequel elle avait pris place une heure auparavant, tendit la main et prit congé. Sa chambre avait été réservée au deuxième étage du même hôtel. Elle y demeura le restant de la journée, se fit apporter ses repas et s'allongea dans la demi-obscurité jusqu'à la tombée de la nuit.

Le lendemain matin, elle se rendit à l'adresse que Feldmann lui avait indiquée.

Célia n'avait rien d'autre à faire que de s'installer dans une petite maison louée par Feldmann et située à proximité de celle de Vladimir Ouliakov, puis d'entrer en relation avec ce dernier sous le nom d'Elena Fitzbrau.

Feldmann avait retrouvé une liste de kapos qui avaient sévi à Auschwitz à la même période qu'Ouliakov. L'un d'eux, un dénommé Karl

Fitzbrau avait été le compagnon de ce dernier et avait partagé avec lui sa vile besogne. Célia devait se faire passer pour sa fille afin de mieux faire parler l'Ukrainien.

Elle reçut suffisamment de renseignements pour être en mesure de parer à toute éventualité. Une fois mis en confiance, Ouliakov ne manquerait pas de s'épancher sur son passé, d'évoquer des souvenirs avec la fille de son camarade et, peut-être, de raconter sa version personnelle des derniers moments du camp d'extermination.

Le rôle de Célia s'arrêterait là. Si elle obtenait des renseignements sur la façon dont son père avait disparu pendant cette débâcle, son objectif serait presque atteint.

La maison d'Ouliakov ne payait pas de mine. Sise dans une rue étroite à l'écart des artères principales de la ville basse, elle présentait une façade terne et pauvre qui contrastait avec celle des riches demeures voisines. Un petit jardin d'agrément la séparait du trottoir sur lequel donnait un portillon de bois aux couleurs délavées. Des herbes folles se disputaient l'espace avec quelques fleurs et des rosiers abandonnés, tandis qu'une treille mal taillée enveloppait de son ombrage une table de fer tout oxydée.

Célia emménagea dans une maison située de l'autre côté de la rue, à trois emplacements de distance. De ses fenêtres légèrement surélevées, elle pouvait observer à loisir les allées et venues d'Ouliakov sans se montrer, et prendre ainsi connaissance de ses habitudes et de son emploi du temps journalier. Ouliakov était un homme assez renfermé ; il recevait peu et avait une vie très rythmée par ses sorties dans le quartier.

En le suivant discrètement, Célia apprit très vite qu'il se rendait chaque après-midi dans une sorte de foyer d'un quartier voisin en empruntant un autobus urbain. Elle s'y rendit en personne, se renseigna et découvrit, non sans un certain étonnement, qu'il était fréquenté par de nombreux Allemands. « Un de ces cercles d'anciens nazis », pensa-t-elle aussitôt.

Feldmann lui conseilla de contacter ce cercle sans plus attendre. Sa connaissance de la langue allemande devait, selon lui, faciliter son introduction dans ce milieu particulier et lui permettre d'aborder Ouliakov en biaisant.

Ce qu'elle fit, avec beaucoup d'appréhension.

Elle s'y présenta donc sous son nom d'emprunt. On lui réserva au début un accueil plutôt mitigé, car le cercle comptait surtout des hommes, les femmes étant employées à des tâches de réception ou d'intendance. Tous y parlaient allemand, rarement espagnol, et s'y retrouvaient pour jouer aux cartes, discuter, boire de la bière et évoquer la mère patrie. La plupart avaient entre soixante et soixante-quinze ans, ce qui conférait à leur association une allure de club du troisième âge. Parfois des hommes et des femmes plus jeunes se joignaient aux anciens, deuxième génération qui gardait ainsi ses racines en maintenant la cohésion du groupe. Dans la salle de réunions, où trônait un magnifique comptoir dominé par deux pompes à bière chromées, rien ne laissait entrevoir les affinités de ce microcosme avec ses anciennes appartenances. Toutefois, au fond de la salle, s'ouvrait une petite pièce où seuls quelques privilégiés avaient leurs entrées. Sur les murs, des photos de la guerre exhibaient des groupes de jeunes soldats en uniforme S.S. devant les portes de leur caserne ou devant un char d'assaut. La croix gammée était mise en exergue au-dessus d'un immense portrait du *Führer* ; des drapeaux du IIIe *Reich* étaient tendus sur les murs, témoins nostalgiques d'une époque de gloire, souvenirs toujours vivants d'un règne meurtrier qui plongea le monde dans l'horreur. Dans ce cercle, comme dans beaucoup d'autres, les vétérans et leurs enfants entretenaient l'image de leur passé déchu pour mieux se convaincre qu'ils avaient été les héros d'un monde nouveau.

Petit à petit Célia finit par se faire admettre au sein de ce groupe d'hommes et de femmes que rien ne semblait distinguer des autres colonies étrangères implantées en cette terre d'exil. L'Amérique latine était pleine de ces regroupements d'immigrés : Italiens, Basques, Japonais. Et, si ce n'était leur adhésion à ce qui fut l'une des plus horribles idéologies de l'histoire de toute l'humanité, rien n'aurait distingué les Germaniques des autres.

Elle se rapprocha très vite d'Ouliakov dont elle acquit la sympathie. Son adresse, voisine de la sienne, lui permit de le rencontrer en dehors du cercle et de faire plus ample connaissance. Il lui avoua ainsi qu'il était d'origine ukrainienne – ce n'était pas une découverte pour elle –, qu'officiellement, au cercle, on le croyait d'origine russo-germanique, tandis qu'aux yeux de l'État bolivien, il était censé être espagnol depuis son entrée dans le pays. Personne ne cherchait ici à fouiller dans le passé des gens, expliqua-t-il, ce qui faisait l'affaire de tous.

Un soir que la bière avait coulé à flot plus que de coutume, Ouliakov et ses amis ayant fêté le triomphe des nazis aux élections de juillet 1932, Célia convia son voisin de rue à finir de fêter la victoire chez elle. L'ancien kapo, malgré son âge, crut déceler dans cette invitation une avance quelque peu courtoise et se sentit tout ragaillardi.

Serge Feldmann, au courant de cette démarche, s'embusqua dans la maison de Célia, afin d'entendre l'éventuelle confession d'Ouliakov et, le cas échéant, de protéger son amie.

Il n'eut pas besoin d'intervenir. L'ancien kapo, sous l'effet de l'alcool, ne fit aucun problème pour faire surgir de sa mémoire encore très vive tous ses souvenirs. Il semblait d'ailleurs regretter cette période pendant laquelle il avait été prisonnier des nazis. Et il avoua aussitôt que, grâce à ses relations et à sa débrouillardise, il avait réussi à mettre beaucoup d'argent de côté.

Lorsque Célia lui parla de ses rapports avec les autres prisonniers dont il était le garde-chiourme, Ouliakov se replia sur lui-même.

« J'en ai vu passer tellement, reconnut-il. Aucun ne faisait long feu, quelques semaines, deux, trois mois tout au plus.

— Mon père m'a parlé de deux Français que

vous avez plus ou moins sauvés, en les maintenant à la tête de votre équipe de travail.

— Ton père Karl était l'un de mes meilleurs amis. Nous nous partagions toujours ce que nous pouvions dérober à la barbe des Fritz. Notre officier S.S. fermait les yeux sur nos petits trafics en nous rançonnant de la moitié de nos prises.

— C'était la guerre, rétorqua Célia pour conforter son interlocuteur. Je comprends très bien. Chacun se débrouillait comme il pouvait.

— C'était un bon moyen pour avoir la vie sauve.

— Ces deux Français, vous les avez bien connus ? »

Ouliakov se servit un autre verre de vodka que Célia avait sciemment laissé sur la table.

« Je bois à la fille de mon ami Karl ! » fit l'ancien kapo en levant son verre.

Il ne répondit pas à la question de Célia. Se méfiait-il ou bien ne se souvenait-il pas ? Célia insista.

« Racontez-moi comment vous vous êtes séparés avec mon père Karl Fitzbrau.

— C'était pendant la débâcle du camp. Nous étions sur les routes avec tous les déportés et les officiers S.S. qui nous lâchaient les uns après les autres. On croyait que les Américains étaient devant et les Russes derrière. De toute façon, pour moi, c'était pareil. Mon compte était bon.

— Qu'avez-vous fait ? »

Ouliakov hésitait.

« Il fallait que je sauve ma peau à tout prix. J'avais retrouvé l'un de ces deux Français dont vous parliez tout à l'heure, le Juif ; François, c'était son nom. Je lui ai dit que les Russes ramassaient les déportés juifs et qu'ils les enfermaient de nouveau dans des camps. Il avait très peur. Alors, je lui ai proposé un marché.

— Lequel ?

— Pourquoi vous intéressez-vous tant à cet homme ? » s'étonna l'Ukrainien.

Prise de court, Célia ne sut que répondre. Elle balbutia :

« Pour rien... Mon père m'a parlé de ces deux Français. Il a vu mourir celui que vous avez perdu dans la cohue.

— Ah ! il est mort !

— C'est ce qu'il m'a dit, mentit Célia. Et l'autre ?

— Le Juif ? Je lui ai proposé de nous rendre aux Russes ensemble, en nous faisant passer pour des prisonniers politiques communistes. Nous avons dépouillé deux déportés politiques de leurs vêtements et nous nous sommes rendus au-devant des troupes russes.

— Et alors ?

— Ils nous ont emmenés avec des tas d'autres déportés.

— Il n'est donc pas mort, ce Français ?

— Aujourd'hui peut-être ! Mais pas à ce moment-là en tout cas. »

Célia flatta son interlocuteur pour faire diversion.

« Vous lui avez donc sauvé la vie !

— La mienne dépendait aussi de la sienne. Car lui seul pouvait affirmer aux Russes que j'étais un déporté comme les autres. S'il avait avoué que j'étais un kapo, mon compte était bon. Nous étions donc liés l'un à l'autre par la force des choses.

— Est-il vrai que les Russes ont renvoyé les Juifs dans les camps ?

— Les bruits ont couru. Mais ce n'était que des situations d'attente. Les Américains et les Anglais ont fait la même chose. Dans mon intérêt, il fallait que mon petit Français le croie afin qu'il se taise.

— Qu'est-il arrivé ensuite ?

— Des semaines se sont écoulées. On nous a retapés et envoyés dans un autre camp de transit plus à l'est. Là, on nous a questionnés longuement pour savoir si nous étions vraiment communistes. J'ai eu peur que les Russes finissent par découvrir la vérité. Surtout quand Franz a passé une visite médicale approfondie. Ils se sont aperçus qu'il était circoncis et ils l'ont envoyé avec les déportés juifs.

— On vous a donc séparés ! Et vous l'avez revu par la suite ? »

Les questions de Célia se faisaient de plus en plus pressantes et commençaient à trahir son émotion. S'en rendant compte, elle servit un autre verre de vodka à Ouliakov. Celui-ci était complètement éméché et éprouvait de plus en plus de difficulté à trouver ses mots.

Il finit par avouer :

« Je ne suis pas resté dans ce camp. Je me suis enfui et caché. Je n'avais pas envie que les Russes finissent par me dévoiler. Je n'ai plus revu ce Juif de malheur. Il a dû se faire embarquer avec beaucoup d'autres et emmener en Russie. Moi, je me suis débrouillé et j'ai fini par aboutir ici, en Bolivie. »

Ivre mort, l'Ukrainien s'affala de tout son long dans le divan où il avait pris place. Célia, embarrassée, restait songeuse. Le silence de la maison lui permit de remettre de l'ordre dans ses pensées.

Avant qu'Ouliakov ne revînt à lui, Serge Feldmann fit son apparition.

« Nous allons le ramener chez lui, dit-il à Célia. Dans l'état où il est, il ne s'apercevra de rien. Et demain matin, quand il se réveillera, vous aurez disparu.

— Disparu ?

— Il est inutile de rester ici plus longtemps. La fin de son histoire, nous la connaissons ou presque. La parenthèse que nous ignorons n'a guère d'importance.

— Que pensez-vous faire à présent ?

— Cet homme nous redonne un grand espoir. Il a vu votre père vivant aux mains des Russes. Il faudra donc maintenant forcer leurs portes, s'il le faut, pour obtenir d'eux des renseignements plus précis.

— L'ambassade soviétique m'a déjà répondu par la négative, il y a plusieurs années de cela !

— Nous savons que votre père a été emmené vivant en tant que déporté juif en Russie. C'est loin d'être un élément négligeable. De plus, les temps ont changé depuis l'année dernière. Le nouveau chef du Kremlin, Gorbatchev, est beaucoup plus ouvert que ses prédécesseurs. Je mise sur ses idées nouvelles pour obtenir de vrais moyens d'investigation. Pour l'instant, je vous débarrasse de cet encombrant partenaire et je vous libère.

— Vous voulez dire que je peux rentrer en France ! Mon rôle est terminé ?

— Tout à fait. Je vous rends à votre famille. Bien sûr, je vous tiendrai au courant de la poursuite de mes recherches. »

* *
*

Le lendemain, Célia prit le chemin du retour.

Finalement, sa tâche n'avait pas été trop pénible. Ouliakov s'était vite épanché. L'âge, l'alcool, le besoin de parler et ses arrière-pensées avaient facilité sa confession. Il ne restait plus à Feldmann qu'à mener une sérieuse recherche en Union soviétique, ce qui n'était peut-être pas la tâche la plus aisée de l'entreprise.

Pour le moment, l'Ukrainien n'était plus d'aucune utilité. Il ne pouvait savoir en effet ce que les Russes avaient fait de François Blumstein, puisque lui-même était en cavale pour sauver sa vie. Pour les hommes de Feldmann, les pistes ne pouvaient passer que par les circuits officiels et une enquête approfondie auprès des survivants du camp récupérés par les Russes.

De longues semaines s'écoulèrent encore. Célia avait repris son service à l'hôpital de la Salpêtrière et Vincent ses cours à la Sorbonne. Feldmann avait de nouveau disparu. Depuis la Bolivie, Célia n'avait plus entendu parler de lui.

Toutefois il n'était pas resté inactif. Menant, selon son habitude, plusieurs affaires de front, il avait bien avancé son enquête. Jouant de ses relations, il était parvenu à obtenir, par l'intermédiaire de l'ambassadeur soviétique en personne, une entrevue avec le ministre des Affaires étrangères à Moscou. Celui-ci lui avait délivré une autorisation d'enquêter sur les survivants des camps libérés par les Russes. Dans ce cadre, il pensait mener à bien ses recherches en faveur de Célia, sans toutefois donner à sa démarche un caractère trop personnalisé.

La fin de l'année approchait. Les rues de la capitale resplendissaient sous un déluge d'ors et de lumières. Les Champs-Élysées, l'Arc de triomphe, la tour Eiffel s'embrasaient sous les illuminations et offraient un spectacle féerique. Les Parisiens, toujours très nombreux à se ruer dans les magasins malgré la morosité due à la crise, dévalisaient les vitrines, se bousculaient sur les trottoirs et embouteillaient les artères de la ville. L'effervescence était à son comble et la fébrilité gagnait les esprits, car les réveillons approchaient.

Célia et Vincent avaient décidé de passer les fêtes à Saint-Julien. Ils devaient y retrouver Pierre et Jean pour une réunion de famille autour de Marie, qui se faisait toujours une grande joie de rassembler ses enfants à Noël, à Pâques et pendant les vacances d'été.

Malgré son travail et ses préoccupations, Célia éprouvait fréquemment le besoin de venir se ressourcer dans les Cévennes. Celles-ci lui manquaient toujours intensément. Elles étaient pour elle sa région d'adoption depuis que son père y avait amené sa famille, alors qu'elle était encore adolescente. À chaque occasion, elle ne manquait jamais de venir y retrouver la quiétude et la sérénité, cette vision du paradis qu'elle avait immédiatement ressentie le premier jour de son arrivée. Elle refaisait souvent avec Vincent les grandes promenades qui les conduisaient tous deux sur les pentes du mont Lozère, et puisait dans l'immensité et la solitude des lieux la force nécessaire à sa quête opiniâtre.

Célia mettait une dernière main aux préparatifs du voyage, quand le téléphone sonna.

« Célia Peyrol ?

— Oui, c'est moi.

— Serge Feldmann. Je serai bref. J'ai du nouveau.

— Vraiment ?

— Je reviens de Moscou. J'ai une grande nouvelle à vous annoncer. »

Célia s'assit, les jambes tremblantes.

« Attendez, j'appelle mon mari. »

Vincent accourut et prit l'écouteur.

« Je vous écoute.

— Nous avons retrouvé un homme qui pourrait être votre père. Je passe sur les détails. Il vit près de Gorki en Russie.

— En êtes-vous sûr ?

— Disons qu'il y a de fortes probabilités. Mais

je ne peux m'étendre au téléphone. Il faut que je vous voie le plus vite possible afin de décider ensemble des suites à donner à notre action.

— Je… je ne sais que vous dire, bredouilla Célia trop émue pour ajouter autre chose.

— Je vous attends demain matin à l'*Hôtel Intercontinental*.

— Nous y serons, Vincent et moi. »

Célia raccrocha le téléphone et fondit en larmes dans les bras de son mari.

« Si seulement il disait vrai, ce serait le plus beau cadeau de Noël qu'on ne m'ait jamais offert ! »

XVIII

La confrontation

L'annonce faite à Célia bouleversa sa vie. Depuis trente ans qu'elle connaissait ses origines, depuis plus de vingt-cinq ans qu'elle avait commencé sa quête de l'impossible pour retrouver ses racines, jamais elle n'avait été aussi près du but.

Serge Feldmann se montra cependant très prudent, conscient des obstacles qu'il restait à surmonter. Soucieux de tempérer l'immense espérance née soudainement dans le cœur de son amie, il tint à lui expliquer la réalité telle qu'il l'avait découverte.

Les arcanes de la libération des camps et des territoires de l'Europe de l'Est par les Soviétiques étaient encore très difficiles à éclaircir. Certaines vérités n'étaient toujours pas élucidées, d'autres pas toujours bonnes à être révélées. Il fallait donc redoubler de prudence et d'attention afin de ne choquer aucune susceptibilité auprès des autorités et de ne pas se laisser emporter par excès d'enthousiasme sur des terrains réservés. L'histoire de l'après-guerre restait parfois très discutée dans le cercle des historiens contemporains. Vincent était bien placé pour le faire comprendre à Célia. Toute la clarté n'avait pas été faite sur certains épisodes, et tout ce qui touchait notamment à la Pologne demeurait encore la chasse gardée du grand frère de l'Est.

Néanmoins, depuis l'arrivée de Mikhaïl Gorbatchev au pouvoir en Union soviétique, l'évolution des mentalités semblait s'accélérer. Son programme fondé sur la *perestroïka*[1] et la *glasnost*[2] avait suscité un immense espoir de renouveau, tant à l'intérieur du glacis des pays de l'Est que dans les relations avec l'Occident. Une réelle volonté de s'ouvrir sur le reste du monde animait les nouveaux dirigeants du bloc communiste. Certaines vérités n'étaient déjà plus considérées comme taboues, et les critiques à l'égard du régime n'étaient plus l'objet de poursuites ni d'internement. Le temps du goulag semblait révolu et, avec lui, le temps des camps.

Quarante ans après les camps nazis, les camps sibériens à leur tour fermaient leurs portes. Bientôt ils serviraient de musées à la mémoire des innocentes victimes d'un système dévié de son chemin. Annonce d'une ère nouvelle ; achèvement d'un siècle qui aura vu toutes les horreurs ; prélude d'un troisième millénaire qui verrait enfin triompher le respect des droits de l'homme.

Célia était animée de ce même espoir. Pour elle, il n'y avait aucun doute : si Serge Feldmann avait découvert son père, le temps des retrouvailles approchait.

---

1. *Restructuration.*
2. *Transparence.*

D'un commun accord avec ce dernier, elle estima que le voyage à Moscou s'imposait. Mais auparavant, par l'entremise de l'ambassade, elle devait se plier à la démarche administrative en respectant la voie hiérarchique.

L'ambassadeur soviétique en poste à Paris, mis au courant des faits par Feldmann lui-même, accepta de rencontrer Célia en personne et lui assura son plus grand soutien. Il transmit sa requête aux ministères concernés de son pays, en confirmant son avis très favorable afin que Célia obtienne rapidement le droit de se rendre à Gorki.

Le jour tant attendu arriva plus tôt que prévu.

Célia et Vincent avaient obtenu leur visa pour Moscou. Ils décidèrent de s'y rendre ensemble pendant les vacances de Pâques, pour éviter les grands froids de l'hiver russe. En attendant, ils mirent à profit le temps qui leur restait pour rassembler en un précieux dossier tous les éléments qu'ils avaient glanés des années durant concernant la famille Blumstein. Feldmann leur avait fourni une généalogie des plus précises et un pensum sur les événements marquants de la vie des parents de Célia. La détention de son père au camp d'Auschwitz, racontée par Ouliakov et recoupée par Charles Duquesne et d'autres témoins survivants, constituait la pièce maîtresse de leur dossier, celle qui permettrait, sans aucun doute, d'obtenir des autorités soviétiques le droit au retour de François Blumstein dans ses foyers.

Un seul point intriguait Célia autant que Feldmann lui-même : la raison pour laquelle

François Blumstein avait été retenu si longtemps en terre soviétique. C'était là le point le plus délicat de l'enquête.

Certes, on savait depuis longtemps que les soldats russes avaient emmené avec eux des prisonniers alliés et qu'un certain nombre d'entre eux n'avaient pas été relâchés immédiatement. Feldmann avait rencontré en personne un jeune communiste de Perpignan qui, fait prisonnier par les Allemands pendant la débâcle de juin 40, avait passé le restant de la guerre dans un stalag en Allemagne de l'Est, avant d'être délivré et emmené en Russie par les troupes soviétiques. Libéré seulement trois ans plus tard, il n'était revenu en France qu'en 1948, à tout jamais vacciné du communisme. Ces cas, malheureusement, n'étaient pas isolés, d'autres prisonniers avaient même été maintenus plus longtemps dans les camps soviétiques, pour des raisons inexplicables, tout au moins en apparence. Car ces drôles de détenus n'avaient-ils pas été en réalité les prisonniers d'une guerre froide qui, à l'époque, ne portait pas encore son nom et qui ne faisait que commencer, une monnaie d'échange entre les nouvelles grandes puissances ?

* *
*

La capitale soviétique était encore tout engourdie par le froid de l'hiver qui tardait à finir. La place Rouge était déserte, seules quelques voitures de grosse cylindrée troublaient cette torpeur inhabituelle pour qui arrivait de Paris en pareille saison. Les rares passants, emmitouflés dans leur gros manteau de laine ourlé de fourrure synthétique, pressaient le pas et s'engouffraient dans les magasins, le filet à provisions dans la poche. Cette vieille habitude des temps de pénurie n'avait pas encore disparu, malgré les promesses et les espoirs. Deux ans de *perestroïka* n'avaient pas suffi à effacer soixante-dix ans de privations, et le comportement voire les esprits restaient inchangés.

Seul le *Goum*[1] montrait une certaine fébrilité et donnait à la vieille ville marchande un peu d'animation et un air de fête, dans un monde où la consommation était toujours signe d'embourgeoisement. Le palais du Kremlin se reflétait dans les eaux glaciales de la Moskova, tandis qu'une queue commençait à se former en face du mausolée de Lénine.

Le taxi s'arrêta au pied du ministère des Affaires étrangères. D'énormes édifices tout en hauteur, dans le plus pur style stalinien, constituaient le quartier des ambassades, des ministères, des grandes administrations et des hôtels destinés à recevoir les délégations étrangères et les voyageurs. C'est dans l'un de ces hôtels que Célia et Vincent avaient débarqué la veille, attendus dès leur sortie d'avion par une hôtesse spécialement dépêchée par les services de l'ambassade, sur adjonction du ministère.

Celle-ci devait leur servir d'interprète et de

1. *Grand magasin général d'État.*

guide pour leur permettre d'aller aisément là où leur requête les autorisait à se rendre. Un haut fonctionnaire les reçut au nom du ministre. Il leur fit un accueil chaleureux et insista avec ostentation sur les bonnes relations qu'il entretenait avec les O.N.G. et tous les organismes de défense des droits de l'homme. Il s'enorgueillit de bien connaître Serge Feldmann, « son ami », et d'avoir eu un immense plaisir à l'aider dans sa démarche auprès de son ministre de tutelle.

Après les compliments d'usage, il convia ses deux visiteurs à respecter les règlements en vigueur dans son pays et leur donna l'assurance que tout serait mis en œuvre pour faciliter leur tâche. Lui-même se montra très au courant des détails du dossier et avoua qu'il mettrait un point d'honneur personnel à ce que ses hôtes obtiennent satisfaction.

« Tu ne trouves pas que notre fonctionnaire en faisait un peu trop ? s'étonna Célia une fois seule avec Vincent dans leur chambre d'hôtel.

— Il faisait du zèle. C'est vrai. Mais il parlait avec sincérité. En tout cas, c'est l'impression qu'il m'a donnée. »

Vincent attira Célia vers les toilettes de la chambre.

« Ne critiquons pas les personnes de qui nous dépendons, chuchota-t-il.

— Tu penses que la pièce est truffée de micros ?

— On ne sait jamais ! Mieux vaut être prudent. Si c'était le cas, nous ne ferions pas long feu dans ce pays. Crois-moi ! »

L'hôtel était plein de ressortissants étrangers : des hommes d'affaires, des journalistes, des fonctionnaires en mission temporaire. La plupart parlaient anglais, y compris le personnel de service qui avait été judicieusement sélectionné. Rien ne laissait à désirer, le service était rapide, les prestations de qualité. Tout était fait pour montrer aux Occidentaux qu'on savait les recevoir dans les meilleures conditions, malgré la morosité générale qu'on ne cachait d'ailleurs plus sous un luxe de démonstrations trompeuses, *glasnost* obligeait.

Olga Rachnikova, l'interprète envoyée par le ministère, était une jeune étudiante qui terminait ses études de français à l'université de Moscou. Comme beaucoup de ses amis, elle gagnait un peu d'argent par le biais de ce travail temporaire. On l'avait scrupuleusement choisie pour ses compétences et son appartenance au *komsomol*[1]. Elle parlait un français sans accent et sa curiosité pour la France étonna beaucoup Célia et Vincent. Ceux-ci, quelque peu méfiants le premier jour, se rendirent vite compte qu'Olga n'avait rien d'un agent secret envoyé pour les surveiller, et leurs relations devinrent vite amicales.

Ils durent attendre trois jours entiers pour obtenir l'autorisation de se rendre à Gorki. Pendant ce temps, Olga les emmena visiter Moscou : la ville blanche, avec ses théâtres, l'opéra, le Bolchoï, le musée Lénine, et aérée de ses grandes places ornées de jardins ; puis le parc Gorki, avec ses théâtres de verdure et ses attractions ; enfin

1. *Organisation des jeunesses communistes.*

l'université Lomonossov au sud de la ville où elle finissait ses études... Le soir, elle les convia à de grands spectacles de danses folkloriques au Bolchoï.

Pour un peu Vincent et Célia se seraient crus en villégiature et auraient presque oublié le motif de leur visite si, le soir du troisième jour, à leur retour du parc des réalisations économiques, ils n'avaient pas reçu l'acceptation de leur voyage à Gorki.

L'ancienne Nijni-Novgorod était une ville neuve et industrielle. De l'ancienne cité marchande, célèbre pour ses foires, il ne restait plus que quelques églises et monastères et des vestiges de rempart. L'industrie automobile et les constructions mécaniques en avaient fait une « Detroit soviétique » sur les bords de la Volga, et détruit la beauté originelle du site.

Serge Feldmann avait découvert qu'un certain Franz Blumsky, âgé de soixante-quinze ans, vivait dans un asile de vieillards à la périphérie de la ville. Dépourvu de toute famille, cet homme semblait y mener une retraite paisible et heureuse.

Les démarches n'avaient pas été aisées pour aboutir à lui. En fait, l'enquête n'avait vraiment progressé qu'à partir du moment où, interrogé de près après le départ de Célia, Ouliakov avait avoué à La Paz que les Russes avaient bien envoyé les déportés juifs à l'est de Moscou, dans des camps de travail. Ceux-ci étaient officiellement une solution d'attente en vue de leur libération définitive vers leur pays d'origine, une fois la guerre achevée.

Grâce aux relations qu'il avait tissées de longue date, y compris en Union soviétique, et surtout grâce à la *glasnost*, Feldmann avait vu les portes s'ouvrir les unes après les autres. Aux archives de la déportation, il avait retrouvé le nom de François Blumstein, Juif français d'origine allemande, libéré d'Auschwitz en avril 1945, emmené en Russie pour y être soigné, avec d'autres pauvres bougres dans le même cas. Puis la trace de Blumstein disparaissait. Rien n'indiquait ce qu'il était advenu de lui. Le conservateur des archives lui avait certifié que la plupart des déportés avaient été renvoyés chez eux dès la fin des hostilités. Et, à moins d'un décès survenu à l'hôpital où ils avaient été soignés, il n'y avait pas eu lieu d'indiquer la mention de leur départ. Il avait conseillé de s'adresser au ministère français concerné. Connaissant les Soviétiques, Feldmann restait persuadé que ceux-ci tenaient archivés tous les détails de leurs actes. Il s'était obstiné dans une autre direction, profitant d'avoir les mains libres, conscient que la tolérance dont il profitait pouvait d'un jour à l'autre se transformer en une fin de non-recevoir.

Il s'était alors adressé au ministère de la Santé publique afin de pouvoir consulter les listes de tous les malades soignés dans les grands hôpitaux de la région de Moscou. Il n'y avait rien trouvé de nouveau. Finalement, ce n'est que par l'intermédiaire d'un fonctionnaire compréhensif du ministère de l'Intérieur qu'il avait fini par découvrir le nom de « F. Blumsky », interné dans un camp de travail en Sibérie en juillet 1945. Intrigué par la ressemblance du nom, il avait cherché à en savoir davantage.

Petit à petit l'étau s'était resserré, les pistes convergeant toutes vers ce nouveau lieu de détention. En France, aucune liste de déportés libérés ne portait la mention ni d'un Blumstein ni d'un Blumsky. Le père de Célia avait donc bien été maintenu en territoire soviétique et s'y trouvait encore, mort ou vivant.

Du camp de travail de Sibérie à Gorki, de nombreuses années s'étaient écoulées, pour lesquelles Feldmann n'avait pu recueillir aucun renseignement. De nouveau la trace de « F. Blumsky » se perdait dans les arcanes ténébreux de l'univers carcéral soviétique. Il en avait déduit que, si cet homme était bien François Blumstein, il avait dû connaître, après l'enfer des camps d'extermination nazis, celui de *L'Archipel du goulag*. Probablement oublié au fin fond de la Russie – il n'avait pas été le seul dans ce cas –, il avait dû survivre en s'accommodant de très dures conditions d'existence, dans l'espoir, sans doute, qu'un jour viendrait où la lumière serait faite. Mais il ignorait alors que quelqu'un se battait depuis longtemps pour le faire surgir de l'ombre.

« Pensez-vous que ce vieil homme puisse être votre père ? demanda Olga, tandis que la grosse Moskwitch noire sortait de la ville.

— C'est possible. Malheureusement je n'ai absolument rien pour prouver les liens qui nous unissent. Si cet homme ne se souvient plus de son passé, nous ne pourrons rien faire, je le crains !

— Pourquoi ne se souviendrait-il de rien ? coupa Vincent.

— Il s'est écoulé tant d'années. Bien des personnes ont fini par tirer un trait sur leur passé et ont choisi volontairement l'amnésie pour trouver un havre de paix dans leur malheur.

— Il ne faut pas songer au pire !

— Je veux pouvoir faire face à toute éventualité.

— Vous êtes courageuse, Célia, reprit Olga.

— Obstinée, devriez-vous dire. Cet homme est le dernier chaînon manquant de ma longue quête. Si nous ne parvenons pas à ouvrir son esprit, peut-être que son cœur répondra à sa place. Quoi qu'il en soit, moi, je saurai s'il s'agit de mon père. L'apparence ne me trompera pas longtemps. »

La grosse berline roulait à vive allure. Les pneus crissaient dans les virages. La pluie se mit à tomber en un voile opaque qui rendait le paysage encore plus morne. Les dernières maisons de la ville avaient déjà disparu pour laisser place à de grandes terres labourées que le ciel plombait d'un lourd manteau de nuages gris.

Le chauffeur, dans sa tenue sombre, redoublait de dextérité. Il n'avait encore rien dit quand, à l'orée d'un bois situé à quelques kilomètres de la sortie de l'agglomération, il ralentit et prononça en russe quelques mots laconiques qu'Olga traduisit immédiatement.

« Nous arrivons, annonça-t-elle. La maison de retraite est cette grosse bâtisse sur la droite. »

La voiture s'arrêta sur le bord de la chaussée, moteur au ralenti.

Le bâtiment était anodin, tout en longueur à l'écart de la route. Ses trois étages présentaient une succession de petites fenêtres alignées à l'identique, fermées par d'épaisses grilles de fer forgé.

« C'est sinistre », remarqua Célia.

Vincent ne répondit pas. Il lui prit la main et se rapprocha d'elle.

« Es-tu prête à affronter enfin ce que tu es venue chercher du fond de ton enfance ?

— En douterais-tu ? Nous sommes maintenant si près du but. »

Olga s'entretenait avec le chauffeur. Celui-ci semblait faire quelques difficultés.

« Il y a un problème ? s'inquiéta Vincent.

— Non, c'est réglé. Le chauffeur ne voulait pas attendre. J'ai dû lui rappeler qu'il avait été mis à notre disposition.

— Il est vrai que nous ignorons combien de temps nous resterons, ajouta Célia. Il vaudrait mieux qu'il parte, et nous le rappellerons quand nous en aurons terminé.

— Il peut attendre ici. Il est payé pour ça. Il veut nous quitter pour aller faire le taxi à son compte avec la voiture officielle, en attendant qu'on le rappelle. Il ne doit pas faire cela, c'est un abus. »

Vincent songea que beaucoup de Soviétiques exerçaient plusieurs petits métiers, souvent en marge de la légalité, pour boucler les fins de mois difficiles. Il n'intervint pas. Mais, en sortant du véhicule, il glissa un gros billet dans la main du chauffeur pour atténuer son amertume.

« Personne ne doit profiter des biens publics pour soi-même, ajouta Olga. Il y a beaucoup trop d'abus dans notre pays.

— En France, on appellerait ça le système D !

— Il faut restaurer l'esprit civique de nos compatriotes, quelle que soit la voie que prendra Mikhaïl Gorbatchev. Sinon, notre grand navire sombrera dans les flots de la corruption. »

Un haut portail à barreaux maintenait fermée la cour qui s'étendait devant l'imposante bâtisse. La sonnette et l'interphone étaient les seuls liens avec l'intérieur de cet univers étrangement isolé au milieu des terres noires.

« C'est bien calme, remarqua Célia. On dirait qu'il n'y a personne dans cette maison de retraite. »

Olga sonna plusieurs fois. Au bout de la quatrième, une voix féminine répondit. Les deux femmes échangèrent quelques mots, puis un déclic se fit entendre et le lourd vantail métallique s'ouvrit automatiquement.

« On se croirait dans un asile d'aliénés, remarqua Célia !

— C'est un asile de vieillards, répliqua Olga. Beaucoup de ces asiles sont pauvres, car ils ne reçoivent pas assez de subsides. Ne vous attendez pas à voir une maison de retraite comme chez vous en France. »

La cour était déserte, couverte de graviers irréguliers. Pas d'arbres, pas de végétation, aucun ornement ; rien que des murs de clôture gris surhaussés de tessons de bouteille.

« On ne risque pas de s'échapper d'ici ! dit Vincent.

— Il y a encore beaucoup à faire dans notre immense pays.

— Excusez-moi, Olga, mes réflexions sont inconvenantes, et je vous ai vexée.

— Aucunement. Je comprends votre réaction. Nous devons faire évoluer les choses. Et d'abord nous ouvrir sur le monde. »

Un escalier à balustres conduisait à un large perron sur lequel donnait une immense porte de bois à deux battants. Là encore il fallut sonner et parlementer. Cette fois quelqu'un vint ouvrir. Olga s'expliqua de nouveau. L'huissier lui demanda de bien vouloir le suivre.

« Suivez-moi. La directrice de l'établissement va nous recevoir. Elle est au courant de notre arrivée. »

Les trois visiteurs furent introduits dans une vaste salle d'attente mal éclairée. Des chaises toutes dépareillées étaient disposées autour des murs laissant au centre un espace vide complètement inoccupé. Ils durent patienter plus d'une heure. Olga commençait à trouver le temps long et fulminait contre la lenteur des fonctionnaires.

« Ce qui nuit beaucoup à notre pays, c'est le manque de conscience professionnelle. Trop de gens traînent les pieds dans leur travail.

— Sans vous froisser, Olga, fit Vincent, c'est inhérent au système. À la longue, la motivation a disparu, plus personne ne croit en rien et ne sait plus à quoi servent les efforts demandés.

— Nous sommes conscients de cela. Mais il y a une telle pesanteur !

— Gorbatchev a des idées vraiment novatrices. Avec lui l'U.R.S.S. a un nouvel avenir devant elle. Il peut changer les choses, réellement.

— Les mentalités sont longues à évoluer. Et il faut compter avec tous ceux qui n'ont pas intérêt à ce que cela change. Ils feront tout pour empêcher toute tentative de transformation de notre société et de notre système économique.

— De toute façon, ajouta Célia, votre pays ne pourra pas rester en l'état indéfiniment. Gorbatchev est un grand visionnaire. Il a senti qu'il fallait entreprendre l'évolution de l'Union soviétique pour ne pas risquer l'implosion.

— Je crains malheureusement que, pressé par d'autres qui pensent que les transformations doivent aller plus vite, il ne puisse assurer l'atterrissage de la fusée en douceur.

— L'avenir seul nous le dira.

— Certes. Mais j'ai beaucoup de craintes. »

La porte de la salle s'ouvrit brutalement. Une femme d'une cinquantaine d'années, à l'allure virile, s'avança vers ses hôtes. Olga se leva la première et lui présenta ses amis sans perdre un instant. La directrice s'exprima dans un mauvais français, mais mit un point d'honneur à se passer de traductrice.

« Je suis au courant de votre démarche, dit-elle en regardant Célia droit dans les yeux. Le ministère de l'Intérieur m'a envoyé un fax pour me prévenir de votre arrivée. Je me tiendrai donc à votre disposition pour vous assurer une entrevue avec M. Blumsky dans les meilleures conditions. M. Blumsky est le doyen de nos pensionnaires.

— Quand pourrons-nous le voir ? coupa Célia qui brûlait d'impatience.

— Il faudra attendre encore un peu. M. Blumsky est une personne âgée et fragile. Il ne faut pas le brusquer par des questions qui risqueraient de le perturber. Je dois d'abord lui parler, lui expliquer à demi-mot la raison de votre visite, m'inquiéter de savoir s'il a envie de vous voir.

— S'il a envie de me voir ! s'écria Célia, outrée.

— Il n'est encore au courant de rien. Vous devez comprendre que nous n'avons pas parlé de toute cette histoire à notre pensionnaire. Il coule ici des jours tranquilles. Nous n'avons pas pris le risque de perturber son équilibre tant que nous n'étions pas certains de votre arrivée.

— Pourquoi dites-vous : "perturber son équilibre" ?

— Vous n'ignorez sans doute pas que M. Blumsky, avant de nous rejoindre dans cette maison de repos, était dans un hôpital psychiatrique.

— Interné dans un hôpital psychiatrique !

— Soigné, madame, soigné ! Son état de santé mentale était très inquiétant. On a dû vous le dire.

— Pas du tout ! s'indigna Célia.

— Calme-toi, coupa Vincent. Madame la

directrice, reprit-il, ma femme recherche son père depuis trente ans. Vous comprenez son émotion !

— Depuis trente ans ! Alors, elle peut bien attendre quelques jours de plus. »

Olga s'immisça dans la conversation, s'adressant à la directrice dans sa langue maternelle. Les deux femmes eurent des mots assez violents. Célia et Vincent comprirent qu'Olga tâchait de ramener la directrice à la raison.

Celle-ci finit par proposer :

« Je vous convie à revenir demain en fin d'après-midi. D'ici là, nous aurons préparé notre pensionnaire. Encore faudra-t-il qu'il accepte de vous voir.

— Madame la directrice, puis-je vous faire une suggestion ?

— Je vous écoute.

— Ne parlez pas à M. Blumsky. Ne lui dites rien par avance. Laissez-moi faire.

— Vous n'y songez pas ! Le choc sera trop brutal.

— Je suis médecin, madame. Je connais la fragilité des personnes âgées. Faites-moi confiance. »

La directrice regarda Olga d'un air de réprobation, puis se tourna vers Célia.

« Comment allez-vous vous y prendre ?

— Si vous voulez bien m'écouter calmement, je vais vous expliquer. »

Célia prit d'elle-même la chaise qui se trouvait à ses côtés et, se retournant vers Olga et Vincent, leur fit un signe des yeux et les invita à s'asseoir.

Célia passa une nuit très agitée.

Elle ne put se départir de l'idée qu'on lui cachait quelque mauvais secret. La directrice de la maison de retraite devait connaître le passé de son vieux pensionnaire et masquait la vérité. Les hôpitaux psychiatriques soviétiques avaient une trop mauvaise réputation pour que Célia pût prendre ce détail à la légère.

Son père serait-il devenu fou à force d'avoir été maintenu dans les camps nazis puis communistes ? Ou l'aurait-on plutôt déclaré fou afin de justifier son non-retour dans ses foyers ? Et dans ce cas, pour quelle véritable raison ?

Certes, on connaissait les intentions de Staline de créer aux confins de la Sibérie une république juive. Ce fut sa façon très accommodante de se débarrasser des Juifs de son immense empire. Mais Célia ne comprenait pas la raison pour laquelle les déportés juifs des camps allemands auraient été voués au même sort. N'aurait-il pas été plus simple de les renvoyer dans leur pays d'origine ?

Si tel avait été le cas, la maladie de François Blumstein pouvait alors s'expliquer : il n'aurait pas résisté à l'idée de ne plus jamais rentrer chez lui, et il aurait sombré dans la folie avant même d'avoir été déporté en Sibérie.

Toutes ces noires pensées s'entrechoquaient dans l'esprit de Célia. Cette histoire lui paraissait trop compliquée pour être vraisemblable. Elle s'en ouvrit à Vincent et à Olga qui ne surent quoi lui répondre. Olga confirma qu'on avait bien envoyé des Juifs coloniser une terre perdue aux confins de l'Union. Elle rappela que l'antisémitisme n'était pas, malheureusement, l'apanage des nazis, et qu'en territoire soviétique, ce sentiment avait parfois provoqué des pogroms à certaines époques pas très éloignées. Mais elle avoua ignorer ce que Staline avait fait des déportés juifs de la guerre.

Le lendemain vers 15 heures, la Moskwitch noire pénétra dans la cour de l'institution dont les grilles avaient été préalablement ouvertes.

« On nous attend, remarqua Célia.

— C'est plutôt bon signe, ajouta Vincent en s'adressant à Olga.

— Ne vous réjouissez pas trop vite. »

Tous trois grimpèrent quatre à quatre les marches du grand escalier. À peine arrivés sur le perron, ils virent la porte s'ouvrir devant eux. Debout dans le hall, d'épaisses lunettes d'écaille sur le nez, la directrice les regardait venir à elle.

« Je vous attendais. Vous n'êtes pas en retard !

— J'ai rendez-vous avec l'Histoire, rétorqua Célia, avec mon histoire. Je n'ai pas un instant à perdre.

— M. Blumsky est au courant d'une visite. Mais, comme je vous l'ai promis, nous ne lui avons rien dit de plus. Il vous attend dans le jardin, derrière le bâtiment. Il aime flâner dans les allées de verdure. Il passe beaucoup de temps à lire, assis sur un banc, ou à donner du pain sec aux pigeons. Il est très taciturne, il ne parle pas beaucoup ; il vit dans son propre monde. C'est le cas de tous les malades mentaux. Mais je vous rassure, M. Blumsky est guéri à présent. »

Se tournant vers Vincent, Célia lui lança un regard inquiet. Elle ne parvenait pas à détacher ses mains des siennes.

« C'est trop dur, avoua-t-elle. J'ai tant attendu cet instant. Maintenant que je suis au pied du mur, mes forces m'abandonnent. Et si ce n'était pas lui ? »

Vincent la secoua.

« Si ce n'est pas lui, nous poursuivrons notre quête. N'oublie pas ce que tu as dit un jour dans le temple de Saint-Julien, devant toute l'assemblée : "Dieu est toujours quelque part." Il suffit de persévérer. On finit toujours par Le trouver. Vas-y maintenant. Cet homme t'attend.

— Ne le fatiguez pas trop avec vos questions », lança la directrice d'un ton péremptoire.

Célia se retourna dans sa direction, la regarda droit dans les yeux et dit :

« Ne vous inquiétez pas. On ne vole jamais deux fois sa vie à un homme ! »

Le jardin avait la monotonie d'un jour sans fin. Des allées rectilignes de terre battue ; des carrés de pelouse délimités par des bordures en ciment brut, aux lignes ondulées ; des massifs de rosiers taillés pour la belle saison et encore dépourvus de fleurs ; des bouleaux et des frênes que le printemps tardif n'avait pas encore fait bourgeonner. Quelques bancs le long des allées et, dans un recoin, sous un saule pleureur, une table et des chaises de jardin. C'était là tout l'univers des pensionnaires.

Célia arpenta lentement l'allée centrale, celle qui se perdait au fond du bosquet de feuillus, seule touche de nature sauvage dans ce monde carcéral. À chaque intersection avec une allée latérale, elle arrêta ses pas pour mieux voir si celui qu'elle cherchait n'était pas assis sur un banc, réfugié dans ses pensées ou plongé dans un livre. Le mur d'enceinte aux briques rouges, noircies par les ans, longeait la contre-allée, à une cinquantaine de mètres de distance. Des bancs y faisaient face, rivés au pied des arbres, de sorte qu'il était impossible pour Célia de voir si l'un d'entre eux était occupé.

Elle décida de remonter l'allée centrale jusqu'au bosquet puis de redescendre par la contre-allée. Son cœur battait à se rompre. Jamais elle n'avait ressenti en même temps une telle émotion et une telle crainte. Elle avait beau chercher les mots qu'elle dirait, une fois parvenue devant cet homme, elle ne parvenait pas à fixer son attention. Elle se voyait déjà face à lui, sans savoir quoi lui dire et n'avait qu'une crainte : se montrer maladroite au point de tout compromettre.

Le jardin semblait désert. Où pouvait-il donc se cacher ? La directrice se serait-elle moquée d'elle ? Elle avait dû prévenir son pensionnaire et tout lui dire. Il se sera affolé, refermé sur lui-même, réfugié dans sa chambre ! Il ne voudra plus voir personne. C'était certainement ce que voulait la directrice ! Prétexte qui lui permettrait d'éconduire Célia. Elle lui dirait :

« Je ne peux forcer M. Blumsky à vous voir contre son gré. Je suis désolée, nous avons tout fait pour qu'il

accepte de vous rencontrer. Je suis aux regrets. Maintenant, il faut que vous partiez. »

Loin au-dessus du mur de clôture, les fumées noires de la ville s'échappaient dans le ciel plombé. De leur masse lourde et compacte, elles étouffaient tout germe de vie sur cette terre aux fortes senteurs d'humus, qui n'avait jamais su qu'engendrer souffrance et désespoir.

Célia prit la contre-allée à rebours. Les branches mortes craquaient sous ses pas. À l'angle d'un buisson, elle dut faire un écart pour éviter une flaque d'eau qui occupait toute la largeur du chemin. Elle contourna le buisson en coupant par la pelouse et se retrouva dans une allée latérale. Sur sa droite, caché par le buisson, un homme lisait tranquillement un journal, assis sur un banc, le buste droit, les jambes croisées. Il portait une vareuse de cuir marron toute craquelée par l'usure, et une casquette de laine qui laissait percevoir une abondante chevelure grisonnante. De légères volutes de fumée s'échappaient de sa pipe qu'il tenait de la main gauche, son journal savamment plié en deux et posé sur ses genoux.

Surprise, Célia s'arrêta net et hésita, la respiration coupée. L'homme ne l'entendit pas, trop absorbé par sa lecture. Tout à coup, il se leva et gagna la contre-allée sans se retourner. Il marchait d'un pas lent mais régulier. Sa stature était droite, son allure encore svelte malgré son âge. Son visage dissimulé derrière le col relevé de sa vareuse paraissait anguleux, et ses joues un peu creuses donnaient à son regard un air aquilin.

Célia s'attendait à découvrir un vieillard usé,

fatigué, fragile. Sa surprise fut à l'aune de ses craintes.

Remise de sa stupéfaction, elle fit un pas en avant. L'homme poursuivait son chemin, imperturbable.

« Monsieur, monsieur… »

Le pensionnaire tira une bouffée de fumée, s'arrêta, pivota sur les talons et ôta sa casquette. Il regarda Célia avec insistance. Celle-ci le regarda avec émotion. Il se passa une seconde, deux secondes de silence. Le temps que mit le cœur de chacun à remonter le temps de quarante-cinq longues années.

Célia parla la première.

« Monsieur Blumsky ? »

L'homme à la pipe répondit par une phrase très brève que Célia ne comprit pas. Car il s'exprimait en russe.

« Je suis venue vous rendre visite. On a dû vous prévenir de mon arrivée. »

Il s'approcha de quelques pas et prononça toujours en russe des mots qui s'écoulèrent de sa bouche avec la douceur du miel et du lait. Célia ne comprenait toujours pas ce qu'il disait et s'en trouva un moment décontenancée.

Prise de court, elle balbutia maladroitement :

« Pardonnez-moi, je me suis trompée. J'ai cru que vous parliez français… Je suis désolée… Je me suis trompée », répéta-t-elle, les yeux pleins de larmes de déception.

Elle fit un pas en arrière, s'apprêtant à s'en retourner. Dans sa tête, tout venait soudain de s'effondrer. Elle se sentit chavirer, se vider de toute substance de vie et d'espoir.

Il est des fractions de seconde dans l'existence qui laissent l'impression que tout est fini, qu'on a fait fausse route, que soudain la vérité éclate dans toute sa terrible froideur. C'est à ce moment-là que l'on comprend combien l'espoir démesuré peut rendre aveugle. Retour d'un rêve qu'on s'est complu à prolonger dans une réalité sans complaisance. Ces fractions de lucidité ressemblent toujours à un long silence, un déchirement, un terrible voyage vers un monde infini où plus rien n'a d'importance.

« Célia ! Vous êtes Célia, n'est-ce pas ? »

Le vieil homme venait de rompre son silence.

« Excusez-moi, reprit-il, je ne parle plus très bien français. Il y a si longtemps, si longtemps. J'ai oublié. Mais je vous comprends. Et je sais qui vous êtes. »

Célia, paralysée, ne bougeait pas. Elle ne retenait plus ses yeux. La chaleur réchauffait de nouveau son corps, et son cœur déversait toutes les larmes de l'amour qu'elle avait enfoui dans la plus petite cellule de son être.

« Père, je suis celle que vous attendiez ! »

Épilogue

François Blumstein n'avait pas besoin qu'on lui prouve que Célia était sa fille. Toutes les preuves du monde étaient tapies au fond de son cœur. Et, si ce n'était la langue, dont il avait oublié les douces sonorités à force de vivre dans l'ombre, il n'aurait éprouvé aucun obstacle à communiquer avec sa fille. Il avait gardé intacte son immense espérance. Et jamais il n'avait douté de revoir un jour celle qu'il avait laissée à Paris, par un triste matin de juillet 1942.

Cette foi intérieure avait été son seul guide, sa force pour rouler son rocher de Sisyphe sans jamais renoncer.

C'était un homme lucide et encore déterminé que Célia eut la surprise et la joie de retrouver. La directrice de la maison de retraite, après avoir contacté ses supérieurs, ne s'opposa pas à ce que Célia vînt revoir son père les jours suivants. Ils avaient tant de choses à se raconter !

Parallèlement, Vincent rentra à Moscou pour obtenir les papiers nécessaires à la reconnaissance de la filiation de Célia. Cela ne fut pas très facile. Mais les fichiers s'ouvrirent, les liens furent établis entre les tranches de vie connues de François Blumstein et les parenthèses pendant lesquelles son existence n'avait été qu'en pointillés.

Le ministère, soucieux d'éviter tout incident diplomatique, facilita la normalisation des liens de parenté entre le père et la fille, et accorda une autorisation exceptionnelle de sortie du territoire à l'un de ses ressortissants. Étrangement, on le reconnut aussitôt sous son nom d'origine. Il n'était plus Franz Blumsky, nom qu'on lui avait attribué à son entrée à l'hôpital psychiatrique de Sverdlovsk. Ses papiers furent établis au nom de François Blumstein, né Franz-Jacob, en Allemagne, et naturalisé français.

Puis on lui rendit tous les honneurs dus à un hôte étranger, et on le conduisit en personne à l'hôtel où Célia et Vincent étaient descendus à Gorki.

Tout alla très vite en effet. Au bout d'une huitaine de jours, François Blumstein fut remis entre les mains de Célia. C'était à lui de décider de ses intentions : rester en U.R.S.S., « la patrie socialiste qui l'avait accueilli », ou repartir en France, « la patrie qui l'avait oublié » ! Un fonctionnaire dépêché par le ministère de l'Intérieur vint lui-même lui annoncer la décision de son gouvernement au nom du chef suprême de l'État. Évidemment, il ne fut jamais question de regrets officiels pour les erreurs passées commises sur la personne du malheureux déporté du camp d'Auschwitz. Le fonctionnaire donna même l'impression qu'il était préférable que François

Blumstein rentre en France le plus vite possible, sans créer d'incidents.

Vincent, quant à lui, restait persuadé que les agents du K.G.B. étaient aux aguets depuis son arrivée à Moscou et qu'ils étaient prêts à intervenir pour arrêter le train de la libération de François Blumstein s'il le fallait. Aussi convia-t-il Célia à quitter Gorki le plus vite possible et à le rejoindre dans la capitale soviétique.

Pendant les quelques jours que Célia passa seule en compagnie de son père, elle évoqua longuement le passé. Ni l'un ni l'autre ne se cachèrent les détails de leur vie respective ; ils se firent les plus intimes confidences et se révélèrent leur long et pénible cheminement.

Célia parla avec beaucoup d'émotion et de tristesse de son père adoptif, Henri Muller, qu'elle appelait encore « papa » dans la conversation, sans que François s'en trouvât froissé. Elle lui raconta son enfance à la fondation des Enfants de Dieu, puis son adolescence à Saint-Julien, sa rencontre avec Vincent, ses études et sa vie de femme. Elle lui expliqua comment elle avait appris un jour qu'elle était juive et ce que cela avait changé dans son existence. Elle passa en détail sa longue quête pour retrouver ses vrais parents disparus dans l'horreur nazie et son long combat aux côtés de Serge Feldmann.

François parlait peu quand Célia s'exprimait. Les difficultés qu'il éprouvait à retrouver les mots justes le handicapaient. Mais sa mémoire faisait des progrès prodigieux et, surgissant du fond de ses souvenirs lointains, les images prenaient forme sur ses lèvres avec une intensité et une chaleur qui traduisaient bien l'émotion qu'il ressentait dans son cœur.

À son tour, il déroula le long écheveau qui avait été la trame tragique de sa vie. Célia l'écoutait, souvent en pleurant. Elle imaginait parfaitement les scènes d'angoisse, de séparation, de disparition. François cependant évita les détails scabreux, par pudeur, et pour ne pas amplifier la terrible tension que son récit créait chez sa fille.

Lorsqu'il parvint au terme de ses années de déportation dans les bagnes nazis, il sembla soulagé. Pourtant, ce qu'il avait vécu ensuite lui avait été tout aussi insupportable.

Alors Célia l'interrompit :

« Nous reparlerons de tout cela quand tu te seras reposé chez nous, en France. Ici, il vaut mieux s'abstenir de parler de ce qui touche à ce pays.

— Je reconnais bien là ta mère, tu sais. Elle était toujours d'une grande prudence et d'un calme exceptionnel. Je t'écouterai, comme je l'écoutais jadis. Dis-moi, c'est comment Paris aujourd'hui ? La rue du Faubourg-Saint-Antoine est-elle toujours la même ? »

François ne fit pas à Célia le récit des années d'enfer qu'il vécut en Sibérie. Il n'éprouvait aucune envie de s'étendre sur cette longue période de sa vie qui lui faisait si mal, tant elle reposait sur l'absurde. Victime de l'acharnement d'hommes stupides, il préférait consacrer le peu de temps qui lui restait à vivre à Célia et à ses petits-enfants, dont la rencontre le remplit d'une joie immense.

En effet, il retrouva à Paris une vraie famille, sa famille. Ce qui s'était passé avant, cette longue descente aux enfers dans la profondeur des ténèbres, ne devait pas ternir le bonheur qui inondait de nouveau le cœur des siens.

Un jour, un jour de miel, il raconterait.

* *
*

L'histoire de François Blumstein était inexplicable et, pourtant, elle n'était pas unique.

Envoyé à l'est de Moscou dans un camp d'attente en 1945, il y séjourna de longs mois dans un dénuement qui n'avait rien à envier à celui des camps nazis. Le bruit courait alors qu'on allait convoyer les « réfugiés » vers une terre nouvelle en Sibérie, où de nombreux coreligionnaires les attendaient déjà. En fait, chacun était persuadé qu'on se débarrassait d'eux en les envoyant se perdre dans l'immensité des terres sibériennes.

François et quelques amis d'infortune décidèrent de s'échapper, afin d'éviter une nouvelle déportation de laquelle ils avaient la certitude de ne jamais revenir.

Leur tentative malheureusement échoua.

Jugés sommairement par un tribunal du peuple, ils furent condamnés à vingt ans de travaux forcés. Envoyés dans un goulag en Sibérie occidentale, sur les bords de l'Irtych, François vit disparaître tous ses espoirs de revoir un jour la France.

Toutefois, animé d'un courage surhumain, il résista de nouveau aux pires conditions de vie, forgeant son moral et son physique à toute épreuve. Au bout de sept ans d'internement, alors qu'il venait d'avoir quarante ans, il récidiva. Il avait minutieusement préparé son évasion, rassemblé cartes, faux papiers et vêtements. Il avait pensé rejoindre le sud, les républiques musulmanes, pour passer par l'Iran, puis par la Turquie, et rejoindre enfin le monde libre. Son mental était d'acier.

Contrairement aux camps nazis, son camp de détention n'était pas gardé. La nature sibérienne se chargeait des inconscients qui osaient la défier en s'échappant. Le froid et les distances venaient toujours à bout des plus téméraires. François, accompagné de deux autres prisonniers, s'échappa cependant. Il parvint après de longs mois d'errance à gagner Tachkent puis Samarkand en Asie centrale. Les portes de l'Afghanistan s'ouvraient devant lui.

Se fiant à un passeur musulman, les trois fugitifs s'apprêtaient à traverser la montagne, quand une brigade de gardes frontaliers se rua sur leur bivouac. Le passeur les avait trahis. Ramenés sous bonne escorte à Tachkent, ils attendirent en prison qu'on statuât sur leur sort.

Le cas de François fut déclaré le plus grave. Deux tentatives d'évasion le firent passer pour un élément dangereux. On le questionna de près et sans prendre de précautions. On l'accusa de nuire à l'édification du socialisme en Union soviétique et au bonheur du peuple qui l'avait sauvé de l'enfer fasciste. Le manque de reconnaissance qu'on lui reprochait fut, à ses yeux, le comble de l'absurdité. Il eut beau proclamer à cor et à cri qu'il était français et qu'il ne dépendait pas des autorités soviétiques, ses inquisiteurs s'évertuaient à l'appeler « Blumsky », et à le considérer comme un élément récalcitrant du peuple soviétique. Pressuré de questions auxquelles il ne pouvait répondre, torturé mentalement à toute heure du jour et de la nuit, François finit par craquer.

On l'envoya alors dans un hôpital psychiatrique, soi-disant pour y être soigné. Personne, parmi le personnel médical, ne chercha à savoir qui il était vraiment. Sur sa fiche, à côté de son nom russifié pour une cause inconnue, une mention spéciale indiquait : *Sujet à des crises de démence fréquentes. Se prend pour quelqu'un d'autre. Schizophrénie profonde.*

Son troisième enfer commençait.

Cette fois François n'était plus maître de lui-même. Son cerveau était dans les mains de médecins peu scrupuleux qui le traitaient comme n'importe quel malade mental. Les doses de calmants, administrées régulièrement, vinrent à bout de sa résistance et en firent un homme soumis, malléable, en fait une véritable épave humaine. Soigné pour une maladie fictive, il n'en était pas moins étroitement surveillé.

Il resta interné cinq ans dans cet hôpital psychiatrique. Il en sortit complètement docile. Le lavage de cerveau, qu'on lui administra en guise de traitement contre la schizophrénie, lui fit perdre la mémoire de sa langue maternelle et d'une grande partie de la langue française qu'il parlait tout aussi parfaitement. On lui trouva alors une place de jardinier dans un asile de vieillards à Gorki. Régulièrement il devait se présenter à l'hôpital le plus proche. Là, les médecins lui prescrivaient un traitement qui n'avait pour objet que de le maintenir tranquille.

Toutefois François, dont l'état mental n'était pas du tout altéré, reprit peu à peu le dessus. Jetant ses prescriptions dès son retour à l'asile, il feignit de jouer le jeu des médecins et son attitude lui valut bientôt de meilleurs égards de la part de ceux qui l'avaient en charge.

Le temps passa. François ne perdit jamais l'espoir qu'un jour viendrait où on le reconnaîtrait. Il resta vingt ans à travailler comme jardinier à Gorki. Arrivé à l'âge de soixante-cinq ans, en récompense de ses services, la directrice de l'asile de vieillards lui obtint une place privilégiée de pensionnaire.

Son univers ne changea pas. Mais il ne voyait plus la grisaille du ciel. Il fermait les yeux sur les murs de clôture qui lui rappelaient trop ceux des camps. Son esprit était toujours ailleurs, dans un ailleurs où son cœur baignait dans l'amour qui l'unissait aux siens.

Cet amour et cette profonde espérance furent sa lumière dans les ténèbres, la force vivante qui lui permit d'attendre, imperturbable, la venue de celle qui le cherchait et qui finit par le trouver dans le brouillard de l'aube.

Saint-Jean-du-Pin, le 17 décembre 1997.

Table des matières

Préface 9

Première partie
Le drame

I La grande rafle 21
II La descente aux enfers 49
III Les damnés de la terre 73

Deuxième partie
La révélation

IV Un coin de paradis 99
V La part de vérité 121
VI Les Enfants de Dieu 141
VII L'engrenage 169
VIII La différence 193
IX La révélation 215

Troisième partie
Le retour aux sources

X Un sang neuf 237
XI Le sermon 265
XII La rupture 297
XIII Le refuge 321

XIV Le retour aux sources 347
XV *Pitchipoï* 379

Quatrième partie
La quête

XVI L'espoir 409
XVII La souricière 437
XVIII La confrontation 461

Épilogue 485

Composition et mise en pages
Nord Compo à Villeneuve-d'Ascq

Achevé d'imprimer par GGP Media GmbH, Pößneck
en juin 2016
pour le compte de France Loisirs,
Paris

N° d'éditeur : 85894
Dépôt légal : mars 2016
Imprimé en Allemagne